ENTRE CABRAS

E OVELHAS

Joanna Cannon

Tradução de Celina Portocarrero

ENTRE CABRAS E OVELHAS

MORROBRANCO
EDITORA

Copyright © *Joanna Cannon, 2016*
Publicado pela primeira vez na Grã-Bretanha em 2016 por The Borough Press, um selo da HarperCollins*Publishers*
Título original em inglês: *The Trouble with Goats and Sheep*

Tradução: Celina Portocarrero
Revisão: Ricardo Franzin
Preparação: Victor Gomes
Design de capa: © HarperCollins*Publishers* Ltd 2016
Adaptação da capa original: Luana Botelho
Imagens de capa: © Shutterstock.com
Diagramação: SGuerra Design

Letras da música "Bye Bye Baby" © Bob Gaudio, Bob Crewe
Letras da música "Knock Three Times" © Irwin Levine, L. Russell Brown
Letras da música "Crazy" © Willie Nelson
Letras da música "Save all your kisses for me" © Tony Hiller, Lee Sheriden, Martin Lee

Essa é uma obra de ficção. Nomes, personagens, lugares, organizações e situações são produtos da imaginação do autor ou usados como ficção. Qualquer semelhança com fatos reais é mera coincidência.

Todos os direitos reservados. Proibida a reprodução, no todo ou em partes, através de quaisquer meios. Os direitos morais do autor foram contemplados.

Dados Internacionais de Catalogação na Publicação (CIP)

C226e Cannon, Joanna
Entre cabras e ovelhas / Joanna Cannon; Tradução Celina Portocarrero. – São Paulo: Editora Morro Branco, 2017.
p. 472; 14x21cm.
ISBN: 978-85-92795-00-9
1. Literatura inglesa – Romance. 2. Ficção inglesa. I. Portocarrero, Celina. II. Título.
CDD 823

Todos os direitos desta edição reservados à:
EDITORA MORRO BRANCO
Alameda Santos, 1357, 8º andar
01419-908 – São Paulo, SP – Brasil
Telefone (11) 3373-8168
www.editoramorrobranco.com.br

Impresso no Brasil
2023

Para Arthur e Janice

A Vila, casa 4

21 de junho de 1976

A sra. Creasy desapareceu numa segunda-feira.

Sei que era uma segunda-feira, pois era o dia em que os lixeiros passavam e a vila era inundada com o cheiro de pratos sujos e raspados.

— O que há com ele? — Meu pai inclinou a cabeça na direção da cortina de renda na janela da cozinha. O sr. Creasy ia de um lado para o outro na calçada vestindo sua camiseta social com as mangas dobradas. A todo instante, parava de andar e ficava imóvel, examinando seu automóvel Hillman Hunter e sondando o ar como se ouvisse algo.

— Ele perdeu a esposa. — Peguei outra torrada, porque estavam todos distraídos. — Se bem que é capaz de ela só ter finalmente se mandado.

— Grace Elizabeth! — Minha mãe, no fogão, virou-se tão depressa que respingos de mingau se viraram junto com ela e fugiram para o chão.

— Só estou repetindo o que o sr. Forbes disse — expliquei. — *"Margaret Creasy não voltou para casa ontem à noite. Talvez ela tenha finalmente se mandado"*.

Olhamos todos para o sr. Creasy. Ele estudava atentamente os jardins dos outros, como se a sra. Creasy pudesse estar acampada no canteiro de alguém.

Papai perdeu o interesse e sua voz saiu de dentro do jornal:

— Você fica escutando o que todos os nossos vizinhos dizem?

— O sr. Forbes estava no jardim, conversando com a mulher dele. Minha janela estava aberta. Foi uma escuta acidental, o que é permitido. — Falei com meu pai, mas dirigindo-me ao primeiro-ministro Harold Wilson e seu cachimbo, que me encaravam da primeira página.

— Ele não vai encontrar a mulher subindo e descendo a vila, — observou meu pai — se bem que poderia ter mais sorte se fosse à casa 12.

Vi o rosto de mamãe se abrir num sorriso. Eles achavam que eu não entendia a conversa, e era muito mais fácil deixá-los pensar assim. Minha mãe dizia que eu estava em uma *idade estranha*. Eu não me sentia especialmente estranha, então deduzi que ela queria dizer que era estranho para eles.

— Talvez ela tenha sido abduzida — falei. — Talvez não seja seguro eu ir para a escola hoje.

— É perfeitamente seguro, — retrucou mamãe — nada vai acontecer com você. Eu não vou deixar.

— Como é que alguém pode simplesmente desaparecer? — Olhei para o sr. Creasy, que marchava pela calçada. Seus ombros pesavam e ele olhava para os sapatos ao andar.

— Às vezes, as pessoas precisam de espaço — disse minha mãe para o fogão. — Elas ficam confusas.

— Margaret Creasy era confusa, com certeza. — Papai foi para a seção de esportes e bateu as páginas até ficarem esticadas. — Fazia perguntas demais. Era impossível escapar da sua tagarelice.

— Ela só era interessada em gente, Derek. As pessoas podem se sentir solitárias, mesmo quando casadas. E eles não tinham filhos.

Mamãe olhou para mim como se ponderasse se a última frase fazia realmente alguma diferença, e então botou colheradas de mingau numa grande tigela com corações roxos estampados na borda.

— Por que vocês estão falando da sra. Creasy no passado? — perguntei. — Ela morreu?

— Não, é claro que não. — Mamãe botou a tigela no chão. — Remington! — ela chamou. — Mamãe fez seu café da manhã.

Remington patinhou pela cozinha. Costumava ser um labrador, mas ficara tão gordo que agora era difícil dizer.

— Ela vai aparecer — completou meu pai.

Ele tinha dito a mesma coisa a respeito do gato da casa vizinha. O bicho desaparecera há anos, e ninguém mais o viu desde então.

*

Tilly me esperava no portão da frente, num moletom que havia sido lavado à mão e esticado tanto que ia até os seus joelhos. Ela tinha enrolado o cabelo com bobes, mas mesmo depois que os tirou, os cachos ficaram exatamente na mesma posição, como se os rolos ainda estivessem lá.

— A senhora da casa 8 foi assassinada — eu disse.

Descemos a vila em silêncio, até chegarmos à rua principal. Andávamos lado a lado, embora Tilly precisasse dar mais passos para me acompanhar.

— Quem mora na casa 8? — ela perguntou, enquanto esperávamos o sinal abrir.

— A sra. Creasy — sussurrei, caso o sr. Creasy tivesse estendido sua busca.

— Eu gostava da sra. Creasy. Ela estava me ensinando a fazer tricô. Nós gostávamos dela, não é Grace?

— Ah, gostávamos, sim — respondi. — Muito.

Atravessamos a rua em frente ao beco perto do mercado Woolworths. Ainda não eram nove horas, mas as calçadas estavam empoeiradas e quentes, e eu podia sentir o tecido da minha roupa se colando às minhas costas. As pessoas dirigiam seus carros com as janelas abertas e fragmentos de música se espalhavam pela rua. Quando Tilly parou para mudar a mochila de ombro, espiei a vitrine da loja. Estava cheia de panelas de aço inox.

— Quem a assassinou? — centenas de Tillys me perguntaram da vitrine.

— Ninguém sabe.

— Onde estava a polícia?

Eu via Tilly falar do fundo das frigideiras.

— Acredito que apareça mais tarde — respondi. — Os guardas devem estar muito ocupados.

Escalamos as pedras do pavimento com nossas sandálias que estalavam no chão, fazendo-nos parecer um exército de pés. No gelo do inverno, nos agarrávamos ao corrimão e uma à outra, mas agora o beco se estendia à nossa frente, um rio de embalagens de batatas fritas, mato ressecado e solo farinhento que sujava os dedos dos nossos pés.

— Por que você está de moletom? — perguntei.

Tilly estava sempre de moletom. Mesmo no maior calor, ela puxava as mangas sobre os pulsos e fazia luvas com elas. Seu rosto estava cor de magnólia, como as paredes da nossa sala de visitas, e o suor fazia seus cachos castanhos escorregarem pela testa.

— Minha mãe diz que não posso pegar nenhuma doença.

— Quando é que ela vai parar de se preocupar? — Aquilo me deixava zangada e eu não sabia por quê, o que me deixava ainda mais zangada, e minhas sandálias muito mais barulhentas.

— Duvido que ela pare algum dia — disse Tilly. — Acho que é porque só existe uma dela. Ela precisa se preocupar em dobro, para ficar igual a todo mundo.

— Não vai acontecer de novo. — Parei e tirei a mochila de seu ombro. — Pode tirar o casaco. Tá tudo bem agora.

Ela me encarou. Era difícil ler os pensamentos de Tilly. Seus olhos se escondiam atrás de óculos de armação pesada e escura, e o que sobrava dela deixava entrever muito pouco.

— Ok — ela concordou, e tirou os óculos. Puxou o moletom de lã pela cabeça e, quando surgiu do outro lado da blusa pelo avesso, tinha o rosto todo vermelho e manchado. Entregou-me o moletom e eu o virei para o lado certo, como minha mãe fazia, e dobrei-o sobre meu braço.

— Está vendo? — falei. — Perfeitamente seguro. Nada vai acontecer com você. Eu não vou deixar.

O moletom cheirava a xarope para tosse e a algum sabão desconhecido. Carreguei-o até o colégio, quando nos dissolvemos num mar de outras crianças.

*

Conheço Tilly Albert há um quinto da minha vida.

Ela chegou há dois anos atrás no banco traseiro de uma van grande e branca, e foi descarregada junto com um aparador e três poltronas. Assisti à cena da cozinha da sra. Morton, enquanto comia um bolinho de queijo e ouvia a previsão do tempo para Norfolk Broads. Não morávamos em Norfolk Broads, mas a sra. Morton tinha passado as férias lá e gostava de se manter informada.

A sra. Morton estava ali sentada comigo.

Por favor, sente com a Grace enquanto eu descanso um pouquinho, dizia minha mãe, se bem que a sra. Morton não se sentava muito não. Em vez disso, limpava, cozinhava e olhava pela janela. Mamãe passou boa parte de 1974 descansando um pouquinho, e com isso eu fiquei bastante tempo com a sra. Morton.

Inspecionei a van branca.

— De quem é aquilo? — perguntei, com a boca cheia de bolo.

A sra. Morton puxou a cortina de renda, pendurada por um arame passado a meia-altura da janela. O arame afundava no meio, cansado de tanto ser puxado.

— Deve ser dos novos vizinhos — ela respondeu.

— Quem são os novos vizinhos?

— Não sei. — Ela puxou a renda um pouco mais. — Mas eu não estou vendo nenhum homem, você está?

Espiei pela renda. Havia dois homens, mas usavam macacões e estavam ocupados. A menina que saíra do banco de trás continuava de pé na calçada. Era baixinha, redonda e muito pálida, como um seixo branco gigante, e usava uma capa de chuva abotoada até o pescoço, embora não chovesse há três semanas. Ela fez uma careta, como se fosse chorar, e então se dobrou para a frente e vomitou em cima dos sapatos.

— Que nojo! — exclamei.

E peguei outro bolinho.

*

Às quatro horas, ela estava sentada comigo à mesa da cozinha.

Eu a trouxe para dentro porque ela havia ficado sentada no muro de sua casa, parecendo perdida. A sra. Morton botou à mesa uma garrafa de refresco e uma caixa fechada de barrinhas de chocolate. Eu ainda não sabia que Tilly não gostava de comer na frente dos outros, e ela ficou segurando uma barra de chocolate até que se desmanchasse entre seus dedos.

A sra. Morton cuspiu num lenço e limpou as mãos de Tilly, embora houvesse uma torneira a menos de três passos. Tilly mordeu o lábio e olhou pela janela.

— Quem você está procurando? — perguntei.

— Minha mãe. — Tilly se virou e encarou a sra. Morton, que cuspia de novo. — Eu só queria ver se ela não estava olhando.

— Você não está procurando seu pai? — perguntou a sra. Morton, que não perdia uma boa oportunidade.

— Eu não saberia onde procurar. — Tilly esfregou as mãos na saia, muito discretamente. — Acho que ele mora em Bristol.

— Bristol? — A sra. Morton botou o lenço de volta na manga de seu suéter. — Tenho um primo que mora em Bristol.

— Na verdade, acho que pode ser Bournemouth — disse Tilly.

— Ah! — a sra. Morton fez uma careta. — Não conheço ninguém que more lá.

— Não — concordou Tilly. — Nem eu.

*

Passamos as férias de verão à mesa da cozinha da sra. Morton. Depois de algum tempo, Tilly já se sentia à vontade para comer conosco. Ela levava colheradas de purê de batata à boca bem devagar e catava as ervilhas quando apertávamos as vagens, sentadas em jornais abertos no tapete da sala.

— Vocês não querem uma barra de chocolate ou um biscoito? — A sra. Morton estava sempre tentando nos empurrar chocolates. Tinha uma lata cheia na despensa e nenhuma criança em casa. A despensa era cavernosa e atulhada de biscoitos recheados ou cobertos de chocolate, e eu muitas vezes tive fantasias extravagantes nas quais me via encurralada lá dentro a noite inteira, sendo obrigada a me empanturrar de mousse Angel Delight até morrer.

— Não, obrigada — respondeu Tilly com a boca quase fechada, como se tivesse medo de que a sra. Morton enfiasse alguma coisa lá dentro quando ninguém estivesse olhando.

— Minha mãe disse que não devo comer chocolate.

— Alguma coisa ela deve comer — comentou mais tarde a sra. Morton, enquanto observávamos Tilly desaparecer pela porta da frente de sua casa. — Ela parece um barrilzinho.

*

Na terça, a sra. Creasy continuava desaparecida, e ficou mais desaparecida ainda na quarta, quando deveria estar vendendo bilhetes de rifa para a Legião Britânica, como prometera. Na quinta, seu nome já estava sendo passado através das cercas dos jardins e percorrendo as filas nos balcões das lojas.

Afinal, o que houve com Margaret Creasy? perguntava alguém. E era como se fosse dado um tiro de largada.

Meu pai passava horas fechado num escritório do outro lado da cidade e, ao chegar em casa, alguém sempre tinha de lhe atualizar sobre os acontecimentos do dia. Mesmo assim, todas as noites mamãe ainda perguntava ao papai se ele tivera alguma notícia da sra. Creasy, e todas as noites ele soltava um suspiro do fundo dos pulmões, sacudia a cabeça e ia se sentar com uma garrafa de cerveja e o apresentador da BBC, Kenneth Kendall.

*

No sábado pela manhã, Tilly e eu estávamos sentadas no muro da minha casa e balançávamos as pernas como pêndulos contra os tijolos. Olhávamos direto para a casa dos Creasy. A porta da frente estava aberta e também as janelas, como se isso pudesse ajudar a sra. Creasy a encontrar o caminho de volta lá para dentro. O sr. Creasy estava em sua garagem, tirando caixas de cima de torres enormes de papelão e examinando seu conteúdo, uma a uma.

— Você acha que ele a assassinou? — Tilly perguntou.
— Acho, sim — respondi.

Fiquei em silêncio por um instante, antes de permitir a divulgação do último boletim:

— Ela desapareceu sem levar nenhum sapato.

Os olhos de Tilly saltaram como os de um peixe.

— Como é que você sabe?
— A mulher dos Correios contou à minha mãe.
— Sua mãe não gosta da mulher dos Correios.
— Agora gosta — expliquei.

O sr. Creasy começou a vasculhar outra caixa. A cada uma, ele se tornava mais caótico, espalhando o conteúdo pelo chão e sussurrando alguma coisa inconsistente consigo mesmo.

— Ele não tem cara de assassino — disse Tilly.
— Que cara tem um assassino?
— Em geral, eles têm bigode — disse ela. — E são muito mais gordos.

O cheiro de asfalto quente beliscou o meu nariz e mudei as pernas de posição, afastando-as do calor dos tijolos. Não havia lugar algum onde se pudesse fugir do calor. Ele estava lá todos os dias, ao acordarmos, insistente e constante, pairando no ar como uma discussão inacabada. Escoava os dias das pessoas para as calçadas e pátios e, incapazes de nos contermos entre tijolos e cimento, nos derretíamos do lado de fora, trazendo conosco nossas vidas. Refeições, conversas, debates, tudo despertava, perdia as amarras e era permitido ao ar livre. Até a vila estava mudada. Rachaduras gigantes abertas no chão, cheias de grama amarela, pareciam macias e instáveis. Coisas que haviam sido sólidas e confiáveis eram agora maleáveis e duvidosas. Nada mais parecia seguro. Os laços que mantinham as coisas coesas foram destruídos pela temperatura — foi o que disse meu pai —, mas parecia mais sinistro do que isso. Parecia que a vila inteira se transformava, se distendia e tentava fugir de si mesma.

Uma mosca gorda fazia movimentos rápidos desenhando um 8 perto do rosto de Tilly.

— Minha mãe diz que a sra. Creasy desapareceu por causa do calor. — Ela espantou a mosca com as costas da mão. — Minha mãe diz que o calor faz as pessoas terem comportamentos estranhos.

Eu observava o sr. Creasy. Ele terminara com as caixas e estava de cócoras no chão da garagem, imóvel e em silêncio, cercado pelos escombros do passado.

— Acho que deve fazer — concordei.

— Minha mãe diz que precisa chover.

— Acho que ela deve ter razão.

Olhei para o céu, que se estendia como um oceano acima de nossas cabeças. Não choveria por mais cinquenta e seis dias.

Paróquia de Santo Antônio

27 de junho de 1976

No domingo, fomos à igreja e pedimos a Deus que encontrasse a sra. Creasy.

Meus pais não pediram, porque estavam descansando um pouquinho, mas a sra. Morton e eu nos sentamos na frente, para que Deus pudesse nos ouvir melhor.

— Você acha que vai adiantar? — cochichei para ela, quando nos ajoelhamos nas almofadas escorregadias.

— Bem, mal não vai fazer — ela respondeu.

Eu não entendia grande parte do que o pároco dizia, mas ele sorria para mim de vez em quando e tentei parecer pura e interessada. A igreja cheirava a cera e papel velho, e nos dava abrigo do sol intenso lá fora. As vigas de madeira no teto se arqueavam acima da congregação, absorvendo calor e suor para o interior das pedras frias e secas, e eu tremia dentro de um vestido de algodão. Tínhamos nos sentado separadas para que o banco parecesse mais cheio, mas fui me aproximando da sra. Morton e do calor do seu suéter. Ela estendeu a mão e eu a segurei, mesmo sendo crescida demais para isso.

As palavras do pároco retumbavam na pedra como trovoadas distantes.

— *"Você me encontrará", declarou o Senhor, "e eu o trarei de volta do cativeiro."*

Observei uma gota de suor abrir caminho pela têmpora da sra. Morton. Era fácil se distrair na igreja, se você se ajeitasse da maneira certa.

— *Eu os perseguirei com a espada, a fome e a peste. Pois eles não deram ouvidos às minhas palavras.*

Aquilo me chamou a atenção.

— *Aos que me amam, libertarei; protegerei os que conhecem meu nome e, quando me chamarem, responderei.*

Olhei fixamente para a grande cruz dourada no altar. Ela refletia todos nós: os piedosos e os imorais, os oportunistas e os devotos. Cada um de nós tinha sua razão para estar ali, silenciosos, expectantes e ocultos entre as páginas de um hinário. Como Deus conseguiria ouvir a todos nós?

— Cordeiro de Deus — disse o pároco —, que tirais os pecados do mundo, tende piedade de nós.

E me perguntei se estávamos pedindo a Deus para encontrar a sra. Creasy ou só pedindo que, antes de tudo, Ele a perdoasse por ter desaparecido.

*

Saímos da igreja e para dentro do sol escaldante. Seu brilho se espalhara pelas sepulturas, empalidecendo as pedras e salientando os nomes dos mortos. Observei-o rastejar pela fachada da igreja até chegar aos vitrais, de onde enviou lascas de vermelho e roxo para um céu sem nuvens. A sra. Morton e sua mão tinham sido absorvidas por um bando de mulheres eficientes de chapéu, então eu fiquei perambulando pelo átrio, em cuidadosas linhas horizontais, para o caso de alguém ser pisado por acidente.

Gostava de sentir o chão sob meus sapatos. Parecia seguro e experiente, como se todos os ossos ali enterrados fizessem crescer sabedoria naquele solo. Passei por Ernests, Mauds e Mabels, agora amados e lembrados apenas pelos dentes-de-leão que cresciam entre seus nomes, até que uma agradável trilha de cascalho me levou ao presbitério. Os túmulos daquele pedaço eram tão velhos que o líquen já comera o que tinham sido um dia, e fileiras de pessoas esquecidas me encaravam de lápides que, como bêbados, caíam e afundavam na terra.

Sentei-me em uma grama recém-aparada, atrás de uma sepultura decorada com círculos verdes e brancos. Eu sabia que as mulheres de chapéu eram dadas a consumir muito tempo e comecei a fazer uma grinalda de margaridas. Estava na quinta margarida quando a porta do presbitério se abriu e o pároco apareceu. A brisa ergueu a ponta de sua sobrepeliz e ondulou-a como lençóis em um varal. Observei-o caminhar pelo átrio para apanhar uma embalagem vazia de batatas fritas e, ao voltar, tirar o sapato e batê-lo na porta da igreja para se livrar das aparas da grama.

Eu não imaginava que algo assim era permitido.

— Por que as pessoas desaparecem? — perguntei detrás da sepultura.

Ele não parou de bater o sapato, mas diminuiu o ritmo e olhou por cima do ombro.

Percebi que ele não podia me ver. Fiquei de pé.

— Por que as pessoas desaparecem? — repeti.

O pároco calçou o sapato e andou até mim. Parecia mais alto do que quando estava na igreja e era muito sério. As linhas em sua testa eram fundas e grandes, como se o rosto tivesse passado a vida inteira tentando resolver um problema muito grande. Ele não olhou para mim, e sim por cima das lápides.

— Por muitas razões — respondeu, depois de algum tempo.

Uma porcaria de resposta. Eu já havia encontrado sozinha aquela resposta e nem tinha Deus para perguntar.

— Por exemplo?

— Elas se desviam do caminho. Ficam à deriva. — Ele me olhou e eu apertei os olhos para vê-lo contra o sol. — Elas se perdem.

Pensei nos Ernests, Mauds e Mabels.

— Ou morrem — falei.

Ele franziu a testa e repetiu minhas palavras:

— Ou morrem.

O cheiro do pároco era igualzinho ao da igreja. A fé tinha sido aprisionada nas dobras de suas roupas, e meus pulmões se encheram da fragrância de tapeçarias e velas.

— Como podemos impedir as pessoas de desaparecer? — perguntei.

— Ajudando-as a encontrar Deus. — Ele mudou de posição e o cascalho se acumulou em volta dos seus sapatos. — Se existe Deus em uma comunidade, ninguém se perderá.

Pensei a respeito da nossa rua. As crianças sujas que transbordavam das casas e as discussões bêbadas que ecoavam pelas janelas. Não consegui imaginar Deus perdendo muito tempo por ali.

— Como se encontra Deus? — perguntei. — Onde Ele está?

— Ele está em toda parte. Em todo lugar. — Ele esticou os braços e girou-os no ar para me mostrar. — Você só precisa olhar.

— E se encontrarmos Deus, todos estarão a salvo? — questionei.

— É claro.

— Até a sra. Creasy?

— Com certeza.

Um corvo se ergueu do telhado da igreja, e um grito assassino encheu o silêncio.

— Não vejo como Deus pode fazer isso — afirmei. — Como Ele pode nos impedir de desaparecer?

— Você sabe que o Senhor é o nosso pastor, Grace. Somos apenas ovelhas. Apenas ovelhas. Se nos desviamos do caminho, precisamos que Deus nos encontre e nos leve para casa.

Olhei para meus pés enquanto pensava naquilo. A grama tinha se enfiado pela malha das minhas meias e talhado linhas vermelhas e fundas na minha pele.

— Por que as pessoas têm que morrer? — questionei, mas, quando olhei para cima, o pároco estava de volta à porta do presbitério.

— Você vem tomar lanche no salão da igreja? — ele gritou.

Na verdade, eu não queria. Preferia ter voltado para Tilly. Sua mãe não acreditava em religiões organizadas e temia que o pároco nos fizesse uma lavagem cerebral, mas precisei dizer que sim, ou teria sido mais ou menos como dar as costas a Jesus.

— Está bem — respondi e tirei dos joelhos as faquinhas de grama.

*

Andei atrás da sra. Morton pelo caminho entre a igreja e o salão. A cerca estava cheia de verão: margaridinhas e botões de ouro, imponentes dedaleiras que sopravam nuvens de pólen de seus luxuriosos sinos roxos. A brisa havia desaparecido, deixando-nos sujeitos a uma lâmina de calor que cortava a pele dos meus braços e tornava o ato de falar um esforço enorme. Andávamos com dificuldade, em fila única; peregrinos silenciosos atraídos para um santuário de chá e licores, todos amarrados em trajes dominicais e decorados com suor.

Quando chegamos ao estacionamento, encontramos Tilly sentada no muro. Estava besuntada de protetor solar e usava um chapelão de abas largas.

— Foi o único que encontrei — ela explicou.

— Pensei que sua mãe não quisesse que você fosse religiosa. — estendi minha mão.

— Ela foi abastecer as prateleiras na cooperativa — disse Tilly, e desceu dos tijolos.

O salão da igreja era uma construção branca e baixa, que se encaixava no final do caminho, e parecia ter sido deixado ali enquanto alguém resolvia o que fazer com ele. Dentro, fervilhava de xícaras e eficiência. Saltos dominicais estalavam no assoalho de madeira e chaleiras gigantes de aço inoxidável pingavam e assobiavam dos cantos.

— Vou tomar Bovril — disse Tilly.

Observei a sra. Morton, enquanto ela encomendava nossas bebidas do outro lado do salão. A viuvez precoce a obrigara a tecer uma vida das sobras alheias, e ela havia cozinhado, cuidado e se envolvido num manto de indispensabilidade. Perguntei-me como seria a sra. Morton se ainda tivesse um marido, se o sr. Morton não tivesse se distraído ao procurar o cassete dos New Seekers no chão do carro e batido de frente no canteiro central da M4. Havia uma passageira feminina (cochichavam as pessoas), que aparecera no funeral em um vestido preto até os tornozelos, batom carmesim e que soluçou com tamanha violência que precisou ser escoltada para fora da igreja por um sacristão aflito. Não me lembro de nada disso. Eu era pequena demais. Sempre conheci a sra. Morton como ela era agora: em roupas de *tweed*, muito limpa e escovada e chacoalhando como um seixo numa vida feita para dois.

— Bovril. — A sra. Morton estendeu uma xícara para Tilly. Todas nós sabíamos que ela não tomaria essa tradicional bebida feita com extrato de carne, mas continuamos com a farsa, inclusive Tilly, que a segurou perto do rosto até que o vapor embaçasse seus óculos.

— A senhora acredita em Deus, sra. Morton? — perguntei e olhei para ela.

Tilly e eu esperamos.

Ela não respondeu na mesma hora, mas seus olhos buscaram uma resposta nas vigas do teto.

— Acredito em não fazer perguntas tolas para as pessoas num domingo de manhã — ela acabou dizendo, e saiu à procura do banheiro.

O salão transbordava de gente. Estava ainda mais cheio do que a igreja e pares de jeans se misturavam aos trajes dominicais. Parecia que Jesus atraía muito mais gente se fossem oferecidos biscoitos recheados. Havia pessoas da nossa rua — os Forbes, o homem que passava o tempo todo aparando a grama e a mulher da casa da esquina, cercada por um enxame de crianças. Elas se agarravam aos seus quadris e pernas, e vi quando ela botou biscoitos nos bolsos. Todos levavam jornais debaixo do braço e óculos escuros na testa e, no canto, o spitz alemão de alguém discutia com um border collie. As pessoas falavam da falta d'água e do político James Callaghan e perguntavam se a sra. Creasy já tinha aparecido. Não tinha.

Ninguém mencionava Jesus.

Na verdade, acho que ninguém perceberia se Jesus entrasse no salão, a não ser que Ele chegasse acompanhado de um rocambole de sorvete.

*

— Você acredita em Deus? — perguntei a Tilly.

Estávamos sentadas num canto do salão, em cadeiras azuis de plástico que sugavam o suor da nossa pele, Tilly cheirando seu Bovril e eu encostando os joelhos no peito, como um escudo. Eu podia ver a sra. Morton ao longe, aprisionada entre uma mesa de armar e duas mulheres gordas com aventais coloridos.

— Pode ser — ela respondeu. — Acho que Deus me salvou quando eu estava no hospital.

— Como é que você sabe disso?

— Minha mãe pedia a Ele todos os dias. — Franziu o rosto acima da xícara. — Ela desistiu Dele depois que eu melhorei.

— Você nunca me contou. Sempre disse que era pequena demais para se lembrar.

— Eu me lembro disso — ela continuou —, e me lembro de que era Natal e que as enfermeiras tinham lantejoulas no cabelo. Não me lembro de mais nada.

Não se lembrava mesmo. Eu já tinha perguntado — várias vezes. Era melhor para as crianças que não conhecessem todos os fatos, ela afirmava, e essas palavras sempre saíam da sua boca em itálico.

Quando ela me contou pela primeira vez, o assunto foi jogado na conversa com total indiferença, como uma carta de baralho. Eu nunca tinha conhecido alguém que quase tivesse morrido e, no começo, abordei o assunto com violenta curiosidade. Depois, a curiosidade transformou-se em algo maior do que fascínio. Eu precisava saber de tudo, para que todos os detalhes pudessem ser costurados juntos, para proteção. Como se, de alguma forma, ouvir a verdade nos salvasse dela. Se eu quase tivesse morrido, teria todo um discurso para usar a qualquer momento, mas Tilly só se lembrava das lantejoulas e de haver algo de errado com seu sangue. Não era o bastante — nem mesmo quando eu juntava todas as palavras, como em uma oração.

Depois que ela me contou, aliei-me à sua mãe numa silenciosa conspiração de cuidados. Tilly era vigiada enquanto corríamos sob o céu imaculado de agosto; um olhar ofegante por cima do meu ombro, à espera de que suas pernas conseguissem acompanhar as minhas. Ela era protegida do verão escaldante pelo guarda-sol de golfe do meu pai, uma vida vivida longe das quinas dos meios-fios e das rachaduras das calçadas e, quando setembro trazia névoa e chuva, a deixávamos tão perto do aquecedor a gás que suas pernas se estampavam de vermelho.

Eu a observava a todo instante, examinando sua vida em busca da mais ínfima vibração de mudança, e ela nem sequer desconfiava. Minha preocupação era silenciosa; uma obsessão silenciosa de que a única amiga que eu já tinha feito fosse ser tirada de mim só porque eu não me concentrara o suficiente.

*

Os ruídos no salão submergiam numa confusão de vozes. Era uma máquina, ronronando em alta temperatura, abastecida de boatos e julgamentos, e nós olhávamos para um amontoado de carne cozida e pés alheios. O sr. Forbes estava parado à nossa frente, fazendo dançar em sua mão uma tortinha de cereja e dando a sua opinião, enquanto o calor penetrava o tecido da sua camisa.

— Ele acordou na segunda-feira de manhã e ela não estava mais lá. Tinha evaporado.

— Inacreditável! — declarou Eric Lamb, que ainda tinha pedaços de grama na bainha da calça.

— Viva o momento, é o que sempre digo.

Observei o sr. Forbes deslizar no ar outra torta de cerejas, como se para ilustrar sua opinião.

A sra. Forbes nada disse. Em vez disso, mudou os pés de lugar nos tacos do assoalho e girou a xícara em seu pires. Seu rosto se contraía de preocupação.

O sr. Forbes a estudou, enquanto fazia desaparecer sua torta de cereja.

— Pare de remoer isso, Dorothy. Uma coisa não tem nada a ver com a outra.

— Tem tudo a ver — ela retrucou. — Eu sei que tem.

O sr. Forbes sacudiu a cabeça.

— Diga a ela, Eric — pediu. — Ela não me ouve.

— Aquilo tudo ficou no passado. Isso deve ser sobre alguma outra coisa. Alguma discussãozinha, é o que deve ter sido — disse Eric Lamb. Achei sua voz mais suave e reconfortante, mas a sra. Forbes continuou a mexer os pés, e guardou seus pensamentos atrás da testa franzida.

— Ou o calor — sugeriu o sr. Forbes, dando tapinhas no estômago para ter certeza de que as tortas de cereja haviam chegado sãs e salvas a seu destino. — As pessoas fazem coisas estranhas sob este tipo de clima.

— É verdade — concordou Eric Lamb —, a culpa é do calor.

A sra. Forbes levantou os olhos da xícara que girava. Seu sorriso era bem fraco.

— Mas estamos todos ferrados se não for, não é mesmo? — contrapôs.

Os três silenciaram. Vi um olhar passar entre eles, e o sr. Forbes limpou as migalhas da boca com as costas da mão. Eric Lamb nada disse. Quando o olhar chegou à altura dos seus olhos, ele fitou o chão para evitá-lo.

Depois de algum tempo, a sra. Forbes declarou que *este chá precisa de mais leite* e desapareceu atrás de uma parede de corpos queimados de sol.

Cutuquei o braço de Tilly, e um respingo de Bovril fugiu para o plástico azul.

— Você ouviu aquilo? — perguntei. — A sra. Forbes disse que estão todos ferrados.

— Isso não é lá muito paroquial, né? — disse Tilly, que ainda vestia seu enorme chapéu. Ela limpou o Bovril com a manga do moletom. — A sra. Forbes anda meio estranha ultimamente.

Era verdade. Na véspera, eu a tinha visto perambulando de camisola pelo jardim de sua casa, numa longa conversa com os canteiros de flores.

É o calor, tinha dito o sr. Forbes, levando-a de volta para dentro com uma xícara de chá e uma revista *Radio Times*.

— Por que as pessoas botam a culpa de tudo no calor? — perguntou Tilly.

— É mais fácil — expliquei.

— Mais fácil do que o quê?

— Mais fácil do que revelar a todos as verdadeiras razões.

*

O pároco apareceu.

Soubemos que ele tinha chegado antes mesmo de vê--lo, porque, por todo o salão, as conversas começaram a tossir e gaguejar. Ele atravessou pelo meio da multidão, deixando que ela se fechasse atrás dele, como a superfície do

Mar Vermelho. Parecia deslizar sob a batina, e havia nele um ar de tranquilidade que fazia com que todos de quem se aproximava parecessem hiperativos e levemente histéricos. As pessoas se aprumavam um pouco quando ele lhes apertava a mão e vi a sra. Forbes fazer o que pareceu ser uma pequena reverência.

— O que foi que ele disse na igreja? — indagou Tilly enquanto eu o observava circular pelo salão.

— Disse que Deus corre atrás das pessoas com facas se elas não O ouvem como deveriam.

Tilly cheirou outra vez o seu Bovril.

— Eu nunca soube que Ele fazia isso — falou, depois de algum tempo.

Às vezes, era difícil não ficar olhando fixamente para Tilly. Ela era quase transparente, frágil como um cristal.

— Ele disse que, se encontrarmos Deus, Ele vai manter todos nós a salvo.

Tilly olhou para cima. Havia uma mancha de protetor solar bem na ponta do seu nariz. — Você acha que alguém mais vai desaparecer, Gracie?

Pensei nas lápides, na sra. Creasy e nos danificados gramados amarelos.

— Precisamos que Deus nos mantenha a salvo? Não estamos a salvo só como somos? — ela perguntou.

— Não tenho mais certeza disso.

Olhei para ela, e encadeei minhas preocupações como se fossem miçangas.

*

O pároco completou o circuito do salão e desapareceu por trás de uma cortina perto do palco, como se fosse um ajudante de mágico. O motor das conversas recomeçou, devagar e incerto no início, depois ganhando força até o nível anterior, enquanto o ar se enchia de mangueiras de maledicência e histórias de vizinhos desaparecidos.

É provável que tudo tivesse continuado assim. É provável que tivesse seguido seu curso e continuado até que as pessoas fossem para suas casas se encher de couve-de-bruxelas, não fosse o sr. Creasy ter irrompido pelas portas duplas e atravessado todo o salão diante de uma plateia perplexa. O silêncio acompanhou seu percurso, restando apenas o estalido de uma xícara num pires e o som de cotovelos se cutucando.

Ele parou diante do sr. Forbes e de Eric Lamb, o rosto desfigurado de raiva. Tilly disse depois que pensou que ele fosse socar um deles, mas a mim pareceu que qualquer capacidade de bater em alguém já se tivesse esvaído dele.

As palavras ficaram em seus olhos por alguns segundos, e então ele explodiu:

— Vocês contaram para ela, não foi?

Foi um sussurro que queria ser um grito e deixou sua boca envolta em cuspe e fúria.

O sr. Forbes se afastou da plateia e levou o sr. Creasy até uma parede. Eu o ouvi dizer *Jesus Cristo* e *calma* e *pelo amor de Deus*, e depois:

— Nós não contamos nada a ela.

— E por que outro motivo ela teria ido embora? — questionou o sr. Creasy. A raiva parecia imobilizá-lo e ele se tornou uma escultura furiosa, rígida e imóvel, exceto pelo rubor que se alastrava pescoço acima.

— Não sei — disse o sr. Forbes —, mas se ela descobriu não foi por nós.

— Não somos tão idiotas — disse Eric Lamb. Por cima do ombro, ele olhou para um mar de xícaras e curiosidade. — Vamos sair daqui, deixe-nos pagar uma bebida.

— Eu não quero droga de bebida nenhuma — sibilou o sr. Creasy, como uma cobra. — Quero a minha mulher de volta.

Ele não teve escolha. Os dois o escoltaram para fora do salão, como carcereiros.

Observei a sra. Forbes.

Ela ficou olhando fixamente para a porta, muito depois de ela ter se fechado atrás dos homens.

A Vila, casa 4

27 de junho de 1976

Todas as ruas do nosso bairro tinham nomes de árvores, e Tilly e eu voltamos da igreja para casa por uma trilha que separava as ruas Figueira e Cedro. De cada lado, varais de roupas esticadas como bandeiras ao longo de pátios desertos, à espera do sussurro de uma brisa e, conforme andávamos, gotas d'água tamborilavam uma toada nas trilhas de asfalto.

Ninguém imaginava ainda que, pelos muitos anos seguintes, as pessoas ainda falariam daquele verão, que todas as outras ondas de calor seriam comparadas àquela e que aqueles que a vivenciaram sacudiriam as cabeças e sorririam sempre que alguém se queixasse da temperatura. Era um verão de libertação. Um verão de pula-pulas e discotecas, de quando a cantora Dolly Parton implorava a Jolene que não lhe tirasse o marido e onde todos nós olhávamos para a superfície de Marte e nos sentíamos pequenos. Éramos obrigados a compartilhar a água do banho e a encher a chaleira só até a metade, e só tínhamos permissão para dar a descarga depois do que a sra. Morton descrevia como uma *ocasião especial*. O único problema é que todo mundo ficava sabendo quando alguém passava por uma ocasião especial, o que era um pouco constrangedor. A sra. Morton dizia que, se não tomássemos cuidado, acabaríamos só com baldes e bicas públicas, e fazia parte de um grupo de vigilantes que denunciava quem regasse o jardim durante a noite (a sra. Morton usava água de reuso, o que era permitido). *Só vai funcionar se todos nos unirmos*, ela dizia. Eu sabia que não era verdade, vejam só, porque, ao contrário do amarelo quebradiço de todos os outros, o gramado do sr. Forbes continuava de um estranhamente suspeito tom de verde.

*

Podia ouvir a voz de Tilly atrás de mim. O som reverberava nas ressecadas ripas de madeira das cercas de ambos os lados, esbranquiçadas pelo calor.

O que você acha?, ela estava perguntando.

Ela vinha matutando as palavras do sr. Creasy em sua cabeça desde o Largo do Pinheiro, tentando encaixá-las em alguma opinião concreta.

— Acho que o sr. e a sra. Forbes têm alguma coisa a ver com essa história — gritei de volta.

Ela finalmente me alcançou, as pernas lutando contra a frase.

— Você acha que foram eles que a assassinaram?

— Acho que todos eles a assassinaram juntos.

— Não sei bem se eles seriam capazes disso — opinou ela. — Mamãe acha que os Forbes são antiquados.

— Não, eles são muito modernos. — Encontrei um graveto e arrastei-o pela cerca. — Eles têm uma máquina caseira de fazer refrigerantes.

A mãe da Tilly achava todo mundo antiquado. Ela usava brincos compridos, bebia Campari e só usava umas roupas feitas de gaze. Nos dias frios, ela só aumentava a quantidade, enrolando-se em camadas de tecido como se formassem uma mortalha.

— Mamãe diz que os Forbes são pessoas estranhas.

— Bem, ela deve saber — respondi.

As portas dos fundos eram mantidas abertas no calor, e o aroma de massas e assadeiras escapava das vidas alheias. Mesmo com uma temperatura de 32°C, couves-de-bruxelas ainda ferviam nos fogões e molhos ainda pingavam e cobriam o fundo de pesadas travessas.

— Detesto domingos! — afirmei.

— Por quê?

Tilly achou outra vareta e a arrastava perto da minha.

Tilly não detestava coisa alguma.

— Não passa do dia que vem antes da segunda — falei. — É sempre vazio demais.

— Logo vamos entrar de férias. Teremos seis semanas de nada mais do que domingos.

— Eu sei.

A vareta martelou meu tédio na madeira.

— O que vamos fazer nas férias?

Chegamos ao fim da cerca e a trilha ficou em silêncio.

— Ainda não resolvi — respondi, e deixei a vareta cair da minha mão.

*

Continuamos a andar até o Largo do Limoeiro, nossas sandálias fazendo lascas soltas do chão dançarem pelo caminho. Levantei o olhar, mas o sol refletido nos carros e janelas machucou meus olhos. Apertei-os e tentei de novo.

Tilly não percebeu, mas eu as avistei no mesmo instante. Uma tribo de meninas, em uniformes como os da cantora Suzi Quatro e brilho labial, mãos enfiadas nos bolsos, criando asas de jeans. Estavam na esquina oposta, fazendo nada além de serem mais velhas do que eu. Vi que avaliavam nossa presença, enquanto mediam a calçada com botas arranhadas e chicletes. Elas eram como um marcador de livro em uma página que eu ainda precisava ler, e minha vontade era me esticar para chegar até lá.

Eu conhecia todas elas. Eu as observara por tanto tempo à margem de suas vidas que seus rostos me eram tão familiares quanto o meu. Olhei-as em busca de um fiapo de reconhecimento, mas não houve nenhum. Nem quando o desejei com meus olhos. Nem mesmo quando desacelerei meus passos até quase parar. Tilly seguiu em frente e eu aumentei a distância entre nós, enquanto olhares cheios de opiniões se voltavam para mim. Não conseguia descobrir o que fazer com os braços, então cruzei-os e tentei fazer minhas sandálias soarem mais rebeldes.

Tilly me esperava perto da esquina.

— O que vamos fazer agora? — perguntou.

— Sei lá.

— Vamos para a sua casa?

— É, né.

— Por que você está falando desse jeito?

Descruzei os braços.

— Não sei.

Ela sorriu e eu sorri de volta, ainda que meu sorriso parecesse inquieto.

— Vem cá — falei, e tirei o chapelão de sua cabeça, colocando-o na minha.

Sua gargalhada foi imediata, e ela o pegou de volta.

— Algumas pessoas simplesmente não podem usar chapéus, Gracie — observou. — Este deve ficar onde ele pertence.

Entrelacei meu braço com o dela e fomos para casa. Passamos por gramados idênticos, vidas sem originalidade e longas fileiras de casas geminadas, que algemavam famílias juntas por meio de acasos e coincidência.

E tentei fazer com que fosse o bastante.

*

Quando chegamos em casa, minha mãe descascava batatas e conversava com o radialista Jimmy Young. Ele estava na prateleira acima da sua cabeça e ela sorria e acenava com a cabeça para ele enquanto enchia a pia de terra.

— Você sumiu por bastante tempo.

Não tinha certeza se ela falava comigo ou com Jimmy.

— Estávamos na igreja — informei.

— Gostou de ter ido?

— Não muito.

— Que bom — respondeu ela, tirando a sujeira de outra batata.

A risada de Tilly escondeu-se em seu moletom.

— Cadê o papai?

Peguei dois triângulos de queijo na geladeira e esvaziei um pacote de salgadinhos numa travessa.

— Foi comprar o jornal — disse minha mãe, e afogou as batatas com um pouco mais de ênfase. — Daqui a pouco ele volta.

Pub, eu disse a Tilly com os lábios, sem emitir som.

Desembrulhei um triângulo e Tilly tirou seu chapelão, ouvimos *Brotherhood of Man* e observamos mamãe preparar as batatas.

Guarde todos os seus beijos para mim, disse o rádio, e Tilly e eu dançamos com os braços.

— Você acredita em Deus? — perguntei a mamãe, quando a música terminou.

— Ora... Se eu acredito em Deus? — O ritmo do descascar foi diminuindo e ela olhou para o teto.

Eu não conseguia entender por que todos olhavam para o céu quando eu fazia aquela pergunta. Como se esperassem que Deus aparecesse nas nuvens e lhes desse a resposta certa. Se era esse o caso, Deus desapontou minha mãe, pois ainda esperávamos por sua resposta quando papai apareceu na porta dos fundos sem qualquer jornal nas mãos e com o clube da Legião Britânica ainda estampado em seus olhos.

Ele se enrolou na mamãe, como um lençol.

— Como vai minha linda mulher? — perguntou.

— Não temos tempo para bobagens, Derek. — Ela afogou outra batata.

— E as minhas duas meninas preferidas.

Ele remexeu nossos cabelos, o que não era uma boa ideia, porque nem Tilly nem eu tínhamos o tipo de cabelo que podia ser despenteado com muito sucesso. O meu era louro e rebelde demais e o de Tilly não admitia separar-se dos seus cachos.

— Você vai ficar para o almoço, Tilly? — perguntou meu pai.

Ele se inclinou na direção dela para falar e tentou despentear outra vez o seu cabelo. Sempre que Tilly estava conosco ele se tornava um pai de desenho animado, um pai substituto. Insistia em preencher, na vida de Tilly, uma lacuna de cuja existência ela nunca se dera conta, até que ele a destacasse tão intensamente.

Ela começou a responder, mas ele já estava com a cabeça dentro da geladeira.

— Encontrei Brian Magro lá no clube — ele dizia a mamãe. — Adivinhe o que ele me contou.

Minha mãe continuou em silêncio.

— A velhota que mora no final do Caminho das Amoreiras, sabe qual?

Mamãe fez que sim para as cascas.

— Foi encontrada morta, segunda-feira passada.

— Ela era muito velha, Derek.

— O caso é que — retrucou ele, desembrulhando o seu próprio triângulo de queijo — concluíram que ela já estava morta há uma semana e ninguém tinha percebido.

Minha mãe se virou e Tilly e eu olhamos fixamente para os salgadinhos, num esforço para não sermos notadas.

— Eles nem a teriam descoberto — continuou meu pai —, se não tivesse sido pelo chei...

— Por que vocês não vão lá para fora, meninas? — disse mamãe. — Eu chamo quando o almoço estiver pronto.

*

Sentamos no jardim, bem encostadas nos tijolos para conseguir uma nesga de sombra.

— Estranho morrer e ninguém sentir a sua falta — disse Tilly. — Não parece muito coisa de Deus, não é?

— O pároco diz que Deus está em toda parte — respondi. Tilly franziu as sobrancelhas.

— Em toda parte — e girei os braços para demostrar.

— Então por que Ele não estava no Caminho das Amoreiras?

Olhei para as fileiras de girassóis do outro lado do jardim. Minha mãe os plantara na primavera anterior e agora eles se esticavam por cima do muro e vigiavam o jardim dos Forbes, como espiões florais.

— Não sei dizer — confessei. — Talvez Ele estivesse em algum outro lugar.

— Espero que alguém sinta a minha falta quando eu morrer.

— Você não vai morrer. Nenhuma de nós vai. Não até ficarmos velhas. Não até que as pessoas esperem isso de nós. Deus vai nos manter a salvo até lá.

— Mas Ele não salvou a sra. Creasy, né?

Prestei atenção às abelhas voando entre os girassóis. Exploravam cada um deles, mergulhando no centro, pesquisando e inspecionando, até reaparecerem à luz do dia, polvilhadas de amarelo e inebriadas com sua conquista.

E então tudo se esclareceu.

— Já sei o que vamos fazer nas férias de verão — falei, e me pus de pé.

Tilly olhou para cima. Apertou os olhos e protegeu-os do sol com a mão.

— O quê?

— Vamos fazer com que todos fiquem a salvo. Vamos trazer a sra. Creasy de volta.

— E como vamos fazer isso?

— Vamos procurar por Deus — respondi.

— Vamos?

— Vamos — afirmei —, vamos sim. Aqui mesmo nesta vila. E eu não vou desistir até encontrá-Lo.

Estiquei a mão. Tilly a pegou e puxei-a para perto de mim.

— Tá bom, Gracie.

E ela botou de volta o chapelão e sorriu.

A Vila, casa 6

27 de junho de 1976

Era *Are You Being Served?* na segunda-feira, *The Good Life* na terça e *The Game Generation* no sábado. Ainda que, durante toda a sua vida, Dorothy não conseguisse entender que graça as pessoas viam no apresentador do game show, Bruce Forsyth.

Tentou se lembrar desses programas de televisão, como num teste, enquanto enxaguava a roupa. Isso tirou sua cabeça do salão da igreja, da expressão do rosto de John Creasy e da sensação de aperto no peito.

Segunda, terça, sábado. Em geral, gostava de lavar roupa. Gostava de olhar para o jardim e esvaziar a cabeça, mas naquele dia o peso do calor esmagava a vidraça e a fazia se sentir como se estivesse vendo tudo de dentro de um forno gigante.

Segunda, terça, sábado.

Ainda conseguia se lembrar, embora não quisesse correr nenhum risco. Os dias estavam todos marcados no *Radio Times*.

Harold ficava muito irritado se ela lhe perguntasse alguma coisa mais de uma vez.

Tente guardar as coisas em sua cabeça, Dorothy, ele dizia.

Quando Harold se zangava, era capaz de encher um cômodo inteiro com seu aborrecimento. Era capaz de encher a sala de estar e o consultório do médico. Era até capaz de encher um supermercado inteiro.

Ela fazia um esforço enorme para guardar as coisas na cabeça.

Mas, às vezes, as palavras lhe escapavam. Escondiam-se atrás de outras palavras, ou se mostravam um pouquinho e desapareciam no fundo da cabeça antes que ela pudesse agarrá-las.

Não consigo encontrar minha..., ela dizia então, e Harold lhe atirava escolhas, como se fossem balas. *Chave? Luva? Bolsa? Pulseira?* E aquilo fazia com que a palavra procurada desaparecesse ainda mais.

Vaquinha de pelúcia, ela disse um dia, para fazê-lo rir.

Mas Harold não riu. Em vez disso, encarou-a como se ela tivesse se metido na conversa sem ser convidada, e depois fechou a porta dos fundos sem fazer qualquer ruído e começou a cortar a grama. E, de alguma maneira, o silêncio preenchia um cômodo ainda mais do que a raiva.

Ela dobrou o pano de prato e colocou-o em cima da pia.

Harold mantivera-se em silêncio desde que voltaram da igreja. Ele e Eric haviam deixado John Creasy em algum lugar, sabe Deus onde, ela nem tinha ousado perguntar, e ele se sentou e lia o jornal, sem dizer nada. Jantou em silêncio, derrubou molho na camisa ainda em silêncio e, quando ela lhe perguntou se queria gomos de tangerina com leite condensado de sobremesa, só fez que sim com a cabeça.

Quando ela botou o prato na mesa, ele disse a única frase que saiu de sua boca em toda aquela tarde. *Esses são pêssegos, Dorothy.*

Estava acontecendo outra vez. É hereditário, ela leu em algum lugar. Sua mãe tinha acabado do mesmo jeito, repetidamente encontrada perambulando pelas ruas às seis da manhã (carteiro, de camisola) e guardando tudo no lugar errado (chinelos, na cesta de pão). *Louca de pedra*, dizia Harold. Ela estava com mais ou menos a idade de Dorothy quando começou a perder o juízo, embora Dorothy sempre tivesse achado "perder o juízo" uma expressão estranha. Como se o juízo pudesse ser esquecido em algum lugar, assim como esquecemos de um molho de chaves ou de um cachorrinho; isto é, como se, sem sombra de dúvida, isso fosse culpa sua por ser tão descuidado.

Em poucas semanas, puseram sua mãe em um asilo. Foi tudo muito rápido.

É melhor assim, tinha dito Harold.

Ele repetia isso todas as vezes que iam visitá-la.

Depois de comer os pêssegos, Harold se instalou no sofá e caiu no sono, ainda que ela não entendesse como era possível alguém conseguir dormir naquele calor. Ele ainda estava lá, a barriga subindo e descendo enquanto os sonhos se alternavam, o ronco em harmonia com o relógio da cozinha, escoando a tarde de ambos.

Dorothy recolheu os restos da refeição silenciosa e esvaziou-os na lata de lixo de pedal. O único problema de perder o juízo era nunca perder as lembranças que se desejava perder. As lembranças que você realmente precisava eram as primeiras a ir. Seu pé descansou no pedal, e ela olhou para o lixo. Não importava quantas listas você fizesse, quantos círculos desenhasse no *Radio Times* e quantas vezes repetisse as palavras, de novo e de novo, para tentar enganar os outros: as únicas lembranças que não desapareciam eram as que você sequer gostaria que tivessem ocorrido.

Enfiou a mão no lixo e tirou uma lata em meio às cascas de batata. Olhou-a.

— Esses são pêssegos, Dorothy — disse para a cozinha vazia. — *Pêssegos*.

Sentiu as lágrimas escorrendo antes mesmo de perceber que elas tinham começado.

*

— O problema, Dorothy, é que você pensa demais. — O olhar de Harold não se desviou da tela da televisão. — Isso não faz bem à saúde.

O cair da tarde abrandara o sol, e uma onda de ouro preenchia a sala de estar. Pintou o aparador num rico tom de conhaque e mergulhou nas dobras das cortinas.

Dorothy tirou um cisco imaginário da manga do casaco.

— É difícil não pensar nisso, Harold, considerando as circunstâncias.

— É completamente diferente. Ela é uma mulher adulta. Ela e o John com certeza tiveram algum tipo de discussão e ela desapareceu por um tempo para lhe dar uma lição.

Ela olhou para o marido. A luz da vidraça lhe dava um leve rubor de marzipã no rosto.

— Só espero que você tenha razão — declarou.

— É claro que tenho. — Afirmou, com seu olhar ainda preso à tela e os olhos cintilando com a mudança das imagens.

O programa era *A venda do século*. Ela deveria ter pensado melhor antes de falar com Harold enquanto ele estivesse ocupado com o apresentador Nicholas Parsons. Talvez tivesse sido melhor tentar encaixar a conversa num intervalo, mas havia palavras demais e ela não conseguia impedi-las de escapar da boca.

— Só que... eu a vi. Alguns dias antes de ela desaparecer. — Dorothy limpou a garganta, ainda que não houvesse o que limpar. — Ela estava indo para a casa 11.

Harold a olhou pela primeira vez.

— Você nunca me contou.

— Você nunca perguntou.

— O que ela foi fazer lá? — Ele se virou para ela, e seus óculos caíram do braço da poltrona. — O que eles poderiam ter para dizer um ao outro?

— Não faço ideia, mas não pode ser coincidência, pode? Ela fala com ele e, alguns dias depois, desaparece. Ele deve ter dito alguma coisa.

Harold encarou o chão e ela esperou que seu medo se juntasse ao dela. No canto, a televisão transbordava o riso de estranhos para dentro da sala de estar.

— O que eu não entendo — ele disse — é como ele pode ter continuado na vila, depois de tudo o que aconteceu. Deveria ter se mudado.

— Você não pode ditar às pessoas onde devem morar, Harold.

— Ele não faz parte daqui.

— Ele mora na casa 11 desde que nasceu.

— Mas depois do que ele fez?

— Ele não fez nada — disse Dorothy, os olhos na tela para evitar encarar Harold. — Pelo menos disseram que não.

— Eu sei o que disseram.

Ela podia ouvir a respiração dele. O chiado de ar quente movendo-se através dos pulmões cansados. Esperou. Mas ele se virou para a televisão e esticou a coluna.

— Você só está sendo histérica, Dorothy. Está tudo morto e enterrado. Foi há dez anos atrás.

— Nove, na verdade — disse ela.

— Nove, dez, que importância tem? É tudo passado, a não ser por todas as vezes que você começa a falar nisso, aí deixa de ser passado e torna-se outra vez o presente.

Ela recolheu as dobras da saia e deixou-as cair entre as mãos.

— Quer parar quieta, mulher?

— Não posso evitar — ela respondeu.

— Bem, vá fazer alguma coisa de útil. Vá tomar um banho.

— Tomei banho hoje de manhã.

— Pois vá tomar outro — retrucou ele. — Você está me fazendo perder as perguntas.

— E a economia de água, Harold?

Mas Harold não respondeu. Em vez disso, palitou os dentes. Dorothy podia ouvi-lo. Mesmo sobre a voz de Nicholas Parsons.

Ela ajeitou o cabelo e a saia. Respirou fundo para sufocar as palavras e então se levantou e saiu da sala. Antes de fechar a porta, olhou para trás.

Ele tinha desistido da televisão e olhava pela janela — para além da renda das cortinas, além dos jardins e das calçadas, para a porta da frente da casa 11.

Os óculos continuavam a seus pés.

*

Dorothy sabia exatamente onde escondera a lata.

Harold nunca ia ao quarto dos fundos. Era seu esconderijo. Uma sala de espera para todas as coisas das quais não precisava mais, mas que não podia se permitir perder. Ele dizia que só de pensar nisso ficava com dor de cabeça. Com o passar dos anos, o cômodo crescera. Agora, o passado pressionava as paredes e chegava ao teto. Espalhava-se pelo peitoril da janela e ia até os rodapés, e isso permitia que Dorothy o segurasse nas mãos. Às vezes, lembrar não era o bastante. Às vezes, era preciso carregar o passado com ela para ter certeza de que fazia parte dele.

O quarto aprisionou o verão em suas paredes. Mantinha Dorothy em um museu abafado de poeira e papel, e ela sentia o suor brotar da raiz de seus cabelos. O som da televisão rastejava pelo chão de taco e ela imaginava Harold sob os seus pés, respondendo perguntas e palitando os dentes.

A lata estava entre uma pilha de cobertores de crochê feitos por sua mãe e alguns pratos de barro, sobras do trailer. Ela podia vê-la da porta, como se estivesse à sua espera, e ajoelhou-se no tapete para puxá-la. Nas bordas, havia fotos de biscoitos para dar água na boca, bolachas rosadas, roscas e casadinhos, todos se dando as mãos e dançando com braços e pernas de desenho animado, e ela se agarrou a eles enquanto retirava a tampa.

A primeira coisa que viu foi um bilhete de rifa de 1967 e uma coleção de alfinetes de fralda. Havia abotoaduras de Harold escurecidas, alguns botões soltos e um recorte do jornal local com a notícia do funeral de sua mãe.

Faleceu em paz, dizia.

Não era verdade.

Mas debaixo dos alfinetes, abotoaduras e botões estava o que ela tinha ido buscar. Envelopes Kodak, engordados pelo tempo. Harold não gostava de fotografias. Pieguices, era como as chamava. Dorothy não conhecia nenhuma outra pessoa que usasse a palavra "pieguice". Havia poucas fotos de Harold. Um eventual cotovelo à mesa de refeições ou uma perna de calça num gramado, e quando alguém conseguia capturar seu rosto na moldura, sua expressão era a de quem tinha sido vítima de um truque.

Ela examinou os envelopes. A maior parte das fotos viera da casa da mãe. Pessoas que ela não conhecia, cercadas por bordas brancas e serrilhadas, sentadas em jardins que não reconhecia e salas que jamais visitara. Havia Georges e Florries, e muitos Bills. Seus nomes haviam sido escritos no verso, talvez na esperança de que, conhecida a sua identidade, fosse mais fácil recordá-los.

Havia poucas fotografias de si mesma — um ocasional encontro natalino, um almoço no Círculo das Senhoras. Uma foto de Whiskey no tapete, e ela sentiu um nó na garganta.

Ele nunca voltou para casa.

Só arrume outro gato, tinha dito Harold.

Foi o mais perto que ela jamais chegou de perder a paciência.

A foto que queria estava no fundo, comprimida debaixo do peso das recordações. Ela precisava ver. Precisava ter certeza. Talvez, com os anos, o passado se tivesse tornado disforme. Talvez o tempo se tivesse intrometido e alterado sua consciência. Talvez, se pudesse ver outra vez os rostos, os reconhecesse como inofensivos.

Olhavam para ela de uma mesa no clube da Legião Britânica. Tinha sido antes de tudo acontecer, mas ela sabia, com certeza, que era a mesma mesa — a mesa onde a decisão fora tomada. Harold estava sentado a seu lado e ambos encaravam a lente com olhos perturbados. O fotógrafo os pegara de surpresa, ela se lembrava, alguém do jornal da cidade querendo fotos para um artigo *com cor local*. Nunca publicado, é claro. John Creasy de pé atrás deles, mãos enfiadas nos bolsos, olhando a máquina por baixo de uma franja estilo Beatles. Do outro lado da mesa estava o palhaço idiota do Brian Magro, caneca de chope na mão, e na frente de Harold sentava-se Eric Lamb. À cabeceira, Sheila Dakin, toda cílios e sidra.

Dorothy olhou para aqueles rostos, desejando ver algo mais.

Não havia nada. Estavam exatamente como ela os deixara.

Era 1967. O ano em que Johnson mandou alguns milhares a mais para morrer no Vietnã. O ano em que a China fez uma bomba de hidrogênio e Israel lutou uma guerra de seis dias. O ano em que as pessoas marcharam, gritaram e levantaram bandeiras em defesa daquilo em que acreditavam.

Foi um ano de escolhas.

Ela desejou que tivesse sabido naquela época, que voltaria a olhar para si mesma desejando que a escolha que fizeram tivesse sido outra. Virou a foto. Não havia nomes. Depois de tudo que havia acontecido, ela tinha certeza de que nenhum deles gostaria de ser lembrado.

— O que você está fazendo?

Em geral, os passos de Harold não eram tão discretos. Ela se virou de costas para ele e enfiou a fotografia no cós da saia.

— Olhando umas coisas.

Ele se recostou no batente da porta. Dorothy não sabia bem quando acontecera, mas Harold tinha envelhecido. A pele do seu rosto afinara a ponto de parecer uma camada de verniz e sua coluna tornara-se arqueada e curva, como se ele, pouco a pouco, voltasse para o útero.

— Então, por que você se enterrou aqui, Dorothy?

Ela o olhou bem no fundo dos olhos e viu os pensamentos do marido hesitarem.

— Estou fazendo… — respondeu — Estou fazendo…

— Progressos? — Harold esquadrinhou o quarto. — Uma bagunça? Força para ser irritante?

— Uma escolha — Dorothy sorriu para ele. — Estou fazendo uma escolha.

E observou-o enquanto ele secava o suor da testa com a manga da camisa.

*

Quando Harold desceu as escadas, Dorothy foi até o patamar e examinou mais uma vez a fotografia. O cheiro chegou até ela primeiro, um odor que parecia ter vivido na vila durante as semanas seguintes, preso a uma ferroada do frio de dezembro. Ela, às vezes, ainda acreditava estar sentindo aquele cheiro, mesmo depois de tanto tempo. Passeava pela calçada, divagando, e tudo ressurgia. Como se nunca tivesse desaparecido de fato, como se tivesse sido conservado lá de propósito, para não os deixar esquecer. Naquela noite, ela estava de pé onde estava agora, e vira tudo acontecer. Tantas vezes repetira a cena para si mesma, talvez na esperança de que algo pudesse mudar, de que deveria ser capaz de não pensar mais no assunto, mas aquela era uma noite que se colara à sua memória. E ela sempre soube, mesmo naquela época, mesmo enquanto via tudo acontecer, que não haveria volta.

21 de dezembro de 1967

Sirenes ecoam pela rua, arrancando a vila de seu sono. Luzes sibilam e estalam, e pessoas, como se dentro de aquários, olham para a noite. Dorothy observa do topo da escada. O corrimão pressiona seus ossos quando ela se inclina para a frente, mas aquela é a janela com a melhor vista, e ela se inclina um pouco mais. Enquanto o faz, o ruído da sirene se cala e o carro dos bombeiros despeja homens na rua. Ela tenta ouvir, mas a vidraça suprime as vozes e o único som que escuta é o ar se movendo em sua garganta e o pulsar de uma veia em seu pescoço.

Samambaias de gelo crescem nos cantos das janelas e ela precisa espiar através delas para enxergar direito. Há mangueiras serpenteando pelas calçadas e rios de luz brilhando no escuro. Tudo parece ilusório, teatral, como se alguém encenasse uma peça no meio da vila. Do outro lado da rua, Eric Lamb abre a porta da frente de sua casa, enfiando uma jaqueta e gritando lá para dentro antes de correr para a rua. Ao redor, janelas são abertas, derramando vida na escuridão.

Ela chama por Harold. Precisa chamar várias vezes, porque os sonhos dele pesam como cimento. Quando ele enfim aparece, seu raciocínio em torpor é o de alguém que foi de repente atirado à consciência. Quer saber o que está acontecendo, e faz a pergunta aos gritos, ainda que esteja a meio metro de distância. Ela pode ver a névoa do sono nos cantos dos seus olhos e as marcas do travesseiro em seu rosto.

Vira-se novamente para a janela. Mais portas se abriram, mais gente apareceu. Sobressaindo-se aos perfumes da casa, ao aroma dos peitoris encerados das janelas e do detergente da pia, ela imagina poder sentir o cheiro da fumaça penetrando através das fendas e lascas e chegando até ela por entre os tijolos.

Ela olha outra vez para Harold.

— Acho que aconteceu alguma coisa muito ruim — ela diz.

*

Eles chegam ao jardim. John Creasy chama do outro lado da calçada, mas sua voz se perde entre o ruído feito pelo carro de bombeiros e o bater das botas no asfalto. Dorothy aguça o olhar em direção à escuridão do final da rua. Sheila Dakin está de pé no gramado, as mãos no rosto, o vento chicoteando seu penhoar, ondulando o tecido de encontro às suas pernas, como uma bandeira. Harold diz a Dorothy para ficar onde está, mas é como se o fogo fosse um campo magnético e todos são puxados para perto, arrastados por calçadas e travessias. A única pessoa ainda imóvel é May Roper. Ela está de pé à soleira da porta, contida pela luz, o barulho e o cheiro. Brian a agarra quando passa correndo, mas ela mal parece se dar conta.

Os bombeiros trabalham como máquinas, formando elos de uma corrente que puxa água da terra. Há um arco de som. Uma explosão. Harold está gritando para que Dorothy volte para dentro, mas, em vez disso, ela se aproxima um pouco mais. Ela observa Harold. Ele está interessado demais no que está acontecendo para perceber, e ela aos poucos avança para perto do muro. Só precisa olhar por um instante. Para descobrir se realmente aconteceu.

Chega ao final do jardim quando um bombeiro começa a varrer o ar com os braços, forçando-os a recuar como se controlasse marionetes, e eles se agrupam no meio da vila, emaranhados uns aos outros para se proteger da geada.

O bombeiro está gritando perguntas. *Quantas pessoas vivem na casa?*

Respondem todos ao mesmo tempo, e suas vozes se confundem, levadas pelo vento.

O bombeiro esquadrinha seus rostos e finalmente aponta para Derek.

— Quantas? — ele pergunta outra vez, a boca desenhando a palavra.

— Uma — grita Derek —, só uma.

Derek volta-se para sua própria casa e Dorothy acompanha seu olhar. Sylvia está à janela, com Grace em seus braços. Sylvia os observa, e então se vira, segurando a cabeça da criança de encontro à pele.

— A mãe dele vive num asilo, mas ele a tirou de lá neste período do Natal para viajarem — diz Derek. — Então, a casa está vazia.

O bombeiro já está correndo de volta e as palavras de Derek se dissipam na escuridão.

Uma espiral de fumaça se desenrola em direção ao céu. Antes de se dissipar no vazio, perde-se contra o fundo das encostas negras e sussurrantes capturadas junto a um banco de estrelas. Harold encontra os olhos de Eric e este sacode a cabeça, um movimento rápido, quase imperceptível. Dorothy percebe, mas olha para o outro lado, de volta às garras do barulho e da fumaça.

Nenhum deles o enxerga, não a princípio. Estão fascinados demais pelas chamas, observando os dardos de laranja e vermelho que partem em direção às janelas. É Dorothy quem o avista primeiro. Seu choque é silencioso, estático, mas ainda assim atinge cada um deles, atropelando todo o grupo, até que todos os olhares se desviam da casa 11 e se voltam para ele.

Walter Bishop.

O vento se infiltra no seu casaco e levanta a gola. Forma espirais em seu cabelo e tenta cobrir-lhe os olhos. Seus lábios se movem, mas as palavras ainda não estão prontas para sair. Há uma sacola de compras. Ela escorrega de sua mão e uma lata rola pela calçada, caindo na sarjeta. Dorothy a apanha e tenta devolvê-la.

— Todos achavam que você tinha viajado com a sua mãe — ela diz, mas Walter não escuta.

Há gritos vindos da casa, atingindo a vila, e a voz de um bombeiro se sobrepõe às outras.

Há alguém lá dentro, ouve-se. *Há alguém na casa.*

Todos desviam a atenção do fogo para fixá-la em Walter.

— "Quem está lá dentro?" — A pergunta está nos olhos de todos, mas é Harold quem lhe dá voz.

A princípio, Dorothy acha que Walter sequer ouviu a pergunta. Seu olhar não se desvia da massa de fumaça negra que começou a transbordar das janelas de sua casa. Quando afinal responde, sua voz é tão baixa, tão sussurrada, que todos precisam se inclinar para ouvir.

— Canja — ele diz.

Harold franze a testa. Dorothy consegue ver todas as rugas do futuro se vincarem em seu rosto.

— Canja? — As rugas se aprofundam.

— É, sim. — Os olhos de Walter não desgrudam da casa 11. — Faz maravilhas contra a gripe. Uma coisa terrível a gripe, não é?

Todos concordam com a cabeça, como marionetes fantasmagóricas na escuridão.

— Foi só chegarmos ao hotel e ela adoeceu. Eu disse a ela: *Mãe, quando a gente adoece, tudo o que se precisa é da própria cama.* E então demos meia-volta e voltamos para casa.

E todos os olhos de marionete se fixam na janela do primeiro andar da casa de Walter.

— E ela está lá agora? — pergunta Harold. — Sua mãe?

Walter faz que sim.

— Eu não poderia levá-la de volta para o asilo, não é? Não naquele estado. Então eu a pus na cama e fui chamar o médico. — Ele olhou para a lata que Dorothy lhe devolvera. — Eu queria explicar que ia lhe dar uma canja, como ele aconselhou. Botam tantos conservantes nessas coisas agora. É preciso tomar cuidado, não é mesmo?

— Claro — disse Dorothy. — É preciso tomar cuidado.

A fumaça rasteja pela vila. Dorothy pode senti-la na boca. Seu gosto se mistura ao medo e ao frio, e ela puxa o casaco um pouco mais para perto do peito.

*

Harold entra na cozinha pela porta dos fundos. Dorothy sabe que ele tem algo para lhe dizer, porque ele nunca usa a porta dos fundos, a não ser quando há uma emergência ou quando está de galochas.

Ela levanta os olhos das palavras cruzadas e aguarda.

Ele anda em volta da bancada de trabalho, erguendo coisas sem necessidade, abrindo as portas do armário, examinando o fundo das louças, até não conseguir mais segurar as palavras.

— Aquilo lá está um horror — diz ele, recolocando uma caneca em seu gancho. — Um horror.

— Você esteve lá dentro? — Dorothy descansa a caneta. — Deixaram você entrar?

— A polícia e os bombeiros não vão lá há dias. Ninguém disse que não podíamos entrar.

— É seguro?

— Nós não subimos. — Ele encontra o pacote de biscoitos recheados que ela escondera de propósito atrás do fermento em pó. — Eric achou que seria falta de respeito, você sabe, dadas as circunstâncias.

Dorothy acha que também é falta de respeito ficar examinando o andar de baixo, mas é mais fácil ficar calada. Quando Harold é contestado, passa dias se justificando, é como abrir uma torneira. Ela mesma gostaria de ter ido lá. Chegou até a porta dos fundos, mas mudou de ideia. Com certeza não seria sensato, dadas as circunstâncias. Harold, no entanto, tinha a autodisciplina de uma criança pequena.

— E o andar de baixo? — ela pergunta.

— Essa é a coisa mais estranha. — Ele tira a parte de cima de um biscoito e avança no creme. — A sala e o corredor estão uma bagunça. Completamente destruídos. Mas a cozinha está quase intocada. Só algumas marcas de fumaça nas paredes.

— Nada?

— Nadinha — ele afirma. — Relógio tiquetaqueando, pano de prato dobrado no escorredor. Um danado dum milagre.

— Não foi milagre para a mãe dele, que Deus a tenha. — Dorothy estende a mão para pegar o lenço na manga do casaco, mas muda de ideia. — Não foi milagre terem voltado mais cedo.

— Não. — Harold examina o próximo biscoito, mas o põe de volta no pacote. — Se bem que ela não deve ter sentido nada. Parece que a gripe a tinha feito aparentemente delirar. Nem conseguia sair da cama. Por isso ele foi telefonar para o médico.

— Não entendo por que ele não a levou de volta para o asilo.

— O quê? No meio da noite?

— Poderia ter salvado a vida dela.

O olhar de Dorothy passa por Harold e pelas cortinas, fixando-se na vila. Desde o incêndio, tudo mergulhara num cinza silencioso e encouraçado. Nem mesmo os restos da decoração natalina conseguiam animá-la. Pareciam, de alguma forma, desonestos. Como se fizessem um esforço exagerado para alegrar todos os moradores, para arrancar seus olhos da imagem carbonizada da casa 11.

— Pare com isso de ficar esmiuçando as coisas. Você sabe que pensar demais a deixa confusa — diz Harold, observando-a. — Foi uma ponta de cigarro ou uma fagulha da lareira. Foi o que concluíram.

— Mas depois do que foi dito? Depois do que todos nós decidimos?

— Uma ponta de cigarro. — Ele pegou o biscoito e partiu-o ao meio. — Uma fagulha da lareira.

— Você realmente acredita nisso?

— Como diriam os militares: quem fecha a matraca, não perde a batalha.

— Pelo amor de Deus, não estamos numa guerra, Harold.

Ele se vira e olha pela janela.

— Não?

Sítio da Tramazeira, casa 3

28 de junho de 1976

— Você não acha que as pessoas podem ficar meio desconfiadas? Duas meninas batendo à porta e perguntando se Deus está em casa? — A sra. Morton botou uma tigela de mousse em cima da mesa.

— Nós vamos disfarçadas. — Escrevi meu nome na mousse com o cabo de uma colher.

— Vamos, é? — disse Tilly. — Que emocionante!

— E como você pretende fazer isso? — A sra. Morton se inclinou e empurrou a tigela para um pouco mais perto de Tilly.

— Estaremos vendendo brownies como Fadinhas bandeirantes — expliquei.

Tilly olhou para cima e franziu a testa.

— Não somos Fadinhas, Gracie. Você disse que não tínhamos nada a ver com elas.

— Seremos Fadinhas temporárias — eu disse. — Daquelas mais informais.

Ela sorriu e escreveu '*Tilly*' na borda da tigela, em letras muito pequenas.

— Vou fazer de conta que não ouvi nada disso. — A sra. Morton limpou as mãos no avental. — E por que essa fascinação repentina por Deus?

— Somos todos ovelhas — respondi. — E ovelhas precisam de um pastor para mantê-las a salvo. Foi o que disse o pároco.

— Ele disse? — A sra. Morton cruzou os braços.

— Então quero ter certeza de que temos um.

— Sei. — Ela se encostou na pia. — Você sabe que essa é só a opinião do pároco. Algumas pessoas são capazes de se sair bastante bem sem um pastor.

— Mas é importante ouvir Deus. — Mergulhei minha colher na tigela. — Se não Lhe damos atenção, Ele corre atrás de nós.

— Com facas — completou Tilly.

A sra. Morton franziu a testa inteira.

— Imagino que o pároco também tenha dito isso a vocês.

— Disse, sim — confirmei.

O relógio da parede quebrou o silêncio com seu tique-taque, e percebi que os lábios da sra. Morton tentavam escolher as palavras.

— Só não quero que vocês fiquem desapontadas — ela acabou por dizer. — Nem sempre é fácil ver Deus.

— Nós vamos encontrá-Lo e, quando O acharmos, todos ficarão a salvo e a sra. Creasy voltará para casa. — Deslizei uma colher de mousse em minha boca.

— Seremos heroínas locais — disse Tilly, e ela sorriu e lambeu a ponta da colher.

— Acho que talvez seja preciso um pouco mais do que Deus para trazer a sra. Creasy de volta. — A sra. Morton se inclinou e abriu outra janela. Conseguia ouvir um caminhão de sorvetes passar pela rua, atraindo as crianças dos jardins, como um mágico.

— Decidimos que ela provavelmente não está morta, afinal — eu disse.

— Bom, isso já é alguma coisa.

— E agora precisamos que Deus a encontre. A senhora deve se lembrar que Deus está em toda parte, sra. Morton. — Girei os braços. — Então Ele pode encontrar as pessoas com muita facilidade e trazê-las de volta do cativeiro.

— Quem disse isso? — A sra. Morton tirou os óculos e massageou as marcas deixadas por eles.

— *Deus* — afirmei, num tom muito chocado, e abri os olhos o mais que pude.

A sra. Morton ia começar a falar, mas suspirou, balançou a cabeça e, em vez disso, preferiu dedicar-se a enxugar a louça.

— Só não fique muito esperançosa — ela disse.

— Está quase na hora do programa *Blue Peter*. — Tilly escorregou da cadeira. — Vou ligar a televisão para esquentá-la.

Ela desapareceu pela porta da frente e eu descolei minhas pernas da cadeira para levar minha tigela até a pia.

— Por onde vocês vão começar? — perguntou a sra. Morton.

— Vamos só procurar por aí até que Ele apareça. — Entreguei-lhe a tigela.

— Sei.

Eu já estava no hall de entrada quando ela me chamou.
— Grace.
Parei à porta. O caminhão de sorvetes se afastara e notas musicais desafinadas entraram na sala.
— Quando vocês saírem pela vila — disse ela — vocês vão se assegurar de que não vão parar na casa 11.
Franzi as sobrancelhas.
— Vamos?
— Vão, sim — ela afirmou.
Comecei a falar, mas a expressão em seu rosto não sugeria que teríamos uma conversa.
— Está bem — respondi.
Houve uma hesitação antes da minha resposta. Mas não creio que a sra. Morton tenha percebido.

A Vila, casa 4

29 de junho de 1976

O policial era muito alto, mesmo depois de ter tirado o quepe.

Eu nunca tinha visto um guarda tão de perto. Ele usava um uniforme grosso, que o fazia cheirar a tecido, e os botões eram tão brilhantes que eu podia ver toda a nossa cozinha refletida neles enquanto ele falava.

Perguntas de rotina, ele explicou.

Pensei comigo mesmo que gostaria de ter um emprego no qual questionar todo mundo a respeito de suas vidas privadas fosse considerado perfeitamente rotineiro.

Vi o fogão dançar em cima do seu peito.

Tinha havido uma batida à porta no meio do episódio de *Crossroads*. Minha mãe estava prontinha para ignorá-la até que papai olhou pela janela e viu um carro da polícia parado em frente ao nosso muro. Ele disse *merda* e, enquanto eu ria com a cara dentro de uma almofada, mamãe mandou meu pai ir lá fora e ele quase caiu em cima do Remington a caminho da porta.

Agora o policial estava de pé no meio da nossa cozinha e nós o observávamos, esperando. Ele me lembrava um pouco o pároco. Os dois pareciam capazes de fazer as pessoas se sentirem pequenas e culpadas.

— Bem... deixe-me ver... bem... — disse meu pai. — Ele secou o suor do lábio superior com um pano de prato e olhou para mamãe. — Você consegue se lembrar de quando a vimos pela última vez, Sylvia?

Minha mãe ia recolhendo as peças do jogo americano da mesa da cozinha. — Não sei dizer — respondeu, e recolocou-as no lugar.

— Pode ter sido quinta-feira — disse papai.

— Ou sexta — retrucou mamãe.

Meu pai lançou-lhe um olhar acuado. — Ou sexta — concordou ele, de dentro do pano de prato.

Se eu fosse o policial reluzente, teria dado uma breve analisada no comportamento deles e prendido os dois no ato, por serem mestres do crime.

— Na verdade, foi no sábado pela manhã.

Três pares de olhos e um pano de prato se viraram para mim.

— Ah foi é? — O policial se apoiou em seus joelhos e ouvi o tecido do uniforme ranger em volta deles.

A posição deixou-o mais baixo do que eu, e eu não queria que ele se sentisse pouco à vontade, então me sentei.

— Foi — reafirmei.

Seus olhos eram tão escuros quanto seu uniforme. Encarei-os por muito tempo, mas ele não pareceu piscar.

— E como é que você sabe disso? — ele perguntou.

— Porque estava passando *Tiswas* na televisão.

— Meus filhos adoram *Tiswas*.

— Eu detesto — retruquei.

Meu pai tossiu.

— E o que ela disse quando você a viu, Grace? — O policial rangeu de novo, alternando os pés.

— Ela bateu à porta porque queria usar o telefone.

— Eles não têm telefone em casa — disse mamãe, no tom de voz que as pessoas usam quando têm alguma informação que os outros não têm.

— E por que ela queria telefonar?

— Ela disse que queria chamar um táxi, mas eu não a deixei entrar porque minha mãe estava descansando um pouco.

Todos nós nos viramos para mamãe, que por sua vez se virou para o jogo americano.

— Eu fui ensinada a nunca permitir que estranhos entrem em casa — falei.

— Mas a sra. Creasy não era uma estranha, era? — O policial finalmente piscou.

— Ela não era uma estranha, mas parecia estranha.

— Estranha como?

Recostei-me na cadeira e refleti.

— Sabe a cara que as pessoas fazem quando estão com uma dor de dente muito forte mesmo?

— Sei.

— Pois é, um pouco pior do que isso.

O policial se levantou e recolocou o quepe. Preencheu toda a cozinha.

— Vocês vão encontrá-la? — perguntei.

O policial não respondeu. Em vez disso, foi até o hall de entrada com meu pai e os dois falaram tão baixo que não consegui ouvir uma só palavra do que disseram. Nem quando prendi a respiração e me estiquei sobre a mesa da cozinha.

— Acho que não vão. — conclui.

Mamãe esvaziou a chaleira.

— Também acho que não — concordou ela.

E encheu a chaleira com muita força, porque talvez não pretendia ter falado em voz alta.

*

Eu não sabia, não importava quantas vezes as pessoas me perguntassem.

Mesmo quando o sr. Creasy irrompeu na nossa sala de estar e se pôs entre mamãe e Hilda Ogden na televisão, continuei sem saber. Seu rosto estava tão perto do meu que eu podia sentir o gosto da sua respiração.

— Ela não me disse para onde queria ir, só me perguntou se podia usar o telefone — afirmei.

— Ela deve ter dito alguma coisa! — As palavras do sr. Creasy rastejaram pela minha pele e entraram pelas minhas narinas.

— Não disse. Ela só queria telefonar para pedir um táxi.

Seu colarinho estava amassado nas pontas e havia uma mancha na frente da camisa. Parecia ovo.

— Pense, Grace. Por favor, pense. — Ele aproximou ainda mais o rosto do meu, esperando agarrar as palavras assim que aparecessem.

— Vamos, meu camarada — interveio papai, tentando se interpor entre nós. — Ela já disse tudo o que sabe.

— Eu só a quero de volta em casa, Derek. Você deveria entender, não é?

Vi minha mãe começar a se levantar e depois apertar os braços da poltrona, para se manter imóvel.

— Talvez ela estivesse pensando em voltar para onde morava antigamente. — Papai pôs a mão no ombro do sr. Creasy. — Era em Walsall? Ou Sutton Coldfield?

— Tamworth — disse o sr. Creasy. — Ela não ia para lá havia seis anos. Desde que nos casamos. Ela não conhece mais ninguém por lá.

Sua respiração ainda batia no meu rosto. Tinha um gosto desagradável.

*

— Onde fica Tamworth? — Tilly arrastava a mochila pela calçada.

Era o último dia de aula.

— Longíssimo. Na Escócia — respondi.

— Não acredito que você foi interrogada por um policial de verdade e eu não estava lá. Foi como no seriado *The Sweeney*?

A mãe de Tilly finalmente havia concordado em ter um aparelho de televisão.

Pensei no cheiro do uniforme e em como minhas palavras foram registradas num caderninho preto pelo guarda reluzente, que tomava notas com um lápis, bem devagar, e lambia os lábios enquanto escrevia.

— Foi exatamente como em *The Sweeney*.

Atravessávamos o bairro. À nossa volta, a temperatura ainda causava grande agito. Garrafas de leite eram tiradas às pressas das soleiras, portas de carro eram escancaradas e as pessoas apressavam os cães pelas calçadas, antes que o dia fosse sequestrado pelo calor.

— O policial vai procurar por ela? — A mochila de Tilly raspava o chão e nuvens de poeira branca subiam no ar. — O que ele disse?

— Disse que a sra. Creasy é oficialmente uma Pessoa Desaparecida.

— Desaparecida de onde?

Pensar me atrasou o passo.

— Da vida dela, eu acho.

— Como alguém pode desaparecer da própria vida?

Desacelerei um pouco mais.

— Desaparecer da vida à qual se pertence.

Tilly parou para levantar as meias.

— Eu me pergunto como você sabe que vida é essa — disse ela, com a cabeça nos joelhos.

Percebi que tinha parado de andar e dei as costas a Tilly para poder franzir a testa.

— Você vai entender quando for mais velha — retruquei.

Tilly tirou os olhos das meias.

— Seu aniversário é só um mês antes do meu.

— Seja como for, Deus sabe exatamente qual é o nosso lugar. — Andei para me afastar das perguntas. — Então, o que os outros pensam não tem a menor importância.

— Onde vamos começar a procurar por Ele? — Tilly ainda puxava as meias, tentando deixá-las da mesma altura.

— Na casa dos Forbes. — Minha mão acompanhava a cerca enquanto eu andava. — Quando cantamos os cantos religiosos, eles nunca precisam olhar para as letras.

— Mas se ela foi para Tamworth, nem com a ajuda Deus nós vamos encontrar a sra. Creasy — gritou Tilly.

Um gato começou a nos seguir. Andava em cima de uma cerca, trotando pelo caminho com passos cautelosos. Eu o vi se esticar na direção do poste de madeira mais próximo e, por um instante, trocamos olhares. Então ele pulou para a calçada, enfiou-se cerca adentro e desapareceu.

— Era o gato dos vizinhos?

Mas Tilly estava muito longe. Dei meia-volta e esperei que me alcançasse.

— Ela não foi para Tamworth — falei. — Ela ainda está aqui.

A Vila, casa 6

3 de julho de 1976

— Então vai. — Tilly me cutucou com a manga do moletom. Encarei a campainha.

— Estou me preparando — respondi.

A casa dos Forbes era do tipo que parecia nunca ter alguém em casa. Todas as outras casas da vila pareciam desnorteadas pelo calor. Brotos de erva daninha cresciam pelos caminhos dos jardins, janelas eram escurecidas por um filme de poeira e longas tardes se deixavam ficar abandonadas nos gramados, como se tudo tivesse se esquecido do que deveria estar fazendo. A casa dos Forbes, no entanto, mantinha-se convencida e determinada, como se para servir de exemplo para todas as outras, mais desleixadas.

— Talvez não tenha ninguém — eu disse —, talvez seja melhor tentar amanhã.

Passei meu dedão do pé pela ponta da soleira da porta. Estava limpíssima.

— Eles com certeza estão em casa. — Tilly apertou o rosto numa lâmina do vitral da porta. — Consigo ouvir a televisão.

Botei o rosto perto do dela.

— Talvez estejam vendo um filme — falei. — Talvez seja melhor voltar mais tarde.

— Você não acha que devemos à sra. Creasy tocar a campainha o quanto antes? — Tilly virou-se para mim e adotou sua expressão mais séria. — E a Deus também?

O cascalho branco brilhante da entrada da sra. Forbes refletia a luz do sol e o clarão me fez apertar os olhos.

— Como líder, Tilly, decidi atribuir a você o toque da campainha, enquanto preparo minha fala.

Ela me olhou por baixo da aba do chapelão.

— Mas nós não somos Fadinhas de verdade, Gracie.

Dei um suspiro.

— É importante para entrar no personagem — expliquei.

Tilly franziu a testa e olhou fixamente para a porta.

— Talvez você tenha razão. Talvez não tenha ninguém em casa.

— Alguém, com certeza, está em casa.

A sra. Forbes apareceu na calçadinha que circundava a casa. Ela usava o tipo de roupa que minha mãe guardava para ir a consultas médicas, e levava debaixo do braço um grande rolo de sacos de lixo. Fez um deles crepitar ao abri-lo, e um pequeno bando de pombos se agitou no telhado, em choque.

Ela perguntou o que queríamos. Tilly fitou o cascalho e eu cruzei os braços e fiquei num pé só, tentando ocupar o menor espaço possível no degrau da porta.

— Somos Fadinhas — falei, assim que me lembrei.

— Somos Fadinhas auxiliares. Estamos aqui para dar uma mãozinha — completou Tilly, que conseguiu evitar de cantar.

— Vocês não parecem Fadinhas. — A sra. Forbes apertou os olhos.

— Estamos sendo informais. — Apertei os olhos de volta.

Eu disse que precisávamos da ajuda dos nossos vizinhos e a sra. Forbes concordou que era, de fato, nossa vizinha, e sugeriu que entrássemos para sair do calor. Por trás do casaco da sra. Forbes, Tilly girou os braços, entusiasmada, e girei os meus também, para tentar acalmá-la.

Pela calçadinha lateral, seguimos os saltos altos da sra. Forbes, que marcavam o caminho, tamborilando no chão. Nossas sandálias estalavam e se debatiam atrás dela, esforçando-se para acompanhá-la. Depois de alguns instantes ela se virou e, como Tilly e eu ainda girávamos os braços, quase caímos em cima dela.

— Sua mãe sabe que você está aqui, Grace? — ela perguntou, levantando as mãos como se dirigisse o trânsito.

— Dissemos a ela, sra. Forbes — respondi.

Suas mãos desceram, e a batida dos saltos recomeçou.

Perguntei-me se a sra. Forbes compreendia que dizer algo à minha mãe e minha mãe saber eram em geral duas coisas muito diferentes, que os dedos de minha mãe voavam com frequência para sua garganta e ela negava com veemência jamais terem lhe dito qualquer coisa a respeito — mesmo quando meu pai lhe apresentava testemunhas (eu) e fazia um relato detalhado de toda a conversa.

— Ela nunca perguntou da minha mãe — sussurrou Tilly.

A mãe da Tilly era em geral considerada imprevisível demais para que se perguntasse alguma coisa a respeito dela.

Estiquei as costas do seu moletom.

— Está tudo bem. Perguntar da minha dá cobertura para nós duas. Você pode usá-la quando quiser.

Tilly sorriu e entrelaçou seu braço com o meu.

Eu às vezes me perguntava se tinha havido um tempo em que ela não estivesse ao meu lado.

*

O carpete da sra. Forbes era da cor de xarope para tosse. Cobria todo o hall e a sala de estar e, quando olhei para trás, vi que subia pela escada. Ainda havia marcas dos lugares pelos quais navegara o aspirador de pó e, quando entramos na sala de estar, havia um quadrado extra de xarope, para o caso de se descobrir que não fosse o suficiente ele cobrir a casa inteira.

A sra. Forbes perguntou se gostaríamos de beber alguma coisa e respondi que sim, e que não recusaria um biscoito recheado de creme, e ela abriu os lábios fazendo um *Oh* e nos deixou sentadas num sofá cor-de-rosa escuro, que tinha braços em espiral e sua própria coleção de covinhas. Decidi me equilibrar na ponta. Tilly tinha se sentado antes. Os assentos afundavam tanto que suas pernas não chegavam ao chão e se esticavam à sua frente, como as de uma boneca.

Ela rolou para o lado e espiou o vão entre o sofá e a parede.

— Você já consegue vê-Lo? —perguntou ela, junto ao carpete.

— Quem?

Ela rolou de volta, o rosto vermelho do esforço.

— Deus — explicou.

— Não acho que Ele vá simplesmente pular de dentro do armário, Tilly.

Olhamos as duas para o armário, só por desencargo de consciência.

— Mas não deveríamos começar? — insistiu ela. — A sra. Creasy pode estar correndo perigo.

Olhei para a sala. Parecia que alguém a tinha posto dentro da casa com uma colher de sorvete. Mesmo os objetos que não eram cor-de-rosa apresentavam uma nuance rosada, como se não tivessem tido permissão para passar pela porta sem fazer uma promessa solene. Havia cordões cor de salmão prendendo as cortinas, pompons fúcsia em todas as almofadas e os jarrões em forma de cães guardando o console da lareira tinham guirlandas de botões de rosa em volta dos pescoços. Entre os cães havia uma série de fotografias: o sr. e a sra. Forbes sentados em espreguiçadeiras numa praia, o sr. Forbes parado ao lado de um automóvel, o sr. e a sra. Forbes com um grupo de pessoas, fazendo um piquenique. Bem no centro, havia uma menina com o cabelo ondulado. Todas as pessoas nas outras fotos olhavam para longe, com olhos sérios, mas a menina olhava diretamente para a lente e sorria, e a pose era tão natural e tão desprotegida que me dava vontade de devolver o sorriso.

— Imagino quem seria ela — comentei.

Mas Tilly estava examinando o espaço atrás do sofá.

— Você acha que Ele está por aqui em algum lugar? — Ela levantou uma almofada e examinou-a dos dois lados.

Olhei para as lágrimas cor de champanhe que caíam do lustre.

— Acho que tudo é cor-de-rosa demais, até para Jesus — respondi.

*

A sra. Forbes voltou com uma bandeja e uma seleção de biscoitinhos.

— Lamento não ter nenhum dos recheados com creme — disse ela.

Peguei três enroladinhos de figo e um casadinho de passas.

— Tudo bem, sra. Forbes. Eu simplesmente vou ter de me conformar.

Eu podia ouvir o barulho de uma televisão na sala ao lado, e a voz do sr. Forbes gritando instruções. Parecia um jogo de futebol. Mesmo vindo do outro lado da parede, os sons pareciam muito distantes, e o resto do mundo continuava a existir além daquele isolamento rosado, deixando-nos embrulhadas em tecidos sintéticos e almofadas, protegidas por cães de porcelana e envoltas em um celofane de sorvete e silêncio.

— A senhora tem uma casa muito bonita, sra. Forbes — disse Tilly.

— Obrigada, querida.

Mordi meu biscoito e ela no mesmo instante botou um guardanapo de papel no meu colo.

— O segredo de uma casa organizada é a antecipação. E listas. Muitas listas.

— Listas? — estranhei.

— Ah, sim, listas. Assim, nunca nada é esquecido.

Ela tirou um pedaço de papel do bolso do casaco.

— Esta é a lista de hoje — disse. — Já cheguei até as latas de lixo.

Era uma longa lista. Enchia duas páginas em curvas de tinta azul, que engrossavam e criavam manchas onde a pena tinha parado para pensar. Adicionalmente a passar o aspirador no hall e esvaziar as latas de lixo, havia itens como *escovar os dentes* e *tomar café da manhã*.

— A senhora escreve tudo na sua lista, sra. Forbes? — Comecei meu primeiro enroladinho de figo.

— Ah, coloco, sim, é melhor não deixar nada ao acaso. Foi ideia do Harold. Ele diz que isso evita que eu fique avoada.

— A senhora não conseguiria se lembrar das coisas sem escrevê-las? — perguntou Tilly.

— Céus, não! — A sra. Forbes se encolheu na poltrona, e desapareceu numa paisagem cor-de-rosa. — Não daria certo. Harold diz que eu faria uma tremenda confusão.

Ela dobrou o pedaço de papel exatamente ao meio, e devolveu-o ao bolso.

— Então, há quanto tempo vocês são Fadinhas?

— Séculos — respondi. — Quem é a menina no retrato?

Ela franziu a testa, depois olhou para a lareira e voltou a franzi-la.

— Ah, sou eu — respondeu numa voz surpresa, como se por algum tempo se tivesse esquecido de tudo que lhe dizia respeito.

Comparei a sra. Forbes com a menina na foto, e tentei encontrar alguma coisa que combinasse. Não havia nada.

— Não fique tão chocada — disse ela. — Eu não nasci velha, sabe?

Minha mãe repetia aquela frase com bastante frequência. Eu já aprendera, por experiência, a não responder, e beberiquei meu refresco para evitar fazer algum comentário.

Ela foi até a lareira. Eu sempre imaginara a sra. Forbes firme e altiva, mas de perto ela se tornava insossa. Sua postura era um leve pedido de desculpas, as dobras de suas roupas delimitando o fim de uma história. Até suas mãos pareciam pequenas, aprisionadas pela artrite e avermelhadas pelo tempo.

Ela passou o dedo pela moldura da foto.

— Foi pouco antes de eu conhecer o Harold — disse ela.

— A senhora parece muito feliz. — Peguei outro enroladinho. — Fico imaginando em que estaria pensando.

— Pareço, não é? — A sra. Forbes retirou um pano da cintura e começou a tirar a poeira de si mesma. — Eu só gostaria de conseguir me lembrar.

Do outro lado da parede, o jogo de futebol acabou de forma um tanto abrupta. Houve rangidos e resmungos, o clique de uma maçaneta e depois o som de passos pelo carpete de xarope. Quando me virei, o sr. Forbes estava parado à porta, nos observando. Estava de shorts. Suas pernas eram muito brancas, sem pelos, e davam a impressão de terem sido emprestadas de outra pessoa.

— O que está acontecendo aqui?

A sra. Forbes endireitou-se em cima da lareira e girou sobre si mesma.

— Grace e Tilly são Fadinhas bandeirantes. — Seus olhos brilhavam tanto que quase pareciam esmaltados. — Elas estão aqui para nos dar... — e ela vacilou.

Ele dobrou a testa numa ruga e pôs as mãos nos quadris.

— Um livro? Dinheiro? Uma xícara de açúcar?

A sra. Forbes estava hipnotizada, e enrolou o pano de limpar o pó nos dedos até eles se cobrirem de manchas brancas.

— Para nos dar... — ela repetiu as palavras.

O sr. Forbes continuou a encará-la. Eu podia ouvir sua dentadura batendo no céu da boca.

— Uma mãozinha — disse Tilly.

— Isso mesmo. Uma mãozinha. Elas estão aqui para nos dar uma mãozinha.

Ela desenrolou o pano de tirar o pó, e ouvi o ar escapar de seus pulmões aos pouquinhos.

O sr. Forbes resmungou.

Ele disse *contanto que seja mesmo só isso* e *a Sylvia sabe que ela está aqui?*, e a sra. Forbes fez que sim com a cabeça com tanta força que seu crucifixo dançou em seu pescoço.

— Vou postar minha carta no correio — disse o sr. Forbes. — Se esperarmos que você o faça, perco a segunda coleta. Só preciso descobrir onde você escondeu os meus sapatos.

A sra. Forbes balançou outra vez a cabeça e o crucifixo concordou com ela, mesmo muito depois de o sr. Forbes já ter desaparecido da porta.

— Meus professores fazem isso comigo o tempo todo — disse Tilly.

— Fazem o quê, querida?

— Jogam palavras em cima de mim até eu ficar confusa. — Tilly catou migalhas de biscoitos do carpete e levou-as até a bandeja. — Isso sempre faz com que eu me sinta uma idiota.

— Faz? — falou a sra. Forbes.

— Mas eu não sou — sorriu Tilly.

A sra. Forbes devolveu o sorriso.

— Você gosta da escola, Tilly? — ela perguntou.

— Mais ou menos. Um monte de garotas não gosta muito de nós. Às vezes, nos maltratam.

— Elas batem em vocês? — A mão da sra. Forbes voou até a boca.

— Ah, não, elas não nos batem, sra. Forbes.

— Nem sempre é preciso bater nas pessoas para maltratá-las — expliquei.

A sra. Forbes foi até a poltrona mais próxima e se deixou cair.

— Acredito que você tenha razão — ela suspirou.

Eu estava a ponto de falar quando o sr. Forbes voltou à sala. Ainda estava de shorts, mas acrescentara à indumentária um boné e um par de óculos escuros, e carregava uma carta. Ele me lembrava o meu pai. Sempre que o calor aumentava, ele trocava a calça comprida por shorts, mas todo o resto ficava exatamente igual.

O sr. Forbes colocou a carta em cima do aparador e se sentou no sofá com tanta força que o contrapeso quase jogou Tilly para o ar. Ele começou a amarrar os sapatos, puxando os cadarços até pequenas fibras de tecido pairarem no espaço acima de seus dedos. Levantei-me para dar mais privacidade às suas pernas.

— Então, você pode começar riscando isso da sua lista, Dorothy — ele dizia. — Mesmo que ela ainda contenha muito mais coisas a serem feitas.

Ele me olhou.

— Vocês vão ficar muito tempo por aqui? — perguntou.

— Ah, não, sr. Forbes. Nadinha. Vamos embora assim que tivermos dado uma mãozinha.

Ele voltou a olhar para os pés e soltou outro resmungo. Não consegui saber se aquilo era uma aprovação, para mim ou para o aperto do cadarço dos sapatos.

— Ela se distrai com muita facilidade, vocês sabem. — A aba de seu boné acenou para a sra. Forbes. — É a idade, não é, Dorothy? — Ele girou um dedo ao lado da cabeça.

A sra. Forbes começou a sorrir, mas o sorriso parou no meio do caminho.

— Não consegue guardar uma coisa na cabeça por mais de cinco minutos. — Ele falou por trás das costas da mão, como num cochicho, mas o volume da sua voz continuou exatamente o mesmo. — Perdendo os parafusos, eu desconfio.

Levantou-se e, num gesto teatral, dobrou-se ao meio para esticar as meias. Tilly se aproximou da segurança da ponta do sofá.

— Estou indo ao correio. — E marchou na direção do hall. — Volto em meia hora. Tente não se meter em confusão enquanto eu estiver fora.

E sumiu pela porta antes que eu percebesse.

— Sr. Forbes — precisei gritar para me fazer ouvir.

Ele reapareceu. Não me parecia muito uma pessoa que estava acostumada a receber gritos.

Entreguei-lhe o envelope.

— O senhor esqueceu sua carta — falei.

A sra. Forbes esperou pelo barulho da porta da frente se fechando e então começou a rir. Seu riso fez com que eu e Tilly ríssemos também, e o resto do mundo pareceu rastejar de volta para a sala, como se não tivesse ido tão longe quanto eu imaginara.

Enquanto ríamos, olhei para a sra. Forbes, e olhei de novo para a menina na lareira, que ria conosco através de um corredor no tempo, e percebi que, afinal de contas, as duas eram idênticas.

*

— Eu não sabia que precisaríamos arrumar a casa de verdade — disse Tilly.

A sra. Forbes tinha amarrado aventais debaixo dos nossos braços. Tilly estava sentada do outro lado da sala, esfregando polidor de metais num dorminhoco cachorrinho West Highland White Terrier.

— É importante não levantarmos suspeitas — eu disse, e peguei o último biscoito da travessa.

— Mas você acha que Deus está aqui? — Tilly examinou o cachorro e passou a flanela em suas orelhas. — Se Deus mantém todo mundo a salvo, você acha que ele também está mantendo a sra. Forbes a salvo?

Pensei na cruz pendurada no pescoço da sra. Forbes.

— Espero que sim.

A sra. Forbes voltou para a sala com outro pacote de biscoitos.

— O que você espera, querida?

Observei-a esvaziá-lo na bandeja.

— A senhora acredita em Deus, sra. Forbes? — perguntei.

— É claro.

Ela não hesitou. Não olhou para o céu nem para mim, nem mesmo repetiu a pergunta. Apenas continuou a repor os biscoitos.

— Como pode ter tanta certeza? — perguntou Tilly.

— Porque é assim que as coisas são. Deus une as pessoas. Ele dá sentido a tudo.

— Até às coisas ruins? — perguntei.

— É claro. — Ela me olhou por um instante, e voltou para a bandeja.

Eu podia ver a Tilly por trás do ombro da sra. Forbes. Seu polimento se tornara vagaroso e determinado, e ela lançou-me toda uma conversa por meio dos olhos.

— Como Deus pode dar sentido ao desaparecimento da sra. Creasy, por exemplo? — questionei.

A sra. Forbes deu um passo para trás e uma névoa de migalhas caiu no carpete.

— Não tenho ideia. — Ela dobrou o pacote vazio entre as mãos, ainda que ele se recusasse a diminuir de tamanho. — Eu nunca sequer falei com a mulher.

— A senhora não a conhecia? — perguntei.

— Não. — A sra. Forbes enrolou o pacote em volta do dedo anular. — Eles tinham se mudado para aquela casa há pouco tempo, depois que a mãe do John morreu. Eu nunca fui apresentada.

— Eu só fico me perguntando por que ela sumiu. — Dirigi a frase para ela, como um desafio.

— Bem, não teve nada a ver comigo, eu não disse uma palavra.

Sua voz se tornara aguda e febril, e a frase saiu correndo de sua boca, como para fugir.

— O que a senhora quer dizer, sra. Forbes?

Olhei para Tilly, Tilly olhou para mim, e nós duas franzimos a testa.

A sra. Forbes afundou no assento.

— Esqueça, estou ficando confusa. — Ela deu um tapinha na parte de trás do pescoço, como se verificasse se a cabeça ainda estava firmemente presa. — É da idade.

— Nós só não conseguimos entender para onde ela foi — falei.

A sra. Forbes alisou os pompons de uma das almofadas.

— Tenho certeza de que ela vai voltar quando chegar a hora — retrucou ela. — As pessoas costumam voltar.

— Espero que sim. — Tilly desamarrou o avental. — Eu gostava da sra. Creasy. Ela era gentil.

— Tenho certeza de que era. — A sra. Forbes brincou com a almofada. — Mas eu nunca estive na companhia daquela mulher, então não poderia afirmar.

Mexi nos biscoitos da bandeja. — Talvez alguém mais, na vila, possa saber para onde ela foi.

A sra. Forbes se levantou.

— Duvido muito. O motivo pelo qual Margaret Creasy desapareceu não tem nada a ver com qualquer um de nós. Deus age de forma misteriosa, Harold tinha razão. Tudo acontece por um motivo.

Eu queria perguntar qual era o motivo, e por que Deus precisava ser tão misterioso em sua maneira de agir, mas a sra. Forbes havia retirado a lista do bolso.

— Harold vai voltar logo. É melhor eu me apressar — ela disse.

E começou a passar o dedo pelas linhas de tinta azul.

*

Voltamos andando pela vila. O peso dos céus nos pressionava para baixo enquanto movíamos as pernas no calor. Olhei para as colinas que vigiavam a cidade, mas era impossível ver onde começavam e onde terminava o céu. Tinham sido fundidas juntas pelo verão, e o horizonte faiscava, sibilava e se recusava a ser encontrado.

De algum lugar além dos jardins, eu conseguia ouvir o som de um comentarista esportivo em Wimbledon escoando por uma janela.

Vantagem para Borg. E a vibração distante dos aplausos.

A rua estava deserta. A investida do sol vespertino levara todos a entrar depressa em casa, para se abanar com jornais e esfregar protetor solar em seus antebraços. A única pessoa à vista era Sheila Dakin. Estava deitada numa espreguiçadeira no jardim da frente da casa 12, braços e pernas bem abertas, o rosto voltado para o calor, como se alguém a tivesse prendido ali, como se fora um gigantesco sacrifício cor de mogno.

— Olá, sra. Dakin. — gritei através do asfalto.

Sheila Dakin ergueu a cabeça, e vi um ponto de saliva brilhar no canto da sua boca. Ela acenou.

— Olá, senhoritas.

Ela sempre nos chamava de *senhoritas*, e isso enrubescia o rosto de Tilly e nos fazia sorrir.

— Então Deus está na casa da sra. Forbes — disse Tilly quando paramos de sorrir.

— Acho que está. — Abaixei a aba do chapelão da Tilly para cobrir seu pescoço. — Então podemos dizer definitivamente que a sra. Forbes está a salvo, embora eu não tenha muita certeza quanto ao marido dela.

— É mesmo uma pena que ela nunca tenha se encontrado com a sra. Creasy, pois poderia ter dado alguma pista. — Tilly chutou um cascalho solto e ele bateu numa cerca.

Parei de andar tão de repente que minhas sandálias levantaram poeira na calçada.

Tilly olhou para baixo.

— O que foi, Gracie?

— O piquenique — eu disse.

— Que piquenique?

— A fotografia do piquenique na lareira.

Tilly franziu o rosto.

— Não entendi.

Olhei fixamente para a calçada e tentei fazer o pensamento dar marcha a ré.

— A mulher — falei. — A mulher.

— Que mulher?
— A mulher sentada ao lado da sra. Forbes no piquenique.
— O que é que tem? — Tilly perguntou.
Olhei para cima e encarei-a, direto nos olhos.
— Era Margaret Creasy.

A Vila, casa 2

4 de julho de 1976

Brian cantava para o espelho do corredor, enquanto tentava encontrar a risca do cabelo. Era um pouco complicado, porque sua mãe insistira em comprar um modelo com raios de sol e havia mais raios do que vidro, mas, se ele dobrasse de leve os joelhos e inclinasse a cabeça para a direita, quase conseguia encaixar todo o rosto no espelho.

O cabelo era o que ele tinha de melhor, como dizia sua mãe. Agora que as garotas pareciam gostar de cabelos masculinos um pouco mais compridos, ele já não tinha tanta certeza. O dele chegava, no máximo, até a altura do queixo e depois parecia perder o interesse, e não crescia mais.

— Brian!

Talvez se ele o pusesse para trás das orelhas.

— Brian!

Os gritos o atingiram como chumbo. Ele passou a cabeça pela abertura da porta da sala de estar.

— Sim, mãe?

— Traga aquela caixa de bombons, está bem? Meus pés não param de me incomodar.

Sua mãe estava deitada num mar de crochê, as pernas em cima do sofá, esfregando os joanetes por cima de um par de meias elásticas. Ele chegava a ouvir a estática.

— É o maldito calor. — Seu rosto estava coberto de rugas e o ar se concentrava em suas bochechas.

— Ali! Ali!

Ela parou de esfregar e apontou para o banquinho do sofá, que, na ausência de seus pés, tornara-se lar do guia de programação *TV Times*, dos chinelos e de um saco aberto de balas de menta. Tirou a caixa de bombons da mão dele e encarou-a com o mesmo nível de concentração de alguém que, numa prova, tenta responder a uma pergunta especialmente difícil.

Enfiou na boca um bombom de laranja e fez uma careta para a jaqueta de couro dele.

— Vai sair?

— Vou tomar uma cerveja com os rapazes, mãe.

— Os rapazes? — Ela pegou outro, com recheio de tâmara.

— É, mãe.

— Você tem quarenta e três anos, Brian.

Ele ia passar a mão nos cabelos, mas lembrou-se da brilhantina e parou.

— Quer que eu peça a Val para aparar seu cabelo da próxima vez que vier aqui?

— Não, obrigado. Estou deixando crescer. As garotas gostam mais comprido.

— As garotas? — Ela riu e pedacinhos de tâmara nadaram ao redor dos seus dentes. — Você tem quarenta e três anos, Brian.

Ele mudou os pés de lugar e a jaqueta de couro rangeu em seus ombros. Ele a comprara no mercado. Provavelmente nem era couro de verdade. Talvez plástico, imitando couro, e a única pessoa a se iludir era o idiota que a usava. Puxou a gola e ela rangeu entre seus dedos.

A garganta da sua mãe subia e descia com o bombom de tâmara, e ele a observou passar a língua pelos dentes inferiores para não ter qualquer dúvida de que aproveitava até o fim o dinheiro gasto.

— Esvazie aquele cinzeiro antes de sair. Você é um bom menino.

Ele pegou o cinzeiro e segurou-o com o braço esticado, como uma estátua: um cemitério de cigarros, cada um deles datado com uma cor diferente de batom. Observou os que estavam na ponta se inclinando e cambaleando enquanto atravessava a sala.

— Na lareira, não! Leve para a lixeira lá de fora. — Ela soprou as instruções através de um recheado de limão. — A casa vai ficar fedendo se você esvaziá-lo aqui dentro.

Uma espiral de fumaça surgiu de algum lugar nas profundezas da montanha de guimbas. A princípio, ele achou tê-la imaginado, mas o cheiro chegou às suas narinas.

— Vê se toma cuidado! — Ele apontou para o cinzeiro com a cabeça. — É assim que começam os incêndios.

Ela ergueu os olhos para ele, mas logo retomou sua atenção à caixa de bombons.

Nenhum dos dois falou.

Ele procurou e encontrou o brilho de uma guimba entre as cinzas. Apertou-a até que se apagasse, e o fio de fumaça vacilou e morreu.

— Agora está apagado — informou.

Mas sua mãe estava entregue aos chocolates, a atenção dedicada a joanetes, bombons de laranja e ao *filme que agora começa na* BBC2. Ele sabia que ela estaria exatamente do mesmo jeito quando ele voltasse do clube da Legião. Sabia que teria puxado a manta para cima das pernas, a caixa de bombons estaria massacrada e jogada no tapete e a televisão estaria falando sozinha no canto. Sabia que ela não teria se arriscado a se mover para fora dos limites de sua existência de crochê. Um mundo dentro de um mundo, uma vida que ela bordara para si mesma nos últimos anos e que parecia se encolher e comprimir a cada mês.

A vila estava em silêncio. Ele abriu a tampa da lata de lixo e sacudiu lá dentro os cigarros, levantando uma nuvem de cinzas até seu rosto. Quando parou de tossir e abanar o ar, tentando recuperar o fôlego, ergueu os olhos e viu Sylvia no jardim da casa 4. Derek não estava com ela, nem Grace. Ela estava sozinha. Raras vezes ele a via sozinha, e ousou observá-la por alguns instantes. Ela não ergueu o olhar. Estava arrancando as ervas daninhas, jogando-as num balde e esfregando as mãos para tirar a terra. De vez em quando, esticava as costas, respirava fundo e secava a testa com as costas da mão. Ela não mudara. Ele gostaria de lhe dizer isso, mas sabia que falar com ela só resultaria em mais problemas.

Sentiu um fio de suor empapar sua gola. Não sabia por quanto tempo ficara olhando, mas ela levantou os olhos e o viu. Ela ergueu a mão para cumprimentá-lo, mas ele se virou bem a tempo e entrou em casa.

Ele recolocou o cinzeiro no banquinho.

— Trate de chegar em casa às dez — disse-lhe a mãe. — Vou precisar da minha pomada.

O clube da Legião Britânica

4 de julho de 1976

O clube estava vazio, a não ser pelos dois velhos no canto. Sempre que Brian os via, estavam sentados no mesmo lugar, usavam as mesmas roupas e diziam as mesmas coisas. Olhavam um para o outro enquanto falavam, mas mantinham duas conversas distintas, cada um perdido em suas próprias palavras. Brian ajustou seus olhos ao lugar. Estava mais fresco ali, e mais escuro. O verão penetrava nas paredes chapiscadas e na madeira polida. Era engolido pela ardósia fria da mesa de sinuca e caía na trama do carpete gasto por tantas conversas. Não havia estações do ano no clube. Podiam muito bem estar no meio do inverno, não fosse o suor que empapava o alto da camisa de Brian e as dobras da calça em suas pernas.

Clive estava sentado num banco na ponta do bar, oferecendo batatas fritas a um terrier preto, que batia as patas e fazia um ruído vindo do fundo da garganta, quando achava que o intervalo entre as batatas estava grande demais.

— Uma caneca, certo? — ele disse e Brian fez que sim.

Clive desceu do banco.

— Outro dia quente — ele comentou, e Brian assentiu outra vez.

Brian entregou-lhe o dinheiro. Havia moedas demais. Ele ergueu a caneca e o chope escorreu pela borda, caindo no balcão.

— Ainda procurando trabalho? — Clive pegou um pano e passou-o na madeira.

Brian murmurou alguma coisa para dentro da bebida e desviou o olhar.

— Eu que o diga, meu bem. Se continuarem a cortar as minhas horas, vou ter que voltar para o jogo. — Ele virou a mão e examinou as unhas.

Brian encarou-o por cima da cabeça.

— É uma piada — disse Clive, rindo. E Brian tentou rir com ele, mas simplesmente não conseguiu.

*

Estava na segunda caneca quando eles chegaram. Harold entrou primeiro, de shorts e gritando.

— Boa tarde, boa tarde — disse ele, embora o bar ainda estivesse vazio. Os homens no canto balançaram a cabeça e olharam para o outro lado.

— Clive! — exclamou Harold, como se Clive fosse a última pessoa que esperasse ver. Os dois se cumprimentaram com um aperto de mãos e puseram a outra mão em cima das primeiras, até que se formasse uma pilha de apertos e comoção.

Brian observava.

Harold inclinou a cabeça na direção do copo de Brian.

— Vai um uísque *Double Diamond*?

Brian disse que não, que ele mesmo pagaria sua bebida, obrigado, e Harold disse *como quiser*, virou-se para Clive e sorriu, como se outra conversa estivesse acontecendo e Brian não conseguisse ouvir. No meio da conversa não ouvida, Eric Lamb chegou com Sheila Dakin e Clive precisou desaparecer nos fundos para buscar uma cereja para a sidra de Sheila.

Quando Brian os seguiu até a mesa, viu-se encurralado contra a parede, preso entre a máquina de cigarros e o misterioso decote de Sheila Dakin.

Ela franziu o nariz para ele.

— Você voltou a fumar, Brian? Está cheirando a cinzeiro sujo.

— É a minha mãe.

— E talvez você também deva pensar em cortar o cabelo — disse ela, mergulhando a cereja na sidra. — Está um horror.

Havia um rádio ligado em algum lugar, e Brian podia ouvir ao longe uma música, mas não podia identificar qual era. The Drifters, talvez, ou The Platters. Pensou em pedir ao Clive que aumentasse o volume, mas nos últimos cinco minutos, ele estava de pé no fundo do bar secando com um pano de prato sujo a mesma caneca e tentando ouvir a conversa deles. Aumentar o volume seria a última coisa que ele faria.

— Ordem, ordem! — exclamou Harold, e bateu na mesa com uma bolacha de chope, embora ninguém estivesse falando. — Convoquei esta reunião por causa dos últimos acontecimentos.

Brian se deu conta de que sua caneca estava quase vazia. Girou-a para resgatar a espuma espalhada pelos cantos.

— Últimos acontecimentos? — Sheila torceu um de seus brincos. Era pesado e de bronze, e Brian achou que parecia alguma coisa que se podia encontrar em um totem. O gesto repuxou a carne da orelha em direção ao queixo e esticou o buraco da orelha, numa linha irregular.

— Essa história da Margaret Creasy. — Harold ainda estava com a bolacha de chope na mão. — John botou na cabeça que isso tem alguma coisa a ver com a casa 11. Está em péssimo estado desde o episódio da igreja, no fim de semana.

— É mesmo? — espantou-se Sheila. — Eu não estava lá.

Harold olhou para ela.

— Não — falou —, eu não imaginei que estivesse.

— Seu desaforado! — Ela começou a torcer o outro brinco. Sua risada ocupando a mesa inteira.

Harold se inclinou para a frente, mesmo que não houvesse nenhum espaço para onde se inclinar.

— Só precisamos estar todos bem cientes em relação ao que aconteceu — disse ele.

A música terminara. Brian podia ouvir o chiado do pano de prato de Clive no copo e o murmúrio dos velhos embaralhando as palavras.

— Você poderia muito bem se sentar, Clive, em vez de ficar aí de pé. — Eric Lamb indicou o banco vazio com seu copo. — Você é tão parte disso quanto qualquer um de nós.

Clive deu um passo para trás, puxou o pano de prato para o peito e disse que não achava que aquele era seu lugar, mas Brian viu Harold convencê-lo com o olhar, e Clive arrastou o banco pelo linóleo e se empoleirou entre Harold e Sheila.

— Não chamei o John esta noite, de propósito. — Harold sentou e cruzou os braços. — Não precisamos de outra cena.

— O que o faz pensar que o caso tem algo a ver com a casa 11? — Sheila terminara o drink e girava a haste do copo entre os dedos. Ele rastejou em direção à borda da mesa.

— Você conhece o John. Ele está sempre procurando algo com que se preocupar — respondeu Harold —, ele não consegue ficar com a cabeça quieta.

Brian concordou, embora jamais o admitisse. Quando eram garotos, John costumava contar ônibus. Achava que davam sorte.

Quanto mais ônibus conseguirmos ver, melhor, dizia ele, *eles afastam as coisas ruins.* Aquilo os atrasava para a escola, pois iam pelo caminho mais longo, tentando ver tantos ônibus quanto podiam. Brian dizia: *Eles nos atrasam, como isso pode ser sorte?* e ria, mas John só roía a pele das unhas e dizia que não tinham visto o suficiente.

— John não acha que aquele pervertido acabou com ela, acha? — perguntou Sheila. Seu copo se inclinou em direção ao chão e Eric guiou a mão dela de volta.

— Ah, não. Nada desse tipo, não. Não. — Harold disse não vezes demais, e a palavra saía de sua boca como um cordão de bandeirolas. Ele baixou os olhos para a bolacha de chope.

— Eu não me surpreenderia — disse Sheila. — Ainda acho que ele pegou aquele neném.

Harold a encarou por um instante, e depois baixou os olhos.

— O bebê apareceu são e salvo, Sheila. — Eric tirou-lhe o copo da mão. — Isso é tudo o que importa.

— Maldito pervertido — ela retrucou. — Não me interessa o que a polícia disse. Esta é uma rua normal, cheia de gente normal. Ele não faz parte daqui.

Um silêncio se espalhou pela mesa. Brian podia ouvir o chope descer pela garganta de Eric Lamb e o pano de prato sendo amassado e dobrado entre os dedos de Clive. Ouvia o giro do brinco de Sheila e a batida da bolacha de chope de Harold na madeira, e ouvia golfadas de ar escapando de sua própria boca. O silêncio tornou-se um som que ecoou em seus ouvidos até que ele não conseguiu mais aguentar.

— Margaret Creasy conversava muito com a mamãe — disse ele, e levou a caneca à boca. Estava quase vazia.

— A respeito de quê? — indagou Harold. — Da casa 11?

Brian deu de ombros atrás da caneca.

— Nunca fiquei muito por perto — afirmou. — As duas passavam horas jogando cartas na salinha dos fundos. Minha mãe dizia que ela era boa companhia. Uma boa ouvinte.

— Ela estava sempre entrando e saindo da sua casa, Harold. — Sheila abriu a carteira com um clique e botou uma nota de 1 libra diante de Clive.

— É mesmo? Eu nunca vi.

— Provavelmente fazendo companhia a Dorothy — continuou ela — enquanto você andava por aí.

Brian quis botar uma pilha de moedas em cima da nota, mas Sheila abanou a mão para que ele desistisse.

— Dorothy viu Margaret Creasy indo para a casa 11 — disse Harold. — Ela está tão histérica quanto John a respeito disso. Ela acha que alguém disse alguma coisa.

Clive juntou os copos vazios, agarrando cada um deles com um dos dedos.

— O que há para ser dito? A polícia afirmou que o incêndio foi acidental.

— Você conhece a Dorothy — ponderou Harold. — Ela diz qualquer coisa a qualquer um, na maior parte do tempo sequer sabe o que está dizendo.

Os copos chacoalharam quando deixaram a mesa.

— Contanto que a polícia não mude de ideia e comece a revirar tudo de novo... — Dessa vez, a voz de Sheila saiu baixa. Ela ainda segurava sua bolsa, e Brian observou-a estalar o fecho. Suas mãos estavam ásperas por causa do calor e o esmalte das unhas se afastava das bordas em linhas irregulares.

— Pelo amor de Deus, Sheila, é exatamente disso que estou falando. — Não havia ninguém mais no bar. Até os velhos já tinham saído. Mesmo assim, Harold examinou as cadeiras vazias da sala à sua volta e depois se virou e se aproximou mais da mesa. — Parem com esse alarmismo. Na época, concordamos que só havíamos expressado o que sentíamos, mais nada. O resto foi acaso.

Brian recostou-se na cadeira. Sentia a ponta da máquina de cigarros espetar seu ombro.

— Mas ela falava com todo mundo, não é? Ela andava pela vila toda. Vocês não sabem o que ela descobriu. A sra. Creasy era esperta. Bem esperta.

Sheila empurrou a carteira para dentro da bolsa.

— Realmente detesto dizer isso, mas Brian tem razão. Talvez ela soubesse mais do que qualquer um de nós.

— Foi um acidente — declarou Eric Lamb. Ele alongou as palavras, como se passasse instruções.

Agora que sua caneca se fora, Brian não sabia o que fazer com as mãos. Pressionou o polegar nas gotas de cerveja em cima da mesa, puxando-as para criar linhas e tentar fazer um desenho. Aquele era o problema de ser conhecido pelas pessoas desde criança: elas nunca deixavam de achar que precisavam lhe dizer o que pensar.

— Só precisamos ficar calmos — interveio Harold. — Nada dessa conversa fiada. Nós não fizemos nada de errado, entendido?

Brian encolheu os ombros e sua jaqueta rangeu e estalou em resposta. Era provável que não fosse mesmo de couro, afinal.

*

Voltaram andando, Sheila de braço dado com Brian para se equilibrar, porque era impossível andar com aqueles malditos sapatos. Brian não achava que o problema fossem os sapatos, mas, de qualquer maneira, ofereceu o braço. Eram quase dez horas. Eric Lamb saíra antes e eles deixaram Harold no clube, que estava ajudando Clive a fechar. Aquela era a melhor hora do dia, pensou Brian. O calor se esvaíra num silêncio pesado e havia até uma leve brisa empurrando a quietude e abrindo caminho por entre as folhas mais altas.

Quando chegaram às garagens no final da vila, Sheila parou para puxar uma tira do sapato e vacilou, balançou e se apoiou em Brian para se equilibrar.

— Malditos sapatos! — exclamou.

Ele olhou para a rua. A luz fugia do céu e se concentrava no horizonte, levando consigo o que era familiar e seguro. Ao escurecer, as casas pareciam diferentes, ficavam de certa forma expostas, como se tivessem sido despojadas de seus disfarces. Encaravam-se como adversários e bem no alto, afastada do resto, estava a casa 11.

Imóvel, calada, à espera.

Sheila olhou para cima e seguiu o olhar dele.

— Não faz sentido, não é? — comentou. — Por que ficar num lugar sabendo que não é bem-vindo?

Brian deu de ombros.

— Talvez ele sinta o mesmo em relação a nós. Talvez ele esteja esperando um pedido de desculpas.

Sheila riu. Um riso fino e zangado.

— Vai esperar um bocado pelo meu.

— Mas você acha mesmo que ele fez aquilo? Acha mesmo que ele pegou o bebê?

Ela o encarou. Todo o seu rosto pareceu encolher e estreitar-se, até que o branco dos olhos se perdesse no ódio.

— Ele tem cara de quem é bem capaz, não tem? Você só precisa olhar para ele. Você não é tão idiota assim, Brian.

Ele sentiu a cor escorrer do seu rosto. Ficou aliviado por ela não perceber.

— Walter Estranho — disse.

— Exatamente. Até as crianças percebem.

Ele lançou um olhar para as luzes na janela de Sheila.

— Quem está tomando conta das suas? — perguntou.

Ela sorriu.

— Não precisam mais de babá. Nossa Lisa já tem idade suficiente. Ela é esperta, igualzinha à mãe. Eu a treinei direitinho.

Ele olhou de novo para a casa 11, que ia se diluindo na luz, a borda do telhado se tornando uma linha de tinta preta.

— É isso o que os filhos fazem, não é? — observou. — Imitam suas mães e pais?

Os sapatos de Sheila se arrastaram para a calçada, puxando asfalto com os saltos.

— Exatamente — ela respondeu. — E você nem comece a sentir pena de Walter Bishop. Pessoas como ele não merecem compaixão. Não são como nós.

O chacoalhar do chaveiro ecoou pela rua vazia.

— Você acha mesmo que a polícia vai se interessar pelo incêndio? — ele disse. — Depois de tanto tempo?

Ela se virou na penumbra. Ele não conseguia ver seu rosto, só o contorno. Um vulto deslizando e se chocando contra os tijolos escurecidos. Quando ela respondeu, foi um sussurro, mas ele o ouviu crepitar no silêncio.

— Temos que acreditar que não!

E seus sapatos arranharam o degrau, uma chave girou numa fechadura e Brian observou os últimos fiapos do dia serem roubados do céu.

Atravessou a rua em direção à sua casa, enfiando as mãos nos bolsos da jaqueta. A princípio, pensou ter imaginado, mas então sentiu de novo os nós de seus dedos se esfregarem num papelão. Parou e puxou o forro rasgado até soltá-lo.

Um cartão de biblioteca.

Colocou-se sob a claridade do poste, e o nome no cartão se revelou na luz líquida e alaranjada.

Sra. Margaret Creasy.

Ele franziu a testa e dobrou o cartão ao meio, empurrando-o de volta para dentro do forro, até que desaparecesse.

*

Brian parou à soleira da porta e olhou para a sala de estar. A caverna gigantesca que era a boca adormecida de sua mãe devolveu-lhe o olhar, e aquilo fez com que o restante do seu rosto parecesse estranhamente trivial. A caixa de bombons estava estripada no banquinho, e os restos de sua tarde decoravam o tapete — agulhas de tricô, palavras cruzadas e páginas de TV arrancadas de um jornal.

— Mãe? — ele chamou.

Não alto o bastante para acordá-la, mas alto o suficiente para tranquilizá-lo por ter tentado.

Ela roncou de volta para ele. Não o ronco violento e agitado que seria de se esperar, mas algo mais suave. Um ronco pensativo. Seu pai lhe dissera uma vez que sua mãe era delicada e graciosa quando se conheceram, e Brian se perguntava se aquele tipo de ronco era tudo o que restava daquela mulher frágil e esguia.

Ficou olhando para a boca da mãe. Perguntou-se quantas palavras haviam saído dali para os ouvidos de Margaret Creasy. Ela não conseguia se conter. Era como se usasse boatos para tecer uma teia e prender a atenção das pessoas, como se não acreditasse ser interessante o bastante para prender a atenção delas de outra maneira.

A boca da mãe abriu-se um pouco mais, os olhos se apertaram um pouco mais, e de algum lugar no fundo do seu peito veio o som áspero e fraco da inconsciência.

Brian se perguntou se ela teria comentado com Margaret Creasy alguma coisa a respeito da noite do incêndio. A respeito do que tinha visto, ou achado que tinha visto, pelos cantos sombrios da vila.

E se perguntou se teriam sido aquelas as palavras mágicas que fizeram Margaret Creasy desaparecer.

20 de dezembro de 1967

Brian aproxima a chama do fósforo do cigarro que enrolara e observa o fumo faiscar e tremular no escuro.

Poderia fumar lá dentro mesmo, se quisesse. As paredes já estão manchadas com a sombra amarela dos cigarros de sua mãe, mas ele prefere ficar ao ar livre, para sentir uma pontada de inverno no rosto e fitar a escuridão sem ser perturbado.

A vila está tomada por um silêncio gelado. Todas as casas estão lacradas contra o frio, três toras nas lareiras, a condensação subindo alto nas janelas. Há árvores de Natal espiando por frestas nas cortinas, mas Brian não está exatamente no espírito natalino. Duvida que alguém esteja, honestamente, depois de tudo o que aconteceu.

O cigarro é fino e queima depressa. Arranha o fundo da garganta e aperta o peito. Ele decide dar uma última tragada e voltar para o calor do carpete da cozinha, quando vê um movimento no alto da rua. Em algum lugar junto à casa 11 há um movimento na escuridão, uma rápida mudança de luz que atrai sua atenção no mesmo instante em que começava a se virar.

Ele protege o cigarro com a palma da mão para cobrir o brilho e tenta forçar os olhos para ver melhor, mas depois da piscina laranja da luz do poste as sombras morrem num mar de tinta negra.

Mas definitivamente houve um movimento.

E, quando fecha a porta dos fundos, Brian tem certeza de ouvir o som de passos se afastando.

*

— Você pode fumar aqui dentro, Brian. — Sua mãe indica um cinzeiro cheio. — Você poderia me ajudar a pendurar esses cartões de Natal.

Ela está prendendo os cartões em grampinhos vermelhos e verdes, como bandeirolas, e chegando ao fim de um pacote de biscoitos recheados.

— Eu precisava de um pouco de ar fresco, mãe.

— Contanto que você não se esqueça de seus rins. — ela diz.

Ele caminha até a janela e abre um pouquinho a cortina, só o bastante para olhar para fora por uma nesga de vidro.

— Para onde você está olhando? — Sua voz vibra de interesse, e ela pousa os cartões no colo.

— Casa 11.

— Pensei que você tivesse dito que ele tinha ido viajar com a mãe. E que tínhamos concordado que não havia motivo para vigiar a casa até que ele voltasse.

— Há alguém no jardim.

Ela fica de pé. Uma pilha de cartões de Natal salta no ar e três humildes manjedouras e um burro caem no tapete.

— Bem, já que você vai fazer isso, faça direito — diz ela. — Apague as luzes e abra toda a cortina.

Ele obedece, e ambos olham fixamente para a escuridão.

— Está vendo alguma coisa? — ela pergunta.

Ele nada vê. Observam em silêncio.

Sheila Dakin visita sua lata de lixo e a vila ecoa o som de vidro batendo em metal. Sylvia Bennett puxa a cortina de um dos quartos do segundo andar e passa os olhos pela rua. Dá a impressão de estar olhando diretamente para eles, e Brian se abaixa para se esconder.

— Ela não pode vê-lo, seu debiloide — diz a mãe. — As luzes estão apagadas.

Brian volta ao seu posto e, quando ergue o olhar, Sylvia já desapareceu.

— Talvez fossem aqueles garotos da vizinhança de novo — diz a mãe. — Talvez tenham voltado.

Brian se encosta à janela. Suas pernas estão ficando dormentes e as costas do sofá apertam suas costelas.

— Eles não teriam coragem — afirma. — Não depois do que aconteceu.

A mãe funga.

— Bem, eu não consigo ver nada. Você deve ter imaginado coisas, não há ninguém lá fora.

Enquanto ela fala, Brian percebe outra vez. Movimento atrás das árvores finas e desfolhadas no jardim de Walter Bishop.

Ele bate no vidro.

— Lá. Está vendo agora?

A mãe aperta o rosto de encontro à vidraça e ares de fascinação atravessam a paisagem.

— Bem, eu nunca... — diz a mãe. — Que diabos ele está fazendo?

Brian junta-se a ela na vidraça.

— Quem? Quem é?

— Tire a cabeça daí, Brian. Você sempre fica na frente.

— Quem é? — ele repete, movendo a cabeça.

Ela cruza dois braços confiantes sobre o peito.

— Harold Forbes — afirma. — Sem sombra de dúvida, é Harold Forbes.

Brian se arrisca a aproximar a cabeça da vidraça.

— É ele? Como é que você sabe?

— Eu reconheço aquela corcunda em qualquer lugar. Péssima postura a daquele homem.

Os dois olham fixamente para a escuridão e seu reflexo no vidro os encara de volta, boquiabertos, brancos como fantasmas e envoltos em curiosidade.

— Tem gente muito estranha por aqui — diz a mãe.

Os olhos de Brian se adaptam ao breu da noite e depois de alguns instantes ele percebe o vulto, ligeiramente curvado e ocupado com algo que leva nas mãos. Ele se move por entre as árvores, caminhando em direção à fachada da casa 11. Trata-se, sem dúvida, de um homem, mas Brian não faz ideia de como sua mãe pode ter tanta certeza de que é Harold Forbes.

— O que ele está carregando? — Brian limpa o embaçado de respiração do vidro. — A senhora consegue ver?

— Não tenho certeza — responde a mãe —, mas não é isso que mais me interessa.

Brian se vira para ela e franze o rosto.

— O que quer dizer?

— O que mais me interessa — diz a mãe — é quem está lá com ele.

Ela tem razão. Atrás da sombra encurvada que vaga por entre as árvores há uma segunda pessoa. É um pouco mais alta e endireitada do que a primeira, e ambas apontam para alguma coisa nos fundos da casa. Ele tenta apertar o rosto contra a vidraça, mas só consegue que a imagem fique borrada e distorcida, transformando-se numa confusão de vultos e espectros.

Brian oferece uma série de possibilidades, todas rejeitadas pela mãe como jovem demais, velha demais, alta demais.

— Então quem a senhora acha que é? — diz Brian.

Sua mãe se estica toda e aperta o queixo de encontro ao pescoço.

— Tenho minhas suspeitas — diz ela —, mas, é claro, fazer especulações não seria correto de minha parte.

Só há uma coisa que a mãe de Brian aprecia mais do que de fofoca: ocultá-la de uma parte interessada, com base numa súbita revelação de superioridade moral.

Eles discutem. Brian nunca ganha as discussões, sua mãe tem muito mais prática e é muito mais teimosa; e quando ele finalmente desiste e volta o olhar para a vila, os vultos já desapareceram.

— Então é isso — diz a mãe. As cartas ainda estão caídas em cima do carpete, e ela apanha várias Virgens Marias no caminho de volta para o sofá.

— O que a senhora acha que estavam fazendo? — pergunta Brian.

Ela pega outro biscoito e ele precisa esperar pela resposta, que só vem após ela o ter aberto e examinado o recheio.

— Bem, seja o que for — ela retruca —, vamos esperar que isso envolva finalmente nos livrarmos de Bishop de uma vez por todas. Temos tido incidentes demais por aqui nos últimos tempos.

Pela primeira vez, ele concorda. As últimas semanas tinham sido palco de uma perturbação atrás da outra. A polícia nunca visitava a vila, e agora parecia não sair dali.

— De uma coisa eu sei. — A mãe morde o biscoito e um spray de migalhas voa para cima da colcha que cobre o sofá. — É muito bom que você esteja aqui, Brian. Ou eu não conseguiria dormir na minha cama. Não enquanto aquele homem ainda estiver no fim da rua.

Brian, à janela, se inclina para trás, mas o peitoril machuca sua coluna, afundando-lhe as vértebras. A sala está quente demais. A mãe sempre a mantinha quente demais. Quando criança, ele ficava naquele mesmo lugar, espiando pela janela, tentando descobrir um jeito de fazer o calor escapar e desaparecer para sempre.

— Vou fumar outro cigarro — ele informa.

— Não sei por que você não fuma aqui dentro, Brian. Minha companhia não é boa o suficiente para você?

Ela voltara aos cartões de Natal. Há um tema, pensa Brian. Ela enfileira mais um Menino Jesus. Há treze estrelas de Belém. Treze burros preocupados. Uma fileira de Meninos Jesus a serem pendurados na lareira para observá-los comer a ceia de Natal usando silenciosos chapéus de papel.

— Só quero um pouco de ar fresco — ele responde.

— Bem, não demore uma eternidade lá fora. Você sabe que, com os meus nervos, não gosto de ficar sozinha por muito tempo. Não até que tudo se esclareça.

Brian pega a lata de fumo e a caixa de fósforos do peitoril da janela.

— Voltarei o mais rápido possível — diz.

E caminha de volta para a escuridão.

A Vila, casa 4

5 de julho de 1976

Era segunda-feira. O primeiro dia de verdade das férias. O verão estendera-se como uma ponte empoeirada que ia até setembro, e eu fiquei deitada na cama o máximo que pude, aproveitando aqueles últimos instantes antes do primeiro passo.

    Podia ouvir a voz dos meus pais na cozinha. Os ruídos eram familiares, uma sequência de armários, travessas e portas, e eu sabia que som viria a seguir, como num trecho de música. Amassei o travesseiro debaixo da cabeça, fiquei escutando e vendo a brisa empurrar as cortinas, ondulando-as como velas de um navio. Mas eu sabia que não ia chover. A gente sente o cheiro da chuva, dizia meu pai, do mesmo jeito que sente o cheiro do mar. Tudo o que eu conseguia sentir enquanto estava na cama era o cheiro do mingau do Remington e um redemoinho de bacon vindo da cozinha de outra casa e chegando até o meu quarto. Perguntei-me se poderia simplesmente voltar a dormir, mas então me lembrei de que precisava encontrar Deus, a sra. Creasy e meu café da manhã.

*

Mamãe estava muito quieta. Ficou em silêncio quando entrei na cozinha, permaneceu em silêncio durante todo o tempo em que comi o cereal e continuou em silêncio quando botei minha tigela na pia. Embora fosse estranho que, mesmo quando ficava em silêncio, ela ainda conseguisse ser a pessoa mais barulhenta do lugar.

Papai estava sentado no canto, limpando os sapatos em cima de um pedaço de jornal, enquanto mamãe orbitava os armários. De vez em quando, ele dizia alguma coisa muito banal, para ver se conseguia atrair alguém para uma conversa. Já havia tentado o clima, mas ninguém se animara. Chegou até a falar com Remington, mas Remington só bateu com o rabo no linóleo e pareceu confuso.

— Então, primeiro dia de férias, hein? — ele disse.

— Hum-hum. — Agachei-me na frente da geladeira e examinei o conteúdo, imaginando o que poderia ser o meu almoço.

— Então, como você e a Tilly vão passar o verão?

— Estamos procurando Deus — respondi, de dentro da geladeira.

— Deus? — ele disse. Podia ouvir a escova passando pelo couro do sapato. — Isso vai mantê-las ocupadas.

— Não deve ser tão difícil. Ele está em toda parte.

— Em toda parte? — repetiu papai. — Não sei se ele tem andado muito por aqui.

— Não comece, Derek. — Espiei por cima da porta da geladeira e vi mamãe tirar os talheres do pano de prato e enfiá-los numa gaveta. — Eu já lhe disse por que eu não vou.

— Eu não quis dizer isso, mas já que você tocou no assunto...

Sentei-me muito quieta na frente de um iogurte de amoras e uma dúzia de ovos de galinha caipira.

— Eu não deveria precisar me explicar. A gente já vai a funerais demais na vida, mesmo não indo aos que você não precisa ir.

— Só me preocupo que ninguém apareça. — Meu pai parou de escovar e fitou os sapatos. — Eu mesmo iria, se não estivesse no trabalho. Duas da tarde é realmente uma péssima hora.

— A mãe do Brian Magro vai estar lá — disse mamãe.

— Ela vai ao enterro de todo mundo. É a única hora em que ela sai de casa. — Papai bateu com a escova na lata de graxa. — Todos eles acabam se anulando.

— Eu nem conhecia Enid direito. — Mamãe leva as mãos ao rosto, e ouço um suspiro escapar por entre os dedos. — É horrível ela ter morrido sozinha, mas não vejo como ir ao seu funeral vai fazê-la sentir-se melhor.

A mulher do Caminho das Amoreiras. Eu estava me tornando uma detetive excelente.

— Como você preferir — disse papai, e o som do silêncio da mamãe se fez ouvir outra vez.

*

— Não acredito que a sra. Forbes mentiu para nós — disse Tilly.

Eu convocara uma reunião de emergência no meu quarto. Não era o ideal, porque Tilly se distraía com muita facilidade, mas a sra. Morton tinha ido visitar o túmulo do marido e comprar um estoque de biscoitos de chocolate, por isso, sua mesa da cozinha estava temporariamente indisponível.

Pensei nos meus pais. Eles mentiam a respeito de quanto tempo se levava para chegar a algum lugar e de quanto tempo duraria o meu lanche, e embora minha mãe sempre dissesse que meus presentes eram de ambos, papai sempre parecia tão surpreso quanto eu quando eu os abria na manhã de Natal.

— Os adultos mentem o tempo todo — falei. — O importante é saber por que a sra. Forbes mentiu.

Anotei a data no caderno. Eu sabia que a Tilly estava olhando para as miniaturas de bichinhos na prateleira atrás da minha cabeça. Podia ver seus olhos percorrendo a coleção.

— Você tem um lêmure — ela disse. — E uma girafa. Eu não tenho nenhum dos dois.

— Tilly, você precisa se concentrar.

Seus olhos chegaram ao final da prateleira.

— Você tem dois lêmures — ela constatou. — Dois. Eu não tenho nenhum.

— São uma dupla — expliquei. — Um par. É para ter dois mesmo.

— Eu não sabia que eles vinham em pares. Acho que não podem ficar separados então.

— Tilly, nós não estamos falando de bichinhos em miniatura. Devemos traçar um plano.

— Eu sabia que ela não estava dizendo a verdade — exclamou Tilly.

Minha caneta parou no ar.

— Como?

— Ela estava com aquele olhar. O mesmo tipo de olhar que minha mãe faz quando ela fala do meu pai. Eu sei que é a letra dela nos meus cartões de Natal.

— A minha mãe escreve todos os meus cartões de Natal.

— Mas não é a mesma coisa, né? — retrucou Tilly.

— Não — respondi. — Acho que não.

A brisa batia nas cortinas. Mamãe passava o dia inteiro fechando as cortinas para manter o calor do lado de fora e depois as abrindo para que saísse. Subi na cama, passei pela Tilly e abri uma fresta. Tilly se virou e olhou pela janela.

— O que o sr. Creasy está fazendo? — ela indagou.

John Creasy estava parado no meio da vila, olhando para o final da rua.

— Esperando o ônibus — respondi. —, ele para no final da vila às 10:55.

— Mas ele não deveria estar no ponto?

— Ah, não, ele não quer pegar o ônibus. Está esperando para ver se a sra. Creasy desembarca. Ele faz isso todos os dias.

O ônibus apareceu e parou enquanto olhávamos. Eu podia ouvir os freios assobiarem e bufarem e depois a tosse seca do motor, mas o ponto continuou vazio e o sr. Creasy foi para casa com as mãos enfiadas nos bolsos. Voltamos ao caderno.

— Quem mais estava na foto do piquenique? — perguntou Tilly.

Estiquei as pernas na cama.

— O sr. e a sra. Forbes — respondi. — E a sra. Creasy.

— Tá, mas quem mais?

Fechei os olhos e tentei visualizar. Eu tinha ficado interessada demais em olhar para a sra. Forbes com o cabelo ondulado e a imagem flutuava e nadava por trás das minhas pálpebras.

— Brian Magro — eu disse, enfim. — Com certeza, Brian Magro estava lá.

Tilly franziu as sobrancelhas.

— Quem é Brian Magro?

— O sr. Roper. Ele mora com a mãe na casa 2.

— Existe um Brian Gordo?

Pensei por um instante.

— Não — respondi —, não existe.

— Então nós vamos lá descobrir o que ele sabe?

— Ah, vamos, sim. Mas não hoje à tarde.

Tilly levantou os olhos e coçou a ponta do nariz com o moletom.

— Por quê?

— Porque hoje à tarde — expliquei — nós vamos a um funeral.

*

— Não sei se isso é uma boa ideia, Gracie. — Tilly se pôs diante do meu guarda-roupa e se olhou no espelho.

— Você me disse que não tinha nada preto — retruquei.

— Mas isto é um poncho.

— Tem preto nele.

Ela se olhou de novo.

— Também tem um monte de outras cores.

— É importante usar preto num funeral. É sinal de respeito.

— Que preto você está usando?

— Eu ia botar minhas meias pretas — respondi —, mas está quente demais, então vou usar uma pulseira de relógio preta.

Tentei entregar a ela meus óculos de sol extras, mas me dei conta de que agora Tilly não tinha braços, então ajustei eu mesma os óculos em seu rosto.

— Ainda não entendi por que estamos indo — disse ela.

— Porque ninguém mais deve ir. Ouvi papai dizendo para a mamãe.

— Mas nós nem conhecemos a mulher do Caminho das Amoreiras.

Olhei para nossos reflexos no espelho.

— Não faz mal. Alguém precisa estar lá. Imagine ninguém ir ao seu funeral. Imagine partir e ninguém nem ao menos se preocupar em se despedir de você.

Havia um nó na minha garganta e eu não tinha ideia de onde ele viera. Precisei espremer as palavras para que passassem por ele e eu pudesse falar, mas quando elas saíram, soaram trêmulas e estranhas de tanto aperto.

Tilly franziu o rosto e tentou me oferecer sua mão por cima da lã.

— Não fique chateada, Gracie.

— Não estou chateada — afirmei. — Só preciso que ela saiba que ela importava.

Puxei a mão e tentei engolir aquilo tudo. Eu era a mais velha e isso significava que deveria dar o exemplo.

Botei os óculos e abaixei o cabelo.

— Seja como for — falei —, Deus vai estar lá. Podemos descobrir algumas pistas.

*

Não éramos as únicas pessoas na igreja e fiquei contente, porque eu nunca entendi muito bem quando se deveria sentar, ficar de pé e ajoelhar, e era útil ter alguém para copiar. A sra. Roper estava num dos bancos da frente, esfregando os pés, e perto dela estava o garçom do bar da Legião, embora não houvesse sinal do Brian Magro. Na segunda fila, havia dois velhos que pareciam falar sozinhos. Deslizamos para os bancos de trás para podermos comentar tudo. Arrumávamos nossos pés nas almofadas quando o sr. e a sra. Forbes entraram. A sra. Forbes se encaminhou para os bancos da frente, mas o sr. Forbes puxou-lhe o braço e apontou com o dedo para alguns lugares no meio, onde Eric Lamb estava sentado.

— Eu queria saber se Deus sabe sobre a sra. Forbes e o quanto ela mente — sussurrou Tilly, alisando o poncho.

O pároco nos viu na porta e disse que não sabia que éramos amigas de Enid. Eu lhe disse que éramos como filhas para ela e ele perguntou se sabíamos que ela tinha noventa e oito anos. Pegamos um hinário para as duas e fizemos que sim por baixo dos nossos óculos de sol. Em algum lugar acima das nossas cabeças, o órgão tocava uma música introdutória. As notas eram suaves e reverentes, e mergulhavam na pedra e na madeira antes mesmo de terem a chance de ser ouvidas.

— Aquele é Jesus? —Tilly perguntou.

Segui seu olhar até uma estátua. O homem usava uma roupa vermelha e dourada, que tinha sido enrolada em torno dele e caía em dobras. Estava de pé em um pedaço de madeira no meio da parede e tinha uma das mãos estendidas, como se nos convidasse a subir até lá para nos juntarmos a ele.

— Acho que é — respondi. — Ele tem barba.

— Mas todos eles têm barba, não é?

Dei uma olhada em volta e percebi que havia montes de pessoas de pé em cima de pedaços de madeira nos olhando. Era confuso, porque todos pareciam pensativos e ligeiramente desapontados, e de repente não ficou mesmo muito claro qual deles era Jesus.

— Não — eu disse —, acho que Jesus é aquele ali. Parece o mais religioso.

Enquanto decidíamos, o pároco caminhou pela nave e parou diante do caixão de Enid.

Ela devia ser muito baixinha.

Eu sou a ressurreição e a vida, diz o Senhor. Os que em mim creem viverão, ainda que morram.

O pároco era muito enfático e convincente. Mesmo que eu nunca conseguisse entender o que ele dizia, sempre me sentia compelida a concordar com ele.

Viemos aqui hoje para relembrar, diante de Deus, nossa irmã Enid, e dar graças por sua vida. Para entregar seu corpo à terra e nos consolarmos em nossa dor.

Olhei além do pároco, para o caixão de Enid, e pensei nos noventa e oito anos que havia lá dentro. Perguntei-me se ela também teria pensado neles, sozinha no carpete da sua sala de estar, e desejei que tivesse. Pensei em como ela seria carregada pela igreja e por entre as lápides, passando por todos os Ernests, Mauds e Mabels, e como noventa e oito anos seriam postos dentro da terra, para que dentes-de-leão crescessem no meio do seu nome. Pensei nas pessoas que para sempre passariam por ela a caminho de outro lugar. Pessoas em casamentos e batizados. Pessoas pegando um atalho, fumando um cigarro. Perguntei-me se ao menos um dia parariam e pensariam em Enid e seus noventa e oito anos, e se o mundo se lembraria um pouco dela.

Sequei o rosto antes que Tilly pudesse ver. Mas eu estava contente. Isso significava que Enid importava. Que noventa e oito anos eram dignos de um choro.

O órgão recomeçou a tocar com um pouco mais de segurança, e todos os hinários começaram a farfalhar.

— O que quer dizer *refrear*? — Tilly apontou para a página.

— Acho que quer dizer comportar-se — falei.

As pessoas cantavam em vozes muito baixas e Tilly e eu fingimos um pouco, mas a sra. Roper compensou a discrição de todos devolvendo o hinário ao assento e cantando a plenos pulmões.

Depois de cantar a respeito de nos comportarmos, o pároco subiu ao púlpito e avisou que leria a Bíblia.

— *Quando o filho do homem vier em sua glória* — disse ele — *e com ele todos os anjos, Ele se sentará em seu trono glorioso.*

Sentei-me, com uma bala de alcaçuz.

— *Todas as nações se reunirão diante d'Ele, e Ele separará as pessoas, como o pastor separa as ovelhas das cabras. Ele colocará as ovelhas à sua direita e as cabras à sua esquerda.*

— Ovelhas de novo — disse Tilly.

— Pois é — respondi. — Elas estão em toda a parte.

Ofereci uma bala, mas ela sacudiu a cabeça.

— E então Ele dirá aos que estão à sua esquerda: "Apartai-
-vos de mim, malditos! Ide para o fogo eterno destinado ao demô-
nio e seus anjos".

Tilly me cutucou com o poncho.

— Por que ele odeia tanto as cabras?

— "Porque tive fome e não me destes de comer; tive sede e não me destes de beber".

— Não sei direito — eu disse. — Ele parece só gostar de ovelhas.

— "Eu era peregrino e não me acolhestes; estava nu e não me vestistes; estava doente e na prisão e não cuidaste de mim".

— Ah, elas não cuidaram d'Ele — observou Tilly. — Acho que isso faz sentido.

— E os que estiverem à esquerda irão para o castigo eterno, e apenas os que estão à direita irão para a vida eterna.

O pároco acenou com sua cabeça, como se nos tivesse dito algo muito importante, e eu também assenti com a minha, mesmo que não tivesse muita certeza do que era aquilo.

— Mas eu não entendo — cochichou Tilly. — Como é que Deus pode saber quais pessoas são cabras e quais são ovelhas.

Olhei para Eric Lamb e para o sr. Forbes, que arrumava o hinário da sra. Forbes para ela. Olhei para a sra. Roper esfregando os pés, para o garçom do bar da Legião, para os dois velhos, que ainda estavam de cabeça baixa e sussurravam para si mesmos. E depois olhei para o pároco, que nos olhava do alto do seu pequeno lance de escadas.

— Acho que é aí que está o problema — retruquei. — Nem sempre é fácil saber a diferença.

*

Quando saímos da igreja, o pároco estava na porta, despedindo-se de todos. Ele apertou minha mão e disse obrigado por ter vindo, e eu apertei a mão dele e disse obrigada por nos receber. Ele também tentou cumprimentar a Tilly, mas sua mão parecia perdida em algum lugar dentro do poncho e ele não conseguiu encontrá-la a tempo. Todos os outros pareciam ter desaparecido, mas a sra. Roper estava apoiada numa lápide, beliscando os dedões.

— Sou uma escrava dos meus pés — ela nos disse, enquanto os beliscava com mais força. — Vivo indo ao médico.

— Foi muito bom a senhora ter vindo — comentei —, mesmo sentindo essa dor horrorosa.

A sra. Roper olhou para cima, protegeu os olhos do sol e nos deu um imenso sorriso.

— A senhora deve ser muito religiosa para ter feito tanto esforço. — Estendi a mão, como Jesus, e puxei-a da lápide.

— Ah, sou, sim — concordou ela —, mas me faz um bem enorme sair de casa. Na verdade, me anima bastante.

Eu disse à sra. Roper que ela era um maravilhoso exemplo para as novas gerações, e a sra. Roper disse que sim, era mesmo, e seu sorriso ficou ainda maior.

Guardou o missal na bolsa e fechou-a com um clique.

— Vocês vão voltar para a vila, meninas? Vamos juntas?

Respondi que gostaríamos muito, e vi Tilly sorrir por trás do poncho.

Nem tínhamos chegado ao Largo do Limoeiro quando ela mencionou a sra. Creasy.

— Que coisa horrorosa — disse ela, passando um lenço debaixo de um de seus braços —, desaparecer desse jeito!

— A senhora a conhecia bem? — perguntei.

Ela mudou de braço.

— Ah, conhecia, sim. Melhor do que muita gente. Ela gostava muito de conversar comigo.

— Imagino que sim — retruquei —, porque a senhora sabe o que é sofrer, sra. Roper.

A sra. Roper reafirmou que sabia.

— Mas por que a senhora acha que a sra. Creasy desapareceu?

Ela andava muito depressa e eu era obrigada a apertar os passos para acompanhá-la. Ouvia a respiração da Tilly em algum lugar atrás de mim. Parecia um trenzinho a vapor.

Tínhamos chegado ao final da vila, e isso pareceu fazer a sra. Roper desacelerar.

— Bem, pode ter sido por inúmeros motivos, é claro. Mas eu sei no que eu apostaria.

Revirei meu bolso.

— A senhora gostaria de outro lencinho, sra. Roper? A senhora parece decididamente exausta.

Ela pegou o lencinho e sorriu.

— Vocês estão com pressa, meninas? É que eu acabei de abrir uma lata de caramelos.

Nós a seguimos pela calçadinha do jardim.

Quando me virei, Tilly sorria tanto que tive medo que alguém pudesse ouvi-la.

A Vila, casa 8

5 de julho de 1976

— O senhor e sua esposa tiveram alguma discussão?

O guarda Green levou seis minutos e trinta e dois segundos para se decidir. (John sabia disso porque ficara olhando para o relógio em cima da lareira.) Ao anotar a série de perguntas que acreditava ser necessário fazer, aquela tinha sido a primeira. Agora, estavam todas fora de ordem.

— Sr. Creasy?

— Não, nós não tivemos nenhuma discussão.

Ele ia acrescentar que nunca discutiam. Ia acrescentar que, em seis anos, Margaret e ele nunca discordaram a respeito de coisa alguma, mas acabou concluindo que o guarda Green poderia acha-lo estranho, uma daquelas pessoas bizarras que acreditavam que discutir com a esposa era, de alguma maneira, saudável. Então, optou por não dizer mais nada e, em vez de falar, ficar olhando para o ponteiro dos minutos no relógio.

— Sr. Creasy?

— Desculpe, não ouvi a pergunta.

O policial se sentara muito empertigado na ponta do sofá, como se não pretendesse ficar ali por muito tempo.

Como se quanto menos partes do corpo ele obrigasse a ficarem sentadas, menos tempo precisaria passar ali. Seu número de identificação era 1279.

— Perguntei se sua esposa pode ter tido uma desavença com alguma outra pessoa.

Doze meses no ano, sete dias na semana. O que representaria o nove? Não conseguiu pensar em nada que fosse nove.

— Margaret se dava bem com todos — respondeu. — Era amável com todos os vizinhos. Amável demais, na verdade.

O policial parou de escrever e levantou os olhos.

— Amável demais?

John puxou alguns fios que se soltavam do braço da poltrona, rasgando-os. Policiais eram como médicos. Começavam com uma ideia própria a respeito de alguma coisa e se pegavam nas palavras alheias para provar que estavam certos.

— Quero dizer, ela passava uma porção de tempo ajudando as pessoas. Tentando resolver os problemas dos outros.

O policial olhou para o seu bloco.

— Sei. Prestativa com a vizinhança.

Sempre tirar a prova dos nove. Isso serviria, embora não fosse de uso corrente. John observou o guarda Green anotando as palavras. Perguntou-se como ele conseguia usar um uniforme tão grosso naquele calor. A força policial deveria fornecer um uniforme de verão. Ou talvez já o fizesse. Talvez aquele fosse o uniforme de verão e o de inverno fosse ainda mais grosso.

— O senhor está gravando esta conversa? — perguntou.

O guarda Green levantou as mãos. Como se isso provasse alguma coisa.

— Ninguém está sob custódia, sr. Creasy, só estamos fazendo algumas perguntas adicionais.

— Porque na semana passada eu já disse tudo isso ao seu colega, o guarda Hay. Identificação número 7523. Sete dias na semana, cinquenta e duas semanas no ano, mais a Santíssima Trindade.

O guarda Green parou de escrever e encarou-o.

— O senhor conhece o guarda Hay?

O policial assentiu. Ainda o encarava.

— Então o senhor sabe que já me fizeram as mesmas perguntas. Numa ordem diferente, é claro, mas respondi a todas com muita precisão.

— Agradeço-lhe por isso, sr. Creasy. — O policial não parecia querer baixar os olhos, mas depois se controlou e virou algumas páginas do bloco. — É que recebemos um telefonema, vários telefonemas, de... — ele tropeçou nas palavras — de... um vizinho preocupado, e o sargento achou que poderia valer a pena retomar as coisas.

— Um vizinho preocupado?

— Não tenho autorização para lhe dizer quem, sr. Creasy.

— Não estou lhe pedindo que o faça, guarda Green. Não gostaria que o senhor quebrasse as regras.

Não havia ar na sala. John podia sentir o peito afundar e emergir com o esforço da respiração. Todos os seus músculos discutiam com sua cabeça, tentando evitar que enchesse os pulmões, e as pontas dos seus dedos começavam a formigar. Ele sentia o que estava acontecendo, mas não conseguia interromper.

— O senhor disse ao guarda Hay que sua esposa não tinha parentes?

— Disse.

Ele queria abrir uma janela, mas tinha medo de se virar de costas.

— Que moraram em Tamworth logo que se casaram e que voltaram para esta casa depois da morte de sua mãe?

— Está correto.

Não tinha sequer certeza de que suas pernas suportariam seu peso. Pareciam úmidas e distantes, como se alguém as estivesse puxando para fora do seu corpo.

— O senhor está se sentindo bem, sr. Creasy? Está muito pálido.

Cruzou as pernas para testá-las.

— Só estou com calor — respondeu. — É a falta de ar.

— Deixe-me abrir uma janela.

O policial se pôs de pé e tentou contornar os móveis. Seu uniforme parecia atrapalhar os movimentos. Tornava-os desajeitados e rígidos, e a ponta do paletó bateu numa pilha de jornais no peitoril da janela. Escorregaram para o carpete. John se perguntou como os policiais conseguiam perseguir criminosos, se nem eram capazes de lidar com a sala de estar de alguém.

O guarda Green voltou a se sentar. Estava ainda mais na beirada do sofá do que antes.

— Melhorou um pouco? — perguntou.

John fez que sim, embora não houvesse diferença. O calor se tornara uma barreira. Recusava-se a deixar passar qualquer coisa, erguendo-se contra o resto do mundo e confinando a todos em uma prisão sem ar.

— Mais alguma coisa, guarda Green? — Levou a mão aos cabelos e sentiu uma película de suor deslizar pela pele.

O policial folheava as páginas. John ouviu-o falar de hospitais e de se manter otimista, de estações de trem e terminais de ônibus, de como os adultos às vezes precisavam tirar uma folga de suas próprias vidas e de como em geral retornavam por vontade própria. E do calor, muitas palavras a respeito do calor. Já ouvira tantas vezes aquelas frases tranquilizadoras que deveria começar a repeti-las para si mesmo de vez em quando e poupá-los do trabalho.

— Sr. Creasy?

O guarda Green olhava outra vez para John. Ele examinou o rosto do policial e tentou encontrar um indício da pergunta.

— Casa 11, sr. Creasy. Sua esposa alguma vez falou com Walter Bishop?

John Creasy podia ouvir o som da sua própria respiração. Imaginou se o policial também conseguia ouvir. Tentou abrir a boca, mas ficou pior. O ar raspou o céu da boca e sugou todas as palavras de sua garganta.

— Sr. Creasy?

— Eu duvido muito, guarda Green. — John ouviu sua própria voz, mas não saberia dizer como ela conseguiu sair. — Por que está perguntando?

— Só porque é o único vizinho com quem ainda não consegui falar. — Quando o policial franzia as sobrancelhas, o branco de seus olhos desaparecia. — Nada com que se preocupar. — E disse isso parecendo preocupado.

— Ela saiu sem sapatos. O senhor sabia disso, guarda Green?

O policial balançou a cabeça. Não havia desfranzido o rosto.

— Andar de chinelos é muito perigoso. — John voltou a cutucar o braço da poltrona. Podia ouvir sua unha arrancando os fios. — Não é seguro.

— Há alguém que possa lhe fazer companhia, sr. Creasy? Um parente, um amigo?

John Creasy sacudiu a cabeça.

— Tem certeza?

— Certeza absoluta, guarda Green. Nunca tive tanta certeza.

O policial fechou o bloco e se levantou. Guardou o lápis no bolso do paletó.

— Entraremos em contato se soubermos de alguma coisa. Não precisa me acompanhar, eu encontro a saída, está bem?

Eram quinze passos até a porta da frente. Muita coisa podia acontecer em quinze passos.

John se levantou e apoiou seu peso na poltrona.

— Vou junto, se não se importar — retrucou. — Todo cuidado é pouco.

*

Não houve muita alteração na casa desde que ele se mudara de volta. Margaret falou em construir um pequeno jardim de inverno, mas ele lhe disse que aquilo atrairia moscas, talvez até ratos se começassem a tomar chá ali, e Margaret sorriu, deu-lhe palmadinhas na mão e disse que não tinha importância.

Sentia falta da sua tranquilidade. Do modo como ela eliminava e mitigava seu desassossego, de como aquela despreocupação o levava adiante até o final do dia. Ela nunca menosprezava suas apreensões, só as desemaranhava, aparando as arestas e alisando-as até se tornarem esguias e insignificantes. Sentia falta de sua conversa, da amenidade de suas palavras enquanto comiam e do som dos talheres descansando numa travessa. Tentava superar o silêncio com a televisão, o rádio e o som de sua própria voz, mas os ruídos pareciam apenas intensificá-lo e torná-lo ainda mais alto, e aquele silêncio o perseguia por todos os cômodos, como água transbordando de um copo.

Desde que ela desaparecera, ele percebia que o silêncio se fazia presente em todos os lugares. De vez em quando, as pessoas o espiavam, quando achavam que ele não perceberia, e, às vezes, grupos inteiros se viravam ao mesmo tempo, mas ninguém falava.

Nas lojas, todos o evitavam. Demoravam-se nas prateleiras de frutas em calda e de artigos domésticos diversos, em vez de entrarem atrás dele na fila do caixa. Remexiam as bolsas em busca de itens imaginários e liam cartazes de anúncios de carrinhos de bebê e aulas noturnas para evitar passar por ele na rua.

Ele ouvia os sussurros. Ouvia as declarações introdutórias e os testemunhos de peritos, a retórica, os veredictos e o som das opiniões sendo emitidas. E então todos se afastavam, como se o desaparecimento de pessoas fosse contagioso e pudessem acabar desaparecendo também, caso se descuidassem a ponto de chegar muito perto. Margaret sempre dizia que ele prestava atenção demais nos outros, mas era muito difícil evitar, com todos fazendo tanto esforço para passar despercebidos.

Mesmo quando sozinho, a sala de estar ainda parecia desconfortável. John percebia a cavidade na ponta da almofada em que o policial descansara o corpo, o copo d'água intocado na mesinha do café e, no silêncio, ainda podia ouvir as perguntas, penduradas no ar como pedaços de corda.

Sua esposa alguma vez conversou com Walter Bishop?

John roeu as unhas. Precisava sair da sala.

Eram doze degraus. Treze, contando com o que havia pouco antes de se chegar ao segundo andar, mas aquele era apenas um pequeno patamar. Poucas semanas antes, Margaret colocara ali uma planta carnívora, mas, diante da preocupação de que pudesse provocar tropeções, ele o levou para o quarto de hóspedes.

Era irônico, porque agora havia coisas em todos os degraus. Livros, cartas e caixas de papelão cheias de documentos e fotografias. Ele precisava se desviar das contas de gás e apólices de seguro, dos trabalhos de secretariado de Margaret e seus certificados de contabilidade. Manuais de instrução, livros de exercícios, recortes de jornais — tudo precisava ser pesquisado. Se Margaret tivesse ido embora por vontade própria, deveria ter encontrado alguma coisa que provocara seu desaparecimento. Se ninguém lhe tinha dito nada, ela descobrira tudo sozinha. Havia algo na casa. Algo que lhe contara os segredos do marido, e ele precisava descobrir o que tinha sido.

Subiu pisando com cuidado entre os entulhos. Nas duas últimas semanas, examinara tudo o que havia no térreo e na garagem. A cozinha lhe tomara mais tempo, mas ergueu cada tampa, procurou em cada prato. Todo cuidado era pouco. Grande parte da casa ainda era o lar de sua mãe. No fim da vida, ela guardava tudo. Receitas, cupons e velhas passagens de ônibus. Ele encontrava essas coisas nos lugares mais estranhos, enfiados atrás da cesta de pão, dentro de um livro não devolvido à biblioteca. Haveria algum recorte de jornal? Alguma alusão em uma carta? Talvez Margaret tivesse tropeçado sem querer numa prova. Talvez o passado tivesse caído em suas mãos por engano.

Abriu a porta do quarto de dormir. O lugar cheirava a queimado e estática. Como se camadas de calor tivessem se instalado por cima das lembranças e as recobrissem. Tentara dormir naquele quarto nos primeiros dias, mas era impossível. A cama estava leve demais, quase sem peso. A sensação era de que poderia flutuar sem ela a seu lado e, quando conseguia cochilar, acordava poucos minutos depois e a perdia outra vez.

Em vez de dormir, foi andar. Andou enquanto o resto do bairro dormia, ao longo de avenidas e largos, por corredores de pessoas flutuando na inconsciência, e o silêncio era para ele um narcótico, acolchoando sua mente e desemaranhando seus pensamentos.

Caminhou até o parque, onde Margaret gostava de se sentar perto do coreto e ver as crianças brincando. E andou até o banco em frente ao lago e ficou observando os caules dos juncos nos bancos de areia e os patos margeando a água, aconchegados num sono emplumado. Tomou o caminho que ela escolheria para fazer compras, refazendo seu itinerário pela rua Principal. Passou por manequins, por vitrines cobertas de celofane laranja, pelas belas bandejas prateadas do peixeiro, cujo único conteúdo consistia de folhas falsas de salsinha. Arrastou o som de seus próprios passos por ruas desertas até a biblioteca e de volta, pelo Mercado e ao longo do canal. Sabia que ela gostava de se sentar junto à margem para almoçar.

Durante o dia, havia uma série de pessoas com quem passar o tempo, passeadores de cães, ciclistas e gente pegando um atalho para o centro da cidade, e todas as noites, enquanto comiam, ela ria e lhe contava as histórias ouvidas. Mas, na escuridão, os freixos curvavam a cabeça em direção à água em busca de seus reflexos, e o canal se tornava negro e infinito, estendendo-se como uma fita de tinta até o horizonte. A noite alterava a paisagem, até torná-la tão confusa e desconhecida quanto as de outro país.

Enquanto refazia o trajeto de Margaret pelas ruas, ele falava como se ela caminhasse a seu lado. Antes do desaparecimento, ele nunca tinha dito *Eu te amo*. Inseguras de si mesmas, essas palavras soavam desconfortáveis e pareciam presas, recusando-se a sair. Em vez de dizer *Eu te amo*, ele dizia *Cuide-se* e *A que horas você volta?* Em vez de dizer *Eu te amo*, deixava o guarda-chuva dela no último degrau da escada para que não fosse esquecido, e no inverno colocava as luvas em cima da cadeira ao lado da porta, para que ela se lembrasse de calçá-las antes de sair.

Até que ela desaparecesse, aquela era a única maneira que conhecia de lhe dizer do seu amor, mas depois que ela partiu ele descobriu que as palavras corriam soltas. Caíam de sua boca no silêncio, confiantes e desavergonhadas. Chacoalhavam debaixo da ponte do canal e saltitavam pelo caminho junto à margem. Valsavam ao redor do coreto e percorriam as calçadas conforme ele caminhava. Ele pensou que, se repetisse muitas vezes as palavras, ela com certeza as ouviria e que, se continuasse a andar, os dois acabariam por se encontrar. Estatisticamente, deveria haver um limite de quantos passos você teria de dar antes de reencontrar alguém.

*

Abriu as portas do guarda-roupa e uma onda de reconhecimento rolou pelo seu corpo. As roupas dela eram tão familiares, tão íntimas, que ele se sentiu aprisionado por elas, incapaz de desviar o olhar. Sugerira a Margaret pendurá-las mediante algum tipo de ordem. Cores, talvez, ou por estilo. Tornaria tudo muito mais fácil de encontrar, explicara. Mas tudo o que ela fez foi rir, beijá-lo no alto da cabeça e dizer que ele pensava demais.

As roupas continuaram desordenadas e guardadas sem planejamento, e agora lhe devolviam o olhar penduradas nos cabides, toda uma plateia de Margarets, expectadoras de seu infortúnio. Respirou fundo, imaginando que seu perfume talvez tivesse esperado por ele atrás das portas, mas o verão o roubara. Havia apenas o aroma suave de tecido, o calor pressionado entre as camadas e o odor químico dos produtos de lavagem a seco. Apesar do caos, tudo estava bem cuidado. Bainhas haviam sido feitas, saltos de sapatos foram consertados e os rasgões, remendados. Margaret gostava de consertar. Deixava-a feliz ver as coisas restauradas, e os consertos faziam John sentir-se seguro.

Agora que ela se fora, ele já imaginava as costuras começando a ceder, as pontas começando a se soltar e todos os buracos que haveria em sua vida para que neles caísse.

Envergonhou-se por revistar aquelas roupas, mas mesmo assim suas mãos vagavam por entre jaquetas e casacos, em busca de um caminho para a vida dela. Descobriu que, às vezes, os bolsos não eram bolsos, apenas pedaços de pano presos por cima da roupa, como um truque, e os reais estavam vazios, salvo por algum lenço de papel esquecido ou pastilhas para a tosse. Suas bolsas também não ajudaram. Listas de afazeres amassadas e centavos esquecidos, óculos de reserva para levar ao oftalmologista e receitas antigas. Fragmentos de uma vida banal. A vida que ela decidira abandonar.

Recostou-se. A confusão resultante de suas buscas se espalhava pelo tapete à sua volta e ele olhava de e para a porta, se acalmando com o receio de ainda poder ser descoberto. Quando se mexeu, emaranhados de uma vida destrinchada lhe espetaram as costas. Em pouco tempo, a casa seria tomada, o caos inundaria todos os quartos e nenhum lugar lhe seria deixado para existir.

Antes da partida de Margaret, sempre havia algo a fazer, alguma coisa a ser dobrada, arquivada, endireitada. Havia uma organização, um plano. Agora, ele se tornara incontrolável, à deriva entre camadas de seu próprio pensamento, cercado de gavetas, armários e guarda-roupas que vomitavam seu conteúdo pelo chão enquanto ele buscava a resposta para uma pergunta que talvez nem mesmo existisse. Seus dedos se entrelaçaram atrás da cabeça, tentando ancorar sua mente, cobrindo as orelhas para bloquear o som do próprio pulso. Controlou a respiração, como Margaret lhe ensinou. Contando, esperando. Ia passar, só era preciso encontrar uma distração, uma sensação de controle.

Estendeu a mão para uma das listas e desdobrou-a.

Estava datada de 20 de junho, um dia antes de seu desaparecimento. Pelas palavras, era possível imaginar como ela passara a semana: *açougue (pedir carne), livros da biblioteca, oftalmologista, cartelas da rifa da Legião (quarta-feira), marcar cabelereiro.* Ele imaginou o trajeto que ela havia feito, as pessoas com quem parou para falar. Todos gostavam de conversar com Margaret. Ela era capaz de percorrer toda a rua Principal passando de uma conversa a outra, encontrando alguma coisa em cada pessoa.

Ele se perguntou se deveria fazer alguma das tarefas da lista. Procurou os óculos em cima do carpete e encontrou-os enfiados entre um pacote de pastilhas de hortelã e uma escova de cabelo. Faltava um parafusinho numa das dobradiças e uma das hastes do óculos caiu no chão. Prendeu a respiração, não ousando se mexer. Talvez ainda estivesse na bolsa, mas, se não estivesse e ele a apanhasse para olhar, poderia perturbar alguma coisa e a pecinha nunca mais seria encontrada. Precisava de uma amostra do que procurava e girou os óculos, sem fazer qualquer movimento além de girar o pulso. Só então percebeu as lentes.

Eram grossas, pesadas e se projetavam da armação preta, como num desenho animado. Levou-as aos olhos e a sala ficou bêbada e disforme. Aqueles, com certeza, não eram os óculos de Margaret e menos ainda os dele, mas mesmo assim pareciam estranhamente familiares.

O pensamento brotou em segundos. Ele se levantou, como por reflexo. Os óculos. As pastilhas de hortelã. A escova de cabelo. Tudo espalhado no tapete.

Casa 11, sr. Creasy. Sua esposa alguma vez falou com Walter Bishop?

Correu para abrir uma janela, o sopro do seu medo atingindo a vidraça em batimentos curtos. Acima dos telhados, uma revoada de passarinhos rolou e girou, espiralando sua harmonia de encontro a um céu desbotado, e ele tentou encontrar algo familiar, algo seguro. Mas, no calor, sons rasgavam a superfície e distorciam as imagens. As cerdas da escova redonda de Dorothy Forbes ao bater no chão, o rangido da espreguiçadeira de Sheila Dakin, os sorrisos de Grace e Tilly caminhando pelo acesso à casa de May Roper.

Os óculos de sol de Grace eram grandes demais e ele viu quando ela os empurrou de volta para o rosto. May Roper falava, braços se movendo no ar em torno de sua cabeça, lábios se retorcendo, se esticando e lançando palavras. Ele viu Grace pegar alguma coisa no bolso e oferecer. Ouviu Sheila arrastar a espreguiçadeira pela grama e o baque surdo da madeira na beira de um copo. Observou Harold Forbes gritar algo para Dorothy da sala de estar, com gestos que pareciam instruções. Ouviu sons que nunca percebera antes. A vila se transformara numa vibração, num carnaval. A temperatura elevava tudo ao extremo, aumentando o volume, o contraste e o brilho e enterrando-os em seu crânio.

A visão se perdeu em meio a sua respiração forte, e ele secou a vidraça com a manga da camisa. Quando clareou, olhou para a casa 11.

Pensou ter notado o brilho de um reflexo, quando uma janela se abriu para o sol. Pensou ter ouvido um clique e pensou ter visto o vulto de Walter Bishop espiando por trás do vidro.

*

O chá fez com que se sentisse um pouco melhor. Nem tanto o chá em si, mas o ato de prepará-lo. O ritual de encher a chaleira e esquentar a água, agitar as folhas até que o líquido chegasse à cor desejada. *Distraia-se*, era o que Margaret sempre lhe dizia. Quando começar a ficar ansioso, dê à sua cabeça outra coisa para pensar. Ele se tornara especialista em se distrair. Distraía-se tanto que se via afogado em distrações, e todos os pequenos detalhes do mundo pareciam se juntar na sua cabeça e criar um novo problema com que se preocupar.

Margaret disse que ele deveria ter um hobby. Ele tentou, mas tudo vinha com seu próprio conjunto de preocupações. A pesca dava-lhe tempo demais para pensar, o críquete trazia consigo um sem número de riscos e só Deus sabe quantas bactérias poderia haver num jardim. E com isso ele fazia o que sempre fez como hobby: ia ao clube da Legião Britânica.

O único problema era que tinha sido a Legião Britânica que começara tudo aquilo. A ironia era que ele, naquela noite, estava prestes a ir para casa. Era começo de dezembro e a geada já começava a pintar as calçadas. Pensava em dar a noite por encerrada, antes que a temperatura caísse ainda mais e a ida para casa se tornasse ainda mais perigosa. Talvez, se o tivesse feito, nada daquilo tivesse acontecido. Embora soubesse, por experiência própria que, se algo de ruim vai acontecer, acontecerá independentemente do quanto se tente evitar. Coisas ruins nos encontram. Elas nos procuram. Pouco importa se tentamos ignorá-las, nos esconder ou andar na direção oposta. Elas acabam por nos descobrir eventualmente.

É sempre só uma questão de tempo.

11 de dezembro de 1967

Harold está falando outra vez. John pode ouvi-lo, acima de um emaranhado de vozes.

— Vocês querem saber o que eu acho? — ele está dizendo.

Ninguém responde, mas isso nunca impediu Harold de expressar sua opinião e compartilhá-la com os presentes.

— Eu acho que, se a polícia não pode obrigá-lo a se mudar, então nós precisamos tomar o caso em nossas próprias mãos. É o que eu acho.

Movimentos de cabeça e murmúrios de aprovação se espalham pelo clube. John vê May Roper chutar a perna de Brian debaixo da mesa.

Harold está tamborilando com a aliança na beira de um copo e Dorothy pisca a cada batida. Derek Bennett vira constantemente sua caneca num ângulo de 90 graus e o grupo mergulha em silêncio.

John quer sair. Ele consegue ver a porta de onde está. Alguns poucos passos e estaria do lado de fora, a caminho de casa, deixando-os às voltas com o assunto, mas a vila inteira está ali. Todos menos sua mãe, que toma conta de Grace e vê Fred Astaire sapatear rumo a um final feliz. Ficaria óbvio demais se ele saísse. Eles iam perceber, e assim chegariam à conclusão de que ele era fraco e inútil, além de covarde. Ele tem de ficar. Pelo menos uma vez, precisa se posicionar em relação a alguma coisa. Precisa encontrar sua voz, nem que seja só para compensar todos os anos em que existira em silêncio.

— Tentamos observar a casa — continua Derek. — Pouco adiantou. Se é que não tornou tudo pior. Agora, ele nunca aparece. Antes, pelo menos, sabíamos o que ele estava aprontando.

— Um homem desses jamais deveria ter permissão para viver numa rua como a nossa — opina May Roper.

John a vê cutucar a perna de Brian outra vez, debaixo da mesa.

— Minha mãe tem razão — concorda Brian, como num reflexo condicionado.

— Eles dizem que ele tem o direito de morar onde quiser. — Dorothy ainda está piscando, mesmo com a aliança de Harold em silêncio.

— O mundo anda com essa mania de direitos — diz Sheila. — Há gente demais com direitos hoje em dia.

Todos concordam com a cabeça. Até Dorothy Forbes, que consegue participar entre suas piscadelas.

— Que tipo de pessoa machuca uma criança? Que tipo de maldade é essa? — pergunta Derek.

Sheila Dakin estica a mão para a garrafa de sidra, mas erra o alvo e derrama a bebida por toda a mesa.

— Desculpem — diz ela. — Me desculpem.

Clive aparece com o pano de prato, e todos erguem seus copos enquanto a bagunça é limpa.

— Ele sempre diz que houve um engano — Sylvia aperta os braços cruzados sobre o casaco. —, um mal-entendido.

— Tem havido mal-entendidos demais. — Eric Lamb está tomando um chope Guinness e seca os lábios enquanto fala. — As fotografias, o que houve com Lisa... Achei que roubar um bebê fosse um caso único, mas ficou claro que não.

— Um homem desses não deveria ter permissão para possuir uma máquina fotográfica. — diz May Roper.

— Minha mãe tem razão — Brian consegue dizer logo antes de ser chutado.

Os braços de Sylvia ainda estão cruzados. Ela pediu um suco de laranja, mas ele continua no copo, intacto.

— A polícia disse que fotografar era o hobby dele, que não podiam proibir.

— Um homem desses não deveria ter permissão para ter hobbies — disse May. — Só Deus sabe que outras fotografias ele tirou.

Todos olham para baixo e dão um gole em suas bebidas. Há um silêncio, que se desdobra por cima da mesa como uma toalha, e ninguém parece querer perturbá-lo. Clive se move entre eles, recolhendo copos vazios. Troca um olhar com Harold, mas nenhum dos dois fala. John observa Clive andar até o balcão. Há copos demais para poucos dedos.

Sylvia é a primeira a falar, embora sua voz saia tão baixa que John mal consegue discernir as palavras.

— A única maneira de tirá-lo da vila — opina ela — é se ele não tiver mais uma casa para morar.

— Uma pena se ele voltasse depois do Natal e descobrisse que ela sumiu — diz Sheila.

John encarou-a, franzindo a testa.

— Ele sempre viaja no Natal, John. Enfeites e peru com a mamãe. Algum lugar onde ninguém o conhece, e ninguém sabe do que ele gosta de tramar.

Sheila tinha razão. Era a única época do ano em que Walter Bishop saía da vila. Nem no verão ele viajava. Em vez disso, passava todo o tempo na casa 11, assando entre as paredes até o mês de setembro.

— Que pena seria ele voltar no Ano Novo e encontrar tudo arrasado por um trator... — ironiza Derek. — Maldito pervertido.

Harold se recosta na cadeira e cruza os braços.

— É claro — ele explica — que nem sempre se precisa de um trator para acabar com uma casa.

Eric olha fixamente para sua caneca de Guinness. Há a sombra de um sorriso nos olhos de Derek e, debaixo da mesa, May Roper volta a chutar.

— O que você quer dizer? — indaga Brian.

— O que eu quero dizer, garoto, é que às vezes o destino desempenha um papel nessas coisas. Um curto-circuito, uma faísca que pula da lareira. Isso não significa que alguém vai sair ferido.

Eric pousa a caneca na mesa. Há precaução em seu gesto.

— Espero que você saiba o que está sugerindo, Harold.

— Não estou sugerindo nada. Só estou dizendo que essas coisas acontecem.

— Ou se faz com que aconteçam. — diz Sheila.

— Jesus Cristo! — Eric leva as mãos ao rosto.

— Esqueça Jesus Cristo. Jesus Cristo não é obrigado a viver na casa do lado da dele. Nem você, aliás.

Eric não responde. Sacode a cabeça de leve, mas o suficiente para atiçar que Harold recomece.

— Não aguento mais, Eric. Não aguento mais ser vizinho de porta daquele maluco esquisito. Se não fizermos alguma coisa, então, que Deus me ajude, eu não serei responsável pelos meus atos. Vocês precisam pensar nas crianças. Há crianças nesta vila.

John já tinha visto Harold zangado. Harold passou sua vida inteira zangado com alguma coisa, é como se ele fosse um bate-boca ambulante. Mas agora é diferente. Essa raiva é mais profunda e mais brutal, e vem de um lugar que John acredita reconhecer. Talvez cada um deles sinta aquela mesma raiva à sua própria maneira, porque todos os rostos à volta da mesa se modificaram. Transformaram-se, escolheram outra linha de pensamento. Ele consegue ver isso em seus rostos, e no modo como as expressões se voltam para o chão. Só Dorothy olha em frente. Há um brilho fixo em seus olhos.

— Nós todos sentimos a mesma coisa, Harold. Tente não se descontrolar.

John percebe em sua voz um frágil apaziguamento, um leve tremor da experiência.

*

O flash pega a todos de surpresa. É repentino e incômodo, e todos erguem os olhos para se descobrir fitando uma lente.

São dois homens. Um com a máquina fotográfica e outro com um bloco de notas e ar de curiosidade.

— Andy Kilner, jornal local — diz o homem com o bloco. — Para a Edição Sazonal. Um pouco da cor local. Espírito natalino, boa vontade entre os homens, essas coisas.

— Sei — diz Harold.

— Alguma observação? — pergunta o bloco.

Harold estende a mão para a caneca.

— Não creio. Já dissemos tudo o que havia para dizer.

A Vila, casa 2

5 de julho de 1976

— Foi uma cerimônia bem bonita.

A sra. Roper tirou um estojo de maquiagem compacto da bolsa e observei-a pressionar o pó no suor acima do seu lábio superior.

— Se me ensinaram alguma coisa hoje — ela comentou — é que a vida é curta demais.

Noventa e oito, me disse Tilly com a boca, lá do outro lado do cômodo, mas sem emitir qualquer som. Balancei os ombros de modo que ninguém mais visse.

— Foi uma bela despedida, Brian. — O estojo se fechou com um clique e a sra. Roper deslizou-o para bem fundo dentro da bolsa de macramé. — Você deveria ter ido.

Brian estava sentado no canto, perto de um abajur de pé. A grande cúpula cor de creme abria-se como uma saia, e ele precisava inclinar um pouco a cabeça para evitar ser engolido pela franja.

Olhei para a lata de caramelos. Estava num banquinho ao lado do sofá.

— A sua voz cantando é muito bonita, sra. Roper — elogiei.

— Obrigada, querida. — Ela alcançou a lata. — Quer um dedinho de caramelo?

Minha mão se moveu por entre as cores das diferentes embalagens e vi Tilly sorrir e balançar a cabeça muito de leve.

— O programa da cerimônia está no peitoril da janela. Você devia dar uma lida, Brian. Antes que eu o guarde com os outros.

Ele deu uma olhada de lado.

— Não tenho tempo agora — respondeu. — Mais tarde eu leio.

Não havia ar na sala de estar da sra. Roper. Tudo cheirava a caramelo e menta e o açúcar pairava no ar e nos envolvia como uma bandagem. As paredes tinham uma estampa de confeitaria em espirais de café e creme e, acima da lareira, havia uma série de fotografias em molduras de prata. Dentro das molduras estavam pessoas que pareciam ser sempre as mesmas — roliças e brilhantes, com sorrisos afetados, e enfileiradas em cima da lareira como bonecas russas.

— Meus pais — disse a sra. Roper, quando me viu olhando —, meu irmão e minhas irmãs. — Ela desembrulhou uma moedinha de chocolate.

Sorri.

— Todos já mortos, é claro.

Parei de sorrir.

— Ataques cardíacos — informou Brian, lá do seu canto.

A mastigação da sra. Roper desacelerou por algum tempo e ela olhou para Brian.

— É verdade — concordou, baixando os olhos e retomando o ritmo. — Minha mãe caiu morta no meio da eleição de Miss Mundo em 1961. Eu nunca mais consegui olhar direito para o apresentador Michael Aspel.

Peguei outra bala.

— Foi isso que aconteceu com o sr. Roper?

— Ah, não — ela respondeu. — Há doze anos atrás, ele pegou uma balsa para Yarmouth e nunca mais foi visto.

— Ele se afogou? — perguntou Tilly.

— Não, ele fugiu com uma das garotas da sala de datilografia — disse Brian.

A sra. Roper lançou faíscas com o olhar na direção dele. E então ela deu de ombros e um sorriso lhe franziu o rosto e enrugou o nariz.

— Ainda assim. Nada é para sempre, não é mesmo? — ela retrucou e nos ofereceu outro caramelo. — Tudo é como Deus quer.

— Então, a senhora acredita em Deus, sra. Roper? — perguntei.

— Ah, Deus, bem, sim, Deus. — Ela falava como se eu tivesse trazido à conversa o nome de um velho e querido amigo. — O Senhor dá e o Senhor tira.

— A senhora acha que o Senhor tirou a sra. Creasy daqui?

Percebi Tilly se chegar mais para a ponta da poltrona.

— Ah, ela foi tirada daqui sim. — A sra. Roper se inclinou para a frente e se abanou com um exemplar de *The People's Friend.* — Mas eu não acho que Deus tenha tido muito a ver com isso.

— Mamãe, não comece. — Brian se mexeu, e conseguia ouvir as molas da sua poltrona acordarem e bocejarem.

— Bem, não seria a primeira vez, seria? — retrucou a sra. Roper.

Brian se mexeu de novo.

— Por que não tomamos um chá? Passei a tarde toda aspirando a casa.

A sra. Roper botou as pernas em cima do crochê.

— Que boa ideia, Brian. Ponha a chaleira no fogo. Você é um bom menino. Funerais sempre me dão muita sede.

*

Ofereci-me para ajudar Brian com o chá, e esperamos a água ferver na cozinha que se alongava pela parte de trás da casa. As portas dos armários eram de nogueira, num tom bem triste, e tudo era tão escuro e silencioso que me senti como se estivesse sentada dentro de uma caixa.

Brian despejou uma colherada de folhas numa chaleira brilhante, cor de laranja.

— Não preste atenção ao que mamãe diz — avisou ele. — Ela se entusiasma com as coisas. Passa tempo demais naquele sofá, remoendo seus próprios pensamentos.

— Ela não sai muito?

Ele abriu um dos armários e pude ver uma bagunça de pratos e tigelas, todos à espera de um desmoronamento.

— Não depois que meu pai partiu. Quando ele se foi, ela se sentou na sala da frente, esperando que ele voltasse e se desculpasse e, na verdade, não saiu muito dali desde aquele dia.

A chaleira começou a ferver. Tímida a princípio, uma crepitação no bico, um leve toque no metal. E então aumentou o volume, fazendo vibrar sua impaciência e lançando nos azulejos um raivoso apito de vapor.

— Você deve ter ficado chateado quando ele partiu. Deve ter sido um choque.

— Não muito — ele respondeu. — Eu já sentia o cheiro do que estava por vir. Como a chuva.

Ele tirou uma bandeja de cima da geladeira. Parecia gasta e cansada, as manchas aneladas de velhas xícaras marcando o passar dos dias.

— O que você acha que aconteceu com a sra. Creasy? — perguntei. — Você acha que ela planejava ir embora?

Brian não respondeu na hora. Em vez disso, arrumou a leiteira, a chaleira e o açucareiro na bandeja e depois começou a tirar canecas de um dos armários. Os modelos das canecas eram diferentes, e margaridas, dedaleiras e hortênsias discutiam entre si quanto a quem chamava mais a atenção.

— Não tenho certeza — ele falou depois de algum tempo. — Acho que não.

Esperei. Eu tinha descoberto que, às vezes, se a gente insistir no silêncio, as pessoas não conseguem deixar de preenchê-lo.

— Ela tinha marcado um compromisso para o dia seguinte. — Ele estendeu a mão para um pote de biscoitos perto da chaleira, feito à imagem de um cão sabujo, do qual precisou levantar o alto da cabeça para tirar um pacote de biscoitos de gengibre. — Ela não teria deixado ninguém esperando. Não é o tipo de pessoa que faria isso.

— Com quem era o compromisso?

Brian cobriu a chaleira com um abafador rosa e verde, puxando o tricô para ajeitá-lo em torno do bico. Virou-se para me olhar e estava a ponto de falar quando a voz da sra. Roper nos alcançou desde a sala de estar, vindo pelo corredor.

— Você foi à China buscar esse chá, Brian?

O pacote de biscoitos rolou para a ponta da bandeja quando ele a levantou. Ele me encarou por um rápido instante, e desviou o olhar.

— Era comigo.

*

— Em pleno almoço de domingo — dizia a sra. Roper quando entramos na sala. — Num minuto ela estava se servindo de batatas assadas e, no minuto seguinte, tinha enterrado o rosto no prato de comida.

Tilly parecia um pouco pálida.

— A sra. Roper estava me falando tudo sobre ataques cardíacos — informou ela. — Embora eu ache que já tenhamos abordado tudo o que havia para ser dito.

— Eu estava explicando a Tilly como é importante viver o momento — explicou a sra. Roper. — Nunca se sabe o que vai acontecer a seguir. Vejam Ernest Morton, vejam Margaret Creasy.

Brian pousou a bandeja na mesinha de café. Havia o quadriculado de um tabuleiro incrustrado na madeira, mas nenhum sinal de peças de xadrez. Ele apoiou na leiteira o pacote de biscoitos de gengibre.

— Prato, Brian. Pegue um prato para os biscoitos. Temos visitas.

A sra. Roper girou os braços e estalou a língua nos dentes da frente.

— Ele é um bom menino — disse ela, quando Brian saiu da sala. — Inofensivo o bastante, mas um pouco simplório. Como o pai.

— Então quer dizer que a senhora passava bastante tempo com a sra. Creasy? — indaguei.

Brian voltou e espalhou os biscoitos de gengibre em um prato, e eles foram rapidamente viver com a sra. Roper no sofá.

— Passávamos horas jogando baralho — confirmou a sra. Roper. — Ninguém a conhecia melhor do que eu.

— Mas a senhora não sabe por que ela desapareceu? — Verifiquei que ainda seria possível alcançar um biscoito de gengibre se eu me sentasse bem na pontinha da poltrona. — Ela não lhe disse nada?

— Não, não disse. — A sra. Roper pareceu profundamente desapontada consigo mesma. — Nenhuma palavra.

Brian serviu o chá. Eu podia vê-lo lançando olhares para a mãe, entre uma xícara e outra.

— Embora ela possa não ter tido muita escolha. — Ela falou muito depressa, enquanto Brian estava ocupado com o açucareiro.

— Não encha a cabeça delas com bobagens, mãe.

— Só estou dizendo o que penso, Brian. Foi para isso que seu avô lutou na guerra, para que eu pudesse dizer o que penso. — Ela mergulhou um dos biscoitos no chá e minúsculas migalhas de gengibre boiaram nas ondinhas de leite. — Há muita gente nesta vila que sabe muito mais do que gostariam de admitir.

— O que a senhora quer dizer com isso, sra. Roper? — perguntei.

Ela chupou o biscoito antes que ele desaparecesse em sua boca, e depois botou mais açúcar no chá. Ouvi a colher bater nas hortênsias ao girar pela xícara. Brian ficou de pé diante dela. Tentou descansar o braço no console da lareira, mas o apoio era um pouco baixo para ele.

— O que eu quero dizer — continuou ela, olhando para Brian antes de falar — é que o mundo é feito de todo tipo de gente.

Brian ainda não se mexia.

— Há pessoas decentes e há pessoas estranhas, aquelas que não pertencem. Aquelas que causam problemas para o resto de nós.

— Cabras e ovelhas — disse Tilly do outro lado da sala.

A sra. Roper franziu a testa.

— Bem, pode ser, se é assim que querem ver as coisas.

— É como Deus vê as coisas — disse Tilly, cruzando os braços debaixo do poncho.

— O que importa é que essas pessoas não pensam como o resto de nós. São desajustadas, malucas. É com elas que a polícia deveria estar falando, não com gente como nós, gente normal.

— A polícia também veio ver a senhora, sra. Roper?

Ela afogou outro biscoito.

— Ah, veio, sim. Um guarda alguma coisa. Como era o nome dele, Brian?

— Green. — Brian voltou a sentar-se junto à janela, debaixo da franja da cortina.

— Isso. Guarda Green. Ele não sabe nada mais do que o resto de nós sobre o paradeiro da Margaret. Embora eu não o tenha visto bater na casa 11... Você viu, Brian?

Brian sacudiu a cabeça. Fiquei com a impressão de que já lhe haviam feito aquela pergunta.

— Como a senhora sabe quem são essas pessoas? — quis saber Tilly. — As pessoas que não se adaptam?

A sra. Roper chupou mais chá do seu biscoito de gengibre.

— É tão óbvio quanto o nariz no seu rosto. Elas têm hábitos bizarros, comportamentos estranhos. Nunca se misturam com os outros. Eles até parecem diferentes.

— É mesmo? — perguntei.

— Vocês vão entender quando ficarem mais velhas. É possível percebê-las de longe. Vocês vão aprender a atravessar a rua para evitá-las. — Ela apontou para o banquinho. — Alcance-me aquele cinzeiro, Brian, minhas pernas estão me matando, mal consigo me mexer.

— Será que não é por isso que elas não se misturam — refletiu Tilly. —, porque todo mundo está do outro lado da rua?

Mas a sra. Roper estava concentrada em acender seu cigarro e, em poucos segundos, uma nuvem de fumaça começou a flutuar pela sala.

Lá fora, o som de um motor gaguejou até parar. E houve uma forte batida de porta de carro.

Brian manteve a cabeça na sombra enquanto espiava por trás do abajur de pé.

— Interessante... — observou.

— O quê? — A sra. Roper levantou os olhos da lata de caramelos, com o instinto de um animal selvagem.

— É a polícia de novo.

Ela pulou do sofá como se fosse um boneco de mola. Fomos todos para a janela e Tilly conseguiu se espremer debaixo do braço da sra. Roper. Vimos o guarda Green vestir o quepe, ajeitar sua jaqueta e caminhar em direção ao final da rua.

— Ele está indo para a casa 11? — disse a sra. Roper.

— Não parece. — O guarda atravessou a rua e Brian puxou um pouco a cortina para ver melhor.

Observamos o guarda Green passar por cada uma das casas até parar em frente à de número 4.

— Parece que ele está indo para a sua casa, Grace. — Brian deixou a cortina cair novamente sobre a vidraça.

A sra. Roper deu uma longa tragada no cigarro.

— Ora, vejam só! — exclamou.

A Vila, casa 4

5 de julho de 1976

Tilly e eu nos sentamos exatamente no meio da escada.

Eu já tinha descoberto, através de uma série de experimentos, que aquele era o degrau mais útil. Nos mais altos não se entendia o que era dito e apenas um mais abaixo havia o risco de ser vista e mandada para o quarto. E mais: ouvir vários provérbios a respeito de gente que ouve escondido a conversa dos outros.

— Perdemos alguma coisa? — perguntou Tilly.

Minha mãe tinha encostado a porta da sala, mas havia uma leve abertura por onde dava para ver a jaqueta do guarda Green e o ombro esquerdo do meu pai.

— Só estão oferecendo uma xícara de chá — cochichei. — Acho que não fariam isso se estivessem sendo presos.

Eu podia ouvir a mamãe. Sua voz soava frágil. Como uma casca de ovo.

— Prefiro ficar, se estiver bem para o senhor — ela dizia.

O ombro esquerdo do papai ergueu-se, provavelmente junto com o direito, e ele afirmou:

— Não há nada que eu possa lhe dizer que não diria na frente da minha esposa.

Papai nunca se referia à mamãe como *minha esposa*.

Deduzi, pelo movimento das costas do guarda Green, que ele estava tirando o bloco de notas do seu bolso. De onde estava, ouvi as páginas sendo viradas e o som de meu pai batendo os dedos nas costas de uma cadeira.

— Sr. Bennett, o senhor é o proprietário da empresa Bennett Administração e Conservação de Imóveis, com sede à rua St. John número 54?

Papai respondeu que era. Sua voz soava fraca e insignificante. Nem parecia a voz de meu pai, parecia a de alguém tentando se lembrar de como ser útil.

— Obtivemos o depoimento de uma testemunha — disse o guarda Green — que viu a sra. Creasy entrando no prédio do seu escritório por volta das... — houve o som de outra página sendo virada — ... duas horas da tarde, no dia 20 de junho.

As batidas na cadeira cessaram e um manto de silêncio ocupou seu lugar, como se ninguém soubesse o que dizer a seguir.

No fim, foi minha mãe quem falou.

— Isso foi na véspera do dia em que ela desapareceu.

— Foi — concordou o guarda Green. — E era um domingo.

Ouvi mamãe exalar forte. Soou como se ela tivesse prendido a respiração por algum tempo.

— Bem, eu não sei o que ela estava fazendo lá, mas não teria nada a ver com Derek. Ele vai para sua reunião da Távola Redonda todos os domingos à tarde, não é, Derek?

— Sr. Bennett? O senhor pode confirmar onde passou a tarde do domingo do dia 20 de junho?

Meu pai não confirmou nada. Em vez disso, arrastou os pés no tapete e todos ouvimos o som da respiração de mamãe.

— Sr. Bennett?

— Posso ter falado rapidamente com ela naquele dia — afirmou afinal meu pai. — De passagem.

As páginas do bloco do policial foram outra vez viradas.

— Mas quando nos falamos na semana passada, sr. Bennett, e eu perguntei quando o senhor tinha visto a sra. Creasy pela última vez, o senhor distintamente mencionou que poderia *ter sido quinta-feira, ou talvez sexta* — contestou o guarda Green.

Tilly se virou para mim na escada e esbugalhou os olhos. Apertei os meus.

— Isso deve ter me escapado — respondeu meu pai. — Mas agora que o senhor mencionou, é verdade. É, eu a vi no domingo.

— Seu escritório abre aos domingos, sr. Bennett? — perguntou o guarda Green.

— Não. — A voz da mamãe respondeu. — O escritório dele não abre aos domingos.

— Então talvez o senhor possa me explicar por que a sra. Creasy teria ido visitar o local?

— Derek?

Eu não conseguia ver o rosto da mamãe, mas podia imaginá-lo, tensionado como a pele de um tambor, ao questioná-lo.

Eu nunca tinha visto meu pai daquele jeito. Era sempre ele quem fazia perguntas e esperava explicações. A sensação era estranha, como se a luz tivesse mudado, e eu tivesse percebido que só tinha lido um capítulo de uma história. Quando meu pai finalmente falou, Tilly e eu precisamos nos inclinar debaixo do corrimão para ouvir a resposta.

— Ela queria alguns conselhos — disse ele. — Aquele era o único dia que ela poderia.

— Alguns conselhos? — repetiu o guarda Green.

— Isso mesmo.

— A respeito de... — Ouvi as folhas sendo viradas outra vez. Eu não gostava delas. — ... Administração e Conservação de Imóveis?

Eu conseguia ver o braço esquerdo de papai. Estava sendo cruzado para se juntar ao direito. Durante algum tempo, o único som foi o do relógio da cozinha, engolindo os segundos.

— Ela estava pensando em fazer um investimento — ele acabou dizendo.

— Sei, sr. Bennett, só que o marido dela não comentou nada disso conosco.

— Não acredito que ela tenha discutido o assunto com o marido, guarda Green. Estamos na década de 70. As mulheres podem tomar decisões sozinhas hoje em dia.

Sua voz se expandira. Ele estava quase voltando a ser meu pai novamente.

Vi o policial arrumar a jaqueta e guardar o bloco de notas, e o ouvi sugerir a meu pai que pensasse a respeito de qualquer outra coisa que lhe pudesse ter escapado. Ele pronunciou *"escapado"* como se estivesse aprendendo a falar uma língua estrangeira. Papai disse que assim o faria, em seu novo e decidido tom. A porta da sala de estar foi aberta e todos passaram para o hall. Tilly e eu tivemos de subir correndo até o patamar e, ao mesmo tempo, não fazer ruído algum.

— O que você acha que foi aquilo tudo? — perguntou Tilly ao entrarmos no meu quarto, ofegante por causa da escada e da excitação.

Levantei os ombros.

— Não sei, não...

— Você não acha estranho seu pai nunca ter mencionado isso antes?

— Talvez.

— Bem, eu acho muito estranho. — Ela esticou o *muito*, enquanto puxava o poncho pela cabeça. — Não faz nenhum sentido.

Sentamos na cama. O edredom parecia escorregadio e fresco em contato com minhas pernas. Abaixo dos nossos pés, eu ouvia as ondas da voz de mamãe, fluindo e refluindo de encontro ao teto.

Tilly pegou uma das minhas miniaturas e aproximou-a do rosto.

— Acho que sua mãe não está muito feliz — ela comentou.

Esfreguei as mãos no tecido e uma descarga de estática passou por entre meus dedos.

— Não — concordei.

— Ela deve estar só perturbada, porque o policial precisou voltar. Eles são muito ocupados, não são? Deve ser por causa disso.

— Deve — concordei.

— Acho que não há com o que se preocupar — disse ela, com o rosto cheio de preocupação.

A voz da mamãe continuou a atravessar o assoalho. As palavras chegavam fragmentadas e incompletas, o que de certa forma piorava tudo. Se eu pudesse ouvir o que estava sendo dito, talvez conseguisse encontrar uma nesga de tranquilidade, porque sabia que mamãe, às vezes, era perfeitamente capaz de passar uma tarde inteira discutindo a respeito de absolutamente nada. Tudo que eu queria era que aquela fosse como das outras vezes, por isso prendi a respiração e tentei juntar as peças, mas elas batiam no teto como cascalho.

Além da voz de mamãe havia as desculpas baixas e grunhidas de meu pai e, entre muitas explosões da mamãe, eu o ouvi dizer "Não há nada mais a ser dito" e "Por que eu mentiria a respeito?", e então ele se perdia numa nova onda de gritos.

Tilly repôs a miniatura na prateleira.

— Mas é estranho, não é, que ele não tenha falado antes sobre o compromisso com a sra. Creasy?

Puxei o lêmure um pouquinho para a esquerda.

— Deve ter mesmo lhe escapado — falei.

As palavras me soaram como uma língua estrangeira.

6 de julho de 1976

Seguimos a sra. Morton pela rua Principal. Como uma embarcação, ela navegava pela calçada, desviando-se de carrinhos de bebê, cachorrinhos e pessoas que haviam parado para limpar o sorvete do queixo.

Julho chegara ao seu dia mais feroz. O céu se colorira de um azul ácido e até as nuvens haviam desaparecido, deixando acima de nossas cabeças uma impecável página de verão. Mesmo assim, havia os que ainda nutriam desconfianças. Passamos por casacos com mangas puxadas até os cotovelos, por capas de chuva enfiadas em sacolas de compras e por uma mulher que levava um guarda-chuva preso debaixo do braço, como se fosse uma arma. Parecia que as pessoas não conseguiam simplesmente deixar o clima para lá e tinham necessidade de levá-lo consigo sob todas as formas, o tempo todo, por via das dúvidas.

A sra. Morton conseguia falar com todos que encontrava sem parar de andar. Minha mãe teria parado em todas as portas de lojas e beiras de calçada, até que as sacolas acabassem com os seus dedos e os meus pés, impacientes, raspassem a calçada, mas a sra. Morton era capaz de manter conversas enquanto caminhava, oferecendo a todos pequenas amostras de si mesma, sem jamais ser ancorada por perguntas. Ela fez uma pausa, porém, em frente à loja de departamentos Woolworth's, para examinar uma pilha de espreguiçadeiras apoiadas perto da porta. Tilly e eu apontamos para diversas coisas dentro das cestas de que acreditávamos precisar — dardos, *stylophones* e raquetes de peteca envoltas em papel celofane. Havia até pilhas de baldes e pás e uma chaminé de moldes de castelos de areia que chegava à altura do queixo da Tilly. A praia mais próxima ficava a uns oitenta quilômetros de distância.

Descobri, logo depois da porta, um rio de balas sortidas. Olhei para a sra. Morton.

— Que tal se entrarmos por um instante, para sair do sol?

— Deveríamos estar a caminho da biblioteca — disse ela.

Olhei de volta para o rio de balas.

— É importante, para evitar uma insolação. É o que diz a jornalista Angela Rippon.

A sra. Morton acompanhou meu olhar.

— Acho que todas nós sobreviveremos aos próximos três minutos e meio.

*

A biblioteca ficava bem no final da rua Principal, onde as lojas davam lugar a escritórios de contadores, advogados e arquitetos, com suas fachadas georgianas e grossas placas de latão. Ficava de frente para o parque e os portões memoriais, e as papoulas do ano anterior desbotavam por entre as grades.

Minha mãe costumava me levar à biblioteca, mas desde que o guarda Green estivera lá em casa, sua vida parecia ter se desconectado de horários e datas. Meus pais repetiam a mesma conversa diversas vezes por dia, com a mamãe acusando meu pai de mentir e papai acusando mamãe de ser ridícula, e ambos se acusando mutuamente de serem irracionais. As palavras giravam pela sala durante alguns minutos, até sua energia se extinguir, e então desapareciam, a fim de se recarregarem para a próxima vez que meus pais se encontrassem na escada, no hall ou na mesa da cozinha.

A sra. Morton empurrou a porta da biblioteca e Tilly e eu passamos por baixo do seu braço. Depois do meu quarto, aquele era meu lugar preferido no mundo. Era acarpetado, tinha estantes pesadas, relógios tiquetaqueando e poltronas de veludo, como se fosse a sala de estar de alguém. Cheirava a páginas não viradas e aventuras invisíveis, e em cada prateleira havia pessoas que eu precisava conhecer e lugares que precisava visitar. A cada visita, eu me perdia nos corredores de livros e nos cômodos de madeira polida, decidindo qual a próxima viagem na qual embarcaria.

A sra. Morton tirou da bolsa meus últimos livros e colocou-os em cima do balcão da recepção.

— Livros de Grace Bennett devolvidos em dia — disse a bibliotecária. Ela abriu cada um deles na primeira página, expelindo pequenas lufadas de ar pelo balcão. — Deve ser a primeira vez.

Ofereci-lhe o meu melhor sorriso e ela me entregou os tíquetes, franzindo a testa ao fazê-lo. Suas mãos estavam cobertas de tinta, que vazara para os vincos ao redor das unhas.

Eu tinha cinco tíquetes. Cinco aventuras para escolher.

A primeira coisa que fiz foi visitar Aslan e Mogli, assim como as irmãs Jo e Meg. Já os tinha lido tantas vezes que me pareciam amigos e, antes de pensar em fazer qualquer outra coisa, eu precisava passar o dedo pela lombada de cada livro para checar se estava no lugar certo e me certificar de que todos estavam a salvo. Tilly apontou para os livros que queria, e deixei-a lendo *Alice no país das maravilhas* numa cadeirinha minúscula diante de uma mesinha minúscula.

Passei pela sra. Morton, que estava em frente à seção de Faroeste.

— Você não vai ficar na sala dos Infantis? — ela perguntou.

— Já passei da idade, sra. Morton. Agora eu tenho dez anos.

— Mas há por lá alguns livros muito apropriados para jovens senhoritas de dez anos. — Em suas mãos havia um romance. Na capa, o desenho de um chapéu de caubói, com um buraco fumegante de bala bem no centro.

— É, eu sei, já li todos eles — retruquei.

— Todos?

— Todinhos.

O livro se chamava *Uma bala para Beau Barrowclough*.

— Preciso ampliar minhas leituras — expliquei.

Ela devolveu *Beau Barrowclough* à prateleira.

— Bem, veja lá se não as amplia demais.

*

Andei por Romances, desviei-me de Culinária e Viagens, passei pela sala lateral cheia de jornais velhos e cartazes de cafés, cheguei à sala de Não-ficção, nos fundos do prédio. Ali, as prateleiras eram maiores, os corredores mais compridos e o cheiro das páginas ainda mais forte. Nada familiar. O cheiro sólido e maduro do conhecimento. Mal chegara à letra *C* quando uma conversa escoou pelas prateleiras.

Foi exatamente o que ouvi. Só que fiquei sabendo que ela tinha tido uma discussão com ele.

Ah, não, discussão não. Foi inesperado, isso sim.

Uma das vozes era da bibliotecária rabugenta das mãos sujas de tinta.

Elas se moveram para outro ponto do corredor e, por um instante, perdi contato.

Bem, isso faz sentido, não faz? Quem mais seria? (Dizia a outra voz, quando as reencontrei.)

Eu sempre vou lá para os fundos quando ele vem aqui. Ele me dá arrepios.

Ele não é bom da cabeça, né? A gente percebe só de olhar para ele.

Tirei da prateleira um dicionário de citações, para dar espaço aos meus ouvidos.

Ela esteve aqui, você sabe, poucos dias antes de desaparecer.

A outra voz emitiu um som de surpresa.

O que ela levou?

Nada. Não tinha trazido o cartão da biblioteca. Ficou uma meia hora na sala lateral e depois saiu.

Não me surpreenderia se ela estivesse enterrada debaixo da garagem dele.

A mim também não. Aquele ali tem mesmo cara de assassino. A gente vê isso nos olhos dele.

Ah, tem mesmo, Carole. Você tem toda razão.

E as vozes se afastaram dos dicionários e enciclopédias e desapareceram em algum lugar entre o sistema solar e o folclore local.

*

A sra. Morton esperava na recepção, com Tilly.

— Já escolheu?

— Já — respondi, embora estivesse usando o queixo para segurar a pilha de livros em meus braços e não fosse fácil falar.

— Mas, Grace, quantos livros você tem aí? — perguntou a sra. Morton. — Você só tem cinco tíquetes.

— Tilly disse que vai me emprestar quatro dos dela.

— Eu disse? — falou Tilly.

A sra. Morton virou a cabeça para olhar o livro da Tilly.

— O que você escolheu?

— *As Crônicas de Nárnia: O leão, a feiticeira e o guarda-roupa* — respondeu Tilly.

— Ela sempre leva esse aí — retruquei. — Ela é apaixonada pelo sr. Tumnus.

— Não sou não! — Ela apertou o livro contra seu peito. — Só gosto da neve.

A sra. Morton estudou minha pilha de livros.

— Vamos dar uma olhada?

Ela ergueu o primeiro.

— *Por dentro da mente de um assassino em série.* Escolha interessante.

Pegou o segundo livro.

— E o que temos aqui? *Segredos do museu negro.*

E mais um.

— *Assassinatos do século XX: Uma Antologia.*

Ela ergueu as sobrancelhas e me encarou.

— Para pesquisa — expliquei.

Seus olhos foram para o livro agora no alto da pilha.

— *Uma bala para Beau Barrowclough?*

— Por causa da capa. Ela me atraiu.

— Acho que está na hora de repensarmos um pouco tudo isso, não é?

*

Depois que revisitamos as prateleiras e a bibliotecária carimbou, anotou e passou os dedos cheios de tinta pelas minhas escolhas repensadas, deixamos os carpetes e os corredores encerados e frescos e passamos para um calor que cintilava os topos das árvores e fazia os contornos do mundo criarem ondas e nadarem.

— Caramba! — exclamou Tilly, e segurei seu *Nárnia* enquanto ela tirava o moletom.

— Vamos voltar pelo parque — disse a sra. Morton, apontando para os portões com a audácia de um explorador subsaariano. — Vamos encontrar alguma sombra.

O parque não oferecia tantas sombras assim. Havia bolsões menos claros, em que as árvores projetavam sua sombra ao longo do caminho, mas a maior parte era mesmo uma grande chapa quente e andávamos em ziguezague para nos escondermos da luz. Havia pessoas que pareciam não se importar. Deitavam-se em travesseiros feitos de camisetas, as antenas de seus rádios portáteis esticadas para o sol, romances esquecidos abertos em cima da grama. Havia crianças esperneando e berrando, o sol castigando-as a cada chute, enquanto os pais lhes enfiavam chapéus e lhes esfregavam creme nos joelhos empoeirados.

Percebi que a batida das sandálias da Tilly havia desaparecido, e olhei para trás. Ela estava junto ao coreto, encostada à grade, o moletom ainda amarrado em volta da cintura. Mais adiante, a sra. Morton também tinha parado e bloqueava o sol com as costas da mão.

— Estou bem, sra. Morton — disse Tilly. — É só o calor. Ele amolece as pernas da gente.

Olhei para o rosto da sra. Morton enquanto ela passava por mim, e o que vi me deixou inquieta e com a boca seca.

Ela examinou os olhos da Tilly, tocou a testa dela, franziu o cenho e disse que deveríamos todos nos sentar um pouco à sombra do coreto. Não havia ninguém mais por ali, só excrementos de pássaros escorridos pelas grades de madeira descascada e um jornal velho, cujas páginas viravam sem parar no chão, lidas pela brisa.

Tilly disse que estava *bem, de verdade, bem*, mas sua pele estava branca como porcelana e meus olhos viram a preocupação nos da sra. Morton e os copiaram.

— Eu só fiquei meio tonta, só isso — afirmou Tilly.

A sra. Morton pôs as mãos sobre as dela.

— Você não deveria exagerar. Você precisa tomar muito cuidado consigo mesma.

— Grace disse que nada de ruim vai acontecer comigo. Ela disse que não vai deixar.

A sra. Morton me olhou nos olhos por um instante, e voltou-se para ela.

— É claro que nada de ruim vai acontecer com você. Mas sua mãe gosta que você se cuide, não gosta?

Tilly fez que sim, e vi gotas de suor escorrerem pela sua testa.

— Então nós só vamos ficar aqui sentadas um pouco. Até que você recupere o fôlego.

Lembrei-me do pequeno quiosque perto do memorial de guerra.

— Quem sabe um sorvete pode ajudar? — sugeri. — Ou um suco?

Tilly balançou a cabeça e disse que talvez um gole d'água caísse bem.

A sra. Morton olhou em volta, as mãos ainda segurando as de Tilly.

— Eu vou — falei. — Vou encontrar água para você.

Saí do coreto e recebi nos ombros o calor escorchante e a algazarra das pessoas despreocupadas. O quiosque ficava depois dos *frisbees* coloridos e dos rádios de pilha. Era todo listrado de rosa e amarelo e a lona mexia e estalava com a brisa enquanto eu esperava que o homem encontrasse um copo plástico.

Olhei para o coreto e não tive vontade de voltar para lá. Voltar para a preocupação oculta no contorno dos olhos da sra. Morton e para Tilly, pálida, quieta e pequena.

A Vila, casa 12

9 de julho de 1976

Crazy, cantou Patsy Cline.

— *Crazy* — cantou Sheila Dakin, meio segundo depois.

Sua voz sobrepunha-se ao barulho do aspirador, ao cheiro dos tapetes quentes e ao saco de pó que implorava para ser esvaziado. Se havia uma vítima da vida, era Patsy. Ela sabia o que era sofrer. Podia-se ouvir sua dor no vibrato. Sheila empurrou o aspirador pelo hall, passou por um coro de casacos e uma pilha de carrinhos miniatura e fez uma curva abrupta para entrar na sala.

— Para um pouco, mãe. — Lisa botou as pernas em cima do sofá.

Sheila aumentou ainda mais o tom estridente ao fazer sua entrada na sala.

— Mãe! Estou tentando ler!

O aspirador batia nos móveis e sua mangueira serpenteava pela sala, juntando pernas de mesas, sapatos esquecidos e até mesmo um cinzeiro.

— Você vai sentir falta da minha cantoria quando eu não estiver mais aqui. — Sheila puxou o fio. — Vai querer dar tudo para me ouvir de novo.

Lisa levantou os olhos da revista.

— Por quê? Para onde você vai?

— Lugar nenhum. Mas quando eu for, você vai sentir, Lisa Dakin. Escreva o que estou dizendo.

Ela se viu no espelho ao passar e esfregou o rímel abaixo do olho, mas isso só o fez afundar mais ainda nas rugas, depositando-se nas dobras da pele que se recusavam a voltar à sua posição de origem.

O disco estava gasto e arranhado, mas o som do violão sempre a fazia mergulhar um pouco mais na melancolia, e ela desligou o aspirador para ter certeza de não ter perdido a chance de ficar melancólica.

— Por que tem que ser sempre a mesma droga de música? Deve ter coisa melhor para se cantar do que isso — reclamou Lisa, virando as páginas.

— Ela morreu num desastre de avião, sabe.

— Você já disse.

— Ela só tinha trinta anos. A vida inteira pela frente.

— Eu sei. Você já disse. — Lisa olhou-a por cima do encosto do sofá. — E você também já disse a mesma coisa de Marilyn, Carole e Jayne.

— Vale a pena lembrar, Lisa. Sempre há alguém sofrendo mais do que você.

— Elas estão mortas, mãe.

— Exatamente.

Sheila apertou outro botão e a poeira, o calor e o ronco do motor foram desaparecendo.

— E isso sou eu terminando. Vou voltar lá para fora.

Lisa virou uma página.

— Eu realmente gostaria que você não tomasse banho de sol lá na frente. Não é adequado.

O rosto dela está mudando, pensou Sheila. Está se redesenhando, se assemelhando ao do pai. A cada ano, Lisa se distanciava um pouco mais. Deve ter acontecido aos poucos, refeição após refeição, conversa após conversa, mas Sheila só percebia quando discutiam. Aí, então, observava que outro passo havia sido dado e que estava sendo deixada para trás. Ela podia lidar com o fato da filha estar crescendo. Podia lidar com os garotos e as faltas à escola, assim como as tentativas de encobrir um leve cheiro de cigarros com chiclete. Eram as consequências de tudo isso que não podiam ser dobradas e guardadas.

— É o meu jardim — retrucou Sheila. — Faço nele o que bem entendo.

— As pessoas ficam olhando.

— Pois que olhem, droga.

— É como ir à loja da esquina de chinelos e bobes no cabelo. Simplesmente não se faz.

— Quem foi que disse?

— Todo mundo. — Lisa virou outra página. — E quando todo mundo diz alguma coisa é porque deve valer a pena ouvir.

— Sei — Sheila enrolou o fio em volta do aspirador. — Então por que você não sai para procurar um emprego de verão? Como todo mundo?

Não houve resposta.

— Ano que vem você termina a escola. Não pense que vai poder ficar o dia inteiro com a bunda aí sentada sem fazer nada.

Keithie apareceu e jogou seu corpinho numa das cadeiras.

— Mas eu ainda posso ficar com a bunda sentada, não posso? — ele perguntou.

Sheila o olhou.

— Por enquanto — respondeu —, por enquanto. E não diga bunda.

Bunda, bunda, bunda.

Lisa virou outra página.

— Eu gostaria que Margaret Creasy se apressasse e voltasse logo. Você era outra pessoa quando ela estava por perto.

— Era? Como?

Lisa a olhou por cima da revista.

— Menos agressiva. Menos palavrões. Sem tantas dores de cabeça.

Ela era esperta, como a mãe. Esperta demais.

— Ela vai voltar — disse Sheila. — É o calor. Ele idiotiza as pessoas.

— A não ser que o Walter esteja com ela. Ele gosta de fazer gente desaparecer.

Sheila olhou para Keithie. Ele estava enfiando a ponta de uma caneta no braço da poltrona, na mais profunda concentração.

Bunda, bunda, bunda.

— Cuidado! — ela avisou. — Ele não entende.

Lisa largou a revista.

— Ele sabe das coisas, não sabe, Keithie?

— Walter Esquisito — disse Keithie. — Ele é que nem um mágico. Ele faz gente sumir.

Keithie riu. Uma risada efervescente e borbulhante como só as crianças sabem dar.

— Não entende a minha bunda — debochou Lisa. *Bunda, bunda, bunda.*

— Não diga bunda!

Sheila pegou uma almofada e colocou-a de volta no sofá.

— Eu não sei por que ele ainda não se mudou — disse Lisa, voltando sua atenção para a página. — Alguém deveria fazer alguma coisa. Ele fica nos encarando o tempo todo.

— Encarando?

— Ele me dá arrepios. — Houve um roçar de tecidos. — Quando estou com minhas amigas, ele fica lá parado na janela da frente, espiando todo mundo. Como se tentasse decidir o que fazer a seguir.

Sheila tentou prender o plugue da tomada em volta do fio, mas não conseguia fazer isso sem tirar os olhos de Lisa.

— Ele falou alguma coisa para você?

— É esse o ponto, mãe. — Ali estavam elas, as sílabas extras dos adolescentes. — Ele nunca fala. Ele só olha fixamente.

— Você me diria... se ele falasse?

Houve um leve sim com a cabeça. Lisa tirou a faixa e soltou o cabelo, que desceu pelos ombros incontrolável, impecável.

— Alguém deveria fazer alguma coisa — reclamou ela. — Todas nós achamos que alguém deveria fazer alguma coisa.

Sheila ia responder quando ouviu passos a caminho da casa.

— Campainha! — exclamou Keithie, e disparou para fora da sala antes que alguém pudesse detê-lo.

Bunda, bunda, bunda... todo o caminho até o hall.

— Deus, só espero que não seja aquele guarda de novo — disse Lisa. — O cara é um porre.

Sheila levantou uma xícara de café frio da mesa. Círculos haviam se formado na madeira, nos lugares em que ela o deixara esperando.

— Ele nem precisa se dar ao trabalho. Já dissemos tudo o que há para dizer.

— Você soube que ele esteve ontem na casa 4? Ficou séculos lá dentro. Eu vi Derek Bennett essa manhã e ele parecia ter levado um tiro.

— Você não me contou.

Lisa a encarou.

— Não vi você. Você ainda estava na cama quando eu saí. Dei o café da manhã pro Keith, ajudei ele a se vestir e até aturei suas perguntas idiotas.

Sheila apertou a xícara. Havia na borda uma película de leite, amarela e cansada.

— Eu estava exausta — explicou.

— Sei. — Lisa voltou a olhar para a revista. — Eu também estaria exausta.

— Se você tem alguma coisa para dizer, por que diabos não fala logo?

— Eu não tenho merda nenhuma para dizer.

Lá se foi mais um passo, pensou Sheila. Mais alguns centímetros de distância.

*

— Cheguei numa hora ruim?

Sheila virou-se para a porta. Dorothy Forbes, vestida em camadas alternadas de bege e nervosismo. Típico.

— Dorothy. — exclamou. — Que bom. É claro que não.

Keithie parou perto de Dorothy, uma caneta quebrada na mão. Olhou para ela e sorriu. E disse *bunda, bunda, bunda*.

*

— Não quero incomodar.

Sentaram-se na cozinha. Era melhor. Longe de Keithie e suas *bundas* e dos olhos perspicazes de Lisa. Sheila tentou manter a atenção de Dorothy na conversa, e não nas panelas da noite anterior e no cinzeiro em cima da pia, mas o sol entrou pela janela e pareceu ressaltar tudo o que ela preferia esquecer.

— Você nunca incomoda, Dot — retrucou.

Viu Dorothy tossir e sorrir ao mesmo tempo, mas nenhuma das duas coisas foi muito bem-sucedida, e então se lembrou de que Dorothy não gostava de ser chamada de Dot. Fazia com que se sentisse minúscula, como uma pessoa no diminutivo.

— Quer beber alguma coisa, Dorothy?

— Ah, não. Eu não, obrigada.

Sorriram uma para a outra, em silêncio.

— É o Keithie? O futebol dele anda perturbando Harold de novo?

— Não. Nada disso.

— Lisa?

— Não. Nada a ver com Lisa.

Assim era Dorothy. Assim sempre tinha sido Dorothy. Dando voltas e mais voltas, pegando um caminho comprido para chegar a algum lugar bem perto. Mas não podia ser apressada. Se alguém a apressava, ela ficava afobada, negava tudo e ninguém jamais saberia o que ela tinha a dizer. Sheila se perguntava, às vezes, se Dot não iria para o túmulo com milhares de palavras não ditas na boca. Enciclopédias inteiras de informação que ninguém jamais ouviria.

Então esperou.

— É Margaret Creasy — Dorothy acabou por dizer. — Bem, é John Creasy, na verdade. Bem, é todo mundo. Tentei falar com Harold, mas você o conhece, ele não ouve a opinião de ninguém. E Eric Lamb não é muito melhor. Não sei a quem apelar. Você estava lá, você enxerga. Você entende.

Quando as palavras chegavam, havia caminhões delas.

Sheila pegou o cinzeiro.

— Estávamos todos lá, Dorothy. A vila inteira estava lá.

Dorothy tentou descansar as mãos na mesa, mas havia xícaras, jornais e o *Traço Mágico* de Keithie. Então ela as manteve em cima da bolsa.

— Eu sei — comentou —, parece que foi ontem.

— Foi há nove anos, Dot. Por que diabos você acha que aquilo pode ter alguma coisa a ver com Margaret?

— Porque é assim que as coisas funcionam, não é?

Sempre houve uma camada de ansiedade em Dorothy, mesmo quando mais moça. Ela esquadrinhava o cenário em busca da próxima catástrofe, entalhando seus pensamentos até criar a forma de um problema, enfeitando-se, então, com a satisfação de se preocupar com ele.

Dorothy agarrava a bolsa como se estivesse em uma montanha-russa.

— Destino — disse ela. — Quaisquer escolhas que façamos. Elas sempre voltam para nós.

Houve uma luzinha. Uma luzinha bem pequena.

— Agora você não está mais fazendo sentido. — Ela acendeu o cigarro. Cigarros sempre a acalmavam. — Está perdendo o controle, de novo.

— A polícia voltou. Você viu?

— Fiquei sabendo.

— Devem ter descoberto alguma coisa. Os guardas andaram fazendo perguntas, procurando por Margaret, e descobriram. — As palavras de Dorothy deslizavam, uníssonas, da cabeça para a boca. — Talvez eles já a tenham encontrado. Talvez ela tenha contado tudo e eles vão voltar e nos prender.

— Você quer se acalmar? Margaret não sabia de nada, ela nem estava aqui.

— Mas ela conversava com todo mundo na vila, Sheila. Ela era o tipo de pessoa com quem você simplesmente não conseguia deixar de se abrir.

Sheila cutucou os poucos restos de esmalte que ainda havia em suas unhas.

— Ela era uma boa ouvinte.

— Exatamente. — Os dedos de Dorothy percorriam as alças da bolsa. — E gente assim às vezes acaba ouvindo coisas que não deveriam ser ouvidas.

Sheila ergueu os olhos.

— Ai meu Deus, Dot, o que você disse a ela?

— Nada, eu não disse nem uma palavra. — Dorothy franziu a testa. — Pelo menos, eu acho que não. — E então ela piscou... muito vagarosamente.

Sheila passou os dedos por entre os cabelos. Conseguia sentir o laquê da noite anterior arranhar suas mãos.

— Jesus Cristo, Dot!

Sheila acendeu um cigarro, e depois viu que o último ainda brilhava no cinzeiro.

— Ela falava com todo mundo, Sheila, não era só comigo.

Dorothy respirou tão fundo e de um jeito tão inesperado que fez Sheila ficar paralisada.

— O que foi? — ela perguntou.

— E se Margaret descobriu tudo? E se ela confrontou alguém e foi por isso que desapareceu?

— Droga! Você quer se acalmar?! — Sheila sabia que estava gritando, mas não conseguia se controlar. — Nós nem sabemos por que ela foi embora.

— Precisamos falar com John. Precisamos descobrir o que ela disse antes de ir embora.

Sheila voltou a fumar. Curtas e rápidas tragadas que levavam a fumaça para seus pulmões em ínfimas porções.

Lisa enfiou a cabeça pela porta.

— Tudo bem aí? — quis saber.

— Tudo bem. Muito bem. — Sheila ainda olhava para Dorothy. A fumaça passeava entre as duas. Criava formas preguiçosas à luz do sol e se enroscava em direção ao teto.

— Caso alguém esteja interessado, alguém precisa ir à loja da esquina — informou Lisa. — Acabou o leite.

Sheila pegou a carteira.

— Leve o Keithie com você, e seja uma boa menina.

Lisa começou a protestar, um ruído de animal selvagem rolando em sua garganta.

— Não comece, Lisa, leve-o com você e pronto — ordenou Sheila, entregando-lhe as moedas. — Preciso sair por uns 10 minutinhos. Ele só tem seis anos, não pode ficar aqui sozinho.

— Quase sete — disse uma voz do corredor.

Sheila virou-se para Dorothy.

— Espere por mim aqui na frente enquanto calço os meus sapatos.

*

A despensa estava fresca e escura. Ela podia ouvir Dot puxando a porta da frente e Lisa subornando Keithie.

Estava atrás da farinha. No fundo de uma lata cheia de restos de arroz e macarrão em forma de conchinhas.

Era para ela ter jogado fora. Disse a Margaret que tinha jogado. Enfiou a mão na lata e sentiu-a lá no fundo. Mais uma e jogaria fora. Só mais uma, porque agora ela realmente precisava.

*

Ele não respondeu a princípio. Dot subiu no canteiro e encostou seu rosto na vidraça. Sheila podia ouvi-la reparando na bagunça e fazendo seu julgamento.

Tirou o chiclete da boca e gritou pela abertura da caixa de correio. Nada, embora ela tenha pensado ouvir uma porta se abrir em algum lugar dentro da casa.

— John, eu sei que você está aí — ela gritou de novo.

Dorothy desceu do canteiro.

— Talvez ele tenha saído — opinou. — Ele pode estar procurando por ela.

— Ele está lá dentro.

Sheila olhou pela abertura. Conseguia ver caixas de papelão e papéis, amontoados em pilhas, e o canto de uma mesa cheia de sacolas de compras. Parecia que ele estava empacotando as coisas para se mudar, só que nada estava empacotado. Só espalhado em cima de tudo.

Gritou de novo.

— Eu sei que você está aí e eu não vou embora, então vou ficar aqui parada até que você decida abrir a porta.

A porta se abriu.

Foi preciso um instante para que sua visão se ajustasse à repentina escuridão alaranjada, mas depois viu John de pé no primeiro degrau da escada. Sua aparência era a de alguém que dormia com a mesma roupa há uma semana e seus olhos estavam fundos e vazios.

— Pelo amor de Deus, John. Que brincadeira é esta?

Sheila empurrou a porta para abri-la um pouco mais, mas ela ficou emperrada em meio a jornais amarelados e uma torrente de cartas por abrir. Ele simplesmente ficou atrás da porta, como uma criança, e deixou-as entrar. Dot levou a mão à boca, tentando absorver o caos.

— Mas o que é tudo isto? — Sheila ergueu a ponta de uma sacola, mas teve a impressão de que aquele gesto poderia originar uma reação em cadeia e fazer a casa inteira desabar em torno deles, portanto, soltou-a. — O que você está fazendo?

Ele mordeu as unhas, como um roedor.

— Estou tentando encontrar.

— Encontrar o quê?

— Seja lá o que for que fez Margaret partir. Ela deve ter descoberto alguma coisa. A casa deve ter dito a ela o que aconteceu.

Sheila respirou fundo. O ar cheirava a suor e desespero e Dorothy, atrás do seu ombro esquerdo, ia aos poucos adicionando seus próprios temores a tudo aquilo. Sheila se aproximou para pegar um guarda-chuva na cadeira perto da porta.

— Não toque nisto! — John avançou para cima do guarda-chuva e devolveu-o ao lugar. — Eu o deixei aí. Para Margaret. Senão ela pode esquecer.

Ela o observou. Podia ver o medo palpitando sob a sua pele, os pensamentos tão hermeticamente embalados que começavam a entortar e rachar. Não era a primeira vez que ele agia assim. À época, todos ficaram mal. O episódio reduzira-os ao silêncio, calando suas vidas por meses a fio, mas John parecia ter migrado para mais longe do que todos os outros, levando a si mesmo para os limites de sua vida e lá permanecendo, longe de qualquer coisa que pudesse lhe machucar.

— Vamos nos sentar na cozinha — disse ela —, vamos preparar alguma coisa para beber e conversar a respeito de tudo isto.

*

Tomaram chá preto em canecas que Sheila limpou com papel toalha. Dorothy sentou-se o mais longe possível da dela, como se pensasse que o chá talvez possuísse algum tipo de propriedade tóxica, e John baixava os olhos para a dele a cada vez que Sheila lhe fazia uma pergunta.

— Ela deve ter dito alguma coisa, não é, John?

— Nada. Ela não disse nada. Por que as pessoas ficam me fazendo sempre as mesmas perguntas?

— Então você acordou e ela simplesmente não estava mais aqui? Nenhum aviso?

— Eu fui me deitar primeiro. Quando acordei, achei que ela tivesse saído para dar um pulo na loja ou na casa de um de vocês. Ela estava sempre entrando e saindo da casa dos outros.

— Estava mesmo — concordou Dorothy. — Da casa de todo mundo.

Sheila trocou um olhar com Dot e desviou o seu.

— E ela não comentou nada a respeito de alguém na vila? Nada que alguém lhe tivesse dito?

— Nada.

— Nada a respeito de Walter Bishop?

Seus olhos se encontraram por um instante, e o silêncio tomou conta.

Ele voltou a atenção para o chá. Do outro lado da sala, ela conseguia ouvir Dorothy começar a hiperventilar.

— John?

— Ela deve ter ido vê-lo. Os óculos dele... estão na bolsa de Margaret. Ela ia levá-los para consertar.

— Eu sabia. — Dorothy se levantou e sua caneca bateu numa pilha de pratos. — Eu sabia que a tinha visto saindo da casa 11.

Um gemido encheu a sala, vindo do fundo da garganta de John. Era como um som de aceitação, um grunhido de agonia. Sheila sentiu uma onda de pânico, mas não soube se vinha de outra pessoa ou se pertencia a algum lugar dentro de si mesma.

— Vamos nos acalmar. Vamos pensar nisto direito — ela disse, mas as palavras foram engolidas pela maré de pânico vinda do resto da sala.

Dorothy ainda estava de pé. Parecia querer andar, mas a sala era pequena demais e qualquer mínimo espaço disponível estava tomado pelas buscas de John. Então apenas torcia as mãos, tentando liberar a adrenalina.

— Margaret descobriu! — exclamou. — Ela deve ter ido à polícia.

Sheila olhou para John.

— Ela faria isso? Sem falar com você?

Ele balançou a cabeça.

— Não sei. Acho que não.

Sheila fechou os olhos e tentou respirar devagar. Sentiu as mãos começando a tremer, fechou-as e tentou fazê-las parar.

— Nós saberíamos se ela tivesse contado à polícia. — Esforçou-se para manter a voz firme e controlada. — Eles já teriam nos interrogado.

— Mas se ela não foi à polícia, então para onde foi? — perguntou Dorothy.

John olhou para cima.

— Talvez ela tenha descoberto a verdade. Talvez tenha confrontado alguém.

— Ela falava com todo mundo, Sheila. Ela conhece todos os nossos segredos. — Dorothy estava tomada por uma interminável onda de pânico. O branco dos seus olhos demonstrava todo o seu terror.

— Ah, pelo amor de Deus! — desabafou Sheila. — Nós não fizemos nada de errado!

— Como você pode dizer isso? — John agarrou a beirada da mesa. — Como pode dizer que não fizemos nada de errado. Nós matamos alguém.

*

Estava lá de novo. A escuridão.

Apesar da opressão do calor, apesar do sol que mordia a pele, a vila ainda parecia envolta em sombras. John parou atrás da janela da sala da frente e observou Sheila e Dorothy se afastarem. Estavam no meio da rua quando Dorothy começou a girar os braços e a sinalizar sua ansiedade com um lenço.

Ele não deveria ter dito aquilo. Não deveria ter dito que haviam matado alguém.

Mas era verdade. Foi o que fizeram.

Não importava muito que ninguém pretendesse fazê-lo, não é? Algumas coisas eram tão ruins, tão perniciosas, que não faria qualquer diferença terem ou não sido intencionais. Se esse não fosse o caso, então qualquer um poderia se safar de qualquer coisa, só com a alegação de que não tinham realmente planejado fazer aquilo.

Olhou para a casa 11, e a casa 11 devolveu-lhe o olhar.

Quando voltou a atenção para a vila, os dedos de Sheila Dakin pressionavam as têmporas e Brian Magro já havia deixado de lado sua lata de lixo para ver o que queriam dizer todos aqueles acenos de lenço.

John tinha certeza de que não podiam vê-lo.

Refugiara-se atrás de um vaso de flores colocado por Margaret no peitoril da janela. Margaret não acreditava em flores artificiais. Dizia que já havia falsidades demais no mundo sem que fosse preciso colocá-las numa jarra e exibi-las na sala de visitas. Então, aquelas flores tinham sido viçosas, sem dúvida, mas agora ele podia sentir o cheiro, a inevitável e estranha doçura da decadência que sempre parece predominar, não importa o quanto se tente disfarçá-la com todo tipo de outros cheiros.

Ele viu o lenço de Dorothy tremular ao sol da tarde e Sheila admitir a derrota e se apoiar no muro do jardim.

Havia 47 tijolos no muro do jardim de Sheila Dakin. Ele já sabia disso, é claro, mas nunca fazia mal conferir essas coisas. Quando Margaret estava lá, ele não sentia necessidade de conferir coisa alguma. Ela tirava dele as preocupações, empacotando-as e silenciando-as. Mas, desde que ela desapareceu, não demorou muito para que se desembrulhassem e voltassem para sua vida como velhas amigas.

Eram 60, contando também os meios-tijolos.

Dorothy sacudia o lenço na direção de sua casa, e Brian olhava para lá, de rosto franzido.

Faça alguma coisa, costumava dizer Margaret. *Não fique apenas contando coisas, faça algo com um objetivo.*

Treze meios-tijolos. Treze. Aquilo o deixava inquieto.

Não fique aí parado, John, contando os dias que passam.
Talvez se ele tivesse se manifestado antes, se tivesse encontrado sua coragem logo no início, o formato de sua vida fosse diferente.
Tome uma providência, John.
Quando ele se virou, a manga da camisa roçou as flores e o cheiro subiu e penetrou em sua boca. Uma nova atitude, era do que precisava. Se mudasse sua maneira de ser, se parasse de contar tudo, talvez, de algum jeito, Margaret percebesse e voltasse para ele.
Bateu a porta da sala de estar e o eco sobressaltou a casa. Subiu pelas paredes até o teto. Sacudiu mesas e cadeiras, e o pequeno vaso em cima do peitoril da janela começou a vibrar. Um punhado de pétalas estremeceu e abandonou suas hastes. E uma trilha de decadência deslizou pela pintura.

*

— Até que enfim! — Brian estava na beirada da calçada, com as mãos enfiadas nos bolsos. — Pensei que você fosse se esconder a tarde inteira atrás daquelas flores mortas.
John olhou de volta para a sua casa. Às vezes, Brian parecia adivinhar as coisas e John nunca descobria como ele conseguia fazer aquilo.
— Você a deixou completamente descontrolada. — Brian inclinou a cabeça na direção de Dorothy, que sacudia os braços na frente de Sheila. John não conseguiu entender todas as palavras, mas ouviu *acabados*, *destruídos* e *Prisão feminina de Holloway*. — O que você andou dizendo a elas?

— Eu só disse a verdade. Às vezes, é preciso ser objetivo. Às vezes, é importante se manifestar claramente.

John aprumou um pouco mais o corpo e usou sua nova atitude para apertar os maxilares.

— Ah é assim é? — Brian deu um tapinha na lateral de seu nariz e sorriu. — Mas às vezes, meu amigo, é importante não dizer absolutamente nada.

John soltou os maxilares e encarou seus sapatos.

— E vocês dois também não pensem que vão se livrar dessa. — Dorothy parou de girar e apontou para eles. — A polícia virá atrás de todos nós assim que descobrir o que aconteceu, então você pode tirar esse sorriso estúpido do rosto, Brian Roper.

Brian tossiu e encarou seus próprios sapatos.

Sheila ergueu-se do muro.

— Pelo amor de Deus, Dorothy, quer parar com todo esse teatro? Não está ajudando ninguém. Se a polícia quiser vir atrás de nós, que venha atrás de nós. Não podem provar nada.

Brian mordeu o lábio, Sheila enfiou ainda mais os dedos nas têmporas e Dorothy começou a gemer e voltou a girar o lenço. O barulho fez os ouvidos de John zumbirem e ele cobriu suas orelhas, fechou os olhos e tentou afastá-lo.

— Está tudo bem?

Nenhum deles tinha ouvido o carteiro. Ele estava encostado em sua bicicleta e coçava o lado da cabeça com a ponta de um envelope.

Sheila olhou para cima e cruzou os braços.

— Tudo perfeito — ela disse.

— Tudo bem — afirmou Brian.

— Tudo muito bem — concordou Dorothy, guardando o lenço na manga do casaco e sorrindo.

O carteiro franziu a testa.

— Então estão todos bem — ele disse, e saiu empurrando a bicicleta pela vila.

As rodas rangiam com o calor, e John se perguntou se os Correios forneciam aos carteiros uma latinha de óleo ou se era esperado que eles mesmos a providenciassem.

Todos observaram ele encostar a bicicleta no muro da casa de Walter Bishop e desaparecer.

— É novo — disse Dorothy, sem tirar os olhos da casa 11.

Sheila apertou ainda mais os braços já cruzados e seguiu o olhar de Dorothy.

— É mesmo?

— *Não é daqui* — fez Dorothy com a boca.

— Não?

Dorothy se impacientou.

— É só ouvir como pronuncia as vogais.

Pouco tempo depois, o carteiro reapareceu, voltando pelo meio da rua. Ainda trazia o envelope nas mãos.

— Entrega adiada? — perguntou Dorothy quando ele os alcançou.

O carteiro fez que sim.

— Ninguém na casa 11. Vou ter que levar de volta.

Todos olharam para o envelope. Era grande e branco, e Dorothy esticou tanto o pescoço para ler o timbre que John teve medo de que ela o deslocasse.

— Kodak? — indagou ela.

O carteiro deu uma olhada.

— Parecem fotografias.

Dorothy esticou a mão.

— Posso ficar com elas, se quiser.

Ela sorriu, e as pontas de seus dedos tremeram de leve.

O carteiro hesitou, depois apontou para o crachá.

— Minha função não me autoriza — respondeu. — Correio Real, entende? Somos um serviço de utilidade pública. Como a polícia.

— A polícia? — fez Dorothy.

— E os bombeiros. — acrescentou o carteiro.

— Os bombeiros? — repetiu Sheila.

Ele sorriu e montou na bicicleta. O rangido das rodas se fez ouvir até o final da vila.

— Eu queria saber o que foi tudo aquilo. — Brian indicou com a cabeça o lugar onde o carteiro havia parado.

— Fotografias — disse Sheila.

— Provas! — Dorothy tirou o lenço para fora novamente. — Isso já afunda a história do *ninguém pode provar nada*, não é? Aposto que ele tem fotos de sabe-se lá do que ainda está escondido naquela casa.

— Ai, meu Deus! — Sheila voltou a se debruçar sobre o muro.

— Não sei quanto mais consigo aguentar disso — queixou-se Dorothy. — Consigo sentir mais uma das minhas enxaquecas chegando.

— O que você acha, Brian? — John podia sentir o formigamento brotar no fundo da sua garganta. — Você acha que estamos em apuros?

Brian o encarou. Fitou-o de tal modo que John não conseguiu suportar e precisou desviar os olhos na direção da entrada da casa de Dorothy Forbes.

— Acho que se tivéssemos feito alguma coisa enquanto tínhamos chance, não estaríamos metidos na confusão em que estamos agora. — Brian continuava a encará-lo. — Acho que, se você tivesse me ouvido, se tivesse aberto a boca, então tudo seria diferente.

John se virou para ele.

— Mas você acabou de dizer que às vezes é importante ficar calado.

Brian começou a andar, as mãos ainda nos bolsos.

— E essa é a coisa mais importante de todas.

— O quê? — gritou John.

— Saber a maldita diferença — ele gritou de volta.

John observou-o atravessar a vila em direção à casa 2. Ele parou na entrada de Dorothy Forbes e chutou um cascalho para o asfalto.

Havia 137 pedrinhas, mas agora só 136.

John sabia disso, porque tinha acabado de contá-las.

*

Sheila fechou a porta da frente. Ainda podia ouvir Dorothy gemendo e sacudindo o lenço, exatamente como na noite das fotografias.

Mesmo agora, era capaz de rever tudo em pensamento. Era como um filme guardado para ocasiões especiais, ocasiões em que ela precisava voltar a se convencer de que eram todos irrepreensíveis e bem-intencionados. Tinham que pensar nas crianças. Ainda não tinha Keithie na época, mas Lisa sim, e era necessário dar exemplos para nossos filhos. Os tempos de ensiná-los com palmadas e cintadas não existiam mais, graças aos céus, e era preciso mostrar-lhes como sobreviver, mostrar-lhes como evitar as crises de mau humor, as manchas roxas e homens determinados a arrancar de você tudo o que podiam.

Homens como o pai de Lisa.

Homens como Walter Bishop.

Se ela não ensinasse aos filhos, quem o faria? E, também, não era só por ele ter pego o bebê. Era todo o resto. Era o modo como ele arrancava a sua roupa com os olhos quando você passava por ele. Era como os tufos de cabelos grisalhos lhe caíam pelos ombros, e como sua jaqueta era costurada e brilhava de graxa escura. Era o seu próprio aspecto. E depois eram as fotografias. Foram a gota d'água. Aqueles meninos nem ao menos estariam ali se Walter não tivesse roubado a criança, portanto a culpa era toda dele. Era uma reação em cadeia. Os garotos só estavam sendo garotos, afinal, e não queriam fazer mal a ninguém. Ela soube disso assim que os viu.

2 de dezembro de 1967

As sacolas chacoalham enquanto Sheila as carrega para casa. Não importa o quanto mantenha os braços retos, nem o cuidado com que os mantém afastados do corpo, elas retinem como sinos de igreja, anunciando suas falhas.

Embora não haja mais ninguém para ouvir, apenas Lisa. As ruas foram trocadas pelas refeições de sábado, por torradas com feijão e latas de sopa, comida fumegante para quebrar o gelo cortante do sol de inverno.

— O que teremos para degustar? — pergunta Lisa. Ela está enfiada em seu casaco de flanela. O tecido está repuxado nas costas e Sheila se pergunta se chegará intacto pelo menos até o fim do inverno.

— Que história é essa de "degustar"? — ela reage. — O que aconteceu com "almoçar" e "comer"?

— Gente fina diz degustar.

— Diz, é? E o que alguém de seis anos sabe a respeito de ser fina?

Lisa não responde. Em vez disso, arrasta os pés pela calçada.

— Não arranhe suas botas, são novinhas.

Um cascalho solto pula no cimento.

— Eu quero ser fina.

— Pois bem, nós não somos — retruca Sheila —, portanto vamos ficar com "almoçar", muito obrigada. Ou o pessoal daqui vai parar de falar conosco.

Atravessam em frente ao ponto de ônibus e é então que Sheila os vê. Dois garotos, na frente da casa 11. Nada fora do normal. Desde que a notícia a respeito de Walter se espalhou, crianças do bairro passam por lá de vez em quando. Às vezes gritam, jogam um punhado de pedrinhas e saem correndo. Uma vez, Sheila pensou ter visto um deles urinando no jardim de Walter, mas preferiu se fazer de cega.

Não faziam por mal.

Aqueles dois estão encarando as janelas. Um é alto e magricela, o outro mais baixinho, com a jaqueta enfiada nas calças. Nenhum deles deve ter mais do que doze anos.

Ela grita da outra calçada e pergunta o que estão fazendo.

— Só passando o tempo — grita o Alto.

Baixinho se vira e sorri para ela. Ele carrega uma bola de futebol, mas não a está chutando.

— Bem, só prestem atenção. — Ela pega a mão de Lisa e a encaminha para a porta da frente. — Tomem cuidado.

— Não precisa se preocupar conosco — grita Alto. — Sabemos nos cuidar.

Ela não duvidou disso nem por um segundo.

*

Eles ainda estão lá, mesmo depois de ela ter tirado as compras das sacolas e encontrado uma lata de sopa de carne para Lisa. Há três garotos agora, e quando ela olha pela janela chega mais um. Alto entra no jardim de Walter e, quando volta pulando o muro, há um galho em seus braços. Ele o sacode no ar, como um troféu de batalha, e os outros se empurram, gritam e tentam agarrá-lo. Baixinho abandonou a bola de futebol ao lado da cerca viva e ela rola pela grama e bate nas folhas da sarjeta.

Eric Lamb também os observa. Sheila o vê e, por trás das vidraças, os dois se encaram em silêncio.

Quando ela volta a olhar, há mais meninos. Já devem ser quase uma dúzia, e o barulho chega à sua porta da frente. Alguns deles estão no jardim de Walter, gritando para as janelas, procurando encorajamento nos rostos uns dos outros. Vê também rapazes mais velhos, talvez de 15 ou 16 anos.

Canalha, grita um deles.

Um sorriso se desenha nos lábios de Sheila antes mesmo de ela se dar conta.

Lisa está puxando o casaco e enfiando os pés em patins. Sheila tira os olhos da vila.

— Aonde você pensa que vai?

— Pra rua — responde Lisa —, brincar.

Sheila volta a olhar para os garotos.

— Não, não vai, não — afirma. — Agora não.

Walter apareceu em uma das janelas do segundo andar. Está gritando alguma coisa sobre invasão de propriedade e de chamar a polícia. Os garotos apenas riem dele, imitam sua voz e encontram palavras que só seus pais deveriam conhecer.

Walter parece pequeno e irrelevante, debruçado no peitoril de madeira. Seu rosto está vermelho e inchado de raiva e seus braços nadam no ar, sem qualquer outro resultado além de deixá-lo ainda mais vermelho e furioso. Sheila se pergunta, por um breve momento, se alguém tão fraco e comum pode realmente ser uma ameaça tão grande, e então se lembra do pai de Lisa, do seu próprio pai e de todos os outros homens que se apresentam envoltos em embalagens inofensivas.

Ela trinca os dentes e observa. Seus nós dos dedos, pressionados contra o peitoril da janela, estão brancos.

Os garotos se acomodam. Dois deles chutam o cascalho próximo à garagem, mas a maioria está sentada lado a lado no muro do jardim. Às vezes, algum deles olha para cima e grita, mas há uma ingenuidade no que fazem — crianças que não sabem por que gritam e só imitam os seus pais, que foram os primeiros a gritar.

Walter fecha a janela e desaparece, mas pouco tempo depois, quando volta, traz alguma coisa nas mãos atrás da vidraça.

Uma máquina fotográfica. Está tirando fotos deles.

Os meninos, no começo, não percebem, estão entregues demais à sua própria energia. Pernas e braços empurrando pernas e braços. O diálogo físico da adolescência.

Walter os persegue com as lentes. Passeia pela fileira no muro. Para. Volta atrás. Aciona o obturador.

Registra todos eles, aprisionando cada menino na curva da lente, copiando sua imagem no filme. Roubando sua infância enquanto eles olham para o outro lado.

— Canalha! — exclama Sheila. — Seu canalha nojento!

Está a ponto de bater no vidro e avisá-los, quando um dos meninos olha para cima e avista Walter. Ele aponta e aquilo os dispersa em poucos segundos. Partem todos num tumulto de bicicletas e macacões, correndo pelos becos e pelas calçadas, até que o único sinal de que tinham estado ali era um galho comprido e morto, encostado à ponta do muro de Walter Bishop.

— Canalha — diz Sheila.

Lisa a olha do alto de seus patins.

— Quem é o canalha?

— Deixe pra lá.

Walter ainda está à janela, olhando fixamente para onde os meninos estavam sentados.

— E não diga "canalha". Não é uma palavra para crianças.

*

Sheila passa a tarde inteira zangada. Concentra a raiva em portas de armários e tampas de chaleiras, mas a raiva invade seus pensamentos e não desiste. Ela quer ir à casa de Eric e saber o que ele vai fazer com aquilo, mas Lisa perambula pela casa atrás dela e ela sabe que, se fizer isso, haverá uma tarde inteira de perguntas.

— Eu não estou zangada com você, Lisa — repete pela décima vez.

— Então com quem você está zangada?

— Com o homem esquisito de cabelo comprido. O homem da casa grande no fim da rua.

— Aquele que pegou o bebê.

— É — concorda Sheila —, aquele que pegou o bebê. Ele é um homem mau, Lisa. Você não pode chegar perto dele. Nunca. Está me ouvindo?

Lisa faz que sim.

— Ele é um homem mau.

Ela repete as palavras de Sheila e volta ao seu desenho, mas de vez em quando olha para a mãe e olha pela janela, e seu rosto se enche de pensamentos.

*

Uma hora havia se passado quando Sheila ouve as vozes. Há muitos deles, sombrios, raivosos e se aproximando, como uma tempestade. O céu de dezembro está acinzentado e solene, e deixa passar apenas luz suficiente para que se vejam os vultos se movendo ao longo da vila. A maioria é de homens, mas há algumas mulheres no final do grupo e, um pouco mais atrás, um bando de crianças. São as mesmas crianças de antes. Ela reconhece Alto e Baixinho, mas agora não há empurrões ou gritos, só crianças pequenas, passos silenciosos e preocupados braços cruzados contra o frio.

— Fique aqui — ela diz a Lisa da soleira da porta, encostando-a antes de sair.

Sheila nunca viu tanta gente na vila ao mesmo tempo. Parece uma torcida de futebol. São operários, trabalhadores da fábrica. Homens que escavam minas a semana inteira ou passam os dias levantando terra e pedras. Dirigem-se todos à casa 11, botas pisando duro no asfalto, punhos fechados demonstrando seu estado de ânimo.

O primeiro homem chega à porta de Walter Bishop e a soca com os nós dos dedos.

Não há um único movimento na casa 11. Apenas uma escuridão silenciosa e rastejante. Pode parecer que Walter não está em casa, mas Sheila sabe que ele está. Todos sabem que ele está. Embora a porta de Walter Bishop continue imóvel, todas as outras se abrem na vila, uma a uma. Eric, Sylvia e Dorothy Forbes surgem nas respectivas soleiras. Até May Roper abre as cortinas da sala de estar e espia.

O homem bate outra vez. Seus punhos soam como balas. Ele dá um passo para trás e grita para a casa, berrando para que Walter Bishop apareça.

— Você tira fotografias dos meus garotos, você vem aqui agora e vem falar comigo, porra!

Sheila olha para a porta e a fecha um pouco mais.

A multidão cerca a casa de Walter. Os homens ávidos por um confronto. As mulheres são mais reservadas, mais controladas, mas seus olhos revelam uma ameaça silenciosa. É óbvio que foi dito às crianças que ficassem de fora, porque elas caminham pelas beiradas do grupo, tentando encontrar um jeito de passarem despercebidas. Baixinho se vira e encara Sheila. Parece que esteve chorando.

O homem está chutando a porta de Walter. Os outros gritam, batendo as botas um pouco mais depressa, com um pouco mais de força. Pelo canto dos olhos, Sheila vê Dorothy Forbes correr pela calçada, agarrada ao casaco.

— Vou à cabine telefônica chamar a polícia — explica, ao passar trotando pela cerca da casa de Sheila.

— Mas por que diabos você vai fazer isso?

— É uma multidão descontrolada, Sheila. Uma turba. Só Deus sabe de quem eles virão atrás depois.

— Eles só estão atrás do Walter — explica Sheila. — Não viriam atrás de nenhum de nós. Somos todos respeitáveis.

Mas Dorothy desapareceu numa esquina e Sheila volta a olhar para a multidão e franze o rosto.

*

A polícia chega. Dorothy está perto de Sheila na soleira da porta, torcendo o cinto do casaco entre os dedos. Enrola o pano para um lado, depois para o outro, apertando-o de encontro à carne.

— Ai, para de se mexer, Dot.

— Não consigo. São os meus nervos.

Dorothy solta o cinto mas, quase no mesmo instante, agarra-o novamente.

Os policiais estão fora da viatura e só um instante se passa antes que seus uniformes sejam engolidos por uma massa de ombros e gritos.

— Por que estão tão zangados? — pergunta Dorothy. — Eu estava no meio do seriado Emmerdale Farm.

— Ele estava tirando fotos. Das crianças.

Ela ouve Dorothy respirar muito fundo.

— Eu já o vi fazer isso antes, no parque. Ele se senta no coreto com aquela máquina miserável pendurada no pescoço e fica fotografando.

— Ele faz isso?

— Ah, não é só das crianças, ele tira fotos de tudo — completa Dorothy. — Flores, nuvens, os malditos pombos.

— Que tipo de homem tira fotos dos filhos dos outros?
— Que tipo de homem mora com a mãe até os 45 anos?
— Ou nem ao menos abre a cortina da frente?
— E ele também precisa de um bom corte de cabelo.

As duas se inclinam para a frente e tentam ouvir.

— Por que você não vai lá ver o que está acontecendo, Dot?

— Ah, eu não conseguiria — responde Dorothy. — Poderiam me atacar. Gente desse tipo perde qualquer noção de perspectiva.

Inclinaram-se um pouco mais, em silêncio.

— Então vou eu. — Sheila olha para dentro de casa. — Só vigie a Lisa para mim.

*

Sheila avança em meio à multidão. Mergulha por baixo de cotovelos e contorna discussões, abrindo caminho até encontrar dois guardas e Walter Bishop, convocado à porta pela visão de um uniforme.

— Isso é ridículo — está dizendo Walter. — Como se eu fosse fazer uma coisa dessas.

Seus olhos não se fixam em ninguém, só em uma moita úmida de musgo no degrau da varanda e nas dezenas de pés que a circundam.

— Estes cavalheiros têm a impressão de que o senhor andou tirando fotos dos seus filhos. Está negando ter feito isso? — pergunta o primeiro policial.

Walter Bishop não fala. Seus lábios se movem devagar sobre os dentes amarelados, mas nenhuma palavra surge.

Sheila olha em volta. Baixinho encontrou o pai. O menino se comprime à sombra do homem. Parece muito jovem. Jovem demais para ouvir aquele tipo de conversa.

— Sr. Bishop? — indaga o segundo policial.

— Eu gosto de fotografia, é verdade. Gosto de tirar fotos.

— De crianças?

Botas rangem no asfalto à medida que a multidão se empurra. Sheila não olha para o rosto dos homens. Não precisa.

— Entre outras coisas. — Walter tira os óculos e um lenço do bolso. — É um hobby, Sargento. Eu tenho um quarto de revelação.

— Ah, é? É mesmo?

O lenço está cinzento e amassado.

— Já conversamos a respeito de crianças, não é mesmo, sr. Bishop? — O rosto do sargento é uma máscara de controle, mas Sheila percebe um tique de irritação no canto de sua boca. — Discutimos as peculiaridades do seu comportamento há algumas semanas, quando um bebê foi dado como desaparecido.

Os olhos de Walter encontram pela primeira vez os do policial.

— Como o senhor bem sabe, aquelas acusações eram falsas. Até onde me consta, não há leis que proíbam tirar fotos de pessoas. — Os seus olhos parecem encontrar a faísca de uma saída. — Principalmente quando se tem um bom motivo.

As mãos do guarda estão às suas costas, e Sheila o vê fechar um punho.

— Então o senhor admite ter fotografado estes meninos sem o consentimento de seus pais?

Walter recoloca os óculos. Fica em silêncio por um instante e, quando fala, as palavras saem emolduradas por um tremor.

— Eram provas, Sargento. Provas de suas perversidades.

— Provas?

— Ah, provas, sim senhor. — A voz de Walter Bishop soa mais forte agora. — Os senhores não fazem ideia do abuso que preciso tolerar. Já lhes telefonei em diversas ocasiões, mas os senhores sempre me dizem que não tenho provas. Pois bem, agora eu tenho.

Walter chegara ao fim de suas palavras e, no caminho, reunira fartas doses de autoconfiança. Sheila costumava observar aquilo no pai de Lisa. A lenta combustão da arrogância, à medida que a cabeça assimilava o que a boca dizia.

— E o que, exatamente, faziam as crianças para que fosse preciso reunir provas? — pergunta o guarda.

— Vandalismo, Sargento. — Walter aponta os canteiros murchos e os galhos das árvores, que gotejam negligência. — Invasão. Destruição.

O policial se vira para Baixinho, ainda preso à cintura do pai.

— O sr. Bishop está sugerindo que você e seus amigos invadiram sua propriedade. Seria uma acusação justa?

Baixinho tenta desaparecer na segurança da silhueta do pai, mas não há para onde ir. O pai recua e cruza os braços. O menino olha para Walter Bishop, cujo rosto se volta para ele com olhos cheios de autocontrole. O tipo de controle que Sheila já vira tantas vezes, e isso faz uma ânsia rastejar pelo fundo de sua garganta.

— Estávamos jogando futebol. — A voz de Baixinho sai tão fraca e distante que todos precisam se inclinar para ouvir. — A bola pulou por cima do muro. Só entramos no jardim dele para pegá-la. Foi tudo. Foi tudo o que fizemos.

Os olhos de Baixinho estão úmidos, arregalados e apavorados. Sheila observa o pai de Baixinho. É um homem grande, de mãos rápidas e grosseiras em um corpo engordado por anos de complacência. Sheila pensa na presunção que há nos olhos de Walter Bishop.

— Eles só estavam jogando futebol. Só estavam sendo crianças. Eu vi tudo, da minha janela.

Ela ouve sua própria voz antes mesmo de perceber que é ela quem fala. O tom é frágil. Como se pudesse falhar a qualquer instante.

Na ponta da multidão, ela enxerga Eric Lamb, os olhos fixos em suas palavras.

— Então a senhora é uma testemunha de tudo isso? — O policial se vira para Sheila e depois volta a encarar Walter Bishop. — Estes meninos não estavam fazendo nada de errado?

— Absolutamente nada de errado. — Sheila observa Baixinho enquanto fala. O corpo do menino treme, embora ali, com toda aquela gente, o frio não seja tão intenso.

— Eu tenho direitos — está dizendo Walter. — Posso fotografar quem eu quiser. Não é crime. Quando as fotos que tirei estiverem reveladas, vocês vão ver exatamente o que esses garotos estavam fazendo.

— Então vamos dar uma olhada nessa máquina.

O policial espera enquanto Walter desaparece atrás da porta.

Assim que ele retorna, entrega a máquina ao Sargento.

— Está tudo aí. Vocês vão descobrir como esses garotos são cruéis. Eles precisam ser punidos. Precisam de um bom corretivo, Sargento. É disso que eles precisam.

Palavras de retaliação transbordam da boca de Walter Bishop enquanto o policial examina a máquina. O primeiro guarda ergue o olhar, a correia do capacete apertando seu queixo, os lábios apertados e decididos.

— Seria o mesmo tipo de punição que o senhor me disse que gostaria de dar às mães que deixam os filhos soltos por aí, sr. Bishop? — questiona o Sargento.

Walter está calado. Sheila pode ver um fio de suor escorrer do seu couro cabeludo.

— Não deveriam permitir que esse tipo de gente tivesse filhos — diz ele. — Crianças precisam de mão firme. Precisam que alguém lhes mostre quem está no comando.

Um rumor de vozes sobe da multidão. Um empurra-empurra, um ranger de botas.

O segundo guarda levanta o braço. Aquilo silencia as pessoas. Por enquanto.

O sargento gira nas mãos a máquina fotográfica.

— Então aqui estão todas as provas, não é?

— Tudo do que o senhor precisa para prender essa gente, Sargento.

O policial empurra uma lingueta na parte de trás da máquina.

— Não! Não toque nisso! — reage Walter. — Se abrir, vai arruinar...

O policial levanta a lingueta.

— Ah, meu caro — diz ele. — Veja só o que acabei de fazer.

— Ainda podem ser salvas. Se me devolver...

Walter tenta pegar a máquina, mas o guarda a vira de cabeça para baixo e todo o conteúdo se espalha pelo chão.

— Eu e os meus dedos desajeitados. — Ele esmaga o filme com a ponta da bota. — Parece que agora nunca mais poderemos ver as tais provas, não é, sr. Bishop?

Os olhos de Walter estão presos ao chão.

— O que você sugere que eu faça? — ele pergunta.

O policial aproxima-se tanto que a fumacinha da sua respiração flutua para o rosto de Walter Bishop.

— O que eu sugiro é que o senhor preste menos atenção aos filhos dos outros. — Seus olhos o examinam de cima a baixo. Os sapatos cansados, o casaco manchado de comida, os fios de cabelo amarelados. — E preste um pouco mais de atenção a si mesmo.

*

A multidão recebe ordem de circular. Todos parecem hesitantes. Afastam-se, deixando para trás olhares intensos e promessas rudes e cruéis. Baixinho olha por cima do ombro enquanto sai dali, guiado pelo braço do pai.

Eric Lamb atravessa a rua e vai até Sheila, mãos enfiadas nos bolsos.

— Precisava ser feito — ela afirma —, antes que você comece.

Ele nada diz.

— Se a polícia e o conselho não fazem nada, o povo tem que resolver as coisas com as próprias mãos. — Ela volta a olhar para a casa 11. — Alguém tem que se livrar dele.

Ele continua calado.

— Alguém vai acabar se machucando, Eric.

— Ah, disso eu não duvido. Não duvido nem por um segundo.

— E você não fica preocupado? — Ela bota o casaco nos ombros. — Um sujeito esquisito desses na vila, tirando fotos dos filhos dos outros?

— É claro que fico, Sheila, e sei que você ainda fica alterada por causa da Lisa. Só não sei se esta é a melhor maneira de lidar com isso.

O casaco arranha sua nuca, e ela sente a pele começar a arder com o atrito da lã.

— E que outra maneira existe? — pergunta. — O resto de nós precisa fazer alguma coisa.

— Uma caça às bruxas?

— Se for preciso, Eric, sim, uma maldita caça às bruxas.

Ela o ouve alinhar os pensamentos em meio ao imóvel ar de dezembro.

— Só há um problema com uma caça às bruxas — diz ele.

— E qual seria?

Enquanto responde, ele começa a andar de volta para casa.

— É que nem sempre se caça a bruxa.

Sheila olha para a casa 12. Lisa está acenando para ela por trás da vidraça, e atrás de Lisa está Dorothy Forbes, o rosto coberto de ansiedade.

Sheila enrola nos dedos o cinto do casaco. Coloca o pano para um lado, depois para o outro, puxando-o com força contra sua pele.

A Vila, casa 4

9 de julho de 1976

A mãe da Tilly deixou-a de cama durante três dias.

Achei que era exagero, mas a sra. Morton disse que todo cuidado é pouco. Pensei que, na verdade, não era preciso tomar tanto cuidado, mas resolvi guardar essa opinião para mim mesma, porque, sempre que se falava em Tilly, a sra. Morton parecia perturbar-se.

— Não é culpa sua — eu lhe disse. — Embora a história talvez fosse diferente se tivéssemos ouvido direito o que disse a Angela Rippon.

Jogamos Banco Imobiliário, vimos filmes em preto e branco na BBC2 e comemos mousse, embora ela não fosse tão gostosa só com o meu nome entalhado. Numa tarde, pegamos o ônibus que ia para a ladeira da praça do Mercado e passeamos a pé pelas colinas que dominam a cidade. A sra. Morton destacou os marcos históricos mais importantes, mas entrou areia nos meus sapatos e eu me senti deprimida e precisei fazer um esforço enorme para me interessar. Nada era igual sem a Tilly. Onde quer que fossemos, parecia a casa da gente quando voltamos das férias. Tudo vazio e estranho.

Quando a Tilly finalmente reapareceu, estava da cor de gesso.

— Você precisa de um pouco de ar puro — disse a sra. Morton, acomodando-a na sombra com uma almofada extra e um pacote de biscoitos recheados.

— O que você fez sem mim? — Tilly arrancou pedaços do recheio.

— Montanhas de coisas!

— Encontrou Deus?

— Andei muito ocupada mesmo — respondi —, não tive tempo.

— Então podemos continuar a procurar?

— Acho que sim — falei.

E ela sorriu e me passou o pacote de biscoitos.

Tilly teve direito a escolher todos os programas de televisão, não precisou preparar seus próprios sucos e a sra. Morton ainda deixou-a ir embora sem precisar lavar a louça.

— Estou me sentindo meio fraca — eu disse, ao colocar outro prato no escorredor, mas ninguém me deu atenção.

*

Depois de três dias, tivemos permissão para brincar lá fora, contanto que não fosse no meio do dia e desde que Tilly usasse o chapelão. Tilly sempre usou seu chapelão, então considerei aquilo um sinal de que tudo havia voltado ao normal. Como de praxe, estava quente demais para sair de casa naquela manhã, então nos sentamos à minha mesa da cozinha, tentando entortar colheres como o ilusionista Uri Geller. Passamos horas naquilo.

— Está entortando, veja! — Tilly levantou sua colher. Não parecia diferente.

— Não parece diferente — afirmei.

— Aqui. — Ela apontou um ponto do cabo perfeitamente reto. — Aqui!

Minha mãe, por acaso, estava passando por ali e se abaixou, apertou os olhos e disse que sim, parecia levemente torta. Mas minha mãe era muito boa em concordar com as pessoas só para fazer com que se sentissem melhor.

— Não está torta — insisti. — Está reta.

— Não sei como Uri Geller faz isso. — Tilly esfregou a colher mais algumas vezes e desistiu.

— É porque ele é espanhol — expliquei. — Os espanhóis conseguem fazer essas coisas. Devem ser muito espertos.

Abandonamos as colheres e ficamos observando John Creasy esperar que o ônibus surgisse no final da rua, e depois o observamos fazer todo o caminho de volta até sua casa, sozinho. Parecia ainda mais sujo do que na última vez que eu o tinha visto. O cabelo estava grudado em mechas desgrenhadas, que pareciam tentar fugir da sua cabeça, e as roupas se dependuravam em seu corpo como se não fizessem realmente parte dele. Até os cadarços dos sapatos estavam desamarrados e dançavam em volta dos seus pés enquanto ele se arrastava pela calçada. Mamãe parou ao lado da mesa, observando-o conosco.

— Ele não parece muito bem, não é? — perguntei.

— Não. — Ela não tirou os olhos da janela. — Não parece mesmo.

O verão entrava pelas cortinas e desenhava linhas finas de sol no chão da cozinha. Eram tão definidas que eu podia mover os pés entre elas, ver o amarelo subir pelos dedos e fugir para o próximo ladrilho. O corpo do Remington atravessava uma série delas, tornando-o um pequeno labrador com pele de tigre.

— Acho que está tão quente aqui dentro quanto lá fora — comentei. — Poderíamos muito bem estar sentadas no muro.

— Parece bom — disse mamãe, tentando enfiar uma linha no buraco da agulha.

A porta da cozinha se fechou atrás de nós antes que o fio sequer encontrasse o caminho certo.

*

Estávamos sentadas lá há poucos minutos quando a sra. Forbes passou voando, uma enxurrada de bege. Nós duas nos inclinamos para vê-la entrar no jardim de Sheila Dakin e parar à porta, numa conversa muito teatral com Keithie.

— O que você acha que ela quer? — perguntei.

Tilly chutou os tijolos.

— Não sei — respondeu —, mas eu não confio nela, Gracie, você confia?

Pensei a respeito.

— Não. Mas todo mundo nesta vila está fazendo coisas muito estranhas desde que a sra. Creasy desapareceu.

Eu estava pensando também no meu pai, mas não disse nada, porque isso poderia criar alguma coisa que viveria por conta própria fora da minha cabeça.

Algum tempo depois, a sra. Forbes reapareceu com Sheila Dakin, e as duas atravessaram na direção da casa do sr. Creasy. A sra. Dakin pareceu vacilar um pouco no meio da rua.

— Eu me pergunto se ela também está mal — disse Tilly.

Depois de muitos gritos e batidas, elas desapareceram na casa do sr. Creasy e, assim que o fizeram, a porta da casa de Sheila Dakin se abriu de novo e Lisa saiu, arrastando Keithie pelo cotovelo. Ela usava uma jaqueta de couro e exatamente os mesmos tamancos que eu tinha visto no catálogo da Kays.

Não, você não pode, tinha dito meu pai, antes de começar a rir.

— Vamos! — resolvi, e puxei Tilly de cima do muro.

Tilly sempre concordava com tudo. Era uma das melhores coisas nela. Chegamos bem quando Lisa fechava o portão do jardim.

— Oi, oi — falei.

Ela repetiu as palavras desdobrando as letras e revirando os olhos.

— O-i, o-i.

Arrastei as sandálias no chão e cruzei os braços.

— Aonde vocês vão?

Ela começou a andar. Ainda puxava Keithie pelo cotovelo e ele tentava se soltar.

— No Cyril's. Precisamos de leite. Quer parar de reclamar, Keith?

— Ah, que engraçado, porque também estamos indo pra lá!

— Estamos? — perguntou Tilly, mas falou tão baixo que ninguém percebeu.

Lisa se virou. Keith ainda torcia o braço e fazia uma série de barulhos furiosos sem sequer abrir a boca.

— Então vocês podem nos trazer um pouco de leite? — ela pediu.

— É, né. — Arrastei um pouco mais as sandálias. — Achei que podíamos ir todos juntos.

— Você estaria me fazendo um favor enorme — disse ela, sublinhando o *favor enorme*, para que eu soubesse o quão importante eu estava sendo.

Sorri.

Ela me entregou as moedas.

— E leve ele também, por favor. Ele está me deixando maluca.

E andou de volta para o jardim, chutou os tamancos para longe e se esticou na espreguiçadeira.

Keithie levantou a cabeça e nos olhou.

— Sempre ganho balas — avisou.

*

Nós três percorremos o Caminho do Bordo, Keithie chutando sua bola de futebol a todo instante e perdendo-a por cima de um muro ou numa entrada de garagem, e com isso precisávamos esperar enquanto ela era recuperada.

— Meu pai gosta de futebol. — Achei que deveria fazer um esforço.

Keithie não parou de bater bola.

— Seu pai torce pelo Manchester United.

— E isso muda alguma coisa? — perguntei.

Ele parou com a bola e apontou para um símbolo na calça jeans.

— Claro que muda! Chelsea hoje e sempre.

Tilly olhou para o escudo.

— Onde fica Chelsea?

— Sei não. — Ele voltou à bola.

— Por que você usa o escudo do time de um lugar que você nem conhece? — perguntei.

— Porque ele o torna parte da coisa toda. — Ele errou a última batida, e a bola rolou pela rua. — Significa que você pertence ao grupo.

— Só na sua cabeça — precisei gritar, porque metade dele estava dentro da cerca viva da casa de alguém.

Ele reapareceu, apertando a bola no peito.

— Mas esse é o único lugar que importa — ele retrucou.

*

O Cyril's ficava na esquina do Caminho do Bordo com o Campo dos Pinheiros.

O dono atual não se chamava Cyril, seu nome era Jim. E o lugar nem era um armazém de verdade, era a sala da frente da casa de alguém, arrumada para parecer uma loja. Sempre que a campainha soava, Jim surgia lá dos fundos em mangas de camisa, o sono reluzindo no canto dos olhos. E sempre que eu ia em busca de doces ele sempre cruzava os braços e ficava de cara feia até que eu me decidisse.

— Olá, Cyril — falei, porque sabia que isso o irritava.

Ele exibiu sua melhor cara feia.

Pedi uma garrafa de leite e ele pareceu chocado, porque eu sempre queria chicletes e balas. Nunca tinha comprado leite antes.

Botei a mão na cintura.

— E de Margaret Creasy, o que me diz? — perguntei.

Mas não funcionou com Jim. Ele só cruzou os braços e me perguntou se eu queria mais alguma coisa. Keithie me puxou pela camiseta, e Tilly e eu tivemos que juntar os centavos para lhe comprar um docinho.

Quando voltamos à vila, Lisa tinha saído da espreguiçadeira e estava encolhida no sofá, lendo *Jackie*.

— Trouxe o seu leite.

— Ahn-hã.

— É para botar na geladeira?

— Ahn-hã.

A cozinha de Sheila Dakin era um tanto complicada, e era preciso procurar a geladeira atrás de uma tábua de passar e uma pilha de lençóis. Havia montes de potes sujos, revistas e maços de cigarros vazios, e o relógio em cima da porta tinha um retrato do Elvis.

It's now or never, é agora ou nunca, lia-se.

Se bem que, para alguém com uma cozinha tão complicada, a geladeira de Sheila Dakin era estranhamente silenciosa.

Quando voltei para a sala de estar, Keithie parecia um carro de bombeiros e Lisa dizia: *Não posso acreditar que vocês compraram doces para ele*.

— Ele nos disse que era para comprar — expliquei.

— E você faz tudo que uma criança de seis anos diz para fazer?

— Quase sempre — respondeu Tilly.

Ela nos disse que precisaríamos esperar pelo dinheiro do docinho até que sua mãe chegasse em casa. Como todas as cadeiras estavam ocupadas, nós nos sentamos num tapete de pele de carneiro diante da lareira elétrica. Era para parecer uma lareira de verdade, mas, como não estava ligada, o carvão era só uma folha de plástico cinza, lembrando uma cadeia de montanhas. Havia um buraco num dos montes e, quando olhei dentro dele, vi uma lâmpada minúscula e três besouros mortos.

— O que você está fazendo? — perguntou Lisa.

Levantei meu rosto do plástico.

— Interessando-me pelas coisas — respondi.

Ela voltou à sua revista. Eu ouvia as páginas sendo viradas e Elvis marcando os segundos na cozinha.

— Gosto dos seus sapatos — falei.

Outra página virada. Olhei para Tilly e acho que ela deu de ombros, embora fosse difícil saber, por baixo do chapelão.

— Tilly quase morreu, semana passada — falei.

— Ahn-hã.

— Eu tive que ressuscitá-la.

— Certo.

— Mas eu sabia o que estava fazendo, porque sou séculos mais velha do que ela — continuei. — Séculos.

Tilly começou a falar, mas eu a encarei até que mudasse de ideia.

Outra página virada.

— Gosto dos seus sapatos — repeti.

Lisa tirou os olhos da revista.

— Vocês querem ir para casa e mais tarde eu mando Keithie até lá com o dinheiro?

Dissemos *não obrigada, estamos bem*, e Lisa disse *como quiserem*, e botou *Jackie* na frente do rosto. Keithie tinha desistido de ser um carro de bombeiros e se deitara em ângulos retos no carpete, decorado com sorvete de limão e pequenos pedaços de alcaçuz, então comecei a puxar a lã crespa do tapete e fiquei observando Lisa ler. Dobrei as pernas debaixo do meu corpo, arrumei meu cabelo em cima dos ombros e tentei descobrir um jeito de nos tornarmos dois capítulos da mesma história. Quando Sheila Dakin voltou, eu tinha puxado tanto a lã que estava com um punhado de carneiros na mão e precisei descobrir depressa um lugar para recolocá-los.

Avisei à sra. Dakin que seu leite estava na geladeira e que eu não sabia que Keithie não podia comer doces, e ela olhou para Lisa e ergueu as sobrancelhas em silêncio.

— Ela disse que eu estava lhe fazendo um *favor enorme* — expliquei, e sacudi o cabelo.

A sra. Dakin disse que sentia muito que tivéssemos esperado pelo dinheiro e eu disse que tudo bem, porque eu tinha ficado olhando para os tamancos da Lisa e pensado que talvez pudesse ler a revista dela quando ela terminasse. Lisa disse que não a terminaria tão cedo. Provavelmente nunca.

A sra. Dakin foi até a cozinha em busca da carteira e Lisa a seguiu. Ouvi a conversa.

Ela é uma menina boazinha, dê a ela um pouco de atenção, Lisa, você não vai morrer só por ser um pouco gentil, e também *Dá pra ver o quanto ela te admira.* Virei-me para Tilly:

— Não se envergonhe — falei. — Elas não sabem que você está ouvindo.

Quando voltaram, a sra. Dakin se lembrou de alguma coisa na despensa e desapareceu por alguns minutos.

— Você está legal, mãe? — perguntou Lisa, quando a sra. Dakin voltou.

A sra. Dakin não estava pálida, porque sempre estava bronzeada, mas não parecia muito corada ao entrar na sala, só um pouco amarelada e desconfortável.

— É Dorothy Forbes — ela explicou. — Dorothy me deixa maluca.

— Ela andou mentindo para a senhora também? — quis saber Tilly.

A sra. Dakin ia acender um cigarro, mas deixou a chama se extinguir e tirou-o da boca.

— Mentindo?

Eu sabia que Lisa estava olhando, então sacudi outra vez o cabelo antes de falar.

— Ela mentiu a respeito de não conhecer a sra. Creasy. Disse que nunca tinha falado com ela.

A sra. Dakin pôs-se outra vez a acender o cigarro.

— Ah, ela já falou com ela, sim — afirmou. — Definitivamente, já falou com ela.

— Acho que ela nunca irá para o céu — disse Tilly. — Deus não gosta muito de cabras.

O cigarro da sra. Dakin escorregou um pouquinho.

— Cabras?

— O que ela quer dizer — expliquei — é que gente que mente sempre acaba sendo descoberta. Deus sabe que você fez alguma coisa de ruim, e virá atrás de você com facas.

— E espadas — completou Tilly.

— As duas coisas, às vezes — continuei. — Mas o que importa é que todo mundo sempre acaba sendo descoberto e nunca consegue se dar bem, porque Deus está em toda parte.

Tilly e eu giramos os braços no ar.

— A senhora acredita em Deus, sra. Dakin? — perguntei.

Sheila Dakin se sentou. O cigarro tinha queimado até o fim e a cinza caiu em seu casaco enquanto eu esperava por uma resposta.

— Só preciso pegar uma coisa na despensa — ela disse.

— Você está mesmo muito pálida, mãe. Não quer um pouco de água?

— Só estou preocupada com Margaret Creasy — foi a resposta. — Me preocupa pensar que ela não vai voltar nunca mais.

Lisa sentou-se no braço do sofá.

— É claro que ela vai voltar. Ela só resolveu que precisava de umas férias de tudo.

A sra. Dakin concordou com a cabeça, como uma criancinha.

— Acho que não — afirmei.

A sra. Dakin me encarou.

— Por quê? Por que você acha que não?

— Porque ela marcou um compromisso para o dia seguinte, e ela não era o tipo de senhora que dá bolo nos outros.

A sra. Dakin continuou a me encarar. Ela me encarava tão forte e seus olhos estavam tão abertos que eu podia ver um grande número de veias vermelhas bordando a parte branca.

— Com quem?

Eu sabia que Tilly estava me olhando, mas mesmo assim resolvi responder.

— Brian Magro — informei.

— Ela marcou é... — reagiu ela — Marcou mesmo...

E ela enrolou as mangas do casaco e tentou ficar de pé.

Mais tarde, Tilly disse que não deveríamos ter falado de mentiras, espadas e Brian Magro, mas eu lhe disse que aquilo tinha feito a sra. Dakin pensar em Deus e, com certeza, pensar em Deus nunca pode ser algo de ruim.

A Vila, casa 10

10 de julho de 1976

Eric Lamb segurou a fotografia pelas pontas de sua moldura.
Tinha sido um dia frio. Elsie sempre quis se casar em dezembro. Ela queria um cachecol branco de peles, azevinhos nas extremidades dos bancos e uma neve de açúcar pelo caminho. Sabia de tudo isso mesmo antes de saber com quem se casaria. Quando a ideia foi sugerida, o pároco olhou a agenda, puxou o ar entre os dentes e disse que aquela era a época mais movimentada do ano. Eric precisou de três visitas e uma garrafinha de conhaque para fazê-lo perceber o quanto era importante. Quando aconteceu, Deus também pareceu não perceber a importância, porque no dia do casamento o céu inteiro estava cor de chumbo. Sem neve, sem azevinho e com aquele tipo de frio que penetra nos ossos. Eric, doente, saíra da cama para se casar e, com 39 graus de febre, tremia tanto com os calafrios que o pároco os confundiu com nervosismo, e passou a maior parte da cerimônia com uma das mãos em seu ombro para tranquilizá-lo. Mas nada daquilo importava. Nada importava porque ele teria

feito qualquer coisa por Elsie. E, desde que tivesse Elsie, Eric tinha tudo.

Recolocou a fotografia em cima da lareira. Quando foi dito *até que a morte os separe*, ele nunca imaginou que pudesse acontecer. Parecia tão improvável, tão inverossímil. E, no entanto, ali estava ele, à margem de um mundo cheio de planos alheios, andando por uma loja com meia forma de pão numa cesta de arame e voltando para casa todas as manhãs para encontrá-la exatamente como a tinha deixado na noite anterior.

Tirou uma lata de sopa do armário. Estava muito quente para tomar sopa, mas seus olhos pareciam não encontrar outra coisa. Envergonhou-se por pensar agora em Margaret Creasy e no quanto sentia sua falta. Mas não era tanto do prato de comida que ela trazia, mas da conversa que vinha junto.

Ela nunca dizia que Elsie tinha tido uma vida boa, ou que já tinham se passado cinco anos e ele deveria se recompor, e nunca fez qualquer comentário a respeito da escova de dentes de Elsie, que continuava na pia do banheiro, ou de seu casaco pendurado no final do corrimão. Ela só ouvia. Ninguém nunca o ouvira antes, só esperavam que ele parasse de falar para sobrecarregá-lo com suas próprias histórias. Talvez tenha sido por isso que ele contou para ela.

Houve um clique e uma lufada de gás, e fagulhas brotaram ao lado da panela.

Ele nunca havia falado com ninguém sobre Elsie. Não do jeito certo. Não como deveria. Murmurara todas as palavras que se espera sejam murmuradas quando as pessoas demonstram compaixão, mas ninguém realmente escuta as palavras murmuradas. São como sinais de pontuação no discurso do outro, pequenos trampolins para estimular a opinião alheia. Margaret Creasy era diferente. Margaret Creasy fazia perguntas. O tipo de perguntas que só se pode fazer quando se está realmente ouvindo.

Ele mexeu a sopa. A cozinha se encheu de um cheiro agressivo de tomates que perfurou o calor de 32 graus.

Não pretendia contar a ela, mas, ao rememorar a conversa, ficou óbvio que contaria. Contou como foi o dia em que ouviram o diagnóstico, como Elsie disse que tudo ficaria bem e como seus ombros pareciam finos e desgastados. Contou que Elsie fazia uma pausa depois de cada frase para dar ao médico espaço para uma palavra de esperança, e como o médico ficava em silêncio. Não havia esperança. O câncer corria pelo seu corpo como se tivesse uma reunião muito importante à qual comparecer. Contou a Margaret Creasy sobre as idas ao hospital e descreveu os longos corredores pelos quais andava sozinho, as enfermeiras com vozes gentis e olhos cansados, e os médicos que circulavam pelas enfermarias sem nunca parar. Contou-lhe como Elsie parecia desaparecer nos travesseiros, como suas mãos eram a única coisa que ele reconhecia, como seu corpo parecia ir embora antes dela. Contou a Margaret Creasy sobre o dia em que Elsie decidiu que bastava, e sobre a clínica da qual desistiram e a sacola de comprimidos que receberam ao serem mandados para casa. A cama de hospital na sala de visitas, as pessoas que vinham limpar, lavar, virar. A vergonha, a humilhação. Contou da dor de quando o câncer chegou aos ossos de Elsie e como a ouvia soluçar quando imaginava que ninguém podia ouvi-la. Contou como Elsie tinha dito que, se tivesse um revólver, se mataria. Como os dois se olharam. Como ele teria feito qualquer coisa por ela. Contou tudo a Margaret Creasy. Chegou até a lhe mostrar o punhado de comprimidos que ficaram na sacola da clínica. Margaret lhe disse para deixá-los na farmácia, mas como ele poderia fazer isso? E se quisessem saber o que acontecera com o resto?

Pegou a sopa, arrumou-a numa bandeja com uma colher e um pão amanhecido, e ficou a encarando.

Em cinco anos, nunca tinha falado de Elsie com ninguém. Era bom em guardar segredos, já dera provas suficientes, mas por alguma razão falara com Margaret Creasy. Imediatamente depois veio uma sensação de alívio, como se dizer aquelas palavras em voz alta as tivesse feito perder parte de seu poder. O segredo ficara preso em sua cabeça, ocupando todo o perímetro, empurrando para o lado e cobrindo todos os outros pensamentos até que se silenciassem. Enquanto falava, tinha observado o rosto de Margaret Creasy, em busca de uma condenação que se igualasse à sua própria, à espera de uma razão para parar de falar, mas não havia nada.

Quando ele terminou, ela cobriu sua mão com a dela e disse *você fez o que achou ser certo*, e sua sensação de absolvição foi tão grande que lhe pareceu uma reação química.

Mas, quando ela saiu, seu segredo também se foi. Atravessou com ela a vila, entrou por outra porta da frente e perambulou em direção a outra vida. Ele concedera liberdade ao seu segredo e todo um novo conjunto de pensamentos se mudara para dentro de sua cabeça — pensamentos que lhe faziam companhia à noite. Pensamentos que o faziam desejar ter guardado o segredo.

Observou a superfície da sopa endurecer.

Agora, Margaret desaparecera, e seu segredo também desaparecera.

Pegou a tigela e despejou seu conteúdo na pia. De qualquer jeito, estava calor demais para tomar sopa.

A Vila, casa 4

11 de julho de 1976

Should have told her that I can't linger, disse o rádio.
— *There's a wedding ring. On. My. Fing-er* — Tilly cantou de volta.
— Como é que você sabe a letra? — perguntei.
Tilly fazia mais o tipo de pessoa que gostava de Donny Osmond.
Ela virou de bruços e apoiou o queixo nas mãos.
— Porque sua mãe canta isso todas as vezes que lava louça. É isso ou "*Knock Three Times*".
— É mesmo?
— Ora, como diria a canção, *Se bater duas vezes a resposta é não* — disse Tilly.
Estávamos sentadas no gramado do jardim da frente, o rádio da mamãe tocando pela janela da cozinha e o pólen nos dando coceira no nariz. Eu estava desenhando um mapa da vila e tentando definir nosso progresso. Tilly fazia comentários úteis.
Por exemplo, *as flores da sra. Forbes são mais altas do que isso* e *a cerca da sra. Creasy não é reta*.

Ela chegou mais perto e desenhou um passarinho no telhado de Sheila Dakin e outro no nosso gramado.

— Passarinhos são a única coisa que eu sei desenhar — disse ela.

Examinamos o mapa.

— Não há muito sinal de Deus, não é? — Ela passou o dedo pela fileira de casas. — Não sei se já chegamos a sequer ver algum sinal d'Ele.

Pensei nas mentiras da sra. Forbes, na paixão de May Roper por funerais e no jeito como Sheila Dakin cambaleou e tropeçou pela rua.

— Não — respondi —, mas ainda temos uma porção de lugares para procurar.

Desviei os olhos de Tilly.

— Poderíamos ir outra vez à casa da sra. Dakin.

— Nós já fomos lá. Por que você quer voltar? — perguntou Tilly.

— Por nada.

— É por causa da Lisa? — insistiu ela.

— Não. — sacudi meu cabelo.

— Porque você e eu somos melhores amigas, não somos, Gracie? Quer dizer, nada vai mudar isso, não é?

— Não — respondi. — É só que a Lisa e eu temos muito em comum.

— Têm?

— Ah, temos, sim — afirmei. — Eu e a Lisa simplesmente combinamos. Algumas pessoas combinam, não é? Pertencem uma a outra.

Tilly fez que sim e olhou de volta para o mapa.

— Deve ser — retrucou.

Às vezes, Tilly não compreendia as coisas mais complicadas da vida. Era por isso que eu precisava de uma amiga como a Lisa. Alguém mais sofisticado e mais sintonizado comigo.

Tilly apontou para o mapa.

— Quem mora aí?

Olhei para onde ela apontava.

— Ninguém ainda.

A casa 14 estava vazia desde quando eu me lembrava. Os Pugh se mudaram para lá por algum tempo, mas tinham desaparecido depois que o sr. Pugh teve uma crise de meia-idade e roubou cinco mil libras do seu escritório de contabilidade. Ele usava um chapéu *trilby* e tinha um trailer em Llandudno. Todos ficaram muito chocados. Depois que saíram, um homem da agência imobiliária colocou no jardim uma tabuleta de "Vende-se", mas Keithie derrubou-a com a bola de futebol logo no primeiro dia e nunca mais apareceu ninguém por lá.

Tilly apontou para outra casa no mapa.

— E nesta?

— Eric Lamb — informei. — Ele passa muito tempo cuidando do jardim.

— E aqui?

Tilly estava apontando para a casa 11.

Não respondi logo. Tilly apontou de novo e franziu a testa, insistindo.

— Gracie?

— Walter Bishop. — Olhei para a casa do outro lado da rua. — Walter Bishop mora lá.

— Quem é Walter Bishop?

— Alguém que você não quer conhecer — respondi.

Ela franziu outra vez a testa, então expliquei.

Expliquei que só tinha visto Walter Bishop uma vez. Antes de Tilly se mudar para cá, eu ia à loja de peixes todas as sextas-feiras com a sra. Morton e pedíamos salsicha à milanesa e bolos de peixe, quer os quiséssemos ou não. Ele estava lá um dia, na fila que serpenteava pela loja. Estava pálido e brilhava, como o bacalhau fresco atrás do balcão, e a sra. Morton me puxou para mais perto do seu casaco. Não tive permissão para me agachar por baixo do corrimão e espiar o peixe mergulhar e vir à tona no óleo e sentir no rosto o calor da cozinha.

— Quem era aquele? — perguntei-lhe depois, quando desembrulhamos nosso lanche do jornal.

— Walter Bishop.

Ela nem se deu ao trabalho de me explicar.

— Quem é Walter Bishop?

E a sra. Morton me passou o vinagre por cima da mesa e disse:

— Alguém que você não quer conhecer.

Quando terminei minha história, Tilly também olhou para a casa.

— Por que as pessoas não gostam dele?

— Não sei direito. Ninguém nunca explica. Será que tem algo a ver com Deus?

Tilly esfregou a ponta do nariz para tirar o pólen.

— Não vejo como pode ter, Gracie.

Passamos algum tempo sentadas em silêncio. Até o rádio parecia estar pensando no assunto. Contei todas as casas com os olhos e me perguntei se o pároco tinha mesmo razão, se a sra. Creasy tinha desaparecido porque não havia Deus suficiente na vila. Como se Ele tivesse, de algum jeito, se esquecido de alguns de nós e deixado buracos na fé das pessoas, para que elas caíssem dentro deles e desaparecessem.

— Talvez devêssemos visitar Walter Bishop — falei. — Talvez devêssemos conferir nós mesmas se Deus está lá.

Nós duas olhamos para a casa 11. Ela nos olhou de volta com as janelas sujas e silenciosas e a pintura descascada. Ervas daninhas rastejavam pela alvenaria e se enterravam pelos cantos; nas janelas, todas as cortinas fechavam fileiras cerradas contra o resto do mundo.

— Não acho que seja boa ideia — respondeu Tilly. — Acho que é melhor fazer o que as pessoas dizem e manter distância.

— Você sempre faz o que as pessoas dizem?

— Quase sempre — ela respondeu.

Tilly se levantou e disse que, em vez disso, deveríamos ir visitar Eric Lamb e eu disse *então tá bom*, dobrei o mapa e guardei-o no bolso.

Porém, conforme andávamos pela vila em direção à casa 10, olhei para a casa de Walter Bishop e me perguntei várias coisas.

Porque já tinha decidido que aquele era um segredo que precisava ser revelado.

*

Não foi difícil achar Eric Lamb.

Ele estava sempre ao ar livre, não importava o clima, cavando, podando e enterrando sementes na terra macia. Em dias chuvosos, podia-se vê-lo de pé debaixo de um guarda-chuva gigante, cuidando das suas tarefas, ou encontrá-lo no barracão nos fundos do jardim com uma garrafinha e um gorro. Eu já tinha ficado esperando naquele barracão, quando meu pai lhe perguntou qual a melhor maneira de preparar um composto para adubagem e quando deveria aparar as roseiras. E Eric Lamb sempre pensava muito devagar a respeito de suas respostas, como se as palavras fossem brotinhos e precisassem crescer.

— Então vocês estão se candidatando a ganhar um distintivo de jardinagem das bandeirantes? — ele perguntou.

Eu e Tilly estávamos no mesmo galpão. O lugar cheirava a terra e a madeira escura, firme e tratada com óleo.

Dissemos que sim com muita determinação, porque falar bem devagar parecia contagioso.

Ele não olhou para nós. Fitava uma janelinha, manchada pelo esforço de verões passados. Depois de algum tempo, perguntou por quê.

— Porque é o que as Fadinhas fazem — respondeu Tilly. — Elas ganham distintivos.

Ela me olhou em busca de aprovação, e fiz que sim.

— Por quê? — ele repetiu.

Tilly deu de ombros por trás de Eric Lamb e fez uma careta ridícula.

— Porque eles demonstram que fomos capazes de fazer alguma coisa — respondi, tentando não olhar para a careta ridícula.

— Mas é mesmo? — Ele botou o copo da sua garrafinha em cima do balcão. — Vocês acham que precisam de um distintivo para provar que são capazes de fazer alguma coisa?

Eu me senti como se tivesse entrado por engano na sala da diretora.

— Não.

— Então, para que fazer isso? — ele insistiu, e voltou para a garrafa.

— Porque isso faz com que a gente se sinta parte de alguma coisa? — sugeriu Tilly.

— É um símbolo — expliquei.

— Um símbolo — repetiu Tilly, mesmo que num sussurro.

Eric Lamb sorriu e atarraxou o copo na parte de cima da garrafinha.

— Bem, então é melhor irmos lá fora e conseguir um símbolo para vocês duas.

*

O jardim de Eric Lamb parecia muito maior do que o nosso, embora eu soubesse que eram exatamente do mesmo tamanho.

Talvez fosse por estar dividido em setores definidos e bem cuidados, enquanto o nosso tinha velhas caixas jogadas a esmo, um moedor enferrujado num canto e pedaços de grama faltando, onde Remington correra pelo gramado numa de suas encarnações mais magras.

Ficamos ao lado de um canteiro, delimitado com barbantes e estacas num ziguezague de misteriosa organização.

Eric Lamb cruzou os braços e olhou para o horizonte.

— Qual a coisa mais importante em um jardim? — perguntou.

Também cruzamos os braços para nos ajudar a pensar.

— Água? — sugeri.

— Sol? — arriscou Tilly.

Eric Lamb sorriu e balançou a cabeça.

— Barbante? — falei, num ato de puro desespero.

Quando ele parou de rir, descruzou os braços e disse:

— A coisa mais importante em um jardim é a sombra de um jardineiro.

Cheguei então à conclusão de que Eric Lamb era muito esperto, se bem que ainda não soubesse exatamente por quê. Havia nele uma desenvoltura, uma sabedoria sem pressa que se alongava pelo chão como sua sombra. Olhei para o jardim e vi borboletas brancas dançando em torno de dálias, frésias e gerânios. Havia um coral de cores cantando para atrair minha atenção e era como se eu o ouvisse pela primeira vez. Pensei, então, na fileira de cenouras que tinha plantado um ano antes (cenouras que nunca sobreviveram, porque eu as desenterrava sem parar para conferir se ainda estavam vivas) e me senti meio agoniada.

— Como você sabe onde plantar as coisas? — perguntei. — Como sabe onde vão crescer?

Eric Lamb botou as mãos na cintura, observou o jardim junto conosco e então acenou com a cabeça para o horizonte. Eu podia ver onde a terra havia comido seus dedos e se instalado nas fissuras de sua pele.

— Planta-se igual com igual — ele respondeu. — Não faz sentido plantar uma anêmona num campo cheio de girassóis, não é mesmo?

Tilly e eu respondemos ao mesmo tempo:

— Não.

— O que é uma anêmona? — sussurrou Tilly.

— Não tenho ideia — sussurrei de volta.

Acho que Eric Lamb percebeu.

— Porque a anêmona morreria — explicou. — Ela precisa de coisas diferentes. Para cada coisa existe um lugar lógico, e se uma coisa estiver onde deveria estar, então vai florescer.

— Mas como você sabe — indagou Tilly —, como você sabe se uma coisa está no lugar certo?

— Experiência.

Ele apontou para nossas silhuetas, que se derramavam pelo cimento. A dele, grande e sábia, como um carvalho, e a minha e a de Tilly, finas, esguias e incertas.

— Continuem a criar sombras — disse ele. — Se criarem sombras suficientes, chegará a hora em que saberão todas as respostas.

E assim ele nos deu pás e um balde de lata e nos mandou para o final do jardim, para arrancar ervas daninhas. Também tínhamos luvas (fiquei com a da mão direita e Tilly com a da esquerda), mas eram grandes e desajeitadas e minutos depois nós as tiramos. Entre nossos dedos, a terra parecia macia e silenciosa.

Depois de alguns instantes, a cabeça de Keithie surgiu do outro lado da cerca que separava o jardim de Eric Lamb do de Sheila Dakin.

— O que vocês estão fazendo? — ele perguntou.

Remexi-me em cima do pedaço de jornal que Eric Lamb nos tinha dado para nos ajoelharmos.

— Tirando ervas daninhas.

— E criando sombras — acrescentou Tilly.

Keithie franziu o nariz.

— Por quê?

— Porque é interessante. — Vi Keithie olhar para o balde, que começava a se encher com um bocado de terra e folhas. — E nos ensina sobre a vida.

— Para que serve? — ele perguntou.

— Para que serve chutar uma bola de futebol o dia inteiro?

— Posso ser descoberto. Posso ser visto pelo fantástico treinador Brian Clough e assinar um contrato.

Keithie dominou a bola, para demonstrar seu ponto.

— Bem, se eu encontrar Brian Clough andando pelo Caminho do Bordo, farei questão de mandá-lo para onde você estiver.

Eu não fazia ideia de quem fosse Brian Clough, mas tinha quase certeza de que Keithie não sabia disso, e sua cabeça desapareceu novamente. Olhei para Eric Lamb, no outro lado do jardim. Mesmo ele estando de costas para nós, pude ver seus ombros sorrindo.

Continuamos a capinar, Tilly com seu chapelão e eu num chapéu *trilby* que Eric Lamb achou nos fundos do galpão. Era estranho como capinar fazia a cabeça se sentir tranquila. Eu tinha parado de me preocupar com Deus e com a sra. Creasy, com o fato de minha mãe sair de qualquer cômodo no qual meu pai entrava, e tudo em que eu pensava era na terra fazendo cócegas nos espaços entre meus dedos.

— Gosto disto — falei.

Tilly só concordou com a cabeça, e trabalhamos em silêncio. Depois de algum tempo, ela apontou para uma planta que ainda estava enraizada na terra.

— Aquilo também é uma erva daninha? — perguntou.

Debrucei-me e olhei de perto. As folhas eram grandes e irregulares, mas não se pareciam com as das outras plantas no balde. Não havia dentes-de-leão no meio e realmente não tinha a aparência de erva daninha.

— Não tenho certeza. — Olhei um pouco mais. — Talvez.

— Mas e se eu puxar e não for? E se eu a fizer morrer e era uma flor? E se eu cometer um erro?

Eric Lamb veio andando do outro lado do jardim.

— Qual é o problema?

Ele se agachou ao nosso lado e nós três olhamos para a planta.

— Não conseguimos decidir se isto é ou não uma erva daninha — explicou Tilly —, e eu não quero arrancá-la se não for.

— Entendo — disse ele, mas não acrescentou mais nada.

Esperamos. Minhas pernas começaram a formigar e mudei de lugar em cima do jornal. Quando olhei para baixo, as manchetes da semana anterior estavam impressas de trás para frente nos meus joelhos.

— Então, o que devemos fazer? — perguntou Tilly.

— Bem, antes de tudo — afirmou Eric Lamb —, quem decide se é ou não uma erva daninha?

— Uma pessoa? — perguntei.

Ele riu.

— Que pessoa?

— A pessoa responsável. É ela quem decide se uma coisa é ou não uma erva daninha — respondi.

— E quem é a pessoa responsável no momento? — Ele olhou para Tilly e ela, por causa do sol, apertou os olhos para olhar de volta para ele. — Quem está segurando o balde? — indagou ele.

Tilly coçou o nariz com o dedo cheio de terra, apertou ainda mais os olhos e perguntou baixinho:

— Eu?

— Você — confirmou Eric Lamb. — Então é você quem decide se é ou não uma erva daninha.

Nós três nos viramos e olhamos para a planta, que aguardava seu destino.

— O problema com as ervas daninhas — ele explicou — é que tudo é muito subjetivo.

Ficamos confusas.

Ele tentou de novo:

— Depende muito do ponto de vista. O que é erva daninha para uma pessoa pode ser uma bela flor para outra. Depende muito de onde crescem e dos olhos de quem as vê.

Passamos os olhos pelas dálias, frésias e gerânios.

— Então este jardim inteiro pode parecer cheio de ervas daninhas para outra pessoa? — perguntei.

— Isso mesmo. Se você gosta de dentes-de-leão, vai achar que todo este jardim foi pura perda de tempo.

— E então no lugar você salvaria os dentes-de-leão — completou Tilly.

Ele concordou, e perguntou:

— Então, aquilo é ou não é uma erva daninha?

Nós dois olhamos para Tilly.

Sua pá flutuou acima da planta. Ela olhou para cada um de nós, e depois para a planta. Por um segundo, achei que estivesse a ponto de arrancá-la, mas então ela largou a pá e limpou as mãos na saia.

— Não — decidiu —, não é uma erva daninha.

— Então vamos deixá-la viver — disse Eric Lamb — e vamos entrar e tomar uma limonada.

Nós pulamos para fora dos jornais, sacudimos as roupas e o seguimos pelo jardim.

— Eu me pergunto se você tomou a decisão certa — falei, enquanto limpávamos os pés no capacho. — Me pergunto se não era mesmo uma erva daninha.

— Acho que não é o que importa, Gracie. Acho que o importante é que todo mundo tem o direito de pensar coisas diferentes.

Às vezes, você simplesmente precisava dar corda para a Tilly.

— Você ainda não entendeu, não é? — cutuquei.

Ela se livrou da cara feia batendo com os pés no capacho.

*

Eric Lamb foi pegar alguns copos no alto do armário e Tilly e eu usamos o tempo para, curiosas, examinarmos a cozinha.

Era estranho como as cozinhas das pessoas podiam ser diferentes.

Algumas eram barulhentas e confusas, como a da sra. Dakin, e outras, como a de Eric Lamb, mal emitiam qualquer som. Um relógio tiquetaqueava acima da porta e uma geladeira, no canto, zumbia e cantarolava consigo mesma. Fora isso, só silêncio. Abrimos as torneiras, olhamos pela janela e lavamos as mãos com sabão líquido. Perto do fogão havia duas espreguiçadeiras, uma enxovalhada e flácida, a outra macia e intacta. No encosto de cada uma havia mantas de crochê, resmas de fios multicoloridos, repuxados juntos num grito de cor, e em cima da cômoda havia o retrato de uma mulher com olhos gentis. Ela nos observou secar as mãos e tomar a limonada de Eric Lamb, e me perguntei se tinha sido a paciência dela quem entrelaçara os fios de lã, para uma cadeira na qual não poderia mais se sentar.

Resolvi ir direto ao ponto.

— Você acredita em Deus? — perguntei.

Vi seu olhar ir até o retrato, mas ele não me deu uma resposta imediata. Pelo contrário, ficou tão calado que eu podia ouvir o ar entrando e saindo dos seus pulmões, até que, por fim, sua atenção se fixou na fotografia, depois em mim, e ele afirmou:

— É claro.

— Acredita que Ele nos mantém no lugar ao qual pertencemos?

— Como anêmonas? — perguntou Tilly.

Eric Lamb olhou para o jardim pela janela.

— Acho que Ele nos permite crescer — explicou. — Só precisamos encontrar o melhor solo. Todas as plantas podem florescer, só precisam encontrar o lugar certo, e, às vezes, o lugar certo não é o que você acredita ser.

— Fico pensando se cabras e ovelhas podem crescer no mesmo solo — indagou Tilly.

Eric Lamb olhou para ela e franziu a testa, então falamos a respeito das cabras e das ovelhas, e de como Deus está em toda parte, giramos os braços no ar e tomamos nossa limonada.

— Quem é a senhora na fotografia? — perguntou Tilly.

Todos nós nos viramos para olhar para ela, e ela nos devolveu o olhar.

— Era minha esposa — ele respondeu. — Cuidei dela até ela morrer.

— E agora que ela se foi você toma conta do seu jardim — observou Tilly.

Ele pegou o copo vazio.

— Tenho a impressão de que você fez mais sombras do que eu havia imaginado — disse ele.

E sorriu.

*

Acabávamos de fechar o portão quando Tilly me agarrou o braço.

— Não falamos da sra. Creasy! — exclamou ela.

Abri a sacola que Eric Lamb nos tinha dado. Estava cheia de tomates cerejas, e o cheiro do verão escapou das dobras do papel marrom.

— É claro que falamos. — Botei um na boca e senti-o explodir entre meus dentes. — Quase não falamos de outras coisas.

Tilly enfiou a mão na sacola.

— É mesmo?

— Tilly Albert — eu disse, — o que seria de você sem mim?

Ela explodiu um tomate na boca e me sorriu de volta.

No meio da tarde, a sacola estava vazia. Os tomatinhos eram doces como açúcar.

Sítio da Tramazeira, casa 3

15 de julho de 1976

— Mamãe vai estar com o lanche pronto às seis da tarde de hoje, Remington, então vamos esperar que as pessoas tenham a educação de estar em casa na hora certa.

— Se, para começar, as pessoas tivessem educação, Remington, perceberiam que a única razão de termos um lanche na mesa é, antes de tudo, o fato de alguns de nós saírem para trabalhar.

Meus pais tinham começado a discutir por intermédio do cachorro.

Ele tinha sido reinventado como instrumento de comunicação, embora continuasse deitado debaixo da mesa como sempre e não parecesse especialmente consciente de seu novo papel. Ele provavelmente só achava que tinha se tornado muito popular e interessante de repente.

As únicas vezes em que meus pais falavam diretamente um com o outro era quando havia alguém presente, ou quando queriam ter uma discussão mais avançada, que envolvia gritos, batidas de portas de armários e pés marchando furiosos escada acima e escada abaixo. Minha mãe tinha parado de fazer perguntas a papai sobre a sra. Creasy e passado para outros assuntos, do tipo por que não sairíamos de férias naquele ano e se meu pai não gostaria de levar um colchão inflável para o escritório e simplesmente ficar logo morando naquela porcaria de lugar.

Tilly e eu tínhamos fugido para a casa da sra. Morton, onde havia mais tranquilidade e silêncio, e ninguém nunca marchava para lugar nenhum.

A sra. Morton estava abastecendo a despensa e Tilly e eu sentávamos à mesa da cozinha.

Tilly estava jogando paciência, mas, a cada vez que tirava um Rei, simplesmente botava-o debaixo de uma pilha.

— Não é assim que se faz — falei. — Você está roubando.

— Estou jogando sozinha.

— Mas há regras.

— Mas não são as minhas regras — contestou Tilly, e escondeu outro Rei enquanto eu olhava. — Acho que as pessoas devem ter permissão para criar suas próprias regras.

— Pois esse é exatamente o objetivo das regras — expliquei. — Elas existem para que todo mundo faça a mesma coisa.

— Mas aí é um pouco chato, não é?

Tilly era o tipo de pessoa que mandava cartões de Natal em julho porque achava que você talvez gostasse dos desenhos que havia neles. Às vezes, era preciso fazer algumas concessões ao seu jeito de ser.

A sra. Morton passou por nós com três caixas de bolos com *marshmallow*.

— A senhora acredita em regras, sra. Morton? — perguntei.

A sra. Morton e os bolos com *marshmallow* pararam bem na frente do meu rosto.

— Algumas regras são importantes — respondeu ela. — Outras, penso eu, só servem para que as pessoas achem que estão todas do mesmo lado.

Sacudi a cabeça para Tilly e tirei um Rei que ela colocara embaixo da pilha.

— Mas isso não funciona, não é? — disse Tilly. — O sr. e a sra. Forbes nunca parecem estar do mesmo lado, o sr. Creasy não tem ninguém do lado dele agora e não tenho muita certeza de qual lado está a sra. Dakin.

— Não — concordei e olhei para o Rei. — Acho que nem sempre funciona.

— A sua mãe e o seu pai definitivamente não estão do mesmo lado – disse Tilly.

A sra. Morton tossiu e levou seus *marshmallows* de volta para a despensa.

— É por causa de Deus — eu disse. — Se pelo menos conseguíssemos encontrar Deus, então a sra. Creasy voltaria para casa e tudo mais se arrumaria em seus devidos lugares.

— Talvez ela nunca volte para casa, Gracie. Talvez tivéssemos razão no começo. Talvez o sr. e a sra. Forbes a tenham matado e enterrado no pátio.

— O sr. e a sra. Forbes não têm um pátio — disse a sra. Morton de dentro da despensa.

— Não, eu tenho certeza de que se encontrarmos Deus a sra. Creasy vai voltar — afirmei. — Nós só precisamos continuar procurando.

— Você disse que ele não estava na casa do Eric Lamb porque Deus não poderia estar em um lugar em que alguém está tão triste, e nós já olhamos em todos os outros lugares.

Estalei a ponta da carta com a unha.

— Gracie?

— Não olhamos realmente em todos os lugares — continuei.

Tilly me encarou, e observei o pensamento chegar ao seu rosto.

— Não! — ela exclamou. — Não podemos!

Peguei Tilly pelo braço e levei-a para o jardim. É impressionante o quanto se pode ouvir de dentro de uma despensa.

*

— Nós concordamos em não visitar a casa 11 — disse ela. — Nós concordamos que não seria seguro!

— Não — retruquei. — Você que concordou toda sozinha.

Sentamos nos dois vasos de plantas gigantes atrás do galpão do sr. Morton. Não era possível chamá-lo de galpão da sra. Morton porque, mesmo depois que uma pessoa desaparece, ainda existirão alguns lugares no mundo que sempre pertencerão a eles.

— A sra. Morton disse para não chegarmos perto de Walter Bishop. — Tilly se mexeu em seu vaso.

— Você sempre faz o que a sra. Morton diz?

— Quase sempre.

— Você disse que não acredita em regras. Você disse que elas tornam a vida muito chata.

Tilly abraçou os joelhos e se encolheu toda.

— Mas é diferente — retrucou. — Esta é uma regra que acho que devemos obedecer.

— Deus tem que estar lá, Tilly. Tem que estar. Ele não está em nenhuma das outras casas, e a casa 11 é nossa última esperança.

— A gente não pode só imaginar que Ele está lá, sem ir olhar de perto?

— Não. Precisamos conferir. Se não fizermos isso, a sra. Creasy nunca vai voltar, e qualquer um de nós pode ser o próximo a desaparecer. Precisamos ter certeza de que temos um pastor.

O dia pesava em cima da minha cabeça. Não havia sombra atrás do galpão do sr. Morton e o calor era furioso e violento. Sua crueldade parecia se espalhar, avermelhando minha pele com seu mau humor, rastejando pelos meus cabelos e puxando minha carne com uma raiva silenciosa e persistente.

— Eu não quero mesmo ir, Gracie.

Tilly me olhou nos olhos. Ela nunca me olhava nos olhos.

— Muito bem, então — eu disse. — Posso fazer isso sozinha. — Tentei enterrar meu medo que gritava. — Se você não for comigo, eu vou sozinha.

— Você não pode! Você não deve!

— Então eu vou pedir a outra pessoa para ir comigo.

Levantei-me. O calor parecia cada vez pior. Eu podia senti-lo gotejar das paredes do galpão e dos tijolos empoeirados do muro do jardim da sra. Morton.

— Vou pedir a Lisa Dakin.

Eu ainda não conhecia o poder das palavras. Não percebia como, uma vez saídas da nossa boca, elas adquiriam fôlego e vida própria, e então não éramos mais seus donos. Eu ainda não sabia que, depois que as soltamos, as palavras podem, na verdade, se tornar donas da gente.

Olhei para Tilly. Ela estava ainda menor e mais pálida do que eu jamais a tinha visto, mas o sol começara a tomar conta do seu rosto, e a vermelhidão do calor subia pela ponta do seu nariz.

— Por que você faria isso? — ela perguntou. — Achei que nós duas fôssemos melhores amigas. Achei que éramos só nós duas procurando Deus.

— A gente pode ter mais de uma melhor amiga. — Meu cabelo estava quente e mal-humorado, e eu o tirei do rosto. — E, se você não vier comigo, eu vou ter que repensar a coisa toda.

Tilly não disse nada.

Obriguei-me a ficar olhando para o rosto dela.

— Então, como vai ser? — perguntei. — Você vai comigo ou é melhor eu ir lá pedir a Lisa Dakin?

Ela puxou a linha de um de seus botões.

— Nesse caso, acho que vou ter que ir.

Ficamos em silêncio, Tilly, eu e a discussão. Não parecia uma discussão como as dos meus pais, em que todos batiam pés e portas e faziam uma barulheira enorme. Era uma discussão cautelosa e bem-comportada, e eu não sabia bem o que deveria fazer com ela.

Comecei a andar pelo caminhozinho atrás do galpão.

— Mas, antes de irmos — gritei para ela —, passe um pouco de protetor solar. Seu nariz está começando a queimar.

Pude ouvi-la se levantar do vaso de plantas.

— Tá bom, Gracie. Se é o que você quer...

Eu não tinha tido muitas discussões com ninguém. Na verdade, Tilly e eu nunca havíamos discutido. Eu às vezes tentava, mas ela nunca entrava na briga. Ela sempre dizia *deixa pra lá*, ou *então tá*, ou *se é o que você quer*.

Essa foi a primeira vez em que discordamos de verdade. Sempre que tive uma briga com alguém, nunca deixei de ficar muito satisfeita com a vitória, mas naquele dia, ao voltar para a cozinha da sra. Morton, ouvindo Tilly andar muito devagar atrás de mim, mesmo que a tivesse convencido a fazer o que eu queria, não me sentia nem um pouco vencedora.

A Vila, casa 11

15 de julho de 1976

Ao contrário das outras casas da vila, a casa 11 ficava bem ao fundo do terreno, longe da rua. Escondia-se atrás de um grupo de ciprestes amontoados no gramado da frente, como hóspedes infelizes. Enquanto as outras casas se cumprimentavam num círculo bem-educado, a casa 11 se mantinha hesitante e insegura, observando o resto da vila e esperando ser convidada.

Paramos na ponta do muro do jardim.

Passei os dedos pelos tijolos, e uma nuvem de poeira laranja subiu no ar.

— Você acha que ele está aí? — perguntou Tilly.

Espiei por entre os ciprestes.

— Sei não — respondi.

A casa não dava pistas. Havia sido construída décadas antes do resto do bairro e isso a distanciara das recém-chegadas, que surgiram ao seu redor. Os tijolos estavam cobertos de musgo e escurecidos pelo tempo, e, em vez de civilizadas janelas retangulares, gigantescos bocejos de vidro nos encaravam por cima do gramado.

— Acho que ele está sempre aí dentro — arrisquei.

Avançamos a passos hesitantes pelo caminho de cascalho até a varanda pouco coberta. A cada passo, olhávamos em volta para ver se nada havia sido alterado, para conferir se as árvores não mudaram de posição ou se as janelas não piscaram para nós ao passarmos por elas.

A porta da frente da casa de Walter Bishop era pintada de preto, mas em volta de todo o portal havia restos de teias de aranha, e uma aranha morta descansava pacientemente num canto, à espera de uma refeição que nunca chegou. Subimos em um patamar de pedras xadrez, ao lado de uma pilha de jornais quase tão alta quanto Tilly. Olhei pelas janelas do hall e vi ainda mais jornais. Anos de manchetes imprensadas contra a vidraça amarelada, tentando fugir.

Ficamos olhando para a aranha.

— Acho que ninguém costuma usar esta porta — disse Tilly.

Empurrei o parapeito de madeira que circundava a varanda. Ele se afastou da minha mão e estalou em sinal de protesto.

— Por que não tentamos os fundos? — perguntei.

Tilly olhou para a pilha de jornais.

— Não sei, Gracie. Isso não está me parecendo legal.

Não estava.

Mesmo que estivéssemos só a alguns passos da vila, a alguns passos da porta da minha casa, de Eric Lamb e seu galpão do jardim e da espreguiçadeira de Sheila Dakin, era como se tivéssemos nos afastado um bocado de onde deveríamos estar.

— Não seja boba — retruquei —, vamos lá. — Porque eu jamais poderia admitir aquilo para Tilly.

Começamos a dar a volta na casa, e a cada passo dado eu me segurava no muro, cobrindo as mãos com o pó vermelho dos tijolos. Ouvia as sandálias de Tilly atrás de mim, rangendo no cascalho. Aquele era o único som que havia. Até os pássaros pareciam prender a respiração.

Parei na primeira janela e apertei o rosto contra o vidro. Tilly espiou em volta da casa.

— Você está vendo a sra. Creasy? — ela sussurrou. — Ela está amarrada aí dentro? Está morta?

A sala parecia cansada e infeliz.

Um forte raio de sol da tarde batia no vidro, mas no interior da casa de Walter Bishop só havia trevas. A madeira escura do aparador, um tapete cor de ferrugem, maltratado pela idade e por manchas de vinho, e um sofá verde-musgo sarnento e que parecia nunca ter sido usado. O lugar era uma caverna abandonada de tapeçaria e carpetes.

O rosto de Tilly surgiu junto ao meu.

— Está tudo vazio — informei. — Não parece nem ter ar aí dentro.

Eu estava a ponto de ir embora quando vi.

— Veja, Tilly. — Bati no vidro.

Havia uma cruz. Um grande crucifixo de bronze numa prateleira acima da lareira. Era tudo o que havia. Nenhuma fotografia ou enfeite, nada que dissesse alguma coisa a respeito da pessoa que vivia ali, e isso fazia com que o console parecesse um altar.

Olhei fixamente para a cruz.

— Eu tinha razão, o tempo todo. Só estávamos procurando nas casas erradas.

— Mas eu não acho que isso seja uma prova definitiva de que Deus esteja aqui — disse Tilly. — Minha mãe tem montanhas de livros de receitas, mas na verdade ela nunca cozinha.

Enquanto olhávamos, o sol varreu os contornos da cruz e mandou reflexos de luz pela sala. A luz subiu pelo sofá sarnento e atravessou o carpete cansado, até chegar ao peitoril da janela, de onde saltou pela vidraça, nos atingindo exatamente onde estávamos.

— Puxa vida! — exclamou Tilly. — Parece que Deus está apontando para alguma coisa.

— Posso ajudá-las?

Estávamos tão maravilhadas que levamos um segundo para perceber que havia alguém de pé ao nosso lado.

*

Walter Bishop era mais baixo do que eu me lembrava, ou talvez eu estivesse mais alta do que no dia da loja de peixe. Era mais magro também, e sua pele lisa adquirira cor de terracota em decorrência do verão.

— Vocês estão procurando alguém? — ele perguntou.

— Deus — respondeu Tilly.

— E a sra. Creasy — acrescentei, para o caso de ele pensar que éramos loucas.

— Sei.

Ele sorriu bem devagar, e os cantos dos seus olhos se enrugaram.

— Este é o último lugar para procurar — continuou Tilly. — Já estivemos em todos os outros.

— Sei — ele repetiu. — Então, onde vocês já procuraram?

— Em todos os lugares — respondi. — A Bíblia diz que Deus está em toda parte, mas não conseguimos encontrá-Lo. Estou começando a achar que o pároco inventou tudo isso.

Walter Bishop sentou-se num velho banco inclinado junto ao muro dos fundos e apontou para um assento de madeira à sua frente.

— Deus é um tema de conversa interessante — disse ele. — E o que vocês acham que aconteceu com a sra. Creasy?

Nós nos sentamos.

— Achamos que ela deve estar na Escócia — respondeu Tilly. — Ou talvez tenha sido assassinada.

— Vocês não acham que haveria mais policiais por aqui se ela tivesse sido assassinada?

Pensei a respeito.

— Policiais às vezes se enganam — falei.

— É verdade.

Ele olhou para baixo e começou a descascar a pintura do banco, embora, para dizer a verdade, não houvesse muito mais a descascar.

Tilly tirou o casaco, dobrou-o e colocou-o no colo.

— Nós gostávamos da sra. Creasy, não é, Grace?

— Muito — concordei. — O senhor a conhecia, sr. Bishop?

— Ah, conhecia, sim, ela me visitava com frequência. — Walter Bishop levantou os olhos e sorriu, antes de voltar para a tinta. — Eu a conhecia muito bem.

— Por que o senhor acha que ela foi embora? — perguntou Tilly.

Walter Bishop não respondeu logo. Demorou tanto para falar que comecei a me perguntar se ele tinha ouvido a pergunta.

— Tenho certeza de que ela vai nos contar tudo quando voltar — ele acabou por dizer.

— O senhor acha que ela vai voltar? — indaguei.

— Bem — disse ele —, se ela voltar, com certeza vai ter muita coisa a dizer.

Mais tempo se passou antes que ele levantasse a cabeça e empurrasse os óculos para cima do nariz.

Senti o calor da madeira me aquecer as pernas.

— Este banco é muito confortável — elogiei.

— Chamam de banco arca.

Recostei-me e senti a pressão nas costas.

— É um nome engraçado para um banco.

Ele sorriu.

— É, sim.

Ficamos sentados, em silêncio. Eu logo soube que o sr. Bishop era o tipo de pessoa com quem se pode ficar sentado em silêncio. Eu já tinha descoberto que há pouquíssimas pessoas assim. A maioria dos adultos gostava de encher o silêncio com conversas. Não conversas importantes ou necessárias, mas um jorrar de palavras que não serviam a qualquer propósito além de encobrir a tranquilidade. Mas Walter Bishop ficava à vontade sem falar e tudo o que eu ouvi enquanto ficamos sentados juntos naquele dia quente de julho foi o piar ansioso de um pombo, no alto de uma das árvores, chamando seu par. Olhei para cima, mas por mais que tenha procurado pelos galhos, não consegui vê-lo.

Ele percebeu que eu estava procurando.

— Está ali — disse Walter, apontando para o galho mais alto da árvore.

E vi um brilho cinzento entre as folhas.

— O senhor acha que Deus está naquele pombo? — perguntei.

Walter olhou para cima.

— Com certeza.

— E nos ciprestes?

Walter sorriu de novo.

— Tenho certeza de que está. Concordo com o seu pároco. Deus está em toda parte. Ou, pelo menos, alguém está.

Olhei-o de testa franzida.

— Eu nunca o vi na igreja.

Ele baixou os olhos e mexeu os pés no cascalho.

— Eu não me integro muito bem com os outros.

— Nós também não — disse Tilly.

— Isso o incomoda? — perguntei. — Não se integrar bem?

— Acho que você pode se acostumar com quase qualquer coisa se você as experimentar por tempo suficiente.

Walter Bishop falava devagar e guardava as palavras na boca como pedaços de comida. Havia também, em sua voz, uma suavidade que fazia sua fala parecer ainda mais elaborada.

Ele me olhou.

— Eu não consigo interpretar muito bem as pessoas — confessou. — Elas podem ser muito confusas.

— Especialmente as pessoas nesta vila — disse Tilly.

— Mas o senhor está se integrando bem conosco, não está? — perguntei. — Consegue nos interpretar?

— Eu sempre me dei muito bem com crianças. — Ele recomeçou a descascar a tinta.

Compreendi por que não sobrava muita coisa.

Voltamos para o silêncio. Conseguia ouvir vozes vindas de algum lugar atrás das árvores. Pareciam de Sheila Dakin, ou da sra. Forbes. Eu não podia ter certeza, porque o clima daquele dia parecia amortecer todos os sons, até dar a impressão de que tudo estava sendo tirado de mim pelo verão.

— O caso é que — falei, depois de algum tempo — ninguém por aqui parece estar muito preocupado com Deus.

As descascadas tinham parado. Walter tirou pedacinhos de tinta das unhas.

— Nem vão ficar — ele afirmou —, até precisarem de alguma coisa.

— O senhor acha que Deus escuta, mesmo se a gente não tiver conversado muito com ele antes? — quis saber Tilly.

— Eu não escutaria. — Apertei as pernas de encontro à madeira. — É falta de educação.

— O que é que vocês querem de Deus? — indagou Walter.

Ele tirou os óculos e começou a limpá-los com um lenço que, para começar, já não parecia lá muito limpo.

Pensei na pergunta por muito tempo. Pensei enquanto ouvia o chamado do pombo no cipreste, enquanto enchia meus pulmões com o cheiro do verão e sentia o calor da madeira em minhas pernas.

— Quero que Ele mantenha todo mundo desta vila em segurança — respondi, por fim. — Como um pastor.

— Mas só as ovelhas — disse Tilly. — Deus não gosta de cabras. Ele as manda para o deserto e nunca mais fala com elas.

Walter levantou os olhos.

— Cabras?

— É, sim — expliquei. — O mundo está cheio de cabras e ovelhas. Só é preciso tentar descobrir quem é quem.

— Sei. — Walter recolocou os óculos. Havia um remendo de fita durex numa das hastes, mas elas ainda estavam bem tortas. — E vocês acham que todas as pessoas na vila são cabras ou ovelhas?

Eu ia responder, mas então parei, pensei e disse:

— Ainda não decidi.

Walter se levantou.

— Por que não entramos e tomamos uma limonada? Podemos falar disso lá dentro. Fora do calor.

Tilly me olhou e eu olhei para Walter Bishop.

Não sei se era por causa do botão que faltava na sua camisa ou da barba por fazer em seu rosto. Ou talvez fosse pelo jeito como seu cabelo caía em mechas amareladas em cima do colarinho. Ou talvez não fosse por nenhuma dessas coisas. Talvez fosse apenas por causa das palavras da sra. Morton, que ainda ecoavam nos meus ouvidos.

— Podemos tomá-la aqui fora, sr. Bishop, não podemos? — pedi.

Ele andou até a porta dos fundos.

— Ah, não. Não vai dar para fazer isso. Veja o estado das suas mãos. Vocês precisam lavá-las.

Olhei para baixo. Estavam cheias de pó vermelho, dos tijolos do muro no qual tinha me encostado. Mesmo depois de limpá-las na saia, a cor ainda estava lá, presa nas dobras dos meus dedos.

Ele abriu a porta da cozinha.

— Seus pais sabem que vocês estão aqui? — ele perguntou.

Não respondi logo. Levantei-me e olhei para Tilly, e ela me encarou de volta com olhos incertos.

— Não — respondi. — Ninguém sabe que estamos aqui.

E mesmo depois que Tilly e eu entramos pela porta, eu ainda não sabia se tinha dado a resposta certa.

A Vila, casa 12

15 de julho de 1976

— Nada.

O olhar de Brian se movia entre o jornal da véspera e a ponta do pé esquerdo do seu tênis.

— Como você pode ter marcado um compromisso com Margaret Creasy para falar de nada? — indagou Sheila Dakin.

Ela o chamou para vir até a espreguiçadeira.

Ele estava cuidando da própria vida, procurando alguns velhos LPs na garagem, quando ela o avistou e gritou seu nome do outro lado da rua, como uma ave de rapina. Agora, estava parado em frente ao jardim da casa 12, com *Hank Marvin & The Shadows* nas mãos, tentando não a olhar nos olhos.

— Então? — ela insistiu.

Ele abraçou o vinil contra seu peito.

— É pessoal — retrucou.

— Não banque o todo importante comigo, Brian Roper.

Ele olhou para o outro tênis. Não podia contar a ela. Não podia contar a ninguém.

Se tentasse explicar o que tinha acontecido com Margaret Creasy, ninguém entenderia. Só daria margem a mais perguntas e ele ficaria cada vez mais enrolado ao tentar respondê-las. Eles o culpariam. Sempre o culparam.

Sheila Dakin remexeu o corpo e a lona gemeu em sinal de protesto.

— Você ouviu alguma palavra do que eu disse?

Ele tirou os olhos do tênis e arriscou-se a olhar para ela, toda espreguiçadeira e biquíni.

— O que foi exatamente que você disse a Margaret Creasy a respeito desta vila, Brian?

— Nada.

— E do incêndio?

— Nada. — Ele arriscou outra olhada. — Ela já sabia de tudo isso.

— Ela sabia. Então alguém abriu a boca.

— Talvez não. — Brian automaticamente levou as mãos aos bolsos traseiros do jeans. — Ela ia muito à biblioteca. Eles têm muitos números velhos da *Gazeta*.

Ele tinha começado a levar o cartão da biblioteca consigo. Tinha certeza de que sua mãe andava revistando seus bolsos. Sempre que se entediava com a própria vida, ela bisbilhotava a de outra pessoa, para ajudar a passar o tempo. Ele andou pensando em um jeito de devolver o cartão sem dar na vista. Talvez indo à casa de John e deixando-o entre as páginas de um livro, ou debaixo de uma toalha, mas corria o risco de ser pego em flagrante. Sempre havia esse risco.

— Por que você está revirando o bolso de trás? — quis saber Sheila.

Ele nunca conseguia passar despercebido.

— Nada, não — respondeu.

— Números velhos da *Gazeta* uma ova — disse Sheila. — Contaram a ela o que houve. Foi por isso que ela sumiu. Alguém tinha de fazê-la ficar quieta.

— Ela falava com todo mundo. Não era só comigo.

Brian ia mexer outra vez no bolso traseiro, mas conseguiu se segurar a tempo.

— É aí que está o maldito problema, Brian. Ela falava com todo mundo. Ela sabe tudo o que há para saber a respeito de todos nós.

Ele apertou o disco mais próximo ao seu corpo.

— O que há para saber? Nós somos exatamente como qualquer outra vila, não somos?

Sheila apertou os lábios, os olhos e tudo o que podia ser apertado em seu rosto, tudo ao mesmo tempo.

— Se alguém andou abrindo a boca, aposto em você — ela afirmou.

Ele a encarou.

Sheila estendeu a mão e tateou a grama, batendo num copo e fazendo um pacote de batatas fritas rolar pelo chão, até encontrar o jornal.

— Leia, vamos — ordenou.

Ele sentiu muita sede. Podia pressentir aquela sensação familiar. A crepitação lenta e seca no fundo da garganta, o zumbido nos ouvidos.

— Não quero.

Sheila sacudia o jornal diante dele.

— Vamos logo. Leia.

— Não preciso.

— Então leio eu. — Com um movimento brusco, ela colocou os óculos no rosto. — Vejamos.

Moradora local ainda desaparecida. A polícia está ansiosa para descobrir o paradeiro de uma moradora local, sra. Margaret Creasy, que desapareceu de sua casa na Vila no dia 21 de junho.

Sheila sublinhava as palavras enquanto lia.

Não era de seu feitio proceder dessa maneira, nenhum contato, nenhuma razão para seu desaparecimento etc. etc. etc.

Ela chegou o jornal um pouco mais para perto do rosto.

— Aqui está — avisou. — Aqui vamos nós.

Disse o sr. Brian Roper (43) — ela olhou para Brian por cima dos óculos e voltou ao jornal —, *também morador da Vila: "Estamos todos preocupados com a possibilidade de que alguém a tenha matado, há algumas pessoas realmente estranhas por aqui".*

Sheila tirou os óculos e encarou Brian.

— Que diabos você acha que está fazendo? Falando com repórteres?

— Achei que eles só estavam sendo amigáveis — ele respondeu.

— Repórteres? Sendo amigáveis? — Ela bateu no jornal com a haste dos óculos. — Você tem 43 anos, Brian.

Ele coçou a ponta do nariz. Sua mãe tinha lhe dito a mesma coisa.

— Você tem que controlar essa sua matraca enorme. Repórteres, Margaret Creasy, Grace e Tilly.

— Eu não disse nada a Grace e Tilly.

— E pare de cutucar o nariz.

— Você pode perguntar a elas se quiser. Estão logo ali.

Ele se virou para examinar a vila, mas tudo estava deserto. Nem mesmo a vassoura da sra. Forbes ou o cortador de grama de Eric Lamb davam as caras, só a fornalha silenciosa que era aquela tarde de julho.

— Desapareceram — ele constatou.

Sheila ergueu o corpo da espreguiçadeira.

— Quem desapareceu?

— Grace e Tilly. Estavam ali há um minuto.

Sheila largou o jornal e os óculos.

— Onde?

— No final da rua.

— Pelo amor de Deus, Brian. Onde no final da rua?

Ele olhou de novo e apontou.

— Bem em frente da casa 11.

Virou-se para olhar para Sheila, mas ela já estava de pé.

A Vila, casa 11

15 de julho de 1976

O sabonete de Walter Bishop era verde e ressecado, e estava tão colado no canto da pia que precisei arrancá-lo dali com as unhas.

Tilly e eu ficamos lado a lado para lavar as mãos. Eu sabia que ela estava me olhando, mas, em vez de devolver o olhar, fiquei encarando a longa mancha alaranjada na pia, porque meus olhos ainda não tinham decidido o que queriam dizer a ela.

— Muito bem. — Walter estava atrás de nós. — Cuidem para que fiquem bonitas e limpas, senhoritas.

Não sorrimos. De algum modo, as palavras não soaram da maneira como soavam quando ditas por Sheila Dakin.

Ele nos entregou um pano de prato e secamos as mãos, e depois eu o dobrei e coloquei em cima do escorredor.

— Ah, não, não, não. — Ele estalou a língua. — Nós nunca, jamais dobramos panos de prato.

— Não? — perguntei.

— Eles precisam de ar, você entende? Ou todos os germes ficarão presos nele. Sempre os colocamos naquele preguinho ali.

Segui seu olhar e pendurei o pano de prato num gancho ao lado do armário.

— Muito melhor — ele aprovou. — Nunca dobramos panos de prato nesta casa. Essa era uma das regras da minha mãe.

— Sua mãe tinha muitas regras, sr. Bishop?

Deslizei para uma das cadeiras da cozinha.

Tilly botou o casaco no colo e deslizou para o meu lado, embora de tempos em tempos eu a visse olhar na direção da porta dos fundos.

— Ah, tinha, sim. Uma porção de regras — disse Walter. — Nunca assobiar depois que escurecer. Não botar sapatos novos em cima da mesa. Ficar dentro de um círculo para espantar o diabo.

Ele botou dois copos na mesa. Estavam embaçados de poeira.

— Um para tristeza, dois para alegria. — Ele sorriu. — Vocês gostariam de um pouco de limonada?

— Na verdade, nós devíamos ir. — Por baixo do casaco, Tilly escorregou para fora da cadeira. — Já é quase hora do lanche.

— Ah, não precisam ir ainda, é cedo. Vocês acabaram de chegar. — Walter serviu a limonada. — Desde que Margaret Creasy partiu, vejam só, eu recebo tão poucas visitas.

Ele se virou para o armário, e eu olhei para Tilly e encolhi os ombros.

— Uns minutinhos não vão fazer mal — sussurrei.

Olhei em volta. A cozinha parecia escura e infeliz e, mesmo no calor da tarde, estava estranhamente fresca. Os armários eram todos pintados de verde e as ripas de madeira do chão espiavam pelos cantos onde o linóleo estava enrolado e solto.

— O senhor ainda segue todas as regras da sua mãe? — perguntei.

Walter sentou-se do outro lado da mesa. Enlaçou os dedos como se fosse começar a rezar.

— Algumas. Mas não todas.

— Mesmo sendo as regras da sua mãe? — quis saber Tilly.

Walter inclinou-se para a frente e rezou com mais fervor.

— Mesmo sendo as regras da minha mãe — respondeu. — É um homem sábio aquele que toma suas próprias decisões. É muito importante que se lembrem disso, sobretudo quando se está procurando por Deus.

— O que o senhor quer dizer? — indaguei.

— As pessoas costumam acreditar nas coisas só porque todo mundo acredita. — Walter olhou para as mãos e começou a morder a pele das unhas. — Não procuram provas, só procuram a aprovação de todos os outros.

Precisei me recostar na cadeira para pensar a respeito. Às vezes, os adultos diziam coisas que faziam sentido, mesmo que a gente não tivesse muita certeza de qual era o sentido.

— Então, se vocês resolveram procurar por Deus — continuou ele —, a primeira coisa que têm a fazer é decidir exatamente o que estão procurando.

Eu não sabia direito. Achava que saberia reconhecer Deus quando O visse, mas a única coisa da qual tinha certeza agora era: mesmo que todos dissessem que Ele existia, Deus não parecia estar em lugar algum naquela vila.

— As pessoas acreditam nas coisas mesmo sem saber se são mesmo verdadeiras — eu disse.

— Porque, se todo mundo acredita na mesma coisa, isso faz com que se identifiquem. É como se pertencessem ao mesmo grupo — disse Walter.

— Como um rebanho de ovelhas. — Tilly ergueu o copo de limonada e devolveu-o à mesa. — Talvez seja essa a única coisa da qual as pessoas realmente precisam. Alguma coisa na qual todas possam acreditar.

Walter parou de morder as unhas e olhou para nós.

— E essa coisa nem sempre precisa ser Deus. É por isso que é importante agir com sabedoria.

— E tomar nossas próprias decisões — completei.

Walter Bishop sorriu.

— Exatamente.

Eu tinha um monte de perguntas para fazer a Walter Bishop, e estava prestes a começar a primeira quando passos invadiram meus pensamentos e os perturbaram. Estalavam no cascalho do jardim e todos nós fomos à janela para ver a quem pertenciam.

Sheila Dakin. Seus tamancos cor-de-rosa lançavam ondas de pedrinhas ao mergulharem no cascalho.

Poucos segundos depois, ela estava à soleira da porta, a parte de cima do biquíni esticada pelo esforço. Ficamos como estátuas no parapeito da janela.

— Que diabos você pensa que está fazendo? — ela perguntou, braços cruzados em cima do peito e o ar deixando seu corpo em ondas minúsculas e furiosas.

Algumas palavras saíram da boca de Walter Bishop, mas misturadas, retorcidas e fora de ordem. Vi o suor brotar em sua testa cor de terracota. Havia um silêncio, mas um tipo diferente de silêncio.

— Só estávamos conversando — expliquei.

Sheila Dakin avançou para nos pegar pelos colarinhos, mas nenhuma de nós os tínhamos, então ela nos agarrou com os braços dobrados.

— Não, com certeza não estavam só conversando.

— Não estávamos fazendo nada errado — continuei.

— Não, vocês não estavam.

A resposta foi para mim, mas ela olhava para Walter Bishop.

— Estávamos procurando por Deus — expliquei.

— Bem, com certeza não vão encontrá-Lo aqui.

Desejei que Walter explicasse. Que explicasse que Deus estava em toda parte, no pombo, no cipreste e no crucifixo de bronze em cima da lareira, mas ele estava tão preso pelo olhar fulminante de Sheila Dakin quanto estaria se ela o tivesse algemado.

— Estamos indo — disse a sra. Dakin, empurrando-nos para fora da cozinha e pelo caminho de cascalho.

Virei-me e olhei para Walter.

Ele estava parado à porta, observando-nos, os braços cor de terracota soltos ao lado do corpo, mas, ao perceber que me virei, gritou:

— Grace, não esqueça isto aqui.

Era o casaco da Tilly. Soltei-me de Sheila Dakin e voltei.

— Lembre-se — disse ele, colocando o casaco em minhas mãos —, sempre aja como um homem sábio.

Sorri e balancei a cabeça, e ele sorriu e balançou a cabeça de volta.

E, naquele momento, me perguntei se, às vezes, não bastava que duas pessoas acreditassem na mesma coisa para que tenham a sensação de pertencimento.

*

Sheila Dakin nos escoltou de volta pela rua e, no caminho, exibia nossa segurança para o resto da vila, que parecia ter sido alertada ao problema pelos seus tamancos.

— Como a senhora soube que estávamos lá? — perguntei.

— Brian Magro viu vocês duas perambulando em frente à casa 11 e me notificou. — Sheila Dakin falava como se de repente se tivesse tornado um membro da força policial. — Ele não serve para muita coisa, mas pelo menos hoje ele deu uma dentro.

Eric Lamb acenou quando passamos. Estava parado no jardim da frente, um ancinho numa das mãos e uma pá na outra, como um gnomo gigante. Dorothy Forbes parou de cutucar a boca com a mão e Brian Magro estava de pé em frente à porta da garagem, procurando alguma coisa no bolso de trás do jeans.

— Onde está a sua mãe? — perguntou Sheila Dakin ao chegarmos ao final da rua.

Olhei para as cortinas do quarto.

— Acho que ela está descansando um pouquinho — respondi.

— Então acho que é melhor vocês irem para a minha casa.

Tilly olhou para mim e suspirou.

Nem Sheila Dakin fazia perguntas a respeito da mãe da Tilly.

*

Fomos acomodadas em cadeiras, com Elvis e a tábua de passar, e toda a cozinha da sra. Dakin pareceu assumir o ar de um tribunal.

Sua mãe nunca lhes explicou nada?
O que vocês acham que estavam fazendo?
Ele disse alguma coisa que perturbasse vocês?

— Então, disse ou não?

— Falamos de Deus e dos pombos — respondi.

— E de acreditar nas coisas — completou Tilly.

A sra. Dakin nos observava, à espera de mais palavras. Nós a observávamos em silêncio.

— Mais nada? — ela acabou perguntando.

— Mais nada — confirmei.

Mesmo que eu não soubesse o que queria dizer aquele "mais nada" e estivesse esperando que ela me desse uma pista.

Seus ombros desceram uns bons cinco centímetros.

— Por que todo mundo o detesta? — perguntei. — O que ele fez de errado?

— Nada — disse ela. — Aparentemente.

— Então por que não podemos falar com ele?

Ela se sentou. Eu podia ver a frustração em seus olhos.

Sheila Dakin, que em geral permitia que as palavras saíssem livres da sua boca, via-se de repente intimidada com o restrito vocabulário de uma criança.

— As pessoas dizem que ele fez uma coisa muito ruim.

Enquanto falava, ela revirava nas mãos um maço de cigarros.

— E ele fez? — perguntei.

— A polícia diz que não, mas não há fumaça sem fogo.

— Às vezes há — disse Tilly.

Fiz que sim e nós duas encaramos a sra. Dakin.

— Uma vez me acusaram de copiar o dever de casa — falei —, mas era mentira e a minha mãe fez o sr. Nesbit pedir desculpas.

Vi a Tilly me olhando pelo canto dos olhos.

— Não foi um exemplo muito bom — disse ela, baixinho.

— Há uma porção de outros exemplos — retruquei. — A sua Lisa sempre é acusada de coisas, e é impossível que ela tenha feito todas elas.

A sra. Dakin franziu a testa e acendeu um cigarro.

— O que foi que Walter Bishop fez? — insisti. — O que foi que ele não fez?

— Não interessa. Não é importante.

Aquela era, na verdade, a coisa mais importante com que eu já tinha me deparado na vida.

— O que é importante — continuou ela — é que vocês fiquem longe dele. Ele não é como nós, não importa o que tenha ou não feito.

Ela puxou a fumaça para os pulmões e a manteve ali, e então completou:

— Ele é um homem mau.

Abri a boca para falar, mas mudei de ideia. A sra. Dakin não parecia especialmente desejosa de ouvir o ponto de vista interessante de outra pessoa.

— Alguma coisa a ver com a mãe dele? — perguntou Tilly.

A sra. Dakin congelou.

Ela parecia como se estivesse brincando de estátua, mas sem esperar a música parar. Não parecia piscar ou respirar, e a única coisa que não estava imóvel era o cigarro, que balançava e oscilava entre seus lábios.

— Do que você está falando? — perguntou ela, devagar, através do cigarro.

— O sr. Bishop nos falou da mãe dele — respondi, percebendo o cigarro oscilar ainda mais. — Na verdade, tivemos uma longa conversa a respeito dela.

O cigarro balançava com tanta força que achei que fosse cair, mas a sra. Dakin era uma profissional experiente e conseguiu mantê-lo no lugar.

— Não levem em consideração nada do que Walter Bishop lhes disser. Ele é tão biruta quanto a mãe.

— A mãe dele tinha uma série de regras — disse Tilly.

— Tais como?

— Não botar sapatos na mesa, nunca dobrar panos de prato — contei.

A sra. Dakin tirou o cigarro da boca e a cinza voou para a mesa da cozinha.

— Panos de prato?

Observei a cinza cair em cima de um guardanapo.

— Walter nunca dobra os panos de prato. Panos de prato dobrados alojam germes.

A sra. Dakin olhou para longe e franziu a testa. Quando acabou de franzi-la, olhou para nós e disse:

— É mesmo?

Fizemos que sim.

— Alojam sim.

Sheila Dakin amassou o resto do cigarro num cinzeiro e, no mesmo instante, acendeu outro.

— E Walter Bishop disse alguma coisa sobre Margaret Creasy?

— Não muito — respondeu Tilly.

Olhei para Tilly.

— Um monte, na verdade — falei.

O olhar de Sheila Dakin nos fulminou.

— Ele sabe onde ela está? Ele sabe se ela vai voltar?

— Ele disse que, se ela voltar, vai contar tudo para todo mundo. — Tilly tentou balançar as pernas debaixo da mesa, mas elas ficaram presas entre um cesto de roupa suja e um amontoado de brinquedos de Keithie. — Ele disse que ela vai ter uma porção de coisas para contar.

A boca de Sheila Dakin se abriu e seu cigarro caiu no chão.

— Cuidado, sra. Dakin. — Devolvi-lhe o cigarro. — É assim que se começa um incêndio.

*

Foi bom que as cortinas do quarto da minha mãe estivessem outras vez abertas àquela altura, porque a sra. Dakin começou de repente a se sentir mal e achou que gostaria de ficar um pouco sozinha.

Saímos pela entrada quadriculada do jardim da sra. Dakin, passamos por espreguiçadeiras abertas e por uma pilha de revistas da Lisa.

— Eu gostei do sr. Bishop — comentei.

— Eu também — concordou Tilly.

Keithie estava no portão, empurrando sua bola de futebol com a ponta da chuteira.

— Vocês encheram a paciência da minha mãe?

— Não! — respondemos ao mesmo tempo.

— Vocês estiveram na casa daquele esquisito maldito, não é?

— Ele não é esquisito — retruquei —, ele só não se dá muito bem com os outros.

— É, vocês duas devem saber como é — disse Keithie.

Nós o vimos sair chutando a bola pela vila, até que ela bateu na calçada e sumiu por cima do muro do jardim da sra. Forbes.

— Então, o que vamos fazer agora? — perguntou Tilly. — Não podemos voltar à casa de Walter Bishop, ficaríamos de castigo pelo resto das nossas vidas.

Olhei para a casa 11.

— Não, acho que não podemos.

— Então como vamos descobrir se Deus está mesmo aqui?

Entramos pela calçada lateral da minha casa, e eu pude ver minha mãe avaliando sua tarde na pia da cozinha.

— Podemos fazer o que Walter Bishop nos disse para fazer — respondi. — Podemos examinar as provas. Podemos agir como homens sábios.

Quando entramos pela porta dos fundos, Tilly tirou o chapelão e bateu o pó das sandálias.

— Vamos ser como os sábios que visitaram o Menino Jesus?

— É — concordei. — Exatamente como eles.

A Vila, casa 12

15 de julho de 1976

Da janela da cozinha, Sheila Dakin vigiou Grace e Tilly até que entraram pela porta dos fundos da casa 4.

Vigiar as crianças era um hábito. Mesmo depois do incêndio. Mesmo depois que todos concordaram que Walter Bishop já tinha sido suficientemente punido e que deveriam deixá-lo em paz, ela continuou a vigiar as crianças.

Assim que Grace e Tilly desapareceram de vista, foi para a despensa. Lisa e Keithie não estavam por perto, mas ela não acendeu a luz. De alguma maneira, sentia-se melhor no escuro, sem que pudesse enxergar a si mesma ou suas mãos tremendo, e o líquido puro e frio batendo no fundo do copo.

Nem sempre tinha sido assim.

Ela se lembrava, quase se lembrava, de um tempo em que havia escolha. Tinha dito isso a Margaret, se ela pelo menos pudesse voltar para aqueles dias. Não precisaria parar, era só pegar ou largar. Mas talvez Margaret tivesse razão, talvez os dias de pegar ou largar tivessem desaparecido para sempre. Ela até conseguia parar em frente à pia com a garrafa, mas não tinha coragem de ir adiante. Era mesmo estranho, ela não acreditava que tivesse muitas qualidades na vida, mas coragem era uma coisa que Sheila Dakin nunca pensou que lhe faltaria.

Tomou outro gole. Ele a envolveu por dentro como um abraço.

*

Era uma porta de entrada de aparência tão comum.

Ela disse a Margaret que ninguém jamais imaginaria, pelo lado de fora, o que realmente acontecia lá dentro. Uma garota do trabalho tinha lhe dado o endereço. Não o tipo de garota que você imaginaria também. Pálida e magra, muito quieta, sempre limpando o nariz na manga do seu uniforme. Escreveu num guardanapo da cantina e botou-o no bolso de Sheila, sem dizer uma palavra. Ela nunca falou com a garota, nem antes nem depois.

Serviu-se de outra dose. O chão da despensa estava frio e desagradável, mas ela encolheu as pernas e se encostou nas prateleiras, e depois de algum tempo já não parecia tão ruim.

Deixou o guardanapo no fundo da gaveta de calcinhas por três semanas.

Não que alguém fosse perceber alguma coisa. Seu pai vivia em seu próprio mundo e sua mãe já se fora há muito tempo. Seus irmãos a tratavam como de costume, como se fosse outro rapaz, com a diferença de que era ela que cozinhava, arrumava e lhes dava uma camisa limpa todas as manhãs. Mas ela se preocupava. Preocupava-se com o trabalho. Se a garota magra e pálida já tinha percebido, poderia não demorar muito antes que o resto da fábrica também percebesse.

Levou três horas para finalmente bater naquela porta de entrada de aparência tão comum. Andou pela calçada, esperando que mulheres parassem de limpar degraus e que crianças parassem de pular em quadrados feitos a giz. Era final de novembro, uma tarde de sábado clara e fria, com jogos de futebol e saídas para compras, e um vento que batia no rosto e avermelhava as bochechas.

Mas não as de Sheila. Sheila continuava pálida, aflita e perdida.

Quando bateu à porta, imaginou a mulher que estaria do outro lado. Queria que fosse gorda e gentil, para compreender. Que tivesse o cabelo preso em camadas e um avental grande e florido, como o que sua mãe costumava usar.

Mas a mulher que abriu a porta era magra e severa. Olhou para Sheila de cima a baixo e deu um passo para o lado, sem uma palavra.

A mulher só fez três perguntas: nome, endereço e idade. Ela mentiu nas três respostas.

Sheila falou com a mulher numa voz que nem conseguia reconhecer.

— Vinte e um — disse, porque tinha medo de que pudesse fazer diferença.

Seus olhos começavam a se ajustar à luz da despensa. Via as curvas do copo em sua mão e o gargalo da garrafa quando a inclinava. Já que tinha começado, podia muito bem tomar outra dose.

Havia se deitado na cama, com a mulher esguia e severa de pé à sua frente. A luz do dia, fraca e coada pela cortina, entrava no cômodo e ela ainda ouvia o lado de fora abrindo caminho através da vidraça, o som de passos de crianças correndo pelas calçadas e fragmentos de conversas das pessoas passando pela rua lá embaixo. Ela não fumava naquela época, então falava para tentar controlar seus nervos. Falava de tudo, do tempo, do Natal, da cor do papel de parede.

A mulher magra não respondia. Sheila nem ao menos sabia se ela estava ouvindo.

— Sabe, eu não sou esse tipo de garota — disse Sheila, quando tudo começou.

Algumas semanas antes, tinha dito aquelas mesmas palavras para o homem.

Então pare de se vestir como uma, foi a resposta dele.

Sheila olhou para a mulher magra.

— Às vezes é mais fácil, não é, não resistir? Às vezes as pessoas não têm realmente uma escolha, não é?

Era sua última oportunidade de absolvição. Sua última chance de salvar o resto de sua vida.

Mas a mulher esguia não impediu sua queda.

Ela nunca respondeu.

Sheila precisou dizer ao pai que tinha perdido o envelope do pagamento.

Quando ele parou de reclamar e criticar, ela foi à sala da frente e tomou vários goles do conhaque dele. Era quente e amargo, e poucos minutos depois ela vomitou na pia do banheiro. Mas recomeçou, e dessa vez o conhaque permaneceu.

Envolveu seus pensamentos, impediu-os de continuar a se mover dentro da sua cabeça e mandou sua angústia dormir, mesmo que apenas por algumas horas.

Uma estratégia de sobrevivência, foi a explicação de Margaret Creasy. O único problema é que, quando se passa a vida inteira precisando sobreviver, a gente olha para trás num belo dia e descobre que aquela estratégia se transformou num estilo de vida.

*

— Mãe?

Era Lisa. Sheila ouviu-a andando pela cozinha, gritando na sala de estar. Sheila ergueu-se do chão da despensa, mas deve ter se levantado depressa demais, porque tudo pareceu deslizar para o lado e ela precisou se segurar numa das prateleiras para se firmar.

— Estou aqui — gritou. — Estou só procurando alguma coisa para o lanche.

Suas mãos agarraram a primeira lata que encontraram e ela tateou pelas paredes em busca da maçaneta da porta.

A cozinha parecia brilhante e hostil depois da escuridão da despensa.

— Pêssego em calda?

Lisa estava parada bem diante dela.

Sheila olhou para a lata.

— Para mais tarde — explicou.

Lisa fez uma careta e deu meia-volta. Durante o restante da conversa, Sheila só viu as costas de Lisa e a cortina de cabelos que cobriu seu rosto quando ela dobrou o corpo para tirar as botas.

— Ouvi falar das menininhas. — Lisa abriu as fivelas. — Você as salvou, mãe. Você é uma verdadeira heroína. Todo mundo está falando nisso.

— Aquelas duas abelhudas de uma figa não tinham nada que ter ido lá, isso sim — desabafou Sheila.

Ainda sentia o gosto do conhaque. Havia chicletes numa das gavetas, mas ela não conseguia encontrá-los e nada parecia estar no lugar certo.

— Ele precisa sair daqui. Os garotos na escola também acham. Canalha miserável.

— Não diga canalha, Lisa. Ou, pelo menos, não diga tanto.

— Mas ele é! — reagiu Lisa. — Um pervertido, é o que ele é. Um maldito pervertido.

Sheila se virou para a sala, mas ainda precisou se segurar na ponta da pia. As paredes se inclinavam e mudavam de lugar ao seu redor, e a luz empurrava a dor de cabeça para os limites do seu crânio.

Lisa chutou as botas para o canto da cozinha.

— Afinal, que tipo de monstro machucaria uma criança?

— Não sei, Lisa.

Sheila olhou para a filha. Ela estava mais velha agora, era esperta. Não era mais uma menininha a quem se dizia para não falar palavrões.

— Mas, às vezes — disse ela —, às vezes... nem sempre as coisas são tão bem definidas, não é? Às vezes as pessoas não têm mesmo escolha.

Lisa se virou pela primeira vez e encarou-a.

— É claro que têm. As pessoas sempre têm escolhas a fazer.

Sheila olhou para suas mãos. Estavam brancas, trêmulas e manchadas por uma vida inteira de fracassos.

A Vila, casa 4

18 de julho de 1976

O caminhão de mudanças parou na vila, seu motor a diesel girando e fumaça preta expelida para dentro de um silêncio atento. Eu ouvia a música indistinta vinda da cabine e uma espiral de fumaça de cigarro escapando pela janela aberta.

Enquanto dormíamos, a noite abafada de julho evoluíra para uma manhã perfeita, pacífica e tranquila. Nuvens minúsculas dançavam no céu e, acima de nossas cabeças, um pássaro negro cantava uma harmonia tão linda que eu não podia entender por que o mundo inteiro não parava para ouvi-lo.

Tilly e eu estávamos sentadas no muro em frente à minha casa, como em uma plateia de cinema, com picolés e uma sensação de expectativa no ar. Esticamos as pernas nuas para o sol e ele formou tiras de luz sobre elas.

— Você consegue ver alguma coisa? — ela perguntou.

— Não. — Chupei o alcaçuz, e senti o sorvete chiar na minha língua. — Mas não deve demorar muito.

O caminhão de mudanças passou 45 minutos em frente à casa 14 e durante todo esse tempo minha mãe ficou na janela da cozinha, fazendo de conta que lavava a louça.

Perguntei se ela não queria se sentar conosco no muro, mas ela respondeu *Estou ocupada demais para isso* e voltou a fazer de conta.

— Você acha que vai ter crianças? — perguntou Tilly.

Eu já tinha respondido quatro vezes que não sabia, então só continuei a chupar meu sorvete e bater com os calcanhares nos tijolos. A sra. Dakin tomava banho de sol de olhos abertos e o sr. Forbes tinha ido seis vezes até a lata de lixo na última meia hora. A vila estava delirando de expectativa.

O carro chegou às 11:08 ou 11:09 (um risquinho que indicava os minutos estava gasto no meu relógio, então eu não podia ter certeza). Era um sedan grande e metálico, tão grande que precisou fazer duas tentativas para acertar a entrada da casa 14. A porta do passageiro se abriu, depois a do motorista, e depois uma das portas traseiras. Eu estava tão concentrada que esqueci que tinha um pedaço de alcaçuz na boca.

No começo, achei que alguma coisa estava sendo tirada do carro, alguma coisa dourada, verde e azul safira. Depois entendi que era um tecido, e não era só um tecido, era a roupa de alguém. E aquela roupa estava dobrada, enrolada e arrumada em torno da senhora mais bonita que eu já tinha visto. Ela sorriu para nós e acenou, e o homem que saiu pela porta do motorista (e que usava uma camisa branca e calça comum) também sorriu e acenou, e do banco traseiro um menino disparou como uma bala e começou a correr pelo gramado da casa.

— Ai, meu Deus! — exclamou Tilly. — Eles são indianos!

Tirei o alcaçuz da boca.

— Não é demais?

Do outro lado da cerca, a lata de lixo do sr. Forbes rolou pela entrada da garagem e, atrás de mim, eu ouvi o barulho de pratos caindo.

*

— Não é isso! — disse a mamãe (eu gostaria de dizer quantas vezes ela repetiu isso, mas perdi a conta).

— Bem, então o que é? — perguntei.

— Eles podem não gostar que apareçamos por lá. Podem ter seu próprio jeito de fazer as coisas.

— Por que eles são indianos?

— Não é isso!

— Mas você fez um bolo — argumentei.

— Ah, isso. Isso é para qualquer um.

— Está escrito "Bem-vindos" em cima, em letras azuis.

Minha mãe ficou muito interessada no *TV Times*.

— Bem, eu vou lá sozinha — avisei.

— Você não pode fazer isso! — Mamãe devolveu o *TV Times* à cadeira. — Diga a ela, Derek.

Até então, meu pai tinha conseguido escapar da conversa lendo seu livro bem no canto do sofá e sendo ignorado.

Ele disse *bem*, *talvez* e *se*, e então sua voz se perdeu no vazio.

Mamãe olhou para ele e o encarou de forma intensa.

Felizmente, o som do seu silêncio eloquente foi interrompido pela campainha da porta da frente. Nunca usávamos a porta da frente, ela só servia de enfeite. Ninguém sabia se ela ainda funcionava e, por um instante, só nos entreolhamos.

Papai deu um pulo, e pulamos com ele.

Ele puxou a porta da frente, discutiu com a fechadura, mandou-nos recuar e esperamos até que ela estremeceu e se abriu. Estavam todos parados diante de nós: a linda senhora, seu marido em roupas comuns e o menino que corria como uma bala.

— Olá! — eu disse.

Mamãe alisou o cabelo e sua calça comprida.

Papai só mostrou os dentes.

— Olá para vocês! — retribuiu a bela senhora.

— Estou realmente contente por vocês serem indianos — falei (eu queria dizer *por favor entrem*, mas as palavras mudaram de ideia antes de sair).

A bela senhora e o marido riram e, em cinco minutos, estavam todos sentados lado a lado em nosso sofá.

A bela senhora se chamava Aneesha Kapoor, seu marido era Amit Kapoor e o menino se chamava Shahid. Seus nomes eram exóticos e preciosos, como joias, e eu não parava de repeti-los na minha cabeça.

— Ora, é muito gentil de sua parte — disse mamãe.

Ela ganhara uma lata de doces. Aneesha Kapoor chamou-os de doces, mas eram mais parecidos com biscoitos, biscoitos bem interessantes.

— Fiz um bolo para vocês — continuou a mamãe.

— Mas é para qualquer um — falei.

Minha mãe apertou os olhos.

— Foi muito bom vocês terem vindo, nós também íamos dar um pulo lá e visitá-los.

Apertei os olhos de volta.

— Queremos conhecer todo mundo — disse Amit. — É importante, não é, que haja um sentimento de comunidade?

— É, sim — disseram meus pais.

— E se sentir parte da vizinhança, identificar-se com ela — completou Amit.

— Com certeza, com certeza — concordaram meus pais.

Perguntei-me onde estaria aquele sentimento de comunidade. Se esperando no fundo da despensa de Sheila Dakin ou escondido na solidão do galpão de Eric Lamb. Perguntei-me se estaria sentado com May Roper em seu sofá forrado de crochê ou arranhando a pintura das janelas podres de Walter Bishop. Talvez estivesse em todos esses lugares, mas eu ainda precisava encontrá-lo.

— Bem, é ótimo que vocês agora façam parte da nossa vizinhança — disse mamãe. — Vão trazer um pouco de cor para o lugar.

Papai engasgou com o biscoito.

— Não foi o que eu quis dizer — confundiu-se mamãe. — Quero dizer que tudo vai ficar mais colorido agora que estão aqui. Quero dizer...

Aneesha riu.

— Eu sei o que você quis dizer — ela afirmou.

Eu conseguia ouvir papai na cozinha, ainda tossindo com as migalhas dos biscoitos enquanto preparava um bule de chá.

Ele o trouxe numa bandeja. O leite estava numa leiteira. Eu nem sabia que tínhamos uma leiteira. Houve um entrelaçar de xícaras, pires, pratos de sobremesa e cotovelos, e minha mãe cortou o B de Bem-vindos.

— Então, de onde vocês são? — perguntou mamãe.

Amid estava enterrado no canto do sofá, braços encostados no corpo, como um soldado.

— Birmingham — ele disse.

Seu garfo bateu no prato quando ele partiu o pedaço de bolo.

Mamãe se inclinou, com ares conspiratórios.

— Sei, mas de onde vocês são de verdade?

Amid também se inclinou.

— Edgbaston, um belo bairro de Birmingham — foi a resposta.

E todos riram.

O riso da mamãe chegou com alguns segundos de atraso.

Aneesha ofereceu os doces.

— Por que não experimenta um destes? São chamados de *mithai*.

— Como? — disse mamãe.

— Mitheyes, Sylvia. — Papai cutucou Amit com o cotovelo e piscou. — Você nunca ouviu falar?

Mamãe franziu o cenho para a lata.

— Não — respondeu. — Não posso dizer que tenha.

— Na realidade, eu quase fui à Índia uma vez — disse meu pai.

Todos o encaramos. Sobretudo mamãe. Papai não gostava nem de pegar o ônibus 107 para Nottingham. Dizia que ficava enjoado.

— É mesmo? — perguntou Amit.

— Pois é — disse papai. — Mas tive que desistir da ideia. Não conseguia encarar o sistema de esgotos. — Ele bateu as mãos na barriga. — E a pobreza, é claro.

— Ah, sim — reagiu Amit. — A pobreza.

Papai abriu outra cerveja.

— Mas ainda gostamos de um bom *curry*, e sempre ouvimos sua música. Gostamos muito do cantor Demis Roussos, não é, Sylvia?

Todos olhamos para ele.

— Acho que ele é grego, Derek — disse minha mãe.

— Grego, indiano, qual é a diferença? O mundo é enorme, hoje em dia.

Aneesha Kapoor olhou para mim e sorriu. Então deu uma piscadela que só ela e eu pudemos ver. Acho que ela talvez soubesse que uma boa parte de mim queria morrer.

Meu pai esticou a mão para outro biscoito.

— Sirva-se de uma cerveja, Amit — ofereceu. — Não faça cerimônia, rapaz, temos bastante para todos.

*

Depois que eles se foram, sentei-me na cozinha e observei os meus pais ricochetearem entre si enquanto lavavam a louça.

— Bem, saiu tudo bem — disse papai.

Mamãe olhou fixamente para os biscoitos.

— É mesmo? Ainda não sei se vão se encaixar bem por aqui.

— Você precisa aprender a aceitar a mudança dos tempos — disse papai. — Outra família indiana mudou-se para o Largo do Pinheiro. Talvez deva começar a se perguntar se não é você quem precisa se adaptar.

Minha mãe examinou um dos doces, e então mudou de ideia e devolveu-o à caixa.

A caminho do corredor, papai pegou um jornal. Sua voz ainda ecoou em direção à cozinha.

— Como disse Elvis Presley, Sylvia, o mundo inteiro é um palco e cada um deve representar o seu papel.

E fechou a porta da sala de estar e ligou a TV no jornal da noite.

— Acho que me esqueci de qual deveria ser o meu papel — disse minha mãe.

Ela guardou os doces bem no fundo da lata de biscoitos. Debaixo de um pacote de rolinhos de figo e de metade de um bolo de gengibre da Jamaica.

A Vila, casa 6

18 de julho de 1976

— O que eles estão fazendo agora? — Harold, do sofá, estava gritando as instruções. — Se você puxar a cortina direito, poderá ver um pouco melhor.

— Acabaram de ir para a outra porta com uma lata de alguma coisa. Grace deixou-os entrar. Não importa o quanto eu puxe a cortina, Harold. Agora eles já entraram.

— É inacreditável! — exclamou ele. — Você não acha que deveriam ter nos mandado algum tipo de aviso?

Dorothy deixou a cortina cair.

— Quem?

— A Câmara Municipal. Para nos avisar de que essas pessoas haviam se preparado.

— Como, exatamente, elas poderiam ter se preparado?

Harold puxou o cadarço do sapato.

— Familiarizando-se com os nossos costumes. Aprendendo um pouco da nossa língua, você sabe.

— Tenho certeza de que eles falam inglês, Harold.

— Bem, se falam, é só graças ao período do Raj, durante a colonização britânica. Você sabe, não se pode ir entrando no país dos outros e esperar que eles sigam as suas leis.

— Na Índia? — perguntou Dorothy.

Harold bufou e atacou o outro sapato.

— Não, na Grã-Bretanha. Não estamos falando de críquete.

Harold se levantou. Dorothy não podia provar, mas poderia jurar que ele estava encolhendo.

— Vou olhar mais de perto quando passar por lá. Só vou dar uma chegada no clube.

— Outra vez? — contestou Dorothy. — Você foi lá ontem à noite.

— Prometi a Clive que daria uma passada. Ver se ele precisa de ajuda.

Ela o encarou e ele voltou aos cadarços que já tinham sido amarrados.

*

Dorothy olhou pela janela da sala de estar. Harold apertou os olhos para a casa 4, passou-os pela casa 11 e desapareceu na esquina, com as mãos nos bolsos dos shorts.

A casa sempre parecia mais descontraída sem Harold lá dentro. Era quase como se as paredes suspirassem, pisos e tetos se espreguiçassem e bocejassem e todos se ajeitassem para ficar mais à vontade. Era quando ela mais sentia falta de Whiskey, a hora em que se sentariam juntos, alimentando-se do silêncio.

Acomodou-se na poltrona de Harold. Fazia horas que terminara a lista do dia, que descansava dobrada no bolso do seu avental, riscada, ticada e satisfeita. Se Harold tivesse percebido, teria acrescentado mais tarefas. O trabalho de uma mulher nunca acaba, ele teria dito. Sobretudo de uma mulher que se enrola, sonha acordada e se confunde a respeito de tudo. Mas ela precisava da tarde para si mesma. Precisava pensar.

A caixa estava onde sempre estivera, escondida no fundo do armário de Harold, atrás das pastas repletas de papelada, maços de extratos bancários e todos os outros documentos muito importantes com os quais Dorothy não se envolvia, por não ser considerada responsável o bastante.

Só a descobrira por acaso.

Foi depois do incêndio. Dorothy começou a se perguntar sobre o seguro de sua moradia, e o que aconteceria se a casa 6 fosse misteriosa e inteiramente consumida pelo fogo. Aquilo não a deixava dormir. Não podia falar com Harold a respeito porque ele achava suas preocupações muito desagradáveis. Deixavam-no impaciente e tornavam o branco dos seus olhos ainda mais branco, então ela decidiu procurar por si mesma a apólice. Usar a iniciativa que Harold dizia que ela nunca tinha.

E foi assim que a encontrou.

Ao longo dos anos, com certa frequência, esperava que Harold saísse de casa, apanhava a caixinha, removia todo o conteúdo, sentava-se muito quieta e se preocupava sozinha.

Hoje era um dia em que ela estava se sentindo particularmente propensa a se preocupar. Culpou Margaret Creasy, o calor interminável e o fato de ter visto Sheila Dakin marchar pela vila na véspera com aquelas duas menininhas a reboque.

Sentou-se na cozinha e espalhou o conteúdo da caixa sobre a mesa. Janelas e portas estavam abertas, mas não havia sinal de brisa no ar. Era como se tudo tivesse parado, até o clima, e o mundo inteiro se esvaísse numa pausa final e resfolegante.

Passou os dedos pelo papelão em busca de marcas de queimado, um rastro de fumaça, alguma resposta para uma ansiedade que crescera ao longo dos anos. Estava tão perdida em seus próprios pensamentos que não ouviu os passos nem percebeu o vulto à soleira da porta. Não se deu conta de coisa alguma, até ouvir a voz dele.

— Dorothy, o que, em nome de Deus, você está fazendo? Eric Lamb.

Ele se aproximou da mesa e ficou olhando.

— Mas o que raios você está fazendo com a máquina fotográfica de Walter Bishop?

*

Dorothy encheu a chaleira e acendeu um bico de gás.

— Harold deve tê-la pegado — ela disse. — Depois do incêndio. Quando vocês foram examinar a casa 11.

Eric enfiou os dedos no cabelo. Deixou-os ali, estáticos.

— Não pegamos nada — ele afirmou.

— Ele deve ter pego quando vocês não estavam olhando. Talvez estivessem de costas.

Ele olhou para Dorothy.

— Nós não pegamos nada — repetiu.

— Talvez você só tenha se esquecido. As pessoas ficam confusas, não é? Harold diz que eu me confundo o tempo todo.

— Eu me lembro de tudo. — Eric se sentou, cruzou os braços e deu um longo e profundo suspiro. — Do cheiro da fumaça, das paredes enegrecidas. De como a cozinha estava intacta, e até do tique-taque do relógio e do pano de prato dobrado em cima da pia. Não esqueci nenhum detalhe.

Pegou a máquina e virou-a nas mãos.

— E por que Harold pegaria isto?

— Por precaução — arriscou Dorothy —, contra possíveis saqueadores?

— Se foi por isso, por que nunca devolveu?

Ficaram em silêncio. O único som era o da chaleira, batendo e cuspindo água no canto.

— Está fervendo — Eric avisou, indicando o fogão com a cabeça.

Dorothy levou a mão à garganta.

— Você a botou lá?

— Não, Dot, foi você.

Eric se adiantou e desligou o gás. Pegou um dos envelopes.

— Não há nada interessante aí — disse Dorothy. — Já olhei. Pombos. Nuvens. Outra de um pássaro negro pousado numa garrafa de leite.

— Ele tirava uma porção de fotos. — Eric pegou outro envelope. — O que há neste aqui?

Dorothy deu uma olhada.

— Não me lembro. Brian esvaziando o cinzeiro na lata de lixo, eu acho. Beatrice Morton amarrando os sapatos. Nada muito interessante.

— Eu costumava vê-lo quando voltava do clube — disse Eric. — Andando com a máquina, no escuro.

Dorothy se sentou, muito rígida.

— Eu sei.

Eric examinava as fotografias.

— Só Deus sabe o que ele via por aí.

— Eu sei — repetiu Dorothy.

Ele parou de mexer nas fotos e ergueu o olhar. Por um instante, seus olhos se encontraram no silêncio.

— Ponha isso de volta onde estava, Dot.

— Eu só quero respostas. — Dorothy tirou do casaco um lenço de papel. — Só preciso saber como isso veio parar aqui. Não consigo entender nada disso.

— Às vezes, tudo o que as respostas fazem é nos encher de mais perguntas. Já faz muito tempo. Deixe como está.

— Mas Margaret Creasy trouxe tudo de volta, não foi? Juro que ela sabia de alguma coisa, Eric. Juro que ela conhecia todos os nossos segredos.

Dorothy começou a dobrar o lenço, formando um quadrado. Continuou a dobrar, cada vez mais, até ficar tão pequeno que não suportava mais dobras.

Eric Lamb cobriu-lhe as mãos com as dele.

— Pare com isso, Dorothy. Pare de se preocupar com algo que você não pode mudar. Ponha tudo isso de volta onde encontrou. Esconda.

— Vou ter que fazer isso, não é? — Ela começou a arrumar as fotos e a deslizá-las para dentro dos envelopes. — Eu só queria saber por que Harold a roubou.

— Que diferença faz, Dot? Que importância tem?

— É importante.

Eric se levantou e empurrou a cadeira de volta para baixo da mesa.

— Meu conselho para você é: esqueça de que viu tudo isto — disse ele.

— Não consigo. — Ela segurou a caixa. Estava pesada e era difícil mantê-la nas mãos. — É impossível nos esquecermos do que já vimos, não é mesmo? Nem precisamos de fotografias. É só ir buscar na cabeça quando aquilo nos puder ser útil.

A Vila, casa 10

18 de julho de 1976

Eric Lamb atravessou a vila deserta, embora estivesse tão mergulhado em seus próprios pensamentos que provavelmente nem teria percebido se alguém estivesse parado na calçada, bem diante dele.

Sabia que tinha razão quanto à casa 11. Tinham andado por lá e verificado os estragos. Ele não queria ir, mas Harold o avistou e gritou por ele.

— Vejamos se o lugar está seguro — insistiu. — Não queremos que caia em cima de um de nós.

Uma dúzia de bombeiros e metade da força policial já tinha examinado a casa, mas de nada adiantava discutir com Harold. Era muito mais fácil concordar logo com ele em vez de passar os próximos dias argumentando.

Andaram pela casa 11 com as mãos nos bolsos, examinando paredes e tetos e repetindo para si mesmos como tudo era horrendo.

Não tiraram coisa alguma de lá. Nem ao menos tocaram em alguma coisa.

Deixaram tudo como estava e contaram ao resto da vila o que haviam encontrado.

Mas Dot tinha razão quanto a um ponto. Ela era, em geral, confusa, neurótica e irracional, e às vezes suas conjecturas o faziam querer arrancar a carne dos próprios ossos, mas, neste caso, ela estava certíssima: sempre se pode buscar as coisas na cabeça quando se precisa delas. O único problema era que, às vezes, elas resolviam aparecer por si mesmas. Coisas que preferiríamos esquecer; coisas que alteravam nossa perspectiva e provocavam arrepios de dúvida, pouco importando o quanto tentássemos afastá-las.

23 de novembro de 1967

Elsie está na cama, no andar de cima. Tem passado mais tempo dormindo ultimamente, embora Eric tente não pensar nisso porque, se o fizer, sabe que precisará criar um motivo para o seu cansaço. Algo que o explique, além da sua saúde. Está mais frio, agora. O frio deixa as pessoas mais cansadas, não é? Ou talvez seja porque os dias são mais curtos, ou porque, ultimamente, fossem muitas as idas e vindas do hospital. Ele parece passar os dias em busca de explicações, provas e encorajamento, vasculhando a vida de Elsie para encontrar um fiapo no qual se agarrar.

Enquanto Elsie dormia, ele preparou um almoço muito silencioso, e está agora sentado à mesa muito silenciosa na muito silenciosa sala de estar, olhando para a vila e tentando se distrair.

Haviam concordado em observar Walter Bishop, por turnos. Desde o desaparecimento do bebê, instalou-se na rua um pânico mudo. É possível vê-lo nos olhos das pessoas. No modo como correm para entrar em casa. Ninguém mais fica na rua depois que escurece. Ninguém para na entrada da vila ou se apoia numa cerca de jardim. Onde quer que ele enxergue alguém, estão todos sempre a caminho de algum lugar. E ainda que esteja todo mundo vigiando Walter, é como se todos os outros tivessem se tornado os verdadeiros prisioneiros.

A filhinha de Sheila está no meio da vila, descalçando os patins. Ele tem certeza de que Sheila, da sua própria janela, deve estar também observando a menina. Ela estava patinando pela calçada, aproveitando-se das cercas e muros para se apoiar, dando voltas em torno do casaco largado no meio da rua, à medida que aumentava sua autoconfiança. Ele percebera o ruído da segurança crescente nas rodas, cortando o chão em impulsos lentos e constantes. Agora ela está sentada no meio-fio, puxando os pés dos patins, as rodas ainda girando, apanhando o casaco e jogando-o em cima do ombro.

Há ruídos no andar de cima. Ele se pergunta se Elsie estaria acordando, e tem vontade de subir depressa as escadas e ajudá-la. Tirá-la da cama, achar seus chinelos, abotoar seu casaco. Mas sabe, bem lá no fundo, que haverá muitos dias à sua frente para fazer essas coisas, quando não restar mais vontade ou dúvida, só inevitabilidade. Se começar a fazer essas coisas agora, estará tirando de Elsie os últimos vestígios de si mesma.

É quando Eric o vê — quando volta a olhar para a vila.
Ele não deve estar lá há mais de um minuto.
Walter Bishop.
Está segurando o braço da criança. Puxando-a, obrigando-a a recuar.

Lisa está chorando, gritando. Tentando livrar-se dele.

Quando Eric abre a porta da frente, ouve sua xícara se estilhaçar no chão da sala de estar.

— O que você pensa que está fazendo?

Harold chegara poucos segundos antes. Está puxando a menina, libertando-a das mãos de Walter Bishop.

A criança, agora, está aos berros.

— Você é um homem mau. Um homem mau. Minha mãe diz que você rouba crianças.

Walter dá um salto para trás. Perde o equilíbrio e tropeça no meio-fio. Eric precisa se conter para não ajudá-lo.

— Foi só um mal-entendido. Só isso. — Com os gritos da menina, mal dá para ouvir a voz de Walter. — Eu só estava tentando ajudar.

Eric se ouve gritar:

— Ajudar? Como, em nome de Deus, você estava tentando ajudar?

— O casaco — diz Walter. — Ela não estava conseguindo vesti-lo. É pequeno demais, vocês estão vendo. Parei para ajudá-la.

Ele aponta para o casaco de flanela cor-de-rosa caído ao lado do meio-fio. Harold se precipita para pegá-lo, como se ele também precisasse ser protegido de Walter. Enquanto o faz, a porta da casa 12 se abre num safanão e Sheila Dakin corre pela vila, os braços tentando vencer mais depressa a distância.

Quando Sheila os alcança, Lisa se agarra a ela, escondendo as lágrimas nas dobras do suéter da mãe.

— Como você se atreve — diz Sheila —, como se atreve, seu maldito?

A menina funciona como escudo, pensa Eric, porque com certeza, sem ela, Sheila teria esmurrado Walter Bishop.

— Eu só estava tentando ajudar. Eu nunca machucaria uma criança. Eu amo crianças.

As palavras de Harold saem escarradas de sua boca.

— Vá embora! Suma daqui! Nos deixe em paz!

Walter Bishop se vai. Pega a sacola do chão e sai em disparada. Cabeça baixa, cabelo raspando a gola do casaco. Mesmo quando corre, ele parece arrastar os pés. Ombros curvados e braços encolhidos, como se tentasse ocupar o mínimo espaço possível no mundo.

Eric se vira para Sheila. Pergunta se ela está bem e, quando ela responde, a frase faz um grande esforço para sair de seus lábios.

— Estou bem. Só não estou me sentindo muito bem. Tem sido um dia ruim.

Ela vacila, equilibrando-se de encontro a Lisa.

— Um dia ruim?

— Um aniversário... Ou algo assim.

Ele sente o cheiro — o conhaque — embrulhando cada palavra.

— Você deveria ir para casa — diz Harold. — Tente descansar um pouco.

— Como é que eu posso descansar? — Sheila se segura em Lisa com um pouco mais de força. — Como posso descansar com esse monstro vivendo a poucos centímetros da minha filha?

Olham todos para a casa 11. Walter desapareceu, escondendo uma vez mais a sua vida atrás daquelas paredes.

— Precisamos nos livrar dele, Harold — diz Sheila. — Não podemos viver desse jeito. Por nada neste mundo aquele canalha vai conseguir me expulsar da minha própria casa.

Ela se afasta e Eric a observa conforme ela caminha com Lisa de volta à casa 12, uma abraçando a outra em busca de apoio.

E se pergunta qual das duas precisa mais.

*

Depois daquele dia, Walter nunca mais foi deixado em paz. Corre depressa a notícia de que ele tentou raptar outra criança. A cada relato tornam-se maiores sua força e fúria, e o ódio vai se acumulando conforme a história atravessa a região.

Eric observa tudo isso, mas não comenta. As pessoas lhe perguntam o que aconteceu. Tentam arrancar sua opinião, mas ele se recusa a cair na armadilha. Se querem executar Walter Bishop, que assim seja, mas ele não vai fornecer a munição. Harold Forbes, porém, parece feliz por providenciar tantas balas quantas forem necessárias.

Em plena luz do dia, ele o ouve dizer. *Foi sim, arrastando-a pela rua para a casa dele. Nenhuma criança está a salvo enquanto aquele homem estiver por perto.*

As balas fazem efeito. Eric percebe as evidências. O conteúdo da lata de lixo de Walter Bishop espalhado pelo jardim todas as manhãs. Roupas arrancadas do seu varal e arrastadas pela lama. Todos observam, acompanham, esperando o menor tropeço, a mínima permissão para que se abram as portas do alçapão.

*

Eric está na loja da esquina, poucos dias depois do incidente com Lisa. Procura alguma coisa que anime Elsie a tentar comer, talvez tortas de creme ou alguma fruta em calda. Ela parece ter perdido qualquer interesse pela comida, o que, aliás, é bem compreensível. O tempo virou e as noites são longas e deprimentes. Esse tipo de clima não ajuda o apetite. Todo mundo diz isso.

Ele examina as prateleiras. Cyril não estoca muita coisa, mas em geral se pode encontrar algo entre as latas de mostarda em pó e as caixas de cereais. Atrás de uma pirâmide de sopa de legumes, Eric ouve a conversa de um grupo no balcão. Distingue as vozes de Sheila Dakin e Harold Forbes, mas há outras que não reconhece.

O assunto é Walter Bishop. Do que será que as pessoas falavam antes que Walter Bishop aparecesse por lá, Eric se pergunta.

— É claro que, se dependesse de mim, ele teria ido embora no minuto em que tudo isso começou. Não teria tido chance de fazer mais nada.

Era a voz de Harold, assertiva acima das folhas de chá.

— A polícia é praticamente inútil. Se ele encostar de novo na minha Lisa, eu mesma vou prendê-lo.

Sheila Dakin.

Eric vai até o caixa. Há duas outras pessoas ali, homens que ele reconhece do clube da Legião Britânica, e Lisa, o casaco todo abotoado. Parecem estar há algum tempo discutindo o caso Walter Bishop, porque a criança já se afundava no chão para mordiscar as unhas em paz.

— Estamos falando de Walter Bishop — diz Harold.

— Já ouvi.

Eric põe os biscoitos no balcão e acena para Cyril.

— Coisa medonha, não é? — comenta Sheila.

Eric sabe que aquilo é um convite para entrar na roda.

— É — responde.

— Falávamos em organizar uma petição — explica Harold — e levá-la ao Conselho. — As palavras são ditas em tom de pergunta.

Eric conta suas moedas.

— Não acredito que uma petição faça aquele homem se mudar — opina Sheila. — A única coisa capaz de botá-lo para fora é a força bruta.

A criança olha para Eric com expressão atenta e ele sorri para ela.

Sheila está falando de força bruta e avaliando o apelo de suas muitas vantagens quando o sininho na porta a interrompe com um som sussurrado de desculpas. Quando se viram, é evidente que esperam deparar-se com alguém cuja opinião consolide a já existente, um companheiro que apoie a força bruta e as petições dos vizinhos, mas de pé à soleira da porta está Walter Bishop, casaco molhado de chuva, vapor ainda nublando as lentes dos óculos. As palavras morrem no silêncio.

Sheila levanta Lisa do chão e tira o fôlego da menina com a força de seu abraço.

Walter Bishop atravessa a loja. Seus sapatos rangem no linóleo, sua mochila bate em latas das prateleiras inferiores. Chegando ao balcão, tira os óculos e os seca num lenço cinzento e manchado.

Eric percebe o tremor em suas mãos, o suor brotando na pele enrijecida.

— Eu queria saber — diz Walter Bishop —, queria saber se posso incomodá-lo e pedir um vidro de leite?

Ninguém fala.

Atrás do balcão, Cyril cruza os braços, dentes cerrados numa linha de batalha.

Walter Bishop aguarda. Sorri. É um sorriso apagado. Mais fruto de otimismo do que de alegria, mas não deixa de ser um sorriso. Eric não consegue decidir se Walter Bishop é muito ingênuo ou simplesmente estúpido.

— Não temos leite — diz Cyril.

Os outros observam em silêncio, a conversa palpitando em seus olhos.

— Só um vidro.

Walter aponta para uma fileira de garrafas de leite na geladeira atrás do balcão.

— Não temos leite — repete Cyril. — Na verdade, acho que agora não temos mais nada à venda nesta loja.

Walter sustenta o olhar do dono do armazém, o sorriso ainda está pendurado na boca, mas, aos poucos, começa a se desmanchar, até que resta apenas o vazio. Um rosto em busca de uma saída, uma expressão com a qual pudesse se salvar.

Walter hesita. Eric ouve os braços de Harold se cruzando e o tamborilar dos dedos de Sheila no balcão.

— Algo mais? — pergunta Cyril.

Walter se vira. Há desculpas e obrigados murmurados, e sentimentos tão sussurrados que Eric nem consegue distinguir se são palavras reais ou apenas o som da derrota de um homem.

Depois que a porta se fecha e o sininho se aquieta, todos permanecem em silêncio.

Sheila bate com o punho no balcão.

— É disso que precisamos — diz ela. — De alguém que mostre a Walter Bishop o que é ser civilizado.

*

Caminham juntos de volta à vila. Harold fala e Sheila absorve suas palavras, inaladas junto à fumaça do seu cigarro.

Eric tenta não ouvir.

Tecem planos e petições, falam em reuniões no clube, em telefonemas ao Conselho. Eric tem coisas mais importantes para pensar, preocupações maiores que pode usar para preencher o interior da sua cabeça.

Olha para a frente. Lisa está escalando os muros ao longo da calçada. Consegue subir e tenta alcançar os galhos mais baixos das árvores, esticando-se para tocar as folhas com as pontas dos dedos. Não consegue, faltam sempre alguns poucos centímetros. Ele a observa. É estranho, na verdade. Ela é uma menina alta, ninguém imaginaria que não conseguisse.

E então ele se dá conta do problema que ela enfrenta. A razão pela qual não consegue alcançar as folhas. A flanela cor-de-rosa puxa seus ombros, dificultando seus movimentos, impedindo que suas mãos toquem os galhos.

É esta a razão do problema. O casaco de flanela. Está apertado demais.

A Vila, casa 14

20 de julho de 1976

— Imagino que isso realmente não lhe incomode né? — disse o sr. Forbes.

Estávamos todos observando o sr. Kapoor limpar seu carro enorme.

Eu estava sentada na grama, perto dos pés do sr. Forbes.

O sr. Kapoor levantou os olhos do capô.

— Que o quê não me incomode?

O sr. Forbes apontou para o céu, e vi seus calcanhares se erguerem da sola de suas sandálias.

— O calor. Imagino que não o desanime, como ao resto de nós.

O sr. Kapoor franziu a testa e esfregou o pano numa mancha de cocô de passarinho. Não usava água, ou a sra. Morton protestaria no mesmo instante.

— Harold quer dizer que na sua terra deve fazer esse calor o tempo todo. — May Roper estava encostada à cerca, atrás de mim. Eu podia ouvir a madeira discutindo com sua barriga sempre que ela falava.

— Birmingham? — estranhou o sr. Kapoor.

— No Paquistão também há uma Birmingham? — perguntou a sra. Forbes.

O sr. Forbes olhou para a esposa, franzindo a testa, e voltou ao sr. Kapoor.

— É mais uma questão de genética, não é? Os indianos suportam bem o calor. Raça resistente. Aguentam um monte de coisas.

— Bem, estamos de acordo quanto a isso — disse o sr. Kapoor.

Ele ainda esfregava com muita força o cocô de passarinho, embora eu não conseguisse ver mais nenhum vestígio.

— Não que eu seja racista. — Os pés do sr. Forbes escorregavam-se para a frente e para trás dentro das sandálias. — De modo algum.

— Nem um pouco — disse a sra. Forbes.

— Nem de longe — disse May Roper.

— Eu sou apenas um *patriota* — continuou ele, dizendo a última palavra bem devagar. — Quero manter a Grã-Bretanha grande. É como um clube exclusivo, não é? Não se pode começar a deixar entrar qualquer Tom, Dick ou Harry.

— Tem toda a razão, Harold — disse a sra. Forbes.

O sr. Kapoor se abaixou e começou a limpar a placa do carro. O calor trouxera consigo uma camada de poeira. Havia poeira por toda parte. Assentada nos carros, calçadas e casas. E até em nossa pele e cabelos. Era impossível nos livrarmos dela, por mais que nos lavássemos, limpássemos e tentássemos escová-la para longe. Fazia tudo parecer sujo e dissimulado.

— Na verdade, sou bastante multicultural — dizia o sr. Forbes.

O sr. Kapoor levantou os olhos da placa.

— Multicultural?

— Ah, sim. — Os pés do sr. Forbes escorregaram um pouco mais. — Definitivamente multicultural. Sou um grande fã de Sidney Poitier, por exemplo.

— É verdade — concordou a sra. Forbes.

— E de Louis Armstrong. O povo de cor tem um excelente senso de ritmo, não é?

Achei ter ouvido o sr. Kapoor dizer alguma coisa, mas não consegui entender o que era.

— Ser patriota não quer dizer não estar aberto a novas ideias. Só precisamos nos lembrar de que a Grã-Bretanha manda nas ondas.

O sr. Forbes sorriu e concordou consigo mesmo.

— Então vocês vão comemorar o Jubileu no próximo ano? — perguntou o sr. Kapoor.

— Comemorar? — Os dedos dos pés do sr. Forbes, excitados, tamborilaram na sola. — Vamos ter a melhor festa de rua do reino. Já formei um comitê, não foi, Dorothy?

— Já, sim, querido — respondeu a sra. Forbes.

Ela sorriu para o sr. Kapoor e completou:

— Eu sou a secretária.

— Bem, ainda precisamos finalizar alguns detalhes. — O sr. Forbes bateu na lateral da cabeça e piscou para o sr. Kapoor. — Mas vamos botar todas as outras ruas no chinelo.

— Ouvi dizer que o Largo do Pinheiro vai alugar um castelo inflável — disse May Roper. — Azul, vermelho e branco.

A cerca começou a ranger.

— E a Praça do Álamo terá um mágico.

— É mesmo?

O sr. Forbes girou nos calcanhares para encarar a sra. Roper.

Havia pequenas bolhas de saliva nos cantos de sua boca.

— Onde eles conseguiram dinheiro? Nós temos um orçamento limitado, vocês sabem.

A sra. Roper e a cerca encolheram os ombros.

O sr. Kapoor levantou-se e sacudiu a poeira da roupa.

— Talvez eu possa ajudar — ofereceu.

O sr. Forbes deu meia-volta.

— Ah, acho que não. Não sei se é o seu tipo de coisa.

— Eu tenho um amigo — disse o sr. Kapoor — que trabalha com fornecimento de comida. Se eu pedir, talvez ele possa providenciar um banquete para vocês a um custo bem modesto.

— É mesmo? — reagiu o sr. Forbes.

— Ah, com certeza. Mostrar a todas as outras ruas como se faz.

O sr. Forbes sorriu, e as pequenas bolhas de cuspe cresceram em sua gengiva.

— Bem, isso seria muito decente de sua parte, se não lhe der trabalho.

— Muito decente — repetiu a sra. Forbes.

— Considerando que é para a nossa rainha — disse a sra. Roper.

— Vou falar com ele agora mesmo. — O sr. Kapoor abriu a porta de casa. — Ele faz o melhor *curry* deste lado de Bradford. Deveras multicultural. Você vai adorar, Harold.

A porta se fechou.

A sra. Kapoor deve ter dito alguma coisa engraçada, porque assim que o sr. Kapoor entrou eu pude ouvi-lo começar a rir.

Olhei para os pés do sr. Forbes.

Seus dedos faziam uma dancinha nas sandálias. Como teclas de piano.

A Vila, casa 4

26 de julho de 1976

Cheguei à conclusão de que o detetive-inspetor Hislop devia ser um policial muito mais importante do que o guarda Green ou o guarda Hay, porque ele sempre viajava no banco traseiro dos carros e tinha permissão para usar suas próprias roupas.

— Ele deve ser do Esquadrão de Crimes Graves — disse a sra. Morton.

— Mas todos os crimes não são graves? — perguntou Tilly, mas nenhuma de nós lhe respondeu.

Ele não falava sobre o programa *Tiswas*, nem cheirava a tecido, nem seus joelhos estalavam. Em vez disso, mantinha conversas longas e tranquilas atrás de portas muito bem fechadas, e quando essas conversas terminavam, as pessoas sempre pareciam brilhantes e ligeiramente desconcertadas.

Quando chegou a vez de meu pai ter uma conversa, mamãe andou pela casa de braços cruzados e fez três xícaras de chá, que duas horas depois ainda estavam em cima da pia. Tilly e eu ficamos no alto da escada, penduradas no corrimão, vendo o alto da cabeça da mamãe se deslocar de um lado para o outro no corredor.

Quando meu pai emergiu da conversa, mamãe abriu a boca para deixar saírem todas as perguntas, mas, antes que elas aparecessem, ele levantou a mão, sacudiu a cabeça e desapareceu pela sala de visitas. Ainda estava lá quando fui para a cama. Por muito tempo, mamãe ficou sentada no último degrau da escada, braços envolvendo os joelhos e cabeça dobrada em cima do peito. Eu já começava a me perguntar se ela se mexeria dali algum dia, mas então ela apertou ainda mais os braços e gritou: *Não sei quanto a você, Derek, mas eu não aguento por muito mais tempo esse maldito calor.*

Depois de ditas, as palavras pareciam dançar do ar, como se não quisessem ir embora. Virei-me para Tilly, porque sentia que eu precisava de um sorriso. Mas Tilly não sorriu de volta. Em vez disso, abaixou a cabeça, mordeu o lábio e não me olhou nos olhos.

*

Na manhã de segunda-feira, o detetive-inspetor Hislop resolveu pedir à televisão que trouxesse a sra. Creasy de volta.

Era para ser na forma de uma reportagem externa, ou só "uma externa", segundo a sra. Morton (que, de repente, se tornara grande conhecedora dessas coisas). Tilly e eu decidimos usar nossas melhores roupas para a externa, porque, até o último minuto, nunca se sabe quando se pode ser chamado para aparecer no noticiário local. Sheila Dakin arrastou sua espreguiçadeira para a frente do gramado para ter uma vista melhor, e a sra. Forbes tirou o avental e passou uma camada extra de batom. Todos os moradores da vila saíram de casa, inclusive meus pais (embora tenham ficado em extremidades opostas de um muro). A única pessoa ausente era o sr. Creasy. Ele acabara de ter outra conversa com o detetive-inspetor Hislop e saíra dela bem estranho, então estava deitado no sofá de Sheila Dakin com as cortinas puxadas e uma compressa fria.

A vila estava cheia de caminhonetes, fios e pessoas andando com pranchetas e mãos nas cinturas. Havia dois repórteres dos jornais locais, que observavam o detetive-inspetor Hislop enquanto ele andava de um lado para o outro em frente à casa do sr. Creasy com um pedaço de papel, decorando sua fala.

— Acho que eu gostaria bastante de aparecer no jornal local — disse Tilly.

Estávamos sentadas no muro da sra. Forbes. Em dias normais, a sra. Forbes teria alguma coisa para dizer a respeito, mas estava ocupada demais tentando extrair informações de uma das pranchetas.

— Por que você quer aparecer no jornal local? — perguntei.

Tilly estava sentada em cima das mãos. Esticou as pernas e balançou-as ao sol.

— As pessoas me veriam — foi a resposta.

Esperei.

Ela balançou as pernas um pouco mais.

— Alguém em especial?

— Bem — continuou ela, ainda se balançando —, se eu aparecesse no jornal local, meu pai talvez me visse. E talvez ficasse tão orgulhoso que entraria em contato, porque ia querer falar comigo a respeito.

— Seu pai mora em Bournemouth — eu disse. — Não acho que eles transmitam nosso jornal local em Bournemouth.

Ela parou com todo o balanço e me olhou.

— Mas nunca se sabe, não é?

E me dei conta de que ela estava me dando as palavras. Então as peguei, segurei-as por um instante e depois devolvi.

— Não — repeti —, nunca se sabe.

E ela sorriu e voltou a se balançar.

*

Quando o detetive-inspetor Hislop ficou pronto, o guarda Green e o guarda Hay se certificaram de que todos estavam em silêncio, bem-comportados e cientes de que não poderiam correr em frente à câmera ou dar um encontrão no homem com o grande microfone felpudo. Não se viraram de volta para o inspetor Hislop e continuaram a nos vigiar, como policiais num jogo de futebol.

O homem por trás da câmera fez números com os dedos e depois apontou para o detetive-inspetor Hislop, que começou a falar.

Todos nós escutamos.

Aumenta a preocupação com o bem-estar de uma moradora local. A sra. Margaret Creasy foi vista pela última vez na noite de 20 de junho, em sua casa.

Ele apontou para trás, para a casa do sr. Creasy, e todos nós a olhamos, como se nunca tivéssemos nos dado conta de que ela ali estava.

A família e os amigos da sra. Creasy afirmam que seu desaparecimento é absolutamente atípico.

Ele consultou suas anotações. Quando levantou os olhos de volta, franziu demais a testa e seu rosto ficou com um aspecto ainda mais infeliz.

Ademais, uma descoberta recente nos deixou bastante interessados em localizar a sra. Creasy e, sem dúvida, em conversar com alguém que possa ter conhecimento do seu paradeiro.

Todos na vila pareceram se erguer alguns centímetros.

A sra. Forbes deixou de lado o tricô e esticou o pescoço para ouvir. Sheila Dakin se aprumou na espreguiçadeira. Meu pai se empertigou um pouco mais e minha mãe cruzou os dedos atrás da cabeça. Até Tilly parou de se balançar.

O inspetor Hislop continuou.

Por volta das 11 horas da manhã de ontem, um vigilante membro do público encontrou um par de sapatos que foi agora identificado como pertencente à sra. Margaret Creasy.

Houve um suspiro em uníssono. Foi puxado de uma espessa massa de calor para nossos pulmões, deixando-nos em suspensão por um instante. Às vezes, a vida nos concede instantes assim, pensei. E sempre acontecem quando menos se espera.

Ele continuou:

Os sapatos foram encontrados à margem do canal.

Houve um segundo de silêncio antes que a vila começasse a reagir.

A voz da sra. Forbes foi a primeira.

— Eu sabia. Alguém a jogou lá dentro. Eu sabia. Eu sabia.

Ela começou a subir e descer a calçada, como um metrônomo. Nem as mãos do sr. Forbes, que a seguravam pelos ombros, conseguiram interromper seu ritmo ansioso. Ele sussurrava palavras para a esposa, tentando fazê-la se calar, mas todos os que observavam podiam ver que era uma total perda de tempo.

Sheila Dakin levantou-se da espreguiçadeira.

— Foi Bishop — afirmou. — Tem que ter sido. Quem mais faria uma coisa dessas?

— Pelo amor de Deus, Sheila, nós nem sabemos se ela está morta.

Era meu pai.

Desde que o inspetor Hislop tinha parado de falar meu pai recostara-se no muro, as palmas das mãos apertando o rosto. Agora ele gritava para o outro lado da vila, e gritou com tanta força que minha mãe apertou ainda mais os dedos atrás do pescoço e começou a respirar muito depressa, pela boca.

— É claro que ela está morta. — Sheila já estava na calçada. Tentava atravessar a rua, mas suas pernas não pareciam querer fazer o que lhes era ordenado e tropeçou no meio-fio. — O que mais teria acontecido?

— Ela pode ter pulado. — May Roper bamboleava pelo seu gramado. Brian tentou impedi-la, mas emaranhou-se no varal de roupas e sua tentativa acabou frustrada por três panos de prato e uma camisola extragrande. — Ela pode ter se jogado. Vão ter que dragar o canal para termos um funeral.

— Pelo amor de Deus, May, não seja mórbida — disse meu pai.

— Mas ela tem razão. — O sr. Forbes tinha abandonado a sra. Forbes a seus passinhos de metrônomo e olhava fixamente para a calçada. — Vão ter que mandar os mergulhadores.

— É o que acontece — disse a sra. Forbes ao passar por ele —, é o que acontece quando se sabe demais da vida dos outros.

Todos começaram a gritar ao mesmo tempo. As vozes se amontoaram em um gigante alvoroço, e era impossível ouvir o que se dizia. Olhei para o inspetor Hislop, ainda parado diante da câmera, anotações dobradas e enfiadas no bolso e uma expressão de profunda satisfação no rosto. Vi ele acenar levemente com a cabeça para o guarda Green e o guarda Hay, e ambos retribuírem, bem suavemente.

Virei-me para Tilly, querendo saber se ela também percebera, mas ela olhava fixamente para o gramado de Sheila Dakin. Também olhei para lá, mas precisei de algum tempo para vê-lo.

O sr. Creasy estava caído na grama. Era como se estivesse dormindo encolhido, mas tinha os olhos abertos e os braços cruzados em volta do peito. A impressão era de que estivesse contando alguma coisa.

— Não estou mais gostando disso — disse Tilly. — Vamos entrar?

Eu disse que também não (embora gostasse). Boa parte de mim gostaria de ter continuado ali para ver o que aconteceria a seguir, mas escorreguei do muro da sra. Forbes para a calçada.

Antes de entrar, virei-me para a casa 11. As cortinas de um dos quartos estavam só um pouquinho abertas, e vi o rosto de Walter Bishop apertado de encontro à vidraça.

Eu não podia afirmar, mas tive quase certeza de tê-lo visto sorrindo.

*

Depois que o inspetor Hislop nos falou dos sapatos, a vila ficou muito quieta. Era como se todos tivessem dado seus gritos de uma só vez e nada mais houvesse sobrado para o resto da semana. Até meus pais ficaram em silêncio e, em vez de bater portas, dar gritos e andar batendo os pés, apenas deslizavam pela casa tentando evitar um ao outro.

Perguntei a várias pessoas se agora a sra. Creasy estava morta, mas ninguém parecia capaz de me dar uma resposta aceitável.

Mamãe ligou a televisão, papai disse *bem, ora, bem* e de repente encontrou algo importante para fazer na sala da frente e a sra. Morton só disse *ninguém sabe ao certo* e ficou olhando para o vazio.

Para quem não sabia ao certo, estavam todos agindo de um jeito muito estranho.

A Vila, casa 4

30 de julho de 1976

Era sexta-feira de manhã. Tilly e eu estávamos sentadas na sala da frente com o catálogo de roupas da Kays e uma garrafa de refrigerante. As cortinas estavam fechadas para manter o calor lá fora, mas ainda assim ele dava um jeito de entrar, e cada vez que eu virava uma página, o papel brilhante colava em meus dedos e não queria se soltar.

— Gosto desta — falei, e apontei para uma jaqueta jeans.

Tilly só colocou o queixo em cima de suas mãos. Eu sabia que ela estava esperando que eu chegasse aos bichinhos em miniaturas.

— Ou destes — continuei, e apontei para um par de tamancos.

Desenhei círculos em volta da jaqueta e dos tamancos com a ponta de feltro verde de um marcador. Eu planejava deixar o catálogo e todos os meus círculos num lugar estratégico para que as pessoas se interessassem por eles.

Tilly espiou a página na penumbra.

— São muito caros.

— Apenas vinte e cinco centavos por semana em quarenta e oito suaves prestações — eu li. Sublinhei *suaves*.

— Como você vai conseguir vinte e cinco centavos por semana?

— Posso entregar jornais. Lisa Dakin faz isso.

— Lisa Dakin é muito mais velha do que nós, Gracie. Nós somos muito pequenas para entregar jornais.

Fiz um círculo em volta de uma echarpe xadrez. Às vezes eu era capaz de ouvir a Tilly dizer alguma coisa antes mesmo que ela deixasse as palavras saírem.

— Ela não é tão mais velha assim — falei.

— Você quer jogar Banco Imobiliário?

— Não.

— Você quer ir até a casa da sra. Morton?

— Não.

Ficamos em silêncio enquanto eu fazia os círculos.

— Por que você está marcando todas as roupas de Lisa Dakin?

Parei de marcar as roupas de Lisa Dakin.

— Não estou — contestei.

— Está, sim. Por que você quer tanto que ela goste de você?

Olhei para todos os meus círculos. Às vezes, Tilly fazia perguntas que já estavam na nossa cabeça, mas que a gente não tinha lá muita vontade de responder.

— Se Lisa Dakin gostar de mim, quem sabe o resto do colégio não acaba gostando também — falei.

Tilly tirou o queixo das mãos.

— Não acho que pessoas assim tenham importância, Gracie. Nós temos uma à outra, não temos?

— É claro que têm importância. Todo mundo quer ser popular. Todas as pessoas precisam que outras pessoas gostem delas, não é? — Virei as páginas do catálogo e olhei para as imagens de modelos com as mãos nas cinturas, rindo umas para as outras. — É normal, não é?

— Eu só quero que você e a sra. Morton, e a minha mãe e o meu pai gostem de mim — disse Tilly. — Qualquer outra pessoa é só um bônus.

— Então você não é muito normal, não é? — Peguei de volta o meu marcador. — Não como Lisa Dakin.

Eu sabia que Tilly estava me encarando, mas não olhei de volta para ela. Se olhasse, isso significaria que eu veria seu rosto, e se eu visse seu rosto, sabia que teria que pedir desculpas.

— Preciso ir lá em casa um pouco — ela disse.

Ouvi quando ela se levantou e saiu da sala, mas mantive os olhos nos círculos.

— Então, tchau — gritei.

Mas ela já tinha saído.

*

A casa estava muito quieta. Eu podia ouvir a ponta do marcador deslizando pelas páginas do catálogo, mas não havia mais nada que eu quisesse marcar.

Fui para a sala de estar, mas lá também estava tudo muito quieto e o único som na cozinha era do Remington, roncando debaixo da mesa. Era estranho, mas a única coisa que eu realmente gostaria de fazer naquele instante era jogar uma partida de Banco Imobiliário.

Eu precisava que a Tilly voltasse.

Eu sabia que ela acabaria voltando eventualmente. Talvez aquilo fosse metade do problema.

Botei a cabeça dentro do congelador para esfriá-la.

*

Demorou alguns minutos a mais do que eu tinha imaginado, mas eu as ouvi em meio ao zumbido da geladeira: as sandálias de Tilly, batendo na calçadinha que dava a volta na casa.

Batiam muito rápido e muito alto, e antes que eu conseguisse tirar minha cabeça do congelador ela empurrou e abriu com tanta força a porta dos fundos que o vidro raspou a madeira.

— Gracie! — ela gritou.

Tilly nunca gritava. Certa vez, ela foi picada por uma vespa e dez minutos se passaram antes que alguém percebesse.

— Por que você está gritando?

Minha cabeça estava de volta à cozinha e eu sentia o calor rastejando no meu rosto.

— Você tem que vir agora — ela disse.

Seu rosto estava em brasas e as palavras lutavam para sair da sua boca com todo o ar que havia ali.

— Agora! — ela repetiu.

— Por quê?

Cruzei os braços e me encostei à porta da geladeira, para não parecer interessada.

— Você nunca vai adivinhar quem está no fim da rua. Você nunca vai adivinhar.

Ela repetiu "você nunca vai adivinhar" mais algumas vezes, para o caso de eu ter a ridícula impressão de que seria capaz de adivinhar.

Recostei-me mais um pouco.

— Quem? — perguntei, olhando para os dedos da mão.

Tilly respirou fundo outra vez e, quando falou, fez questão de que as palavras saíssem com tanta força quanto seus pulmões aguentassem.

— É Jesus!

A calha

30 de julho de 1976

Acho que deixamos a porta de trás aberta, mas não podia ter certeza.

Saímos da cozinha num amontoado de perguntas e o casaco de Tilly ficou preso na maçaneta da porta. Remington acordou para ver o que era todo aquele rebuliço e quase tropeçamos nele ao tentar sair.

— Não estou entendendo — falei.

Fomos para fora. Percebi que estava descalça, mas não tinha importância. O cimento estava quente como um carpete.

— Você vai ver — dizia ela, e seu entusiasmo me empurrava pela calçadinha em volta da casa e depois pela vila.

Passamos pelo sr. Forbes, que nos espiou de seu gramado.

— Jesus está aqui — eu disse, tentando dar uma explicação.

Ele continuou a nos olhar, mas um toque de estranheza passeou pelas suas sobrancelhas.

Sheila Dakin nos avistou da espreguiçadeira, onde assava sob o sol, e se apoiou nos cotovelos. Apertou os olhos por causa da luminosidade e acenou, e diminuí o passo para acenar de volta.

— Vamos logo — disse Tilly. — Ele pode ir embora!

Chegamos ao final da rua, onde restos de cascalho se misturavam a um pequeno retalho de grama. Tilly parou de repente e segurou meu cotovelo. Havia duas garagens municipais ali, mas as duas estavam vazias e suas portas, desaparecidas há muito tempo. Conchas de cimento negro e fresco nos encaravam, mas nada de Jesus: só os arco-íris em piscinas de óleo derramado e sussurros de folhas nos cantos empoeirados.

— Para onde ele foi? — perguntei.

Tilly fez um ruído estranho e apontou com a cabeça para a garagem mais próxima. Dei alguns passos adiante, seguida por Tilly, que ainda segurava meu cotovelo.

As pedrinhas brancas me picavam os pés.

— Ali — disse ela —, olhe.

Olhei. Não havia nada.

— Não há nada ali — falei.

Eu imaginara Jesus à minha espera, usando uma túnica branca e limpa de mangas longas, uma barba aparada e talvez um sorriso generoso. Em vez disso, havia um forro rasgado e um pneu careca, e onde eu acreditei que estaria Jesus havia fileiras de ervas daninhas ressecadas, marcando o lugar onde antes se assentavam paralelepípedos.

— Ali — disse Tilly, apontando para o ar.

Não me movi. Ela deu um pequeno suspiro e me empurrou na direção da fachada da garagem.

— Ali — repetiu.

Olhei de novo. Nada.

— Tudo o que estou vendo é uma calha.

— Grace, olhe para a calha!

Olhei para a calha. Era feita de algum tipo de cerâmica. Pensei que deveria ter sido branca um dia, mas agora estava descascada e rachada, e havia uma grande mancha marrom perto do chão, onde alguma coisa havia respingado.

Olhei de novo para a mancha.

— Está vendo? — perguntou Tilly.

Apoiei meus joelhos no chão para ver melhor. Havia redemoinhos de tinta ou óleo. Marcas marrons irregulares onde a ponta do escovão de alguém arranhara o cano. Mas havia alguma coisa estranha naquilo, alguma coisa quase familiar.

Sentei no chão e abri mais os olhos.

E então eu O vi, sem qualquer sombra de dúvida. Tão óbvio que eu não podia entender como não O tinha visto logo.

— Jesus! — gritei.

E Tilly começou a guinchar.

*

Os gritinhos da Tilly tiraram o sr. Forbes do jardim. Ao vê-lo sair, Sheila Dakin se sentiu obrigada a sair também, só para não perder uma situação que exigisse a sua presença.

Os dois se acocoraram perto de nós diante da calha. Eu podia sentir o cheiro de protetor solar e cigarro.

O sr. Forbes virou a cabeça de um lado para o outro. Tirou os óculos e moveu-os para a frente e para trás entre seu rosto e o cano da calha.

— Está vendo? — perguntei.

Ele moveu os óculos um pouco mais e então, de repente, caiu sentado.

— Jesus Cristo! — exclamou.

— Exatamente! — disse Tilly.

Sheila Dakin O viu ao mesmo tempo, disse *mas que diabos* e soprou uma baforada bem em cima do Filho de Deus.

O sr. Forbes lhe disse para tomar cuidado, todos nós sacudimos os braços e começamos a tossir (exceto a sra. Dakin, que parecia já ter esgotado toda a sua cota de tosse ao andar até lá).

— Vou buscar a Dorothy — anunciou o sr. Forbes. — Isto vai deixá-la animadíssima.

Sheila Dakin enterrou o cigarro entre as pedrinhas com a ponta do tamanco. Ela não parava de olhar para Jesus.

— Mas ele parece muito infeliz, não é? — comentou.

— Eu sempre imaginei que, quando encontrasse Jesus, ele estaria bem alegre — disse Tilly. — Achava que ele estaria usando uma túnica comprida e que olhasse as pessoas nos olhos.

— Eu também — admiti.

Nós duas olhamos fixamente para a calha.

Inclinei a cabeça.

— Talvez ele esteja num dia ruim.

*

— Eu ainda não terminei minha lista, Harold.

Eu ouvia a sra. Forbes sendo trazida pela calçada.

Quando ela apareceu, havia um espanador enfiado no cós do seu avental e os braços do sr. Forbes estavam em seus ombros, como se ele guiasse um cego no meio do trânsito.

— Harold, você está me deixando confusa de novo.

— Só abra os olhos e veja — disse ele.

Ela ficou imóvel, olhou para a garagem e sua mão foi direto para a boca.

Perguntei-me que palavras tentavam escapar.

— Jesus! — ela exclamou. — Jesus está na...

— Calha — completou o sr. Forbes.

— Bem, eu nunca...

Ela O tinha avistado imediatamente.

*

Na hora do almoço, Jesus na Calha já havia causado uma bela comoção.

O sr. Forbes providenciou uma série de espreguiçadeiras e a sra. Forbes insistiu em se sentar o mais perto possível de Jesus, sem bloquear a visão de ninguém. Ela tirou um lenço de papel da manga e assoou o nariz.

Volta e meia, ela dizia *É um sinal*.

— De quê? — sussurrei.

Mas ninguém respondeu.

A certa altura, Sheila Dakin disse entre dentes *Só Deus sabe*, mas deu um pulo em casa para apanhar uma camiseta e se cobrir, por via das dúvidas.

— Dadas as circunstâncias... — ela explicou.

Depois de meia hora, apareceu Eric Lamb, usando botas de cano alto cobertas de terra. Deixou pegadas até diante de Jesus, então se abaixou e olhou-O bem nos olhos.

— Não estou vendo — declarou.

A sra. Forbes parou de assoar o nariz.

— Como você pode não ver? É tão evidente quanto... quanto...

— O seu nariz — gritou o sr. Forbes.

— É só uma mancha de óleo, Dot. — Eric deu um passo atrás e cruzou os braços. — Só uma simples e trivial mancha de óleo. Deve ter sido provocada pelo calor.

A sra. Forbes apertou os olhos e arqueou uma sobrancelha.

— Bem, imagino que seja uma questão de fé, Eric, não é verdade? — disse ela.

E, por mais estranho que tenha sido, quando Eric Lamb recuou, apertou os olhos e olhou para a calha de outro ângulo, ele de fato achou que, afinal, era mesmo Jesus.

— Macacos me mordam! — ele exclamou.

A sra. Forbes fez que sim e disse ao sr. Forbes para providenciar uma limonada para todos.

Sheila Dakin disse *uma taça de xerez seria bom*, mas todos a ignoraram.

O sr. Forbes voltou com limonada e mais espreguiçadeiras e todos nós nos sentamos à sombra das garagens, com o pneu careca, as folhas empoeiradas e Jesus.

— O que vocês acham que isso quer dizer? — perguntou Sheila Dakin.

Brian Magro sentou-se na grama, com sua jaqueta de plástico. Tinha tentado uma espreguiçadeira, mas precisou abandoná-la porque sempre que se mexia ela tentava engoli-lo.

— Eu acho que é um aviso — disse ele. — Como quando a gente vê um gato preto ou quebra um espelho. Acho que quer dizer que temos problemas a caminho.

— Não seja ridículo, garoto! — Harold tirou o cachimbo da boca. — Essas coisas são superstições. Isto aqui é religião.

A sra. Forbes fez desaparecer o lenço e bebericou sua limonada.

— Bem, é óbvio que ele está aqui para nos dizer alguma coisa. Deve ter uma mensagem.

— Que tipo de mensagem? — quis saber Tilly.

A sra. Forbes mordeu o lábio superior.

— Não sei... Mas é isso que Jesus faz, não é? Ele traz mensagens.

As pessoas se mexeram nos assentos de lona e Tilly encostou os joelhos no peito.

— O que será que Jesus tem para dizer a qualquer um de nós? — sussurrou.

Harold Forbes tossiu e todos os outros só arrastaram os pés nas pedrinhas.

— Vocês acham que Jesus está tentando nos dizer que Margaret Creasy ainda está viva? — perguntou a sra. Dakin. — Que, no fim das contas, ela não caiu no canal?

— Não seja ridícula, Sheila. — Harold Forbes se ajeitou na espreguiçadeira. — É claro que ela não está viva. Os sapatos de alguém não aparecem ao lado de um canal sem uma boa razão.

A sr. Forbes se benzeu e olhou para a calha pelo canto do olho.

— Precisamos do pároco... — murmurou. — Para traduzir.

*

Mais ou menos às três e meia a sra. Morton apareceu. Tinha sido avisada por um telefonema logo depois de sua novela preferida na BBC e levara seus óculos de leitura.

— Eu não sabia que tamanho Ele teria — explicou.

Ela olhou e franziu a testa como todos já haviam feito, e então a sra. Forbes lhe disse para recuar um pouco e, quando o fez, o choque de ver Jesus mandou-a direto para uma espreguiçadeira.

— Não é emocionante? — perguntei.

— Quem O encontrou? — quis saber a sra. Morton.

Tilly sapateou sobre a grama até se equilibrar.

— Fui eu — disse ela. — Eu estava por aqui, tentando decidir se ia para a minha casa ou voltava para a da Grace e pedia desculpas.

A sra. Morton me olhou, mas não fez comentários.

— Bem, você deve estar muito orgulhosa — ela disse a Tilly. — Ele não está num lugar muito visível. Tinha que ser mesmo você.

Tilly se virou para mim.

— Talvez o jornal vá querer nos entrevistar. Talvez venha gente de toda a região para nos ver. Talvez até gente de Bournemouth.

— Talvez — concordei.

— Estou pensando se deveria usar um vestido. — Ela esfregou uma mancha na manga do casaco. — Se bem que talvez as pessoas não me reconheçam se eu não estiver de casaco. Quero ter certeza de que as pessoas me reconheçam, não é, Gracie?

— Com certeza — respondi.

— Mas foi você que O encontrou, Tilly, e não a Grace — disse a sra. Morton.

Tilly me olhou.

— Mas nós somos amigas. Nós compartilhamos tudo. Até Jesus.

Olhamos ambas para a calha e sorrimos.

A Vila, casa 2

30 de julho de 1976

— O que você quer dizer com Jesus?

May Roper puxou o mar de crochê mais para cima das pernas.

— Na calha. Eu O vi com meus próprios olhos.

— Você andou pegando muito sol de novo, Brian?

— Sheila Dakin acha que é um sinal.

— Sinal de que ela andou bebendo.

Brian se virou para a janela. Havia muita gente agora, e ele podia distinguir Harold Forbes andando por entre as pessoas, com seu shorts.

— Está todo mundo lá, mamãe. Eles acham que isso tem algo a ver com o desaparecimento de Margaret Creasy.

— Você não precisa ser Jesus para imaginar o que aconteceu com ela. É só olhar para a casa 11.

Brian franziu o rosto, mas não falou nada.

— Acham que o pároco de St Anthony virá mais tarde.

— O pároco?

— Talvez até um bispo. Você sabe, para dar sinal verde. Como um milagre.

— Por que razão o Senhor Deus Todo-Poderoso haveria de realizar um milagre nesta vila? — contestou sua mãe. — Duvido muito que o pároco vá sequer perder tempo com esse Jesus.

— Acho que vai. — Brian deu mais uma olhada e arrumou a cortina. — Dorothy Forbes está cuidando de tudo.

— Dorothy Forbes? Cuidando?

— Ah, sim. Definitivamente no comando. — Ele se virou. — O que você está fazendo?

Sua mãe tirara a colcha das pernas e estava de pé.

— Vou até lá, é claro — ela afirmou. — Se alguém vai cuidar de Jesus, esse alguém sou eu.

A calha

30 de julho de 1976

Caiu a tarde e continuamos lá.

A sra. Forbes recusou-se a deixar o Filho de Deus, com medo de que ele desaparecesse, e May Roper recusou-se a deixar a sra. Forbes. Eric Lamb disse que era muito relaxante ficar sentado sob o sol e Sheila Dakin ficou cochilando de tempos em tempos, então ficamos todos ali sentados, nos abanando com as costas das mãos e conversando a respeito de nada em especial. Outras pessoas chegaram e partiram — gente que não morava na vila, mas tinha ouvido falar de Jesus na loja da esquina ou por cima de um varal. Admiravam Jesus de uma distância segura, determinada pela sra. Forbes como sendo logo atrás do pé esquerdo de Sheila Dakin. Não correria riscos, disse ela. Eram intrusos tolerados em nosso cantinho do mundo. Nós éramos uma família, unida por Jesus e sentada em círculo diante d'Ele, como peças de um quebra-cabeças à espera de se encaixarem.

*

Quando voltei depois do lanche, levei meus pais comigo. Minha mãe foi fácil de persuadir, porque era uma escolha entre Jesus e a louça para lavar, mas meu pai precisou ser convencido.

— Você está falando sério? — ele questionou.

Eu disse que estava, ele palitou os dentes e disse que o calor devia ter afetado todo mundo.

— Dê pelo menos uma olhada, Derek. — Mamãe botou a embalagem fechada de detergente de volta no peitoril da janela. — Mal não vai fazer.

Então esperamos que ele terminasse de palitar os dentes, desenrolasse as mangas da camisa, abotoasse os punhos, pusesse uma coleira em Remington (que na verdade não precisava de coleira, mas fingia ignorar o fato) e andamos todos até o final da vila debaixo do sol insistente da tarde, por entre nuvens de mosquitos ansiosos e acompanhados pelos suspiros e zombarias de meu pai dizendo que o mundo tinha enlouquecido de verdade.

O sr. e a sra. Forbes haviam sido convencidos a entrar e comer alguma coisa, e a sra. Forbes nomeara a sra. Morton guardiã de Jesus. Ela ocupara seu posto na espreguiçadeira vaga da sra. Forbes e fazia tudo com muita seriedade, embora ao mesmo tempo se dedicasse a tricotar um pouco. Eric Lamb sentou-se na espreguiçadeira ao lado, desenrolando a lã de um grande novelo azul para ela.

Papai ergueu as sobrancelhas.

— Ocupado? — perguntou.

Eric Lamb sorriu.

— É diferente — retrucou. — Traz de volta boas lembranças.

Papai então tentou ver onde estava. Examinou a fachada da garagem de cima a baixo.

— Bem, onde é que Ele está? Grace diz que vocês encontraram Jesus preso numa calha.

Mamãe apertou as mãos e se inclinou até onde conseguia sem cair.

— Ele está ali. — A sra. Morton apontou com uma agulha número 7. — Mas tome cuidado para não respirar em cima d'Ele, ainda não sabemos o quanto Ele é resistente.

Meus pais se aproximaram e se postaram diante do Filho de Deus e das fileiras de pontos de tricô da sra. Morton.

Eu soube em que momento minha mãe O viu, porque ela deu um gritinho e pulou para trás.

— Mas Ele não parece muito feliz, não é? — comentou ela, inclinando-se outra vez.

Meu pai deu mais um passo à frente, apertou os olhos e fez uma careta que deixou todos os seus dentes à mostra. Virou a cabeça para a esquerda, depois para a direita, e então recuou e franziu o cenho.

— Para mim, está mais parecido com Brian Clough — ele disse.

A sra. Morton, chocada, respirou fundo.

Papai inclinou outra vez a cabeça.

— Mas parece, não parece? Não estão vendo? São as sobrancelhas.

(Ele começou a apontar, mas a agulha da sra. Morton o interrompeu.)

— Não! Definitivamente, é Jesus — exclamou a sra. Morton. — O nariz, vocês estão vendo? Não é possível que seja outra pessoa.

— Uma pena. — Sheila Dakin recostou-se na espreguiçadeira. — Nosso Keithie cairia duro se achasse que, em vez de Jesus, temos Clough por aqui.

A Vila, casa 8

30 de julho de 1976

Agora eles estavam em onze.

John via tudo da janela da sala da frente, embora as pilhas de cartas e fotografias tivessem ficado tão altas que ele precisava se espremer entre elas para espiar pela vidraça. Eram muitas idas e vindas: Sheila correndo por ali com uma camiseta, Harold levando espreguiçadeiras. Algumas horas antes, ele tinha visto May Roper enrolar as mangas e andar até lá como se fosse para um campo de batalha.

Queria sair e descobrir pessoalmente o que estava acontecendo, mas não poderia enfrentar as perguntas. Tinha dado um jeito de evitar a todos desde que encontraram os sapatos de Margaret. Sheila batera à porta algumas vezes e ele vira Brian rondando por ali, olhando pelas janelas, mas, em geral, tinha conseguido se esconder com bastante sucesso.

O guarda Green havia sido um pouco mais insistente, mas os policiais sempre eram. Bateu à porta da frente e tentou a dos fundos, mas foi só quando ele começou a gritar pela abertura da caixa de correio que John achou melhor responder, antes que o policial alertasse a vila inteira com a algazarra que estava fazendo.

Ele queria saber se John gostaria de ter à disposição um oficial para contato.

John explicou, acreditando que o fazia com muita gentileza, que não precisava de contato com ninguém, menos ainda com policiais.

O guarda Green lhe dissera para tentar se acalmar, e John perguntou como se esperava que isso acontecesse com o detetive-inspetor Hislop correndo por aí e sugerindo todo tipo de coisas ridículas que poderiam ter acontecido com Margaret. Era óbvio que ela voltaria quando estivesse bem e pronto. Seu aniversário de casamento seria em breve, e ela sem dúvida voltaria para comemorá-lo e ele não se importava com o que o guarda Green, o guarda Hay ou mesmo o detetive Hislop tivessem a dizer a respeito.

O guarda Green só ficou olhando para ele e respirando com a boca aberta, o que — como John lhe apontou com bastante precisão — era a principal causa de halitose e comprovadamente ocasionava um aumento muito significativo no risco de cáries dentárias.

Desde então, o guarda Green o deixara em paz. John sabia que deveria chamar o detetive-inspetor Hislop e contar a verdade, mas duvidava que algum deles conseguisse entender. Ele só iria arrumar um monte de problemas para si mesmo.

Na verdade, era muito bom que não tivesse chamado. John não confiava na própria desenvoltura para falar com policiais. De fato, não confiava em si mesmo para falar com quem quer que fosse, porque sua boca sempre parecia se descontrolar. Ele sempre acabava dizendo alguma coisa que era melhor não ter dito, e se não tivesse ficado de conversa com Brian quando ele tinha doze anos não estaria agora metido nesta confusão toda.

16 de novembro de 1967

Há uma escuridão na vila.

Longas sombras rastejam pelos silenciosos e levemente congelados gramados e céus pesados comprimem os telhados de ardósia cinzenta. John Creasy olha pela vidraça. Mexe o chá com muito cuidado, mantendo a ponta da colher longe da porcelana, receoso de que o barulho possa de alguma forma acordar a escuridão e deixá-la correr em liberdade.

O chá está quente e doce demais. Desde a morte do pai, sua mãe enchera sua vida de amido e açúcar. Ele se pergunta se isto é uma maneira para mantê-lo aqui, para desacelerá-lo com tanta manteiga e creme, algo para que ele ficasse tão cheio e tão sonolento que jamais consideraria a ideia de abandoná-la.

Precisamos nos manter fortes, é o que ela diz.

Embora ele não saiba exatamente para quê.

Pode ouvi-la agora, pondo à prova o estoicismo numa massa grossa e medindo colheradas de resistência para dentro da tigela da batedeira.

Ele limpa a borda da xícara com um lenço limpo e olha pela janela.

Desde a última semana, a vila se fechara em si mesma. Ele viu acontecer. Viu Eric Lamb levantar o colarinho do paletó e Sheila Dakin apertar um casaco em cima dos ombros e enterrar seus pensamentos na lã. Viu garrafas de leite serem arrancadas das soleiras das portas e cortinas estalarem ao serem puxadas no primeiro crepúsculo de uma noite de novembro. Viu o silêncio crescer. Viu-o rastejar para cada canto da rua, e agora a vila parecia ter flutuado para um longo silêncio, alinhavado apenas por acenos, olhares desconfiados e feições vazias.

Observa Brian atravessar a rua e parar diante da casa 11. Vê Brian fazer isso quase todos os dias.

Às vezes, Harold Forbes anda até lá e se junta a Brian, braços cruzados, olhos fixos na imobilidade empoeirada da porta da frente de Walter Bishop. John também já viu Sheila fazer a mesma coisa. Já a viu soltar sacolas de compras no meio da rua, olhar para as janelas da casa 11 e apertar os lábios numa linha fina de repugnância.

Parece que eles se revezam para fazer aquilo, John pensa. Brian, Harold, Sheila, Derek. Um relógio de pessoas, um calendário de olhares e observações, de tentativas de atrair Walter Bishop para uma arena bem iluminada na qual ele possa ser testado, examinado e avaliado.

Apesar de todos os esforços, Walter permanece nas sombras. Ninguém o viu.

John se pergunta se Walter só sai à noite, se encontra alguma garantia de tranquilidade em algum ponto da escuridão, um ritmo reconfortante em passos que ecoam por uma calçada enegrecida. E, embora jamais fosse admiti-lo para Brian, Harold ou Sheila, John é capaz de compreender como ele se sente.

Limpa outra vez a xícara e a coloca no meio da mesa, longe da beirada, onde ela poderia correr perigo por causa de algum cotovelo descuidado ou por um roçar de jornal.

O movimento parece chamar a atenção de Brian e John se vê acenando de volta para o outro lado da vidraça, ainda que fazendo o máximo para desaparecer atrás de uma palmeira artificial colocada por sua mãe no centro do peitoril da janela.

Incrivelmente realista – você vai enganar todo mundo! A etiqueta ainda está pendurada num dos ramos.

John se livra das folhagens e sai de casa.

*

Brian recuou alguns passos e está encostado na cerca entre a casa de Harold Forbes e a dos Bennett. John também se apoia na cerca. Não quer nem pensar em quantos germes há ali, mas, ao longo dos anos, descobriu que, às vezes, dá menos trabalho ceder ao que todos esperam de você.

Quando pergunta a Brian o que está havendo, a resposta dele é um aceno de cabeça na direção da casa de Walter Bishop.

John também fixa o olhar na casa de Walter Bishop, porque é isso que Brian faz e parece ser o que se espera da parte dele igualmente. John tem, desde os tempos de escola, essa atitude de observar e copiar Brian. Brian era seu gabarito, seu único modelo para o que o mundo pudesse vir a exigir dele.

Continuaram a encarar a casa 11, embora John não soubesse bem o que estavam conseguindo com isso.

— Ele vai ter o que merece! — Brian acaba dizendo.

A cerca é desconfortável. John sente a madeira arranhar e fazer coçar as suas pernas, mesmo através do tecido da calça.

— Você acha mesmo que foi o Walter que pegou o bebê? — pergunta.

Brian cruza os braços.

— E quem mais seria?

John passa os olhos pela vila, mas não fala.

Há quarenta e sete tijolos no muro do jardim de Sheila Dakin — mais, se acrescentarmos os meios-tijolos, mas eles podem falsear o resultado, então ele decide ignorá-los.

Sylvia Bennett está subindo a vila com sacolas de compras penduradas nos braços e eles mudam as pernas de lugar para permitir que passe. Ela percebe, mas mantém os olhos na calçada. Quando ela passa por eles, John sente o seu perfume. É forte e misterioso, e permanece no ar muito tempo depois de ela desaparecer de vista. Brian ainda olha para o espaço por onde ela andou.

— Você ainda é apaixonado por ela, não é? — pergunta John.

Um rubor invade o rosto de Brian.

— Não seja tão imbecil — ele retruca. — Ela é casada.

— Você sempre teve uma queda por ela. Desde o colégio.

John sabe que Brian costumava esperar nos corredores, planejando o dia a fim de surrupiar olhares constrangedores.

Uma infância difícil, recheada por um desespero silencioso de não saber onde se colocar. Nenhum dos dois tinha um modelo a seguir quando se tratava de mulheres. Ainda não tinham.

John volta a inclinar a cabeça para a casa 4.

— Ela se parece um pouco com Julie Christie.

— Julie Christie uma ova! — retruca Brian.

Voltam a encarar a casa de Walter Bishop. A tarde vai chegando ao fim, levando consigo as silhuetas das árvores e os contornos cinzentos e úmidos de telhados distantes. Os postes de luz piscam, vibram e começam a brilhar em tons de rosa.

— Por quanto tempo você ainda vai ficar fazendo isso? — pergunta John.

— O tempo que for preciso para expulsá-lo daqui. Harold vem assumir o posto às quatro.

— E daí? O que vocês vão fazer quando finalmente conseguirem que ele saia?

Brian o encara em silêncio.

— Você não pode estar falando sério. Ele é um pedófilo, John, um maldito pervertido. Todo mundo o quer fora daqui.

Brian muda o corpo de lugar.

— Pensei que você fosse o primeiro a querer vê-lo pelas costas.

John sente um quê de ansiedade chegar ao fundo da sua garganta.

— Não estou entendendo.

— Você sabe. O que houve com seu pai.

Pela primeira vez John se alegra por estar apoiado, porque sente suas pernas serem puxadas para longe, em ondas.

— Não sei do que você está falando.

Brian o encara e depois volta a olhar para a casa 11.

— Sabe, sim.

Sim, ele sabe.

Ele lembra-se da conversa, apressada e sussurrada no vestiário do colégio, depois que todos já tinham saído. Ele só estava em busca de um outro modelo, só por garantia, de alguém que lhe dissesse que aquilo acontecia com todo mundo. Deveria ter feito o que seu pai tinha lhe aconselhado e guardado o segredo para si.

Ele não olha para Brian enquanto fala.

— Você entendeu errado. Eu estava confuso. Foi só um mal-entendido.

Os olhos de Brian ainda estão na casa de Walter.

— Não, não foi, John.

Se você contar os meios-tijolos, são sessenta. Sessenta segundos em um minuto, sessenta minutos em uma hora. Sessenta é um bom número — seguro e confiável. Nada pode dar errado com sessenta.

O som de uma porta faz com que ambos olhem para o outro lado da rua. Harold está andando pela calçada, sob uma piscina de luz alaranjada, mãos cruzadas nas costas, a coluna tão reta quanto a idade permite. Parece um velho soldado, embora John saiba que Harold nunca serviu um minuto sequer ao seu país.

Ao que parece, o país não o quisera. Assunto delicado, dizia Dorothy, sempre que alguém o mencionava.

— Apresentando-me para o dever, às dezesseis mil horas — diz Harold ao alcançá-los. — Algum movimento?

Brian salta da cerca.

— Nada — ele diz. — John e eu dizíamos agora mesmo o quanto queremos esse pervertido fora daqui, não é mesmo, John?

Brian o encara, mas John fica em silêncio.

Há treze telhas em cima da fachada da casa de Sheila Dakin.

John começa a se afastar. Dos olhares, das perguntas e do passado lentamente rastejando até o seu presente.

Treze sempre foi um número ruim para ele. Existiam treze degraus, mas eram só doze se você não contasse o último logo antes de se chegar lá em cima, porque aquele era mais um mini patamar do que realmente um degrau.

Fecha o portão atrás de si e começa a subir a calçadinha do jardim.

Estava confuso. Tinha sido só um mal-entendido. Foi o que disse sua mãe.

A calha

31 de julho de 1976

Ainda não eram dez horas, mas Jesus já havia atraído um grupo enorme.

O sr. e a sra. Forbes estavam sentados numa mesa de baralho dobrável que o sr. Forbes levara de sua garagem e ambos ensinavam Sheila Dakin e Eric Lamb a jogar canastra.

Não, onze cartas, Sheila. A pilha está congelada agora, está vendo?

Um rio de formigas se derramava pela tigela de cereais da sra. Forbes, abandonada a seus pés na grama, e uma vespa maliciosa rondava a cabeça de Eric Lamb.

Mas eu não entendo por que eu não posso pegar uma carta. Você acabou de pegar uma carta.

A sra. Morton estava de pé diante de Jesus com um copo de suco de laranja e o jornal *Daily Telegraph* dobrado debaixo do braço.

— O que eu não entendo — disse ela para ninguém em especial — é como nós não O percebemos antes.

Eric Lamb inclinou-se para trás em sua espreguiçadeira, que deu um rosnado de desconforto.

— Mas nós nem sempre vemos as coisas, não é? — ele retrucou. — Passamos todos os dias pelos mesmos cenários sem nunca olhar direito para eles.

— Acho que sim. — Ela deu alguns passos para a esquerda, olhou para Jesus e bebeu alguns goles do suco de laranja. — Mas Ele é tão óbvio, não é?

A espreguiçadeira de Eric Lamb rosnou de novo.

— Na maioria das vezes, são as coisas mais óbvias as que deixamos de ver.

— Além disso — disse o sr. Forbes —, pode ter sido o calor.

A sra. Morton se virou e seus sapatos espalharam as pedrinhas.

— O calor?

— O calor deve tê-Lo revelado — disse o sr. Forbes. — O calor faz mesmo umas coisas estranhas.

Sheila Dakin arrumou novamente sua camiseta e a sra. Morton andou em volta do espanador, que na véspera tinha caído da cintura da sra. Forbes e nunca mais foi apanhado do chão.

— Faz mesmo — concordou ela.

— Deixa as pessoas meio enlouquecidas, não é, mamãe? — disse Brian Magro.

May Roper ergueu o rosto para o céu e sorriu.

— Deixa mesmo? Não posso dizer que já tenha percebido.

*

Estávamos no meio da manhã. A sra. Morton decidira tirar um cochilo, Eric Lamb enrolara um pouco mais as pernas da calça e a sra. Forbes foi buscar alguns biscoitos, *para manter todos animados*. Meu pai sentou-se com os olhos fixos num jornal, minha mãe sentou-se com os olhos fixos em meu pai e a sra. Dakin posicionou Keithie a uma distância segura. Eu o ouvi chutando a bola na parede mais afastada das garagens e, alguns minutos depois, procurando-a na cerca dos fundos.

Tilly tinha chegado com um pacote de lanche e um casaco limpo, para o caso de repórteres aparecerem, e nos sentamos na grama lendo um velho exemplar de *Jackie* que eu encontrara debaixo do sofá. Tilly não lia tão depressa quanto eu e a todo instante eu era obrigada a ficar olhando para a página, fazendo de conta que lia, enquanto comia o lanche embrulhado e esperava que ela me alcançasse. Às vezes, eu a fazia esperar por mim, para que ela nunca desconfiasse.

Estava bem no meio de um faz de conta quando ouvi passos.

— Bem, eu nunca adivinharia — disseram os passos. — É aqui que vocês todos estão.

Era o sr. Kapoor. Ele andou até a calha, inclinou-se e ficou olhando.

— O que temos aqui?

O sr. Forbes levantou-se da sua espreguiçadeira e foi até ele.

— É Jesus — explicou, e apontou o dedo para a parede. — Da Bíblia.

Tilly levantou a cabeça.

— O sr. Kapoor é surdo? — perguntou.

Franzi a testa.

— Acho que não.

Meu pai também se levantou e os três se reuniram em frente à calha.

— Ele é o Filho de Deus. — Papai sorriu e balançou a cabeça para o sr. Kapoor. — Eu sei que é um pouco confuso para um estrangeiro. — Ele continuou a sorrir e a balançar a cabeça, mesmo depois do fim de suas palavras.

O sr. Kapoor se inclinou um pouco mais e apertou os olhos. Mudou de lugar, inclinou-se um pouco mais e depois se levantou, virou-se para meu pai e declarou:

— Para ser honesto, acho que se parece mais com Brian Clough.

Papai fez *Ha!*, riu e bateu nas costas do sr. Kapoor.

Foi um tapa um pouco exagerado, mas, para falar a verdade, meu pai nem sempre tinha noção da própria força.

*

O pároco chegou às quatro da tarde, bem a tempo dos casadinhos, que o sr. Forbes oferecia com chá com leite e meio pacote de biscoitos maltados. A sra. Forbes se levantou da espreguiçadeira para dar ao pároco um ângulo de visão melhor e ele andou de um lado para o outro diante de Jesus, com as mãos cruzadas nas costas. De vez em quando, girava nos calcanhares e balançava a cabeça, assentindo. Estava vestindo calça e camisa comuns. Eu ainda sentia cheiro de velas.

— Onde está a batina? — sussurrou Tilly.

Encolhi os ombros.

— Sei não — respondi. — Vai ver ele só a usa para Deus.

Alguém tossiu e ouvi pedrinhas de cascalho se moverem debaixo dos pés das pessoas. A sra. Forbes disse *E então?*

O pároco franziu as sobrancelhas e puxou o ar por entre os dentes.

— Não creio que Jesus já tenha aparecido na região das Midlands Orientais antes — ele acabou por dizer.

May Roper sorriu, exultante, como se fosse pessoalmente responsável por providenciar a visita.

Sheila Dakin deu um passo à frente.

— Mas o senhor O vê, não é?

O pároco puxou mais um pouco de ar por entre os dentes e ela recuou.

— O caso é... — ele começou a dizer.

E então parou e olhou para todos.

O sr. Forbes oferecia casadinhos a todos. Eric Lamb havia tirado as botas de borracha e estava deitado na grama com as pernas da calça enroladas. Sheila Dakin estava lhe servindo outro copo de limonada. O sr. Kapoor e papai jogavam canastra e a sra. Forbes sorria. Todos sorriam.

O pároco franziu a testa, mas seu rosto ficou mais leve.

— Acho que vocês têm aqui uma coisa muito especial — acabou dizendo finalmente.

A sra. Forbes aplaudiu.

Depois de alguns segundos, ela parou bruscamente.

— Espero que não sejamos invadidos por peregrinos! — exclamou. — Eles fariam uma bagunça terrível.

*

Jesus deu a todos nós uma rotina.

A sra. Forbes era sempre a primeira a chegar, para garantir sua espreguiçadeira junto à calha, embora um dia a sra. Roper quase a tenha vencido e as duas tenham apostado uma corrida de chinelos pela calçada. A sra. Kapoor ensinou mamãe a fazer biscoitos indianos e Sheila Dakin se tornou campeã de canastra. Eric Lamb trouxe tomates e ervilhas de sua horta para todos e Clive, do clube da Legião Britânica, foi até lá com seu cão e distribuiu torresmos. Keithie passou a jogar futebol com Shahid. Foi bom para ele, na verdade. Ele já não perdia tanto a bola, porque para onde quer que a chutasse sempre havia alguém para chutá-la de volta. Quando meu pai e o sr. Kapoor voltavam do trabalho, sentavam-se na esquina em suas espreguiçadeiras e o sr. Kapoor conversava com papai a respeito da Índia. Não falava de pobreza e de miséria, mas de templos e jardins, e de um país com tanta cor, luz e música que todos gostaríamos de visitar um dia. Claro, todo mundo sabia que nunca o faríamos, mas não era isso o que importava.

Tilly disse que todos estavam felizes por causa do clima. Disse que era por causa do calor do sol no rosto das pessoas e a brisa sussurrante que atravessava as folhas dos amieiros. Disse que era o cheiro do verão que fazia as pessoas sorrirem, quando emanava das flores, da grama e dos sacos de tomates de Eric Lamb. Mas eu não pensava assim. Achava que era por outro motivo. Gostava de pensar que Walter Bishop tinha razão, que era porque todos haviam encontrado alguma coisa na qual acreditar. Eu os observava de tempos em tempos, quando achavam que ninguém estava olhando — cada um deles lançava um olhar para a calha e sorria, como se tivesse feito um acordo com Jesus, e parecia, de repente, que todos haviam encontrado outra maneira de ver as coisas.

Olhando para trás, não consigo me lembrar de quando tudo começou a dar errado. Era difícil de dizer, mas sei que dava para sentir sua chegada pelo cheiro do ar. Como a chuva.

A calha

2 de agosto de 1976

— Já são seis semanas — disse Sheila Dakin.

A sra. Forbes levantou os olhos do seu livro de charadas.

— Desde o quê? — perguntou.

— Desde que Margaret Creasy desapareceu.

Tilly e eu estávamos deitadas na grama, debaixo do amieiro. Cutuquei-a com o cotovelo livre.

A sra. Forbes não respondeu. Voltou ao livro de charadas. Para alguém que sempre parecia não ter a cabeça no lugar, ela não devia estar se saindo muito bem na resolução dos enigmas.

— Quero dizer, isso dá o que pensar, não é? — insistiu a sra. Dakin.

— Pensar em quê? — perguntou a sra. Forbes.

— Pensar se ela vai voltar algum dia.

— É claro que não vai. — Harold Forbes se levantou de sua espreguiçadeira e começou a patrulhar a extensão da parede da calha. — Aquela mulher está no fundo do canal. É tão certo como dois e dois são quatro.

A sra. Dakin olhou para mim e Tilly.

Tínhamos antecipado aquele olhar e fingíamos dormir.

Sheila Dakin tirou os óculos de sol e apertou os olhos para vê-lo melhor.

— Então por que ainda não o dragaram, Harold? Acho que, a essa altura, já teriam mandado os mergulhadores.

— É tudo por conta disto. — O sr. Forbes esfregou os dedos no gesto de dinheiro. — Não querem gastar.

— Ele tem razão, você sabe — disse May Roper. — Hoje em dia, tudo tem a ver com dinheiro.

A sra. Roper e o sr. Forbes assentiram, em mútua aprovação.

— Lhes garanto que ela está lá embaixo. — O sr. Forbes parou de patrulhar. Girou nos calcanhares com as mãos às costas, encarando Jesus. — No fundo daquele canal. Tão morta quanto um dinossauro.

— Ela não está morta.

Todos nós nos viramos.

Era John Creasy. Parado à beira da calçada. Vi sua camisa escapando da calça e seus olhos tristes e inseguros.

— John! — O sr. Forbes bateu uma mão na outra e dobrou os joelhos numa leve reverência. — Estávamos nos perguntando por onde você andaria. Chegue-se e sente um pouco. Venha conhecer Cristo.

O sr. Forbes guiou-o até uma espreguiçadeira, indicando a calha.

— Ela não está morta. — John Creasy encarou Jesus ao passar. — Realmente não está.

O sr. Forbes disse *Não, não, é claro*, e *Sente-se, John* e *Tome um copo da limonada de Dorothy*.

O sr. Creasy segurou o copo colocado em suas mãos.

— Ela realmente não está morta, Harold — afirmou.

O sr. Forbes ajoelhou-se perto da espreguiçadeira.

— Acho que precisamos agir como bons marinheiros, John. Esperar o melhor, prepararmo-nos para o pior. São os sapatos, você sabe. Não há como negar que acharam os sapatos.

— Os sapatos não têm importância. — O sr. Creasy ainda segurava a limonada. — Não têm a menor importância.

Harold Forbes olhou para a sra. Dakin e eu o vi erguer as sobrancelhas em busca de ajuda.

— Mas se Margaret estivesse bem, eles não estariam perto do canal, não é mesmo, John? — ela disse.

— Eu já lhes disse. — John Creasy pousou o copo no chão com tanta força que a limonada espirrou pelas bordas e respingou na grama. — Os sapatos não querem dizer nada.

A sra. Dakin franziu as sobrancelhas.

— Como você pode ter tanta certeza, John?

Ele cruzou os braços e olhou para ela.

— Porque fui eu quem os colocou lá.

*

Harold Forbes se levantou e sacudiu o cascalho das mãos.

— Mas que diabos você está dizendo de ter sido você quem os colocou lá?

O sr. Creasy inclinou-se para a frente na espreguiçadeira e cruzou os braços em volta de seu corpo.

— Ela os esqueceu, sabe. Ela saiu sem sapatos.

E, muito devagar, ele começou a remexer o corpo.

— Ai, Deus! — Sheila Dakin recostou-se e beliscou a ponta do nariz.

Olhei para cada um deles. Estavam todos de boca aberta, e May Roper segurava um bombom exatamente a meio caminho entre a lata e seu rosto.

— Continuo sem entender — disse o sr. Forbes. — Por que razão, pelo amor de Deus, você deixaria um par de sapatos à margem do canal?

— Margaret sempre caminhava ao longo do canal. Costumava ir até lá para almoçar e eu os deixei perto da pedra na qual ela se sentava, para que os encontrasse. Ninguém consegue ficar tanto tempo sem um par de sapatos.

— Como as luvas perto da porta e o guarda-chuva no final da escada — disse a sra. Dakin, que ainda beliscava o nariz.

— Isso mesmo! — sorriu o sr. Creasy. — Você entende, não é?

A sra. Dakin cobriu o rosto com as mãos.

— Mas, que diabos, John! Por que você não disse nada?

— Achei que ninguém daria importância a isso. Nem me dei conta de que a nota do sapateiro ainda estava colada na sola.

— Jesus Cristo, John! — exclamou o sr. Forbes.

A sra. Forbes olhou para a calha.

— Então ela vai voltar, vocês percebem? — continuou o sr. Creasy. — E vai voltar muito em breve, porque é o nosso aniversário de casamento.

Todos o encararam, em silêncio. Pensei ouvir alguém engolir em seco. A sra. Morton tinha acordado e parecia muito confusa.

— Quando é o aniversário, John? — perguntou a sra. Roper. Sua voz soou bem baixinha.

John Creasy sorriu.

— Dia 21. E Margaret não o perderia por nada neste mundo.

A sra. Dakin vasculhou a bolsa e entregou-lhe uma moeda.

— Para que é isso? — ele perguntou.

Ela levou as mãos à cabeça e suspirou.

— Para você telefonar para a bendita polícia.

*

Devolveram o sr. Creasy num carro que parecia um panda, duas horas depois.

O sr. Forbes disse que ele teve sorte, pois não foi acusado por fazer a polícia perder tempo. Eu não sabia que alguém podia ser preso por fazer alguém perder tempo, mas a sra. Morton disse que isso só se aplicava aos policiais, o que provavelmente também fosse justo.

Todos ainda estavam sentados perto de Jesus, e observamos o sr. Creasy se arrastar por seu caminho do jardim até a porta da frente da casa 8.

Tilly puxou minha manga.

— Isso quer dizer que a sra. Creasy ainda está viva? — ela sussurrou.

— Acho que sim — respondi.

Olhamos para os rostos à nossa volta.

— Então por que todo mundo parece tão preocupado?

A Vila, casa 4

2 de agosto de 1976

— Imagino que você esteja contente, não é?

Eu mal conseguia ver a minha mãe, por cima do corrimão. Ela estava de pé na cozinha, as mãos presas aos quadris.

Papai estava sentado à mesa. Parecia abalado, como se alguém lhe tivesse tirado todo o ar.

— O que você quer dizer com contente? Contente com quê? — perguntou.

— Com o fato de ela estar viva.

— Oras, mas é claro que estou contente por ela estar viva. Que tipo de pergunta é esta?

— Contente pela sua amante — disse mamãe. Sua voz estava pelo menos uma oitava mais aguda do que o normal.

— Pelo amor de Deus, Sylvia! Quantas vezes tenho que repetir? Ela não é minha amante.

Mamãe pegou uma caneca, só para devolvê-la ao mesmo lugar.

— Eu vi o seu rosto — afirmou — quando John Creasy disse que ele mesmo tinha posto os malditos sapatos lá. Sua expressão foi de alívio, Derek. Alívio.

Daquela vez, fiquei contente por Tilly não estar comigo, por sermos só Remington e eu na escada. Remington não gostava mais do que eu das discussões entre meus pais. Ele enrolava a cauda em cima dos meus pés e me fitava com seus olhos perplexos de labrador.

— Não me diga que não ficou aliviado, porque eu vi tudo em seu rosto — estava dizendo mamãe.

— Mas é claro que fiquei. Qualquer pessoa decente não se sentiria aliviada ao ouvir que uma de suas vizinhas não está morta no fundo de um canal?

— Sobretudo quando se foi a última pessoa a vê-la viva. Ouvi um pigarro.

— Bem, isso é verdade.

— Então você admite? Admite que ela estava no escritório com você, quando você deveria estar numa Mesa Redonda da Legião Britânica?

Papai ficou mudo por um instante. Quando falou, as palavras saíram cansadas e desanimadas.

— É, Sylvia. Eu admito.

— Finalmente! — exclamou mamãe.

Suas mãos saíram da cintura e nadaram pelo ar. Ela parecia alguém que havia vencido uma competição que, na verdade, nunca tinha tido vontade de disputar.

— Não é o que você está pensando — disse papai.

— Ah, não, Derek, nunca é, não é? — Mamãe começou a marchar pela cozinha, mas de vez em quando entrava no meu campo de visão e suas mãos ainda nadavam no ar. — Nunca é o que a gente pensa.

— Estou falando sério, Sylvia. Não é mesmo.

Papai alcançou o braço da mamãe quando ela passou por ele, e ela se deixou segurar.

— Por favor, sente-se. Se eu vou contar o que houve, preciso que você fique sentada.

Mamãe se sentou.

— Ela estava me ajudando — disse ele. — Margaret estava me fazendo um favor.

— Ajudando? Com o que raios ela poderia estar te ajudando?

Meu pai se sentou. Ouvi a cadeira arranhar o linóleo e suas mãos pousarem na mesa.

— Ela trabalhava com contabilidade antes de se casar com John.

Papai parou de falar, mas mamãe continuou em silêncio.

— Ela estava me ajudando com os livros, Sylvia. Estava me ajudando a acertar as finanças.

— Acertar as finanças? O que havia para acertar? Não estou entendendo.

Ouvi meu pai respirar fundo.

— Estamos falidos, Sylvia. Estamos no vermelho. Está difícil pagar os salários, sem falar no aluguel do escritório.

Mais uma vez, ele respirou fundo.

— Estamos afundando.

Ninguém falou, durante muito tempo. Devo ter feito algum ruído, porque senti Remington bater com o rabo no meu pé.

— Por que você não disse nada?

A voz da mamãe foi desaparecendo até quase sumir.

— Eu estava tentando protegê-la. Eu sempre só tentei proteger a Grace e você.

Pensei ter ouvido meu pai soluçar, mas ele nunca chorava por motivo algum, então devo ter ouvido mal.

— O que eu vou fazer, Sylve? Eu sou um homem de negócios. Sou bem-sucedido. As pessoas não podem descobrir a verdade.

— Nós vamos sair dessa, Derek. Nós sempre conseguimos ultrapassar os problemas.

— Mas é a vergonha da situação — disse papai —, eu não aguentaria. Não conseguiria suportar a vergonha se as pessoas descobrissem que eu sou uma coisa que não sou.

Senti Remington empurrar a cabeça no meu colo. Ele queria que eu continuasse a acariciar as suas orelhas, mesmo que eu não tivesse me dado conta de que o fazia.

— Está tudo bem, Remington, não se preocupe — falei. — Nada vai mudar. Tudo vai continuar a ser exatamente como sempre foi.

Cães eram assim, às vezes. Precisavam ser tranquilizados.

Sítio da Tramazeira, casa 3

3 de agosto de 1976

— Mas por que ela não vêm?

A sra. Morton estava fechando a porta dos fundos.

O perfume usado pela mãe da Tilly ainda pairava no ar. Tinha cheiro de terra molhada.

— A mãe dela achou melhor que Tilly ficasse descansando hoje. Ela está um pouco abatida.

— Abatida?

— Tilly é uma menina frágil, Grace. Você sabe disso.

Pensei no jeito como Tilly abria os potes de geleia quando eu não conseguia e em como ela carregava as sacolas de compras da mamãe quando mamãe não conseguia segurar todas.

— Ela não é tão frágil assim — falei.

A sra. Morton franziu a testa e secou as mãos num pano de prato.

— Foi bom que a mãe dela nos tenha dito — continuou. — Ela me pareceu muito preocupada.

A mãe da Tilly sempre parecia muito preocupada. Eu tinha aprendido a não dar importância, porque ela sempre carregava suas preocupações como se fossem um casaco extra.

— A mãe da Tilly sempre parece preocupada — declarei. — Ela é muito boa nisso.

A sra. Morton sentou-se à minha frente, à mesa da cozinha, e alisou a toalha de plástico.

— É assim que funciona quando a gente gosta de alguém. A gente se preocupa.

Enruguei a toalha da mesa com meu cotovelo.

— Assim como eu me preocupei com Remington quando ele ficou doente no último verão?

— Acho que sim. Embora eu não saiba se é muito apropriado comparar a Tilly a um labrador amarelo.

— Ah, não se preocupe, é mais do que apropriado — declarei.

Olhei para os olhos da sra Morton. Eles pareciam muito ocupados.

— Mas ela vai ficar boa, não vai?

— É claro.

— Ela está sempre bem, não está?

— Está, sim.

Às vezes, com os adultos, a distância entre nossa pergunta e a resposta deles é grande demais, e esse intervalo sempre parece ser o melhor lugar para colocarmos todas as nossas preocupações.

*

Eu estava desapontada, porque queria falar com a Tilly sobre a conversa que ouvira por acaso na noite anterior. A sra. Morton disse que eu podia conversar com ela sobre qualquer assunto, mas a vida da sra. Morton era silenciosa e acarpetada, e seus relógios sempre marcavam a hora certa. Não achava que ela entendesse muito de ser pobre. Tilly, por outro lado, já tinha morado num hotel em que todo mundo dividia o mesmo banheiro e onde todos os enfeites eram colados nos peitoris das janelas, então era provável que ela soubesse mais coisas a respeito.

Assim, a sra. Morton e eu resolvemos jogar Banco Imobiliário.

Tilly era sempre o vermelho e eu era sempre o verde, então a sra. Morton decidiu que ficaria com o azul.

Joguei os dados e movi minha peça verde pelas casas.

— Não precisamos tirar um seis para ver quem começa? — perguntou a sra. Morton.

— Só Tilly se importa com essa bobagem — eu disse, e parei em Whitechapel.

— Você vai comprar?

Olhei para o tabuleiro. Tilly sempre comprava Whitechapel e Old Kent Road. Dizia que sentia pena delas, porque eram marrons e pouco interessantes, e era provável que as pessoas que vivessem ali não tivessem muito dinheiro.

— A senhora acha que as pessoas que vivem em Old Kent Road são felizes? — perguntei.

— Acredito que sim. — A sra. Morton parou de embaralhar os títulos de propriedade e franziu a testa. — Ou pelo menos tão felizes quanto as demais.

Olhei para o tabuleiro.

— Tão felizes quando as pessoas que vivem em Mayfair ou em Park Lane?

— É claro.

— Ou em Pall Mall?

— Naturalmente.

— A senhora acha que há muita gente em Old Kent Road que se divorcia?

A sra. Morton largou as cartas.

— Grace, onde você quer chegar com essa conversa?

— Só estou me interessando pelas coisas — respondi. — Então, acha ou não acha?

— Não creio. Não mais do que em qualquer outro lugar.

— Mesmo que sejam pobres?

A sra. Morton estava comprando a King's Cross Station e levou um minuto para responder.

— Acho que ter pouco dinheiro deixa as pessoas mais preocupadas, mas elas não deixam de se amar — ela explicou.

— Ou de gostar umas das outras? Ou de se preocupar umas com as outras?

Ela sorriu.

— A senhora se preocupa comigo? — eu quis saber.

Ela largou os dados e me olhou bem nos olhos.

— O tempo todo. Todos os dias, desde que você era uma bebezinha.

A calha

6 de agosto de 1976

Meus pais se sentaram juntos, perto de Jesus. De tempos em tempos, mamãe apertava a mão do papai e lhe dava o mesmo sorriso que me dava quando estávamos a caminho do dentista. Papai só olhava para os sapatos. O sr. Forbes sentou-se de braços cruzados em sua espreguiçadeira e, no canto, Clive oferecia restos de torresmo ao seu cachorro e limpava os dedos na calça.

As cartas do baralho estavam quietas em cima da mesa dobrável, a não ser o Rei de Copas, que girava na mão de Eric Lamb enquanto ele se perdia em divagações. May Roper esfregava os pés enquanto esperava Brian lhe trazer sua pomada e o único som que eu ouvia, deitada na grama, era o das agulhas de tricô da sra. Morton batendo umas nas outras em sinal de desaprovação.

Tilly alisava o seu vestido.

— Você está se sentindo menos abatida? — perguntei.

— Muito menos, obrigada. Acho que a mamãe está preocupada comigo.

— Preocupar-se é uma boa coisa — falei. — Preocupar-se significa que alguém gosta de você.

— Então eu acho que minha mãe gosta muito de mim.

Olhei para meus pais. Mamãe ainda segurava a mão do papai, mas eu não saberia dizer se ele segurava a dela.

— Você acha que os jornalistas virão hoje? — perguntou Tilly.

Olhei para o rosto de todos.

— Não acho que vão conseguir muita coisa para uma entrevista, se vierem.

— Espero que apareçam — disse Tilly. — Seria uma pena não termos uma fotografia de Jesus.

A sra. Forbes, sem se levantar da espreguiçadeira, disse:

— Poderíamos tirar uma nós mesmos... Se tivéssemos uma máquina.

Ela olhou para o sr. Forbes e depois para Clive.

— Não poderíamos, Eric? — continuou.

Eric Lamb olhou para todos eles e bateu a lama seca das botas.

Tilly alisou um pouco mais a sua roupa.

— Por que estão todos tão quietos? E onde está a sra. Dakin?

— Deu um pulo em casa para fazer alguma coisa, de novo — respondi.

Pairávamos todos sobre um imenso oceano de silêncio quando a sra. Forbes de repente se levantou e bateu palmas. O Rei de Copas caiu na grama e May Roper parou de se esfregar.

— Eu sei do que todos precisam — declarou a sra. Forbes. — Estamos todos precisando de um bom joguinho estimulante. Vou buscar um tabuleiro e alguns biscoitos recheados.

O olhar de todos voltou ao chão.

Apontei para a calha.

— Olhe para Jesus — eu disse a Tilly. — Até Ele parece mais infeliz do que antes.

— Talvez seja o calor — sugeriu Tilly.

Julho tinha sido quente, mas agosto parecia ainda mais brutal. O calor se derramara pelo país, engolindo rios e córregos, esvaziando reservatórios e queimando florestas.

— As pessoas estão morrendo — tinha dito a mamãe, enquanto assistíamos ao noticiário. — Os seres humanos não são feitos para suportar esse tipo de calor. Isso não é normal, Derek. — Como se papai pudesse, de alguma forma, controlar o clima. Naquela manhã, eu tinha olhado para o casaco pendurado atrás da porta do meu quarto, sem conseguir imaginar usá-lo de novo.

Poucos minutos depois, a sra. Forbes voltou com três pacotes de biscoitos e um jogo de palavras cruzadas. Durante sua ausência, a sra. Roper tinha dado um jeito de se esgueirar sem ser percebida para a espreguiçadeira da sra. Forbes e estava sentada perto de Jesus, de olhos fechados e com uma caixa de bombons no colo.

— Oh! — exclamou a sra. Forbes.

Foi um *Oh* muito pequeno, mas eu tinha aprendido com a minha mãe que as palavras não precisam ser grandes para causar impacto nas pessoas.

— Achei que estava na hora de uma pequena mudança — disse a sra. Roper.

— Estou vendo.

A sra. Forbes largou os biscoitos e o jogo de palavras cruzadas. Parou diante da espreguiçadeira e sua sombra encobriu toda a sra. Roper e grande parte da perna de papai.

Fez-se um silêncio. Todos nós olhamos fixamente para a cena e esperamos.

— É óbvio que a senhora não sabe — disse a sra. Forbes — que sou eu quem se senta na espreguiçadeira perto de Jesus.

A sra. Roper não abriu os olhos.

— Essa não é uma regra com a qual eu tenha concordado — afirmou.

A sra. Forbes forçou um pigarro.

— Eu sou a escolha mais lógica. Não apenas sou a responsável pelas flores do altar como faço o polimento dos metais quase toda quinta-feira. Sou mais próxima de Deus do que qualquer um entre nós.

A sra. Roper abriu um olho.

— É preciso mais do que um espanador e uma lata de polidor para tornar alguém respeitável — disse ela, e fechou o olho.

A sra. Forbes respirou muito fundo através dos lábios enrugados e todos nós chegamos mais para a ponta de nossas espreguiçadeiras.

— De todos aqui — declarou — eu sou a mais indicada para me sentar perto de Jesus.

A sra. Roper abriu os dois olhos e aprumou-se no assento.

— Acho que a senhora vai descobrir que, se alguém tem o direito de se sentar perto de Jesus, esse alguém sou eu.

— Acho que é a senhora que vai descobrir — disse a sra. Forbes — que eu fui a primeira a me sentar perto de Jesus.

— *Quem tiver duas túnicas, repartirá com quem não tem nenhuma.*

May Roper cruzou os braços.

— Lucas, capítulo 3, versículo 11 — disse a sra. Forbes, tornando a cruzar os seus.

A sra. Dakin atravessou a rua e se jogou numa espreguiçadeira ao meu lado.

— O que essas duas estão discutindo?

— Quem é mais merecedora de Jesus — respondi.

Tilly se sentou e ergueu a aba do seu chapelão.

— Achava que Deus deveria unir as pessoas.

— Eu não "roubei" o seu lugar. Para começar, ele não era seu — estava dizendo a sra. Roper.

— *Como fica envergonhado o ladrão quando o apanham* — citou a sra. Forbes.

— Jeremias, capítulo 2, versículo 26. E não comece com suas mentiras, Dorothy Forbes. *Deveis todos abandonar a falsidade, e dizer a verdade ao próximo.*

— Efésios, capítulo 4, versículo 25.

John Creasy, no canto, começou a se balançar.

— Não consigo lidar com todos esses números — exclamou.

— Eu vim até aqui em busca de um pouco de paz e silêncio — disse Eric Lamb. — Não para ouvir uma porcaria de discussão sobre qual de vocês é a mais honrada.

E começou a calçar as botas de borracha.

A voz de May Roper elevou-se no ar.

— Não, Dorothy. Jesus Cristo não foi crucificado só para que você pudesse escolher sua própria espreguiçadeira. Ele foi crucificado para que todos nós pudéssemos tomar nossas próprias decisões a respeito de onde queremos nos sentar.

Eu desfrutava do prazer de ouvir a discussão entre a sra. Roper e a sra. Forbes quando me dei conta de que todos os outros tinham se virado e olhavam fixamente para um ponto. Até a discussão parou, quando a sra. Forbes cutucou a sra. Roper com o cotovelo e apontou para a calçada.

Era Walter Bishop.

Ele nos observava do meio-fio, um pão de forma numa das mãos e duas caixas de iscas de peixe na outra.

— Eu estava voltando das compras — disse ele. — Ouvi falar de Jesus e me perguntei se poderia dar uma olhada.

— Acho que não. — A sra. Roper deu um pulo da espreguiçadeira e se postou na frente da calha, ombro a ombro com a sra. Forbes. — Isto aqui é propriedade privada.

Walter Bishop olhou para as garagens municipais.

— Ah, é?

O sr. Forbes atravessou o pequeno espaço entre os amieiros e o cascalho e marchou até onde Walter aguardava com suas compras.

— Não há nada aqui para ser visto — declarou. — Nada que possa lhe interessar. Eu sairia daqui se fosse você.

Ele apontou para o fim da rua, e eu vi a ponta do seu dedo sacudir muito de leve.

Perguntei-me se o sr. Bishop tentaria argumentar, ou se pelo menos diria que tinha o direito de olhar como qualquer um, mas ele não o fez. Só fez que sim com a cabeça para o sr. Forbes, virou-se e começou a andar.

A sra. Roper abriu o braço e cobriu a calha com suas covinhas.

— Jesus não está aqui para qualquer um, você sabe — ela gritou.

Quando o sr. Bishop se afastou, Eric Lamb virou-se para mim e Tilly e sorriu.

— Nem liguem para nada disso — ele disse. — Os adultos as vezes dizem umas coisas confusas.

Tilly suspirou. Eu sabia que viria uma pergunta, pois sempre que queria perguntar alguma coisa Tilly precisava primeiro se preparar antes, dando um grande suspiro.

— Posso fazer uma pergunta? — disse ela.

Eric Lamb disse que sim, e todos nós esperamos.

— Sabe aquilo que a sra. Roper falou, de por que Jesus foi crucificado?

Observamos Walter Bishop subir a calçada debaixo do sol.

— Ele não foi crucificado por causa de espreguiçadeiras, Tilly — falei.

— Eu sei.

Ela deu outro suspiro.

— Mas exatamente por que ele foi crucificado, sr. Lamb? Por que tiveram que matá-Lo?

Walter Bishop parou diante do muro da sra. Forbes e olhou para o outro lado da vila.

— É complicado — disse Eric Lamb. — Foi porque ele acreditava em outras coisas, tinha pontos de vista diferentes.

Naqueles tempos, as pessoas eram muito duras com qualquer um que não pensasse como elas.

Ouvi os sapatos de Walter Bishop quando pisaram no cascalho da entrada de sua casa.

— Ele era um forasteiro, Tilly. — Eric Lamb nos olhou. — Não pertencia àquele lugar. Foi por isso que O crucificaram.

— Então, na verdade — disse Tilly —, se foi esse o caso, então Jesus também era uma cabra, não era?

— Acho que era — disse Eric Lamb.

— Inclusive — continuou Tilly —, Ele talvez fosse a maior cabra de todas.

Olhamos para o fim da rua e vimos Walter Bishop desaparecer na casa 11.

— Talvez você tenha razão — concordou Eric Lamb. — Talvez Ele realmente fosse.

*

Nós todos nos acalmamos, depois da agitação provocada por Walter Bishop e pela discussão. Tilly alisou um pouco mais o vestido e a sra. Morton arrumou os prendedores de cabelo dela. Eric Lamb foi convencido a descalçar de novo as botas de borracha e a sra. Forbes parecia ter recuperado sua espreguiçadeira, embora a cada meia hora a sra. Roper andasse de um lado para o outro na frente de Jesus e tampasse a visão de todos.

Eu estava pensando em tirar um cochilo quando Lisa Dakin remexeu o cascalho com seus tamancos.

— Até que enfim você resolveu vir ver Jesus. A curiosidade foi mais forte? — disse a sra. Dakin.

Lisa Dakin rodeou a mãe, como uma vespa.

— Eu não vim ver Jesus — ela respondeu, dando uma olhada para a calha. — Vim avisá-la de que acabou o leite.

A sra. Dakin tentou encontrar a bolsa. Estava na verdade na grama, bem entre seus pés, mas ela não parecia conseguir vê-la direito, até que eu a peguei e lhe entreguei.

— Pelo menos vá olhar de perto, Lisa, já que está aqui — pediu a mãe.

Fiquei observando Lisa andar pela grama. Ela parou diante da calha com as mãos na cintura, dando pequenas batidas e chutando as pedrinhas com os tamancos.

— Eu simplesmente não entendo — declarou ela. — Por que estão todos tão interessados numa mancha na fachada de uma garagem?

Tilly me olhou e, com a ponta do dedo, fez um desenho na grama.

Fingi não perceber.

Lisa chutou mais algumas pedrinhas.

— Quer dizer, por que alguém se importaria com isso?

Levantei-me e andei até a calha.

— Se você recuar um pouco e apertar os olhos — ensinei — vai conseguir vê-Lo.

— Eu não quero vê-Lo.

Ela pronunciou as palavras como se pertencessem a outra pessoa.

— É só uma maldita mancha de óleo, Grace. Vocês estão de brincadeira.

— Bem — respondi —, acho que é mesmo só uma mancha de óleo.

As palavras morreram na minha boca, porque não conseguiram decidir se queriam ser verdadeiras.

*

— Então é por aqui que Jesus está ficando esses dias?

A voz era alta e desconhecida. Esticava as vogais, como se quisesse ser de um americano, mas ainda não tivesse descoberto como fazer.

Todos viramos para ver um homenzinho num terno largo. A roupa caía em dobras pelo seu corpo e havia marcas de poeira nas bainhas, onde os pontos tinham arrebentado. Do seu pescoço pendia uma correia grossa e uma máquina fotográfica gigante, cujo peso lhe puxava o pescoço para a frente e fazia com que ele parecesse um tanto desconfortável.

— Andy-Kilner-jornal-local.

As palavras saíram emendadas, como se todas fizessem parte do seu nome. Ele cumprimentou a todos com um aceno de cabeça dirigido a ninguém em especial e depois sorriu para mim e para Lisa Dakin.

— E vocês devem ser as duas meninas que O encontraram. Brilhante! Se ficarem onde estão, farei algumas fotos agora, se estiver tudo bem. Fantástico, genial, brilhante.

Eu podia ver a Tilly. Ela tinha parado de desenhar com o dedo e olhava direto para o meu rosto. A sra. Morton esticou o corpo e começou a dizer alguma coisa, mas sua voz desapareceu nas sobrancelhas franzidas e, em vez de falar, ela só me encarou com olhos firmes.

Quando meu olhar chegou outra vez a Tilly, ela parecia pálida e solitária, e embora só estivéssemos a alguns centímetros de distância, parecia muito longe dali.

Tentei ficar com ela, tentei mantê-la comigo, mas ela se perdeu em meio ao sorriso de Lisa Dakin.

*

Lisa Dakin e eu fizemos várias poses perto de Jesus, guiadas por Andy Kilner e um desfile de *fantásticos, geniais, brilhantes*.

O tempo todo, Tilly observava da grama.

— Que belo achado, hein? — disse Andy Kilner.

— Pois é. — Lisa fez uma pose especial e passou protetor labial. — Belo achado.

O sorriso de Lisa Dakin acendia e apagava com o clique da máquina. Ela pôs a mão no quadril, dobrou um pouco os dois joelhos e ganhou montes de *fantásticos, geniais, brilhantes*.

E eu só olhava fixo para Tilly na grama.

*

Depois disso, só vi as fotos uma vez. Mamãe sempre recortava as partes importantes do jornal local, como o alto da minha cabeça no cortejo de carnaval e metade do meu rosto na festa do Jubileu no ano seguinte. Recortou até meu pai quando a polícia o fotografou por excesso de velocidade. Mas não guardou nenhuma das minhas fotos com a calha. Eu as vi algumas semanas depois, pela janela do escritório do jornal local. Lisa acendendo seu sorriso, Jesus entre nós duas parecendo desapontado e eu olhando fixamente para longe, procurando por Tilly. E perdendo-a.

O jornal citou Eric Lamb e a sra. Forbes, e escreveu errado os dois nomes. E depois vinha *"um belo achado", disse Lisa Dakin (15), que descobriu Jesus com sua amiga Grace Bennett (10).* "*A calha sagrada*", dizia a manchete.

*

Quando Andy Kilner terminou de bater as fotos, Tilly havia desaparecido. Examinei os rostos de todos, mas não consegui encontrá-la, então olhei para a sra. Morton.

Ela me olhou de volta, mas alguma coisa abandonara os seus olhos.

A Vila, casa 10

6 de agosto de 1976

Harold e Clive estavam lá na entrada da vila.

Eric Lamb podia vê-los pelo canto dos olhos, mas cometeu o erro de achar que, caso seus olhares não se cruzassem, ele não precisaria parar e conversar.

— Eric, o homem certo!

Com Harold, a vida nunca era tão simples.

A cabeça de Harold se inclinou na direção do final da vila.

— Negócio esquisito, hein?

Eric não sabia se Harold estava se referindo a Jesus, Walter Bishop ou a todo o teatro de Dorothy sobre a espreguiçadeira, então deu um sorriso geral de concordância, abrangendo os três assuntos.

— Não sei bem o que pensar disso tudo, não é mesmo, Clive? — continuou Harold.

Clive não respondeu. Apenas emitiu um som que poderia ser um não, mas também poderia muito bem ser um pigarro para limpar a garganta.

— A nova família parece legal? — perguntou Harold.

Eric disse que sim.

— Está parecendo que o tempo vai virar, vocês não acham?

Eric disse que não.

— Seus jardins não estão tão ruins, considerando tudo.

Eric disse que não, e que, como já era quase hora do lanche, se Harold e Clive lhe dessem licença, ele estava indo...

— O caso é...

Os pés de Harold subiram um degrau e o tom de sua voz desceu um grau.

— Dorothy e aquele comentário a respeito de fotografias. O que, exatamente, ela quis dizer?

Harold e Clive olhavam bem nos olhos de Eric.

Ele não achou que fosse possível ocultar qualquer mentira dos dois.

— Acho que é melhor você perguntar a Dorothy e não a mim — respondeu. — Eu não tenho mesmo nada a ver com isso.

Eric tentou se afastar, mas o olhar de Harold não deixou. Apesar da coluna curvada de Harold, apesar dos pelos grisalhos que brotavam de sua pele pálida, denunciando sua idade, e espiavam por entre os botões da sua camisa, ele era tão teimoso e esperto quanto um adolescente.

— Ela encontrou a máquina, não foi?

Eric não respondeu. O que já era uma resposta por si só.

— Santo Deus! — exclamou Clive, apoiando-se no muro.

Harold levantou a mão.

— Não há motivo para entrar em pânico, Clive. Não fizemos nada de errado.

Eric ergueu uma sobrancelha.

— Não fizemos, Eric. Foi um serviço de utilidade pública. Tínhamos todo o direito de pegá-la — continuou Harold, com um olhar para Clive. — Só Deus sabe o que ele tinha fotografado.

— Um pássaro negro numa garrafa de leite? — Eric podia sentir sua voz aumentando de tom, mas não conseguiu se controlar. — Beatrice Morton amarrando os sapatos?

— Dorothy não acha que tivemos alguma coisa a ver com o incêndio, não é? — perguntou Clive. — Pegamos a máquina horas antes de ele começar.

— Não sei o que ela pensa, mas ela não é tão idiota quanto você diz, Harold.

— Ela deve ter achado que a salvamos dos saqueadores — retrucou Harold.

Eric passou os dedos pelo cabelo.

— Saqueadores? Você se refere a gente que entra em casas vazias e rouba os bens de outras pessoas?

Clive começou a descer a rua num passo firme e enérgico. Um passo que o afastava de culpas e acusações.

— Você precisa compreender — insistiu Harold, deixando de observar Clive —, nós não sabíamos o que havia ali. Precisávamos ter certeza, e Bishop estava viajando. Pareceu a oportunidade perfeita.

— Você não pode simplesmente pegar as coisas dos outros porque é conveniente para você, Harold.

— De qualquer maneira, ela teria sido destruída pelo fogo — continuou Harold. — Se soubéssemos, teríamos nos poupado do incômodo e deixado onde estava.

Eric não respondeu.

— Não poderíamos correr o risco, Eric. — De repente, Harold pareceu muito velho e muito cansado. — Se alguém descobrisse... Se alguém soubesse... — a voz de Harold sumia num sussurro. — Eu não suportaria a vergonha.

*

Eric fechou a porta dos fundos ao entrar e soltou o que trazia. Andou até a janela da cozinha e puxou as cortinas, fechando-as tão perfeitamente que nem um fiapo de sol conseguiria entrar.

Se ele fosse dado a beber, teria bebido. Em vez disso, olhou fixamente para a cadeira de Elsie, acetinada e vazia, e tentou imaginar o que ela teria dito se estivesse ali.

Mas a cadeira continuou em silêncio.

É estranho como o passado muitas vezes invade o presente como um intruso perigoso e indesejado. Porém, sempre que o passado era convidado a entrar, sempre que sua presença era solicitada, ele parecia se desvanecer no ar e nos fazer duvidar de que houvesse mesmo existido.

Tudo começou com o passado. Tudo começou com Walter Bishop roubando o bebê e tudo o que aconteceu desde então se desenrolou a partir daquele primeiro instante. Mesmo agora, a lembrança daquele momento ainda percorre a vila. Não importava o quanto tentassem fugir, não importava com quantas outras lembranças tentassem obstruir seu caminho, ela continuava lá, rastejando até o presente, sombreando e colorindo tudo o que acontecera depois, até que o presente ficasse tão perturbado pelo passado que ninguém podia realmente saber onde terminava um e começava o outro.

Eric recostou-se na cadeira e roeu as unhas. Não roía as unhas desde que era criança. Mas talvez o passado também estivesse sombreado, pensou. Talvez funcionasse nos dois sentidos. Todos tinham plena certeza do que acontecera, mas talvez o presente tivesse rastejado para dentro das nossas lembranças e as alterado, e talvez o passado não fosse tão exato quanto todos gostariam que fosse.

7 de novembro de 1967

São necessários três ônibus para se chegar ao hospital. E nenhuma das viagens é longa o bastante para ser confortável. São curtas, passam por ruas sinuosas, cheias de semáforos, rotatórias e curvas abruptas. Eric Lamb está sentado com a maleta no colo, oscilando para um lado e para o outro, tentando não esbarrar na pessoa sentada a seu lado nem cair no corredor ou botar os pés no caminho de alguém. Quando chega ao hospital, está exausto, só pelo esforço de não ser um incômodo.

Outros passageiros entram e saem do ônibus e ele observa relances das vidas alheias quando passam por ele: casais que se abraçam e sussurram entre si, mães lutando com carrinhos de bebê e sacolas de compras, o rapaz com um livro cujas páginas se inclinam conforme as curvas da pista. Ao se aproximarem do hospital, há os uniformes: cinza para os carregadores e azul para as enfermeiras. Sapatos designados para os corredores. Tornozelos esfregados. Pescoços esticados. Os uniformes são camuflados por capotes e casacões ou ficam escondidos debaixo de suéteres, mas se revelam de vez em quando, como se quem os usa jamais pudesse se livrar de quem é, não importando quantas camadas de outra vida tente vestir por cima.

Ele está lá para visitar Elsie. Ele a visita todas as tardes e todas as noites, e entre as visitas volta para casa para olhar o chão, as paredes e a cadeira vazia na qual Elsie sempre se senta. Olhar para a cadeira sempre faz com que sua ausência pareça ainda maior, como se ele descobrisse que a própria essência dela não estava mais ali e a libertasse para assumir a casa inteira.

Testes, eles disseram. *Só precisamos fazer alguns testes. Precisamos descobrir por que você está cansada e pálida e magra.*

— Estou ficando velha — ela respondeu, rindo, mas o médico não riu com ela.

Em vez disso, sorriu em silêncio e tomou notas. E o som da esferográfica rabiscando nas folhas de papel encheu o quarto inteiro. Telefonaram do hospital uma semana depois e ela pôs na mala sua melhor camisola, um par de chinelos e o livro que estava lendo, junto com o pequeno sachê de lavanda, cuja utilidade Eric nunca compreendera, porque sempre o fazia espirrar.

— É que me ajuda a relaxar — ela explicou.

Ele tentou descobrir por que ela precisava relaxar, mas ela só sacudiu a cabeça, apertou a mão dele e disse que ficaria em uma cama estranha, com uma comida diferente e teria de ficar sentada o dia inteiro à espera de que os médicos aparecessem.

— Acalme-se. Não pareça tão preocupado, Eric.

E então ele se esforçava muito para não parecer tão preocupado, e as forças que precisava reunir para se controlar faziam com que se preocupasse ainda mais.

Hoje, ele tinha tentado não parecer preocupado conforme percorria o corredor comprido e cinzento, sempre lotado de parentes à espera de que portas se abrissem. E moveu-se devagar, passando pela obstetrícia, pediatria e ortopedia, pelas pesadas portas de vaivém que levavam aos centros cirúrgicos e pela silenciosa imponência da cardiologia. Era como um caminho da vida desenrolando-se diante dele e, à distância, ele podia ver as alas da oncologia e o centro de tratamento intensivo. No final do corredor ficavam as maiores filas — grupos de pessoas, todas à espera do clique de duas da tarde, contando cada segundo.

A ala de Elsie ficava aos três quartos do caminho. *Ala 11, Cirurgia Feminina*, lia-se nas portas azuis.

— Nem todos os que estão na ala cirúrgica terminam numa cirurgia — explicou a enfermeira que fez a admissão de Elsie, ao ver suas expressões. — Não há por que ficarem ansiosos.

Havia todos os motivos do mundo para muita ansiedade, mas Eric já estava um pouco mais treinado em conseguir apagá-la do rosto.

*

Hoje, Elsie parecia muito pequena. O hospital, a ala e a cama pareciam engoli-la e ela agarrava os lençóis como se tivesse medo de desaparecer de vez nos grandes travesseiros brancos. Conversaram a respeito do livro que ela estava lendo, de como a horta estava indo e de quando o clima poderia mudar — conversas muito banais e sem importância, conversas que poderiam ter tido sem pensar muito à mesa do café da manhã, mas que, numa cama de hospital, soavam falsas. Os médicos já haviam feito a ronda da ala, disse ela, uma enormidade deles vestindo jalecos brancos. Parecem padeiros, disse ela. E riu: talvez pudessem lhe oferecer um pãozinho e meia dúzia de bolinhos. Não, ela não perguntou qual o resultado dos testes. Estavam ocupados. Não quis perturbá-los. Perguntaria amanhã. Eric ficou olhando para as mãos. Ela perguntou se ele estava comendo direito. Não só sopa de tomate, não é?

E nadaram de volta para águas rasas e palavras falsificadas.

Ele oscila de um lado para o outro na viagem de volta, tentando extrair tranquilidade de seus pensamentos. Pelas janelas, passam ruas de aquarela, nada vivo demais para atrair a atenção, nada claro demais para provocar distração. Ao seu redor, assentos se enchem e esvaziam, mas ele só vê contornos, vultos se movendo à margem de sua preocupação, todos os detalhes apagados. É só quando o ônibus entra no bairro, quando seus olhos reconhecem um padrão nos telhados e os freios assobiam e cospem uma canção familiar, que ele é arrancado de Elsie, de como a pele se cola aos seus ossos e de como a aliança de casamento gira no seu dedo.

Caminha devagar, marcando o tempo na calçada.

Quatro horas, e então ele fará a mesma viagem de volta, quatro horas de olhar, pensar e tentar encontrar o mapa que oriente esta jornada de sua vida. A princípio, não vê Sylvia. Ela parece surgir diante dele, rodopiando do vazio, branca de ansiedade, lábios trêmulos, ainda que sem palavras. Há vinte e cinco anos ele não via aquele tipo de medo. Não desde os telegramas. *Lamentamos profundamente informar.*

Eric descansa a pequena maleta na calçada e coloca as mãos nos ombros dela. O medo a domina e ela mal se move. Muito devagar, ele pergunta o que há de errado e repete mil vezes a pergunta, até que ela encontra seus olhos. Ela só sussurra no começo, tão baixo que ele mal consegue ouvir e precisa se aproximar ainda mais para escutar. Então as palavras tornam-se mais altas, mais desesperadas. Ela as entoa pela vila, vezes sem conta, até Eric se perguntar se há alguém no mundo que não tenha conseguido ouvi-las.

— Grace desapareceu.

E ela cobre os ouvidos com as mãos, como se não pudesse suportar ouvir as palavras ditas em voz alta.

A Vila, casa 4

7 de agosto de 1976

No dia seguinte, Tilly não apareceu na calha.

Em geral, ela chegava lá por volta das dez, mas não tinha aparecido nem mesmo quando o sr. Creasy esperou o ônibus das cinco para as onze, ou mesmo quando desceu a vila com as mãos enfiadas nos bolsos. Só havia a sra. Forbes, gritando as soluções de suas palavras cruzadas, e Sheila Dakin, tomando banho de sol e fingindo não ouvir.

Resolvi ir para casa. Jesus não tinha tanta graça sem a Tilly.

*

Mamãe estava sentada na cozinha, pregando botões nas camisas do meu pai. Ela me olhou quando entrei.

— Alguém me ligou? — perguntei.

Ela balançou a cabeça e voltou aos botões.

Mamãe estava muito quieta desde que Andy Kilner fizera as fotografias. Quando Tilly foi embora sem se despedir, achei que mamãe me daria alguns dos seus sorrisos de dentista ou me dito que Tilly só estava sendo ridícula, mas não. Em vez disso, só me olhava de vez em quando, sem falar, e voltava para o que quer que estivesse fazendo. Normalmente, eu não ligaria. Normalmente, eu teria ido direto para a casa da sra. Morton, mas a sra. Morton disse que estaria muitíssimo ocupada naquele dia e que não teria tempo para conversar comigo ou preparar mousses. Disse que eu deveria ficar em casa e dar uma boa pensada nas coisas.

Subi para o meu quarto e tentei escolher o que faria para parecer bem ocupada e despreocupada quando Tilly finalmente decidisse aparecer, só que não consegui encontrar o que fazer. Em vez disso, fiquei atenta ao barulho de suas sandálias, mas tudo que consegui ouvir foi um silêncio quente e incomensurável. O calor era demais até para que os passarinhos cantassem.

Eram três da tarde quando o telefone tocou. Eu estava sentada na cama, organizando todas as minhas miniaturas e depois as reorganizando, para ficar tudo exatamente como antes. Nosso telefone não tocava com muita frequência, então, sempre que tocava, eu me sentia obrigada a ir até o patamar e ficar lá ouvindo.

— Se for a Tilly, diga que estou muito ocupada — gritei por cima do corrimão e me sentei.

Levantei-me novamente.

— Bem, não tão ocupada que não possa falar com ela. Só mesmo bem ocupada — falei.

Ouvi minha mãe aguardando que a ligação se completasse.

Tentei escutar o que ela dizia, mas assim que a conversa começou ela virou o rosto para a parede e falou baixo demais para que eu pudesse ouvir. Quando parou de falar, mamãe botou o fone no gancho muito devagar, foi até a sala de estar, onde meu pai cuidava da sua papelada, e fechou a porta ao entrar.

Eu me sentia como se tivesse passado muito tempo sentada no patamar. Minhas costas doíam e minhas pernas começavam a formigar, mas eu não conseguia parar de olhar para a porta da sala de estar e querer que ela se abrisse.

Foi só quando ela se abriu que me dei conta de que, na verdade, não queria realmente que ela se abrisse.

Minha mãe gritou:

— Grace, venha aqui embaixo por um minuto. Precisamos falar com você.

Não respondi.

Depois de algum tempo, o rosto dela apareceu no final da escada.

— Eu estou mesmo muito ocupada, sabe. — Minhas palavras saíram como um sussurro.

— É importante — disse ela. E me deu um de seus sorrisos.

Quando me levantei, minhas pernas estavam tão trêmulas que não tive certeza de que pudessem me levar até o hall.

*

Sentei-me na poltrona perto da lareira.

Meus pais sentaram-se à minha frente, no sofá, e papai passou o braço em volta da mamãe. Os dois estavam pálidos e estranhos, como se fossem quebrar a qualquer momento.

— Precisamos falar com você — disse meu pai.

Tentei me levantar.

— Na verdade — comecei —, eu preciso ir à casa da sra. Morton, então vocês vão ter que esperar para falar comigo mais tarde. Ou talvez amanhã.

Papai se levantou e fez com que eu voltasse a me sentar.

— Grace, eu preciso que você escute — ele disse. — Há uma coisa que precisamos contar a você.

Mamãe começou a chorar.

E, quando olhei para minhas mãos, vi que tinham começado a tremer.

7 de novembro de 1967

Os gritos de Sylvia Bennett forçam as pessoas para fora de suas casas.

Sheila Dakin é a primeira a aparecer. Chega secando as mãos num pano de prato, testa franzida, zangada, perguntando o que era aquela gritaria toda. Seus tamancos ecoam no cascalho do jardim.

— É a Grace. — Eric ainda segura Sylvia pelos ombros. Tem medo de que ela escorregue de suas mãos. — Ela está dizendo que Grace desapareceu.

Sheila passa pelo portão e sai correndo pela rua. O pano de prato cai no chão.

— Desapareceu?

As mãos de Sylvia agarram a própria cabeça.

— As pessoas não simplesmente desaparecem.

Sheila afasta Eric e pega Sylvia pelos pulsos, retirando suas mãos das orelhas.

— Ouça-me! — ela ordena.

Eric permite que Sheila assuma o comando. Nunca foi bom com crises de nervos. Sempre é aquele que bota água na chaleira para ferver, dá telefonemas e anota os endereços. Não que ele não se importe, é só que não consegue deixar de se descontrolar também, o que só parece aumentar ainda mais o descontrole dos outros.

Sylvia começa a gemer e tropicar, como se todo aquele medo a tivesse exaurido.

— Ouça-me! — repete Sheila.

E Sylvia se cala e olha para ela como uma criança.

Sheila faz uma série de perguntas, uma emendada na outra. Faz pausas para que Sylvia fale, mas só por alguns instantes, antes que venha outra pergunta. Quando Sylvia responde, as respostas são fragmentos, palavras bamboleantes e capengas, o medo roubando o encadeamento das frases.

Grace estava na cozinha, diz ela, no carrinho. Iam sair. Sylvia subiu para trocar os sapatos e, quando voltou, Grace e o carrinho não estavam mais lá.

— Quanto tempo você ficou lá em cima? — pergunta Sheila.

Sylvia olha para o chão e Sheila move a cabeça para encontrar o seu olhar.

— Quanto tempo?

— Não muito — ela diz. — Não tanto tempo.

Eric põe a mão de volta no ombro de Sylvia.

— Está bem, mas quanto tempo, querida? Pode ser importante.

Os dedos de Sylvia entram nos cabelos. Aquilo parece deixar os seus olhos ainda mais abertos, ainda mais brancos.

— Eu me sentei na cama. Acho que posso ter cochilado — diz ela. — Não por muito tempo. Só por um minuto. Não sei.

Eric olha para Sheila. Seus olhos se encontram só por um instante, mas Sylvia percebe.

— A culpa não é minha! — Está gritando de novo. — Ninguém entende como é. Ninguém.

Mais gente veio para a rua. May Roper está parada à beira do jardim ouvindo, os olhos escancarados de curiosidade. Está comendo, e sua mastigação desacelera a cada frase, como se ela precisasse manter o rosto imóvel para se concentrar direito. Brian surge ao lado de seu ombro esquerdo, mas ela ergue a mão para impedi-lo de lhe atrapalhar a visão.

— Você já procurou por toda a casa? — pergunta Sheila. — Todos os cômodos?

Sylvia faz que sim. Está chorando agora, purgando-se em soluços profundos e torturantes que ecoam por todo o seu corpo.

Sheila olha em volta e avista May.

— Procure outra vez na casa — ela pede. — Só para termos certeza.

A mão de May aperta o peito.

— Eu? — ela pergunta em silêncio.

— Não pergunta, faça logo, May. Rápido.

May atravessa correndo a rua, como um inseto gigante, e Sheila volta-se para Sylvia. Há um grupo grande, agora. Harold e Dorothy Forbes, John Creasy, Brian Magro. Fazem um círculo em volta de Sylvia, tentam controlar a histeria limitando-a a um espaço cercado, como se fosse um animal selvagem que precisasse ser contido.

— Conte-nos o que aconteceu hoje de manhã — diz Sheila. — Tudo. Você se encontrou com alguém? Falou com alguém diferente?

Eric ouve enquanto Sylvia passa o dia à limpo. É um dia absolutamente banal. É estranho como o pior dia das nossas vidas começa muitas vezes como qualquer outro. Você pode até se queixar para si próprio de sua banalidade. Você pode até desejar que aconteça alguma coisa mais interessante, alguma coisa que quebre a rotina. E, então, exatamente quando achamos que não aguentamos mais a monotonia, acontece algo que abala nossa vida a tal ponto que desejamos, com todas as células do nosso corpo, que aquele dia não tivesse se tornado tão incomum.

Sylvia segura a cabeça nas mãos, como se fosse difícil carregar o peso dos pensamentos.

— Fomos a pé até a loja da esquina, buscar leite.

— Havia alguém na loja? Alguém que você não reconhecesse? — insiste Sheila. — Alguém a seguiu?

— Não vimos ninguém. A não ser o carteiro. Saímos da loja, passamos pelo Largo do Limoeiro e pela alameda. Fazia calor. Eu estava dizendo a Grace que ela não precisava do seu casaco.

Sylvia para de falar e olha para Sheila.

— O que foi? Do que você se lembrou?

— Encontramos outra pessoa — diz Sylvia. — Alguém parou para falar conosco no caminho de casa.

— Quem era? — indaga Eric. — Alguém que você conhece?

Antes de falar, Sylvia olha para cada um dos rostos à sua volta. As palavras saem abafadas, quase nada além de um suspiro.

— Era Walter Bishop. Falamos com Walter Bishop.

Todos olham para a casa 11, e todos guardam a casa em suas retinas por um instante antes de voltarem para Sylvia.

— O que ele disse? — pergunta Sheila.

— Ele disse...

Os soluços recomeçam, e Sylvia precisa encaixar as palavras em sua respiração irregular.

— Ele disse que Grace estava linda. Disse o quanto amava crianças.

Brian se vira para a casa 11.

— Bem, aí está a resposta — ele afirma.

*

— Não vamos tirar conclusões apressadas.

Eric sente que deve fazer um esforço para acalmar as coisas. Há mais gente agora, gente que não mora na vila, mas que parece ter afluído para a crise como troncos em um rio. John Creasy está organizando as pessoas em grupos para fazer uma busca no bairro. A polícia foi chamada. Alguém foi à cabine telefônica ligar para Derek.

Brian olha fixamente para a casa de Walter.

— É a única conclusão a que se pode chegar. Deveríamos ir até lá. Confrontá-lo.

— Não se pode simplesmente marchar até lá e acusá-lo de ter pego um bebê.

É Sheila quem fala, agora. Fica de costas para Sylvia, tentando protegê-la da conversa.

— A polícia vai chegar logo — diz Eric. — Vamos deixar que eles cuidem de tudo.

Brian enfia as mãos nos bolsos.

— Ele passa o dia inteiro sentado naquele parque, vocês sabem disso. No coreto. Olhando as crianças. Ele é um pervertido miserável.

— Brian tem razão, ele é isso mesmo. Eu já o vi também. — Dorothy Forbes pega o pano de prato de Sheila, e o dobra e desdobra enquanto fala. — Ele está sempre naquele coreto. Fica lá sentado, observando a meninada.

Há um intervalo de angústia. Eric pode senti-la no ar, insinuando-se pelo grupo, levantando vozes e fazendo os olhos brilharem. Tenta dizer-lhes que se acalmem, que reflitam, mas Harold circula pelo grupo, agarrando a angústia e espalhando-a.

— Bem, eu vou até lá — diz ele. — Todos nós estamos aqui, tentando ajudar. Mas cadê Walter Bishop? Onde está ele?

Harold começa a andar em direção à casa 11. Brian vem logo atrás. Eric grita para impedi-los, mas sabe que é inútil. O grupo se arrasta pela vila, movendo-se junto com a história, sem querer perder um único capítulo. Eric segue com os demais. É tudo o que pode fazer.

A casa de Walter Bishop tem o tipo de porta da frente que parece não ter sido aberta por ninguém nos últimos dez anos. A tinta do portal está descascando e a poeira transformou o preto num cinza silencioso e amortecido.

Harold soca a madeira com o punho.

Nada.

Ele soca outra vez. Grita. Tenta empurrar a lingueta da caixa de correio, mas a ferrugem comera a dobradiça.

Grita de novo.

Pela vidraça da porta, por trás do vidro jateado, Eric consegue ver algum movimento, uma rápida mudança de luz. Uma corrente balança e desliza e a porta abre alguns centímetros. O suficiente para deixar entrever a pele pálida, a barba por fazer, o reflexo de um par de óculos.

— Pois não?

A voz de Walter Bishop é suave e comum. Há um leve chiado, que transforma as palavras num sussurro.

As palavras de Harold, em compensação, parecem agulhas.

— Uma criança desapareceu. Grace Bennett. Você soube?

Walter sacode a cabeça. Eric vê a ponta das roupas do homem. Também são cinzentas. Ele parece desbotado e murcho, como se tivesse desistido de tentar deixar qualquer tipo de marca no mundo.

— Você falou com a mãe dela hoje de manhã — diz Harold. — Na alameda, perto do Largo do Limoeiro.

— Falei?

— Falou. E disse a ela o quanto você gosta de crianças.

A raiva de Harold está contida, mas empurra cada sílaba.

Walter se mexe atrás da corrente e Eric percebe a porta se fechar um pouquinho.

— Eu só estava conversando — ele explica —, sendo amigável.

— Amigável?

Há uma camada de suor na testa de Walter.

— É o que as pessoas fazem, não é? Passam o tempo, admiram a criança de alguém.

— Não quando essa criança desaparece algumas horas depois.

Eric pode sentir o peso das pessoas atrás dele. Pode senti-las se unindo e farejando. Há algumas vozes no final do grupo, resmungando baixo por enquanto, mas Eric sabe que bastaria que uma dessas vozes se erguesse para que todos se agitassem.

Harold está falando. Seu tom é lento e decidido.

— Você faz alguma ideia de onde Grace possa estar?

— Eu realmente não saberia dizer.

Walter tenta fechar a porta, mas o pé de Harold é mais rápido.

— O caso é que estamos todos aqui fora procurando por ela. Você vai se juntar a nós?

Um leve tremor surge na voz de Walter.

— Eu não saberia por onde começar. Não faço ideia de onde ela esteja.

— Talvez, então, você não se importe se dermos uma olhada na sua casa.

Com o pé de Harold bloqueando a porta, Eric enxerga um pouco melhor o rosto de Walter. Sua pele está um pouco mais leitosa, seu cabelo um pouco mais comprido. O mal-estar se concentra nas tênues gotas de suor nas bordas dos seus óculos e Eric procura um pingo de preocupação por trás das lentes. Não encontra nada. Só desconforto e uma camada de autopreservação.

— Estão em uma propriedade particular — responde Walter. — Vou ter que pedir a vocês que saiam.

— Não vamos sair daqui até encontrarmos Grace. Então é melhor que você abra esta porta e nos deixe acabar com isso.

Eric ouve botas raspando o chão e se arrastando pela calçada. As vozes se elevam, retroalimentando-se. Sente um cotovelo tocar suas costas, empurrando-o para frente.

— Eu devo insistir. — A respiração de Walter encurta, acelera. — Devo insistir para que saiam daqui.

Brian Magro está logo atrás do ombro de Eric. Há nele a raiva retesada de um jovem, Eric pode senti-la, o tipo de raiva latente e furiosa, em busca de um lugar para ser descarregada. Ele se lembra de ter tido aquele tipo de raiva, antes de o tempo amaciá-la e transformá-la em algo que ele conseguia controlar.

O grupo está prestes a explodir. Ele percebe pelas vozes, pelo empurrar dos corpos atrás dele. Olha para a soleira da porta.

Walter Bishop não tem nenhuma chance.

No instante em que ele acha que vai acontecer, no instante em que se protege contra o levante, Eric ouve um grito atrás do grupo.

— Polícia!

E é como se um nó se desfizesse. O grupo se dissolve, os homens saem andando pela vila, pelas calçadas, pelos becos.

Harold Forbes se vira e, quando o faz, a porta de Walter Bishop se fecha com um estrondo.

— Foi por pouco — diz Eric Lamb. — Eu estava ficando preocupado.

— Preocupado? Ele pegou um bebê, Eric. Ele pegou uma criança, porra!

Harold volta a olhar para a porta.

— Pelo menos a polícia chegou antes que as coisas ficassem feias.

Harold olha para trás enquanto se afasta.

— Desta vez.

A Vila, casa 4

13 de agosto de 1976

— Quero ir ao hospital.

Eu disse isso para a mamãe e o papai, disse à sra. Morton e repeti para a escuridão todas as noites, deitada na cama tentando conseguir dormir.

Ninguém me deu resposta. Em vez disso, só sorriam ou me abraçavam, como se eu não tivesse dito uma frase que fizesse sentido.

Às vezes, tentavam me distrair com doces ou revistas, e sempre que meu pai falava começava com *Vamos*.

Vamos ver televisão.

Vamos ao parque.

Vamos jogar uma partida de Banco Imobiliário, Grace. Você pode me ensinar.

Eu não queria fazer nenhum daqueles *Vamos*, eu só queria ver a Tilly.

Mamãe andava pelos cômodos, restringindo sua preocupação aos limites da casa. Tentava escondê-la atrás de olhos vazios e brilhantes e de um sorriso tão forçado e falso que achei que nunca mais poderia acreditar em seus sorrisos.

A sra. Morton aparecia com frequência. Sentava-se na cozinha com meus pais, tomava chá e comia biscoitos. Eu não sabia como não tinha percebido antes, mas, enquanto eu não estava olhando, a sra. Morton tinha ficado velha. Isso deve ter acontecido enquanto eu tomava meu lanche ou lia meu livro, ou quando me virei de costas para ver televisão, mas agora via que ela estava diferente. Seu rosto ficara cheio de vincos e seu queixo brigava consigo mesmo quando ela comia.

Decidi confrontá-los todos um dia, quando estavam sentados na cozinha, trocando entre si palavras em voz baixa.

Estacionei à soleira da porta e as vozes baixas silenciaram. Minha mãe esticou um sorriso no rosto e a sra. Morton tentou reorganizar a tristeza em seus olhos.

— Eu quero ir ao hospital — declarei.

Papai se levantou.

— Vamos arranjar alguma coisa para você comer, vamos? Que tal uma tigela de mousse? Ou batatas fritas?

— Eu quero ir ao hospital — repeti.

Papai voltou a se sentar.

— Hospital não é lugar de criança.

Mamãe esticou ainda mais o sorriso.

— A Tilly está lá — argumentei. — Tilly é uma criança.

Meu pai se inclinou para frente.

— A Tilly está se sentindo muito mal, Grace. Ela precisa ficar lá até sentir-se bem de novo.

Vi mamãe olhar para papai.

— Ela já esteve num hospital antes — eu disse. — As enfermeiras usavam enfeites no cabelo. Ela melhorou. — Senti uma bola de lágrimas subir à minha garganta. — Ela voltou para casa.

— Acho que devemos deixar as enfermeiras e os médicos tomarem conta dela. — Mamãe media as palavras. — Eles precisam descobrir qual é o problema.

— Ela tinha alguma coisa errada no sangue. — Eu soube que minha voz estava ficando mais alta, porque Remington veio andando e se sentou a meus pés. — Precisamos ir lá e contar a eles. Talvez as enfermeiras e os médicos não saibam.

— Eles sabem, Grace — disse a sra. Morton. — Estão tentando descobrir como acabar com o problema.

Fiquei olhando fixamente para os três e os três me olharam fixamente de volta, uma parede de adultos.

— Eu quero ir ao hospital. Ela é minha amiga, e eu tenho um presente para ela. Se a amiga de vocês estivesse no hospital, vocês também iam querer visitá-la.

A sra. Morton pousou sua xícara no pires, muito devagar, e olhou para meus pais.

— Acho que, às vezes — disse ela —, é melhor que as crianças vejam por si mesmas. Do contrário, vão preencher as lacunas com todo tipo de coisas.

Meu pai fez que sim, e olhou para minha mãe.

Todos estavam olhando para minha mãe.

— Muito bem — ela declarou, depois de um instante. — Não se importem comigo. Vocês façam o que acharem melhor.

— Muito bem — disse meu pai. — Nós vamos.

Mamãe pareceu desapontada. Estava acostumada a ter suas palavras mais bem traduzidas.

A calha

13 de agosto de 1976

— Correio!

Keithie despejou uma pilha de cartas no colo de Sheila Dakin e sua bicicleta desapareceu na esquina das garagens.

Sheila abriu os olhos de repente e sentou-se na espreguiçadeira.

— Santo Deus, Keithie! Assim você me mata do coração!

Havia um envelope interessante, branco, datilografado. Ela o pegou e deixou que os envelopes marrons escorregassem para a grama. Brian se abaixou para pegá-los.

— Não se incomode, Brian — disse ela. — Se eu os perder, a companhia de eletricidade sempre será gentil o bastante para me mandar outra conta.

Ela olhou para as espreguiçadeiras vazias.

— Tranquilo, hoje, não é?

Brian voltou a se sentar.

— Harold desistiu. Diz que não tem nem mais certeza de que se trate de Jesus. Diz que é bem provável que só estejamos nos enganando.

Sheila olhou para Jesus e apertou os olhos.

— Onde estão todos os outros?

— Dorothy estava aqui ainda agora, mas depois disse que estava preocupada demais com Tilly. Disse que não podia mais olhar para Jesus e foi para casa se deitar.

— Alguma notícia?

Brian sacudiu a cabeça e olhou para o chão.

Sheila endireitou o corpo e pôs as pernas no pneu que tinha reinventado como banquinho.

— Coitadinha da menina! Fico com o coração partido, de verdade. Você vai entender quando tiver seus próprios filhos.

— Sem muita chance...

Brian riu, mas seus olhos não riram junto.

Ela olhou para ele. Magricela e inseguro, um homem que nunca se livrara das incertezas da adolescência. Até Keithie tinha mais confiança em si mesmo.

— Você precisa se mudar da casa 2 antes que seja tarde demais. Corte essas amarras, Brian.

— Ela apertou demais os nós — ele respondeu. — Também sem muita chance disso acontecer.

Sheila sacudiu a cabeça e olhou para o envelope.

— Acho que é da prefeitura. Sobre trabalho voluntário. Margaret disse que eu gostaria disso.

Entregou-o a Brian.

— Leia para mim, por favor. Eu não trouxe os óculos.

O envelope ficou em sua mão.

Ela o olhou de novo.

— Brian?

— Você não precisa que eu leia agora — disse ele. — A carta não vai fugir, não é? Leia mais tarde.

— Mas eu quero saber o que diz aí.

Ela esticou um pouco mais o braço.

— Quero saber se eles vão me aceitar.

Ele olhou para ela.

— Eu não posso, Sheila.

— O que você quer dizer com não pode?

Ela observou o sangue subir pelo pescoço de Brian e chegar até o rosto. Ele olhou para as espreguiçadeiras, a calha, os pés — qualquer lugar, menos para os olhos de Sheila.

— Brian?

— Quero dizer que não sei. Eu simplesmente não sei.

*

— Seu pateta, por que você nunca disse nada?

Brian estava de pé junto à calha fumando um dos cigarros de Sheila, ainda que não fumasse mais e não tivesse conseguido falar nos primeiros dez minutos, por causa da tosse.

— Como é que eu poderia? — ele reagiu. — Como eu poderia dizer isso às pessoas?

— Elas entenderiam, Brian.

— Entenderiam que sou burro — ele respondeu. — Entenderiam que eu sou um perfeito idiota.

— Você não é idiota. E deve saber ler um pouquinho. Algumas palavras?

Ele deu outra tragada no cigarro.

— Algumas. Mas as letras ficam todas nadando na página, e eu não consigo botá-las na ordem. Ficam todas misturadas.

Olhou para ela, e ela se deu conta de que o estava encarando.

— Está vendo? Nem você entende. Até você acha que eu sou burro.

— Não acho, Brian. — Ela podia ver a frustração dele se transformando em raiva. — Estou tentando entender, juro que estou.

— Margaret Creasy entendia. — Ele puxou a última fumaça do cigarro. — Ela estava me ajudando.

— Como ela estava te ajudando?

— Aquele compromisso... Ela estava me ensinando a ler. Pediu para eu pegar um livro na biblioteca. Um que eu gostasse da cara.

Sheila largou a carta e se levantou.

— Ah, Brian! Por que você deixou isso para tão tarde? Por que diabos você não nos contou antes?

— Minha mãe. — Ele olhou para Sheila. Um olhar de criança, um olhar de quem não questionava. — Ela disse que não tinha importância. Disse que, se eu precisasse ler alguma coisa, ela sempre estaria por perto para ler para mim.

Brian deixou o cigarro cair e amassou-o no cascalho com a bota.

— De qualquer maneira, como eu poderia contar a alguém? Como eu poderia enfrentar esse tipo de vergonha?

Ele começou a se afastar.

— Vocês todos iam me achar esquisito.

A Vila, casa 4

15 de agosto de 1976

— Você sabe que não vai poder entrar no quarto? — perguntou meu pai.

Respondi que sim, que sabia, porque já tinham me dito quatro vezes.

— Porque não querem que a Tilly seja contaminada por nenhum dos seus germes — ele explicou. — Precisam manter tudo muito limpo.

— Eu sou limpa — afirmei.

— Extra limpo. — Ele pegou as chaves do carro.

Mamãe estava de pé na entrada, tamborilando os dedos na madeira da porta.

— Vamos acabar logo com isso — ela disse.

*

Eu nunca tinha estado em um hospital antes, a não ser quando nasci, o que decididamente não contava. Era um prédio comprido que serpenteava as margens da cidade, e era possível perceber que outros prédios tinham sido adicionados à serpente, à medida que mais e mais pessoas ficavam doentes e precisavam de lugares para se tratar.

Tivemos que deixar o carro bem longe da entrada e caminhar em fila pelo estacionamento, mamãe de braços cruzados e papai empurrando os pensamentos para dentro dos bolsos. Quando enfim chegamos ao corredor principal, não tínhamos ideia de para onde ir. Ao visitar um hospital, acho que você sempre consegue identificar as pessoas que trabalham lá, porque elas usam sapatos muito silenciosos e sempre olham diretamente para a frente quando estão andando. Todas as demais prestam atenção nas placas penduradas nos corredores, apontam para mapas e seguem pequenas setas pintadas no chão.

— É por aqui — disse meu pai.

E andamos até o final de um saguão muito comprido, cheio de imagens de flores e de sapatos muito silenciosos. No final de um corredor ficava a Ala Infantil. Havia uma imagem do Tigrão pintada no muro externo.

— Bem, a Tilly não vai gostar nada disso — falei. — Ela nem gosta do Tigrão. Ela acha que ele é barulhento demais.

*

Meu pai falou com a enfermeira na recepção, e a enfermeira na recepção me olhou por cima do ombro do papai e sorriu fazendo sim com a cabeça.

Enquanto os dois conversavam, andei por volta dali. Não conseguia ver a Tilly em lugar nenhum.

Imaginei que houvesse mais barulho numa ala infantil. Achei que houvesse jogos, marcadores coloridos e desenhos animados. Achei que haveria gritos. Como no colégio, mas com enfermeiras em vez de professoras. Não havia nenhuma dessas coisas. As crianças estavam deitadas em colchões estreitos, as cadeiras dos pais puxadas para perto das camas e mães adormecidas deitadas com as mãos enfiadas em bercinhos. Só uma garotinha estava sentada em uma mesa, desenhando. Quando ela se virou para mim e sorriu, vi um tubo saindo do seu nariz, que subia e se enroscava numa de suas orelhas.

Voltei para minha mãe e me encostei às suas pernas.

Ela pôs os braços em volta do meu ombro e disse "Eu sabia" e lançou um olhar feroz para as costas do papai.

*

A enfermeira nos conduziu por outro corredor, passando por mais paredes pintadas, pias gigantes e pilhas de toalhas em gaiolas de metal.

Vi papai olhar para mamãe.

— É por aqui — disse a enfermeira. — A mãe da Tilly acabou de ir até a cantina.

Precisei dar mais alguns passos para chegar perto dela.

— Eu sei que eu não posso entrar — falei —, mas eu trouxe um presente para a Tilly.

Paramos diante de uma porta. Estava escrito "LAVE SUAS MÃOS" em letras garrafais, como se a porta estivesse gritando com todos.

— Não podemos levar nada lá para dentro — explicou a enfermeira. — Há risco de infecção.

— Mas é importante.

Minhas palavras saíram altas e tremidas.

— Quem sabe... — disse meu pai à enfermeira — Quem sabe você pode entregar o presente para a Tilly quando ela melhorar?

Vi a enfermeira olhar para o papai.

— Está bem — ela respondeu, sem tirar os olhos dele. — Vamos fazer assim então.

Entreguei-o a ela, e ela o botou no bolso.

*

Havia uma grande janela ao lado da porta e a persiana estava aberta. Ficava muito no alto e o papai precisou me levantar para que eu pudesse olhar.

A luz do quarto não estava acesa e, no começo, não consegui ver muita coisa. Havia os pés de uma cama e o canto de uma pia, mas todo o resto parecia desaparecer na escuridão. Foi só quando meus olhos se acostumaram e os vultos começaram a se juntar e criar um quarto que me dei conta de que estava olhando direto para Tilly.

Ela estava sem óculos e sem chapéu, e parecia minúscula e pálida. A cama parecia engoli-la. Sua cabeça era pequena demais para os travesseiros e suas mãos agarravam os lençóis, como se ela estivesse tentando ao máximo se manter presa ao mundo.

Ainda que ela estivesse de olhos fechados, eu acenei. Acenei cada vez com mais força, porque parecia que se eu acenasse com bastante força ela poderia ouvir e abrir os olhos.

Gritei seu nome.

— Não grite, Grace — disse meu pai.

Gritei outra vez. E mais outra.

— *Acorda* — eu gritei. — *Acorda, acorda, acorda.*

Papai me botou no chão.

— Grace! Isto aqui é um hospital, você não pode gritar! Ele estava gritando.

— Aquela não é a Tilly — declarei. — Se fosse a Tilly, ela saberia que sou eu e acordaria.

A enfermeira se abaixou ao meu lado.

— Ela está muito doente, Grace. Ela está doente demais para acordar agora.

— E que droga você sabe sobre isso? — gritei.

Fiquei de pé e comecei a correr. Passei correndo pelas imagens, pias e toalhas e mamãe e papai correram atrás de mim até chegarmos ao corredor.

— Tilly não pode desaparecer — berrei. — Vocês não podem deixar a Tilly desaparecer.

Minha mãe parou de correr. Ouvi sua voz ecoar pelo corredor.

— Eu disse que era uma péssima ideia, Derek — ela gritou. — Eu avisei que era uma ideia de merda.

Todos os sapatos silenciosos se viraram e a encararam.

A calha

15 de agosto de 1976

Sentei-me no cascalho em frente a Jesus.

Quando chegamos do hospital, saí na mesma hora. Mamãe queria que eu ficasse em casa, mas papai disse que seria melhor que eu *tirasse tudo aquilo de dentro de mim*.

Eu não sabia o que havia dentro de mim, mas achei que poderia ajudar se eu fosse ver Jesus. Se bem que já estava falando com Ele há dez minutos e ainda não sentia nenhuma diferença.

A sra. Forbes levara embora todas as espreguiçadeiras e a mesa de jogos, e a única coisa que dizia que algum de nós havia estado lá era um dos chinelos de Sheila Dakin lá perto do muro da garagem.

Encarei Jesus.

— Por que você está fazendo a Tilly desaparecer? — perguntei.

Ele me olhou de volta com olhos de óleo.

— Achei que, se eu o encontrasse, isso manteria todos a salvo. Achei que, se você estivesse aqui, era porque todos nós poderíamos ficar no lugar a que pertencemos.

Um sol vespertino escalou o lado da garagem. Rolou por cima de Jesus e da calha e ergueu-se até o alto do muro, onde encontrou uma aranha tecendo, planejando e estendendo sua teia.

Tilly adorava aranhas. Dizia que eram espertas, pacientes e gentis. Não conseguia entender por que todos tinham tanto medo delas, e eu quis que ela visse aquela. Mas Tilly não estava comigo.

A única coisa que estava comigo era o vazio, o espaço da minha vida que Tilly costumava preencher.

Jesus só observava. Seus contornos tinham começado a borrar e as linhas de seu rosto, a empelotar e descamar.

— Por favor, não a deixe ir embora — pedi.

Mas parecia que, assim como todos os outros, Jesus também estava disposto a desaparecer.

A Vila, casa 4

17 de agosto de 1976

Estávamos sentados na sala de estar. Meus pais, eu e a tigela de mousse que mamãe tinha preparado para mim.

— Você não quer? — ela perguntou.

Olhei pela janela.

— Não estou com fome.

Eu podia ver a sra. Dakin em sua espreguiçadeira, Eric Lamb podando alguma coisa em seu jardim e a sra. Forbes andando de um lado para o outro em seu caminho de pedrinhas com uma vassoura. Era como se nada tivesse mudado, como se o mundo continuasse a girar, mesmo que parte dele estivesse sumindo.

— Por que não olhamos o catálogo de compras? — ofereceu mamãe. — Isso sempre te anima.

Ela estava se esforçando muito. Virou as páginas, apontando, tentando fazer piada com os modelos e escolhendo presentes imaginários para todos nós.

Chegamos a um dos meus círculos verdes e ela olhou para o meu pai.

— Se você quiser, pode ter estes tamancos, Grace — disse ela.

Encarei-a.

— Não podemos comprá-los — falei. — Somos pobres.

— Podemos pagar 25 centavos por semana em 48 suaves prestações.

Ela abraçou os meus ombros e apontou para as linhas verdes.

Olhei para os tamancos.

— Na verdade — eu disse —, acho que eles não são muito a minha cara, afinal. Acho que prefiro ficar mesmo com as minhas sandálias.

Mamãe tirou o cabelo do meu rosto e deu um sorriso brilhante.

*

— É um carro de polícia — informou meu pai.

Tínhamos ouvido o ronco de um motor e o baque de portas sendo fechadas, e papai foi à janela para investigar.

— O inspetor Hislop e aquele outro guarda — disse papai. — Como é o nome dele?

— Green? — sugeriu mamãe.

— Isso mesmo. Green.

Mamãe ergueu os olhos.

— Você acha que encontraram Margaret? — ela perguntou.

Papai abriu um pouco mais a cortina.

— Não sei. Mas estão todos lá fora.

O catálogo caiu em cima do carpete quando mamãe se levantou.

*

Quando chegamos lá fora, o detetive Hislop estava cercado.

Todos pareciam gritar perguntas para ele: o sr. Forbes e May Roper, Brian Magro em sua jaqueta de plástico e Dorothy Forbes girando os braços e ficando histérica. O guarda Green tentava mantê-los quietos e o detetive Hislop apertava as mãos e se recusava a abrir os olhos até que todos calassem a maldita boca. O sr. e a sra. Kapoor estavam parados à porta de sua casa completamente abismados.

— Se vocês todos puderem sair do caminho... Eu preciso entrar e ter uma conversa com o sr. Creasy — disse o detetive Hislop.

Ele tentou andar até a casa 8, mas todos se moveram junto com ele, como um lago de curiosidade.

John Creasy estava de pé no meio-fio. Era o único que não fazia barulho.

— Qualquer coisa que o senhor quiser me dizer — reagiu ele —, pode me dizer aqui fora, na frente de todos.

Suas palavras pareceram fazer muito mais efeito do que as do detetive Hislop ou do guarda Green, pois todos ficaram muito quietos.

O detetive passou os olhos por todos os rostos. Virou-se para o guarda Green, que só encolheu os ombros e tirou um bloco do bolso.

— Muito bem — disse ele.

Fez uma pequena pausa, e todos nós pausamos com ele, prendendo a respiração.

— Eu vim aqui hoje para lhe dizer que sua esposa entrou em contato com uma de nossas delegacias de polícia para informar que está, realmente, viva e passando bem.

Todos nós parecemos voltar a respirar ao mesmo tempo. Se bem que o som ouvido foi como se todo o ar estivesse sendo aspirado, e não expirado.

— Eu sabia — disse o sr. Creasy. — Eu disse a todos vocês, não disse? Eu lhes disse que ela estava viva.

Ninguém respondeu. Todos os rostos estavam em silêncio, mas achei ter ouvido alguém lá atrás dizer *Ah, meu Deus*.

— Onde ela esteve? — perguntou John Creasy. — Ela disse por que foi embora?

— Acredito que ela tenha dito que tinha muita coisa na cabeça — respondeu o detetive Hislop. — Ela usou uma dessas expressões modernas que as mulheres parecem adorar hoje em dia. Como era mesmo, guarda Green?

O guarda Green consultou o seu bloco.

— Ela disse que precisava "espairecer a mente", senhor.

O detetive Hislop balançou a cabeça.

— Isso mesmo. "Espairecer a mente".

Desta vez, eu definitivamente ouvi alguém dizer *Ah, meu Deus*.

— Ah, e ela nos pediu que lhe entregasse isto — continuou o detetive Hislop.

O guarda Green entregou um envelope para o sr. Creasy.

O detetive olhou para o grupo.

— Ela disse que todos vocês compreenderiam.

John Creasy olhou fixamente para o envelope e todos nós olhamos fixamente junto com ele. O detetive

Hislop e o guarda Green caminharam de volta até a viatura da polícia.

— Ela vai voltar para casa? — gritou o sr. Creasy. — Ela disse se vai?

— Ah, acredito que sim, senhor.

O detetive abriu a porta de trás da viatura e entrou.

O guarda Green girou a chave na ignição. O detetive Hislop abaixou o vidro, olhou para todos nós e falou:

— Mas ela disse que primeiro gostaria de dar um pulo na delegacia e ter uma conversinha conosco.

*

Observamos o carro da polícia descer a vila e desaparecer na esquina. O silêncio era tal que o ruído do motor perdurou no ar por séculos.

O sr. Creasy ainda estava de pé com a carta em suas mãos estendidas.

— Você não vai abrir, John? — perguntou o sr. Forbes.

O sr. Creasy virou o envelope.

— Está endereçado "À Vila" — disse ele.

— Então é para todos nós? — reagiu Sheila Dakin.

O sr. Creasy fez que sim. Abriu o envelope e tirou uma folha de papel. Quando a leu, ergueu os olhos, franziu o cenho e releu.

— Então? O que ela diz? — perguntou Sheila.

Ele olhou mais uma vez para o papel.

— Não entendo...

— Pelo amor de Deus, homem, desembucha! — disse Harold.

John Creasy limpou a garganta e começou a ler.

— Mateus, capítulo 7, versículos 1 a 3.

Todos nós esperamos.

— Só isso? — indagou Sheila Dakin.

O sr. Forbes jogou os braços para cima.

— Mas que diabos isso quer dizer? Essa mulher ficou completamente biruta?

A sra. Forbes e a sra. Roper trocaram olhares. Quando falaram, as palavras saíram exatamente ao mesmo tempo.

— *Não julgueis, para não serdes julgados* — disseram, como num dueto.

A Vila, casa 12

17 de agosto de 1976

Sheila Dakin escancarou a porta da despensa e começou a puxar as latas das prateleiras.

— Mãe? O que você está fazendo?

Ela sabia que a garrafa estava vazia, mas valia a pena olhar de novo. Sempre valia a pena olhar de novo. Às vezes, ela se esquecia de onde a tinha deixado. Sempre havia uma chance.

Conchas de macarrão se espalharam pelo chão.

— Mãe?

Lisa estava na porta, o cabelo enrolado em uma toalha.

— Estou procurando uma coisa, Lisa.

Talvez houvesse uma embaixo da pia. Ela se lembrava de ter deixado alguma coisa lá há algum tempo. Talvez. Empurrou Lisa e a tábua de passar.

— Vinte e oito graus! — apontou para o termômetro no peitoril da janela. — Vinte e oito malditos graus. Como é que alguém consegue funcionar nessa porcaria de calor?

Ficou de cócoras no chão e se enfiou no armário. Latas de polidor de metais e garrafas de limpa-vidros caíram como pinos de boliche.

— Mãe, que diabos aconteceu?

Sheila olhou por cima do ombro.

— Margaret Creasy, foi o que aconteceu. Margaret Creasy está voltando.

— E isso não é bom? — perguntou Lisa.

— Não, isso não é bom. Isso não é nem um pouco bom.

Sheila voltou ao armário.

— Porque ela não vai voltar sozinha.

— Não?

— Não, Lisa, não vai.

Uma lata de lustra-móveis rolou pelo linóleo.

— Ela está voltando com todos os nossos segredos. Com um baú cheio deles. Ela sabe de tudo.

*

— Pronto! Estamos todos perdidos.

Dorothy Forbes apareceu à porta, braços erguidos para o céu. Ela oscilava para lá e para cá, histérica, no centro de uma onda cinzenta.

— Ai, meu Deus, Dot! Isso é tudo do que eu preciso...

Dorothy deve tê-la seguido pela vila.

— Estou dizendo, Sheila. Estou dizendo isso desde o começo. Aquela mulher descobriu tudo. Vai ser o fim de todos nós.

Sheila se sentou em cima de um pacote de palha de aço.

— Não seja tão melodramática, Dot. Só precisamos pensar, só precisamos combinar as nossas histórias.

— Eu nem sei mais qual é a minha história. Toda vez que tento pensar nisso, fico toda atrapalhada.

Lisa puxou a toalha do cabelo e olhou para ambas.

— Vocês duas ficaram malucas! — declarou, e girou nos calcanhares.

Seus passos ecoaram pela escada e pelo teto.

Sheila ficou de pé e pegou o maço de cigarros.

Quando viu, Dorothy estava recolhendo do chão todas as latas e pacotes e arrumando-os nos armários.

— Você quer parar de limpar a casa dos outros, Dot? Isso me deixa maluca.

— Não consigo. — Dorothy alcançou uma garrafa de água sanitária debaixo da mesa da cozinha. — São os meus nervos — explicou.

— Precisamos nos acalmar.

Sheila começou a andar pelo linóleo, cigarro na mão.

— Precisamos juntar todas as peças. O que você disse a Margaret? O que, *exatamente*, você disse a ela?

Sheila esperou. Podia sentir seu coração pulsando no pescoço.

Dorothy a encarou e piscou.

— Dorothy?

— O que foi mesmo que você perguntou, Sheila?

A pulsação pareceu se espalhar por todo o corpo de Sheila Dakin, revirando seu estômago, socando o peito e martelando os lados do seu crânio. Ficou olhando para Dot, que dobrava o pano de prato.

Para este lado, depois para aquele. Quadrados de tecido, para a frente e para trás nas mãos dela.

— Quer parar de dobrar esse maldito pano de prato?

— Não consigo. É o hábito — disse Dorothy. — Nem percebo que estou fazendo.

Sheila deu uma tragada no cigarro.

— Aliás, panos de prato não devem ser dobrados. Não de acordo com Walter Bishop, pelo menos. Eles guardam germes.

A dobradura parou e ela colocou o pano de prato em cima da pia.

Sheila ficou olhando. A cozinha estava em silêncio, mas o tique-taque de seus pensamentos não parava. Ela olhou outra vez para o pano de prato. Dobrado. Em cima da pia.

— Walter Bishop não dobra panos de prato — ela afirmou.

Dorothy piscou.

— Mas você dobra, Dot. Não dobra?

Não houve resposta.

— Dorothy? — ela insistiu.

Dorothy Forbes olhou para o pano de prato e depois para Sheila. Seus olhos estavam muito abertos e muito azuis.

— A vila inteira queria que ele fosse embora, Sheila. Todos disseram isso. Eu estava fazendo um favor para todo mundo.

Ela não respondeu. Pela primeira vez na vida, Sheila Dakin ficou sem palavras.

Casa 3, Sítio da Tramazeira

17 de agosto de 1976

A sra. Morton colocou o fone de volta no gancho.

Achou que seriam notícias de Tilly, mas era May Roper, de pé em uma cabine telefônica com uma pilha de moedas, distribuindo novidades a respeito de Margaret Creasy. Teve a impressão de que aquele telefonema era o primeiro de uma longa lista.

O bairro sempre foi assim. Um desfile de pessoas, agrupadas pelo tédio e pela curiosidade, passando as desgraças alheias entre si, como um embrulho. Foi a mesma coisa quando Ernest morreu. Foi a mesma coisa depois do funeral.

Ela voltou para a sala de estar, para sua poltrona e o seu tricô, mas mesmo que a lã estivesse à sua espera, enrolada nas agulhas e no meio de um ponto, ela não conseguia se concentrar. Levantou-se e afofou as almofadas. Abriu um pouco mais a janela e afastou o banquinho, mas não ficou bom. O sentimento de tranquilidade havia desaparecido, e em seu lugar havia uma onda de mal-estar. Ela não sabia bem se era por causa da expectativa ofegante na voz de May Roper ou se devido à impressão de que, nos últimos tempos, o passado parecia encobrir o presente, ou talvez não fosse por nenhuma dessas coisas. Talvez fosse a sensação de que deixara escapar alguma coisa, alguma coisa a respeito daquele dia que continuava inerte e guardado em sua memória, à espera de que ela descobrisse e se lembrasse.

7 de novembro de 1967

Há vinte e dois cartões em cima da lareira.

A sra. Morton conta-os, embora saiba que a quantidade não mudara nas últimas três horas. Estão dispostos na diagonal entre o prato trazido de Llandudno no ano anterior e o seu retrato de casamento, unificando sua vida com sincera compaixão.

Há mais cartões na mesa da cozinha e alguns na prateleira do telefone no corredor, mas ela ainda não tinha tido vontade de abri-los. Só se repetiam, um igual ao outro, um fluxo interminável de eloquentes cachoeiras jorrando profundas condolências. Muito pode ser dito a respeito das pessoas pelo cartão que escolhem. Há os cautelosos, os de lírios e borboletas, com mensagens diretas num texto simples. Depois, há os que indicam um esforço maior, os de pôr do sol, arco-íris e cadeias de montanhas com interessantes formações rochosas. E, é claro, os religiosos, os que sugerem que você está sofrendo por uma razão muito boa, que afirmam que o Senhor está supervisionando seu infortúnio, e tudo em rebuscadas letras douradas, porque, quando Deus fala, parece só falar em textos ornamentados.

Chamai-me no dia do infortúnio, eu vos libertarei, diz um deles.

Beatrice Morton não sabe se jamais será liberta... Não do desespero ou da dor, mas da vergonha.

*

Ela se senta à luz do dia, filtrada pela cortina. O sol fraco de novembro atravessa o tecido e elimina as sombras. As cortinas estavam fechadas há duas semanas, e mantinham a casa em suspenso entre a perda e a aceitação. Ela as fechou assim que o policial saiu, observando-o se afastar enquanto as puxava. Ele se revelara um rapaz compassivo, mas inseguro e claramente em dúvida quanto à etiqueta que deveria usar para informar a alguém que seu recém-falecido marido usufruía da companhia de uma passageira feminina, adquirida em algum lugar entre o posto de gasolina de Chiswick Flyover e a autoestrada. Ela teve vontade de deixá-lo mais à vontade, de dizer-lhe que há muito tempo sabia daquela passageira, que os últimos quinze anos tinham sido vividos à sombra dela, e de falar do imenso esforço necessário para criar uma vida em torno da sua existência. Teve vontade de oferecer ao guarda outra xícara de chá e de suavizar as arestas da conversa para que pudessem enfrentar juntos aquele constrangimento. Mas o policial precisava se ater a um inventário, ao questionário que era obrigado a preencher antes de se permitir abandonar a ponta da cadeira e a xícara intacta.

Ernest nem gostava dos New Seekers, ela havia dito, em busca de uma saída que pudesse trazê-lo de volta dos mortos.

O guarda fabricara um grupo de pequenos pigarros no fundo de sua garganta e explicara que a passageira feminina havia sobrevivido. Mais do que sobrevivido, estava naquele momento sentada no Pronto-Socorro do Royal Berkshire Hospital, tomando chá num copo de plástico e explicando tudo a um de seus colegas.

Sinto muito, disse ele, embora ela não soubesse exatamente se ele estava lamentando a morte do seu marido ou se desculpando porque a amante havia sobrevivido.

Enquanto o observava se afastando, ela soube. Soube que ele contaria à esposa naquela mesma noite enquanto jantavam, recostando-se na cadeira, mastigando os detalhes da vida dela a cada garfada. E, no dia seguinte, a mulher dele se sentaria na cadeira de um salão de beleza e diria *você não pode contar isso a ninguém*, e a cabelereira seguraria um pente entre os dentes e arrumaria mechas de cabelo em volta de rolos de plástico azul, imaginando a quem contaria primeiro. E soube com que facilidade todos ficariam sabendo do segredo que tanto se esforçara para manter oculto.

*

O calor da luz do sol encontra o peitoril da janela e carrega para a sala o cheiro de flores murchas. A casa foi tomada pela morte de Ernest. Há flores escondidas por toda parte, em vasos, vidros de geleia e jarras de barro. Suas folhas se consomem em frágeis esqueletos e as pétalas se acumulam em cachos solenes por cima do carpete. Ela deveria realmente tirá-las dali, lidar com os vapores de água estagnada que enchem o ar de uma decadência lenta e silenciosa, mas não consegue reunir forças para limpar aquilo tudo e recomeçar. E, para piorar as coisas, ela própria jamais desejara aquela bagunça.

As flores eram deixadas à soleira da porta, ou entregues por uma moça amável, numa caminhonete vermelha. Ninguém havia entrado na casa. Sheila e May foram até a porta, três dias depois do acidente, munidas de curiosidade e meia garrafa de xerez, mas até elas desapareceram quando se deram conta de que a viúva vestia um casaquinho bege e falava muito pouco. E com certeza nada dizia a respeito de maridos mortos, muito menos de amantes de maridos mortos. Queriam saber como ela estava se saindo *naquelas circunstâncias*, mas eram circunstâncias que ela não conseguia discutir nem consigo mesma, quanto mais com as sobrancelhas esperançosas de Sheila e as subidas e descidas da laringe de May, viajando pelas dobras do seu pescoço.

Em compensação, o funeral as alimentara em seu nome. O funeral providenciara um banquete. Exibira sua estupidez para que todos vissem, para que se desfiassem todos os novelos de infelicidade, todas as mentiras, e ela sabe que o que quer que fizesse no futuro sempre seria encenado no palco de sua própria estupidez. Não se virou quando começaram os soluços. Passara quinze anos olhando para a frente e não seria agora que desviaria o olhar.

*

Precisa ir às compras, mas cada jornada fora de casa é difícil. Tenta andar pela calçada menos movimentada, na hora mais calma do dia, mas ainda se sente como uma atração, uma curiosidade. Sabe que sua presença na rua animará as conversas como uma guirlanda de luzes coloridas. Tão logo ela não possa mais ouvi-los, começarão todos a dissecar sua desgraça e seu ridículo, e a saboreá-los em bocados comedidos.

Move-se de loja a loja, tão silenciosa quanto pode, como um animal acuado.

As mãos da mulher no armazém apertam as suas.

— E como está se sentindo? — ela pergunta, inclinando a cabeça para um lado e franzindo a testa, como se a sra. Morton fosse um enigma que precisasse ser desvendado.

— Como quem quer meio quilo de tomates — responde a sra. Morton — e um de seus melhores repolhos.

Não sabe muito bem como se sente. Ou como esperam que se sinta. Seus sentimentos são normais? Adequados? Nunca perdera um marido antes. Há uma parte dela que acha que deveria estar mais descontrolada, e ela se apronta todas as manhãs, preparando-se para a tristeza. Que nunca chega. Em vez disso, há uma desagradável sensação de interrupção. Como se, na viagem que planejara para si mesma, tivesse sido obrigada a tomar uma estrada alternativa, e não sabe se o choque que sente é o resultado de perder Ernest ou a surpresa de ter precisado mudar seus planos de viagem.

Atravessa a rua Principal e vai para a calçada com menos lojas. Os olhares ainda a encontram, mas parece mais fácil controlá-los quando o asfalto os separa. Deste lado, há alguns bancos, um salão de beleza e uma loja que vende roupas de bebê. As liquidações já começaram e há faixas vermelhas e brancas gritando seu nome de todas as vitrines.

— Beatrice!

Ela está ocupada demais olhando para a Promoção Imbatível na loja de sapatos do outro lado e quase atropela Dorothy Forbes.

— Como vai você? — Dorothy arrasta as palavras para preencher toda a calçada.

— Não tenho do que me queixar — ela responde.

— Não tem?

Dorothy parece claramente desapontada.

— Não adianta nada, não é?

A sra. Morton tenta sorrir, mas não tem certeza se viúvas sorridentes são adequadas, então sua expressão evolui para uma estranha careta que distorce metade do rosto.

— É, mas considerando as circunstâncias... — diz Dorothy.

O final da frase fica em suspensão por alguns instantes, antes de se dissolver. Todos falam das circunstâncias, mas na verdade ninguém quer dizer exatamente quais são.

A sra. Morton faz alguns sons de "se você me der licença" ou algo assim e tenta se afastar da grande tampa xadrez do carrinho de compras de Dorothy.

Dorothy se desloca um pouco para a esquerda.

— Foi um belo funeral, em grande parte.

Há uma mancha de batom cor de tangerina nos dentes da frente de Dorothy. Seus lábios se movem depressa demais em volta das palavras, deixando para trás um borrão alaranjado.

— Péssimo o que aconteceu entre o Salmo 23 e a entrada do órgão, veja só.

Ela está encurralada. Encurralada entre as rodas do carrinho, a entrada de uma loja e a compaixão tangerinada de Dorothy Forbes.

Chocante. Alarmante. Constrangedor, está dizendo Dorothy.

— Se você me der licença...

Você a conhecia?

— Eu preciso mesmo...

Harold diz que ela não é daqui.

— Eu deveria realmente...

Ela deve ter sido muito amiga de Ernest... Para estar tão perturbada...

— Há algo que preciso daqui.

E ela entra na loja, fechando as perguntas do outro lado, olhando pela vitrine enquanto a derrota se espalha pelo rosto de Dorothy em pequenas porções de desapontamento.

É a loja de bebês.

Nunca esteve ali antes. O cheiro é de lã e toalhas, um cheiro limpo, incólume, intocado, que só as crianças parecem capazes de produzir. A mocinha atrás do balcão levanta os olhos e sorri. É muito jovem, com certeza jovem demais para ter um bebê, mas a sra. Morton sabe que havia perdido a capacidade de julgar a idade alheia. Seu barômetro quebrara com o tempo, calibrado apenas pela teimosa percepção que mantém de si mesma. A mocinha volta ao trabalho de dobrar roupas. Não olha para a sra. Morton com expressão de interesse. Não há julgamento, nem opinião. Talvez seja de longe. Ou talvez os cochichos ainda não se tenham infiltrado entre as fraldas e cueiros.

Seu olhar passeia pelas prateleiras. Todas preenchidas com conforto. Tudo se destina a acalmar, cobrir ou embalar. Até as cores são repousantes: azul pálido, rosa clarinho e pêssego suave e esmaecido. Há ali um oásis de descanso do ruído das outras pessoas, uma sensação de que todas as coisas acabarão por passar, um sentimento de calma envelopado nas mantas e colchas e oculto entre as dobras silenciosas dos crochês.

— Você tem uma linda loja — comenta.

É a primeira vez, nas últimas duas semanas, que fala de outra coisa que não seja a morte.

A mocinha levanta os olhos e dá outro sorriso.

— É tudo tão tranquilizador — diz a sra. Morton. — Transmite calma.

A mocinha continua a dobrar roupas. Está colocando cobertores em sacos de polietileno, e as embalagens crepitam de leve enquanto ela trabalha.

— Sem dúvida, os bebês podem ser as criaturas mais tranquilizadoras da terra, desde que não estejam chorando.

A frase é alinhavada e franzida por um sotaque irlandês.

— Você não é daqui?

A mocinha sorri para as dobras. Um sorriso ensaiado.

— Não — respondeu. — Sou uma forasteira.

— Eu não diria forasteira.

A mocinha levanta os olhos. Dança neles um ar de malícia.

— Ah, eu diria. Esta cidade sempre se abala um pouco com qualquer coisa fora do comum. Não lida bem com um cardápio variado.

— Bem, isso lá é verdade.

A sra. Morton passeia pela seção seguinte. Há bolas de lã, arrumadas em pirâmides, e fileiras de padrões de tricô. Padrões de tricô para qualquer item imaginável de um enxoval de bebê.

— É por isso que gosto de ficar perto das crianças — diz a mocinha. — Elas só veem você. Não veem todas as coisas que carregamos nos bolsos.

A sra. Morton não conhece muitas crianças. Há Lisa Dakin, é claro, mas ela agora passa o dia inteiro no colégio, transformando-se numa versão reduzida de Sheila. Grace Bennett deve estar completando um ano. Ela sempre vê Grace e a mãe pelo bairro, e elas se deixam ficar por ali e passam o dia, mas Sylvia sempre parece exausta, como se tivesse acabado de acordar de um cochilo. A sra. Morton olha para as imagens dos padrões de tricô. Um coral de bebês lhe devolve o olhar. Cabeças arredondadas e macias como ovos e íris profundas e claras sem qualquer intenção além da inocência. É disso que ela precisa. De olhos sem veredictos, de pessoas que não queiram ver o que há em seus bolsos. Talvez se ela pudesse passar um pouquinho de tempo com alguém que não a olhasse e visse apenas uma velha tola, talvez então pudesse começar a se lembrar de quem ela costumava ser.

— A senhora está procurando por alguma coisa em especial? — pergunta a mocinha. — Talvez algum presente?

A sra. Morton volta a olhar para as fotografias.

— Sim — responde —, isso mesmo. Um presente.

— Menino ou menina? Quantos anos?

— Menina. Ela tem quase um.

Caminha até o balcão, passando por prateleiras de silenciosa absolvição.

— Seu nome é Grace.

*

Sai com um bichinho de pelúcia. Um elefante. Com grandes orelhas cor de creme feitas de veludo e olhos bordados, muito solenes. Esconde-o na bolsa, debaixo do repolho e do meio quilo de tomates, com medo de que alguém o veja e deduza que ela afinal ficou total e irremediavelmente louca.

O sino acima da porta badala enquanto ela sai.

— Adeus, sra. Morton. Cuide-se bem — diz a mocinha atrás do balcão.

Ela franze as sobrancelhas e começa a responder, mas a menina já voltou a dobrar as mantinhas.

*

O bairro dorme numa silenciosa hora de almoço. Ela não encontra ninguém. A solidão é uma bênção e lhe permite olhar para a frente, em vez de vigiar o constante avanço de seus pés na calçada. Olha para as árvores, pintadas com as cores de novembro, agarrando suas últimas folhas com mãos infantis. Aqueles são os derradeiros dias, antes que o inverno delimite suas fronteiras e envolva as noites em escuridão; os últimos olhares para as nuvens desenhadas a giz e os gramados verde-claros, antes que a geada se precipite e os expulse.

A vila está em silêncio, com as janelas vazias e impassíveis. As pessoas estão trabalhando ou comendo, ou passando o dia em outros lugares. A sra. Morton passa pelas casas sem ser perturbada.

Passa pela de Sheila Dakin. Os brinquedos de Lisa estão espalhados pela grama como soldados feridos, a brisa sacudindo o trinco de um portão indeciso. Na calçada em frente, a entrada da casa de Dorothy e Harold está em ordem e silenciosa, o cascalho sem dúvida fora penteado por uma vassoura antes mesmo que começasse a ser banhado pela luz.

Para bem em frente à casa de Grace e amarra os cadarços do sapato. Enquanto o faz, passeia os olhos pelo resto da vila. Pergunta-se se está sendo observada, se em algum lugar atrás das vidraças sombrias há alguém à espreita, mas, quando se vira, todas as casas guardam seu conteúdo com uma expressão impenetrável, nada revelando.

A casa de Grace fica um pouco mais recuada do que a de Dorothy. Há um farfalhar de grama bem cuidada e canteiros de flores meticulosamente tratados, mas, comparado ao dos Forbes, qualquer jardim pareceria um pouco inadequado. A sra. Morton entra por onde Derek em geral deixaria o carro, passa pelo vidro jateado da copa e do hall, depois pela fileira de plantas no peitoril da janela da cozinha e chega à porta dos fundos, cuja pintura formara bolhas e descascara por conta do verão anterior.

A porta está entreaberta. Quando ela bate, a abertura aumenta um pouco mais e ela vê as rodas de um carrinho e as perninhas gorduchas de Grace chutando o ar.

Ela grita olá.

Ela empurra a porta um pouco mais.

Ela grita outra vez olá.

Ela entra.

A cozinha absorveu o sol do início da tarde e cheira a calor e a refeições consumidas. Há um gotejar lento e constante de água em uma das torneiras, marcando o passar do tempo na pia, e migalhas de música são expelidas pelo rádio no parapeito da janela.

Grace está sozinha.

Quando avista a sra. Morton, ela ri, sacode os punhos e chuta com mais vigor ainda as perninhas gorduchas. É impossível não lhe devolver o riso. Há algo inevitável naquela reação. Grace parece perceber que está divertindo alguém e ri de novo, enrugando o rosto e agitando os braços até que todo o carrinho se sacode de contentamento.

A sra. Morton sente sua coluna esticar e seus ombros relaxarem, e uma inundação de alívio tão profunda e tão poderosa lhe rouba o ar de dentro de seus pulmões.

Vai até a pia e fecha a torneira.

Quando volta a olhar, Grace está erguendo o corpo no carrinho, tentando se mover na direção da porta aberta.

— Qual é o problema? — pergunta a sra. Morton. — Você quer ver o jardim?

Ela abre um pouco mais a porta e empurra Grace para a frente, para baixo de um raio do frágil sol de novembro que se esticou até o chão da cozinha. Grace ficaria bem ali, só por um instante.

Ela anda até o silêncio acarpetado do hall e sente um sopro de medo ao penetrar sem convite na vida de outra pessoa.

Nada tiquetaqueia na sala da frente nem na de estar, e ela para no primeiro degrau da escada, esticando o pescoço para o patamar. Arrisca outro olá.

Ainda nada.

Quando volta para a cozinha, Grace está se contorcendo no carrinho e ameaça a porta aberta com seus punhos rechonchudos. Ela tenta explicar o que quer por meio de borbulhas, bolhas e uma infinidade de expressões com graus variados de concentração.

— Vamos esperar pela mamãe no jardim? — diz a sra. Morton.

Empurra Grace até o pátio e aconchegam-se sob os galhos de uma cerejeira, embora suas pétalas já tenham sido há muito levadas por uma brisa de verão. Uma discussão de pardais tem lugar entre os galhos, e as duas — Grace e a sra. Morton — observam os passarinhos conversarem, barganharem e tentarem chegar a um acordo.

— Está vendo, Grace? — pergunta a sra. Morton, mas Grace está virada para o caminho lateral da casa e estica os dedos para o gato da sra. Forbes.

— Whiskey? Você quer ver o Whiskey?

E assim as duas seguem o gato pelo caminho lateral da casa... E passam pela fileira de vasos de plantas no peitoril da janela, pelo vidro jateado da copa e do hall e pelo lugar onde o pai de Grace em geral estaciona o carro.

— Só até a entrada da garagem — diz a sra. Morton. — Vamos até a entrada da garagem e depois voltar e esperar sua mamãe.

O gato avança para a fachada e os pardais discutem nos galhos da cerejeira. As rodas do carrinho chacoalham e vibram no cimento.

Elas aguardam na entrada da garagem, de frente para uma vila vazia. Pela janelinha de plástico do carrinho, a sra. Morton pode ver Grace se virar, se esticar e se interessar com a mesma intensidade por tudo que vê: o bico amarelo de um pássaro negro, o farfalhar das folhas caídas, a curva prateada da tampa da lata de lixo. Tudo é considerado com o mesmo grau de seriedade.

Ela olha de volta para a casa, que as espera com silenciosa paciência.

Dentro de alguns minutos, ainda estará lá, imutável.

— Vamos só até a caixa de correio — diz a sra. Morton.

Mas a caixa de correio se transforma no fim da rua, o fim da rua se transforma no corpo de bombeiros, o corpo de bombeiros se transforma nas grades do parque. A barra de direção do carrinho é como uma boia que a mantém emergida acima do desespero e da vergonha e ela se permite, só por alguns instantes, imaginar como poderia ter sido a vida se tivesse sido concedida à sra. Morton uma boia pessoal. Não pensa no caminho. Não presta atenção às árvores, às calçadas ou aos postes de luz. Tudo fica à margem de sua mente enquanto ela se movimenta pelo bairro, tangenciando a fronteira das vidas alheias, as cercas, os muros e as sebes aparadas com precisão. Em vez de passos, aquele passeio se compõe de uma sequência de pensamentos. Uma esfera de sensações, dura como uma bola de gude, que parece movê-la de um lugar para o outro e sempre adiante.

Quando olha para trás, os caminhos que percorre em nada se parecem com caminhos. Parecem uma série de pequenas decisões, cada uma inconscientemente colocada em cima da anterior. Só quando para de andar, dá meia-volta e percebe que chegou a um destino, a importância das decisões se torna clara. Empilham-se atrás dela os quem-sabe, os outros-tempos e os um-dia-desses que a seguram num lugar no qual nunca pretendera ficar presa. As escolhas que fez são agora parte dela. Costuraram-se à pessoa em que se transformou e, quando ela se detém para ver quem é, descobre que o tecido com o qual foi modelada começava a sufocá-la.

*

Ao chegarem ao parque, a sra. Morton decide que devem se sentar no coreto, longe do resto do outono, do solitário vendedor de sorvetes e da manta de folhas na superfície de um laguinho esquecido. Há bancos por perto, mas estão todos vazios, com exceção de uma cadeira na outra extremidade da alameda, na qual um velho cochila em cima das páginas de um jornal e seu cãozinho ouve, impotente, o som do ronco de seu dono. Enquanto caminha até o coreto, a sra. Morton se pergunta se Walter Bishop estará em seu lugar habitual — se estará sentado em alguma clareira, comendo sanduíches de uma caixa de plástico em seu colo e roubando porções da vida das pessoas que passam diante dele. Mas o coreto estava vazio, a não ser por um pombo ciscando o intervalo de tempo entre as embalagens de batatas fritas da noite anterior e as manchetes daquela manhã.

A sra. Morton vira o carrinho de Grace de frente para ela e a menina a encara com olhos úmidos e azuis.

— Já vamos voltar para casa — ela avisa. — Vamos voltar e ver o que aconteceu com a sua mamãe.

Grace sorri. O sorriso preenche todo o seu rosto.

— Mas primeiro vamos nos sentar um pouco. Só até recuperarmos o fôlego.

Ela observa Grace copiar suas expressões, como um espelho, a boca tentando achar o caminho das palavras, os olhos criando desenhos animados. Ela representa para a sua plateia e, quando a sra. Morton ri, Grace se remexe e guincha de satisfação. Quando ela o faz, há a sensação de um poder superior, a centelha de um recomeço. É um recomeço que não encontrara nos arco-íris, nos crepúsculos e nas formações rochosas, e tampouco recolhera das pétalas no carpete da sala de estar. Um recomeço que não é ouvido em palavras superficiais ou percebido nos olhares lançados do outro lado da rua. Ela nem ao menos sabia, até agora, que havia um recomeço, e, tendo-o encontrado, não consegue imaginar como não o tinha visto antes.

— Talvez sua mamãe possa gostar de ter a minha ajuda de vez em quando. Talvez você e eu possamos ser amigas.

O pombo bate as asas e passa em revoada pelas grades do coreto, e a agitação faz Grace se virar, assustada.

A sra. Morton se debruça e deixa Grace apertar os dedinhos em volta do dela.

— Não se preocupe. Enquanto você estiver comigo, nada de ruim jamais vai lhe acontecer, porque eu vou tomar conta de você como um soldadinho de chumbo.

*

    Sentadas, assistem às últimas luzes da tarde se alongarem pelo parque, revelando os tons de cinza dos canteiros de flores nos quais antes imperava a intransigente convenção de curvas vermelhas, azuis e brancas. As luzes seguem o quadriculado das alamedas e os contornos dos bancos vazios até o laguinho, onde dançam e cintilam na superfície da água e se dissolvem em nada. Só quando as cores se tornam mais ricas, quando o alaranjado profundo da tarde banha o parque, a sra. Morton pensa que deveriam realmente começar a voltar. Lembra-se do elefante.

    — Quando chegarmos em casa — diz ela —, tenho um presentinho para você. Mas primeiro preciso saber se posso. É sinal de boas maneiras perguntar primeiro à sua mamãe.

    Empurra Grace até o lago, até a instável ponte de madeira e as colunas escuras dos juncos, mas o sol já chegara à beirada dos telhados e começa a apagar o dia. Ela para, olha em volta e gira o carrinho de volta para a calçada.

    — Talvez... Talvez devêssemos ir para casa pelo caminho mais curto.

    Não encontram ninguém. Ainda que encontrassem, a sra. Morton não teria percebido. Está ocupada demais conversando com Grace a respeito do que poderiam fazer e onde poderiam ir no próximo passeio. Ao zoológico, talvez. Embora considere os zoológicos um tanto cruéis... Então talvez possam ir aos jardins perto do rio ou fazer um piquenique no bosque nos limites da cidade. Quando Grace fosse um pouco maior, poderiam até pegar um ônibus e ir passar a tarde à beira-mar.

Será que Grace já tinha estado à beira-mar? Seria uma aventura para ambas. Quando Grace entrar na escola, as opções ficarão mais limitadas, é claro, mas sempre há os fins de semana e as grandes férias de verão. Sempre haverá alguma coisa para fazer, algum lugar para ir, alguma razão para se acordar.

A sra. Morton ainda está falando quando dobra a esquina para entrar na vila. Está explicando a Grace que um de seus primos tem um amigo que tem um trailer em Cromer. O lugar fica bem na estrada litorânea. Podem-se observar as gaivotas mergulhar e alçar voo, levando consigo fitas de ar salgado, e todos os pequenos trailers parecem papéis picados, espalhados pela grama no alto dos penhascos. Ela não percebe o ajuntamento de pessoas nem a palidez leitosa da mãe de Grace, tampouco o pai de Grace sentado no meio-fio com as mãos coladas à cabeça. Só levanta os olhos quando ouve o grito de Eric Lamb.

Você a encontrou, você a encontrou, ele está dizendo.

E então ela vê a multidão, a raiva estampada em seus rostos. Vê o carro de Derek colado ao meio-fio com a porta escancarada; Harold Forbes e Sheila Dakin de pé na calçada e olhos fixos na casa 11, as cortinas fechadas em todas as janelas, como se a casa tivesse fechado os olhos para se defender dos gritos; John Creasy correndo pela rua em sua direção; Dorothy Forbes dobrando e desdobrando um pano de prato, o rosto enrugado de preocupação. Tudo está um caos. A impressão é de que alguém sacudiu todo o conteúdo da vila e atirou-o de volta no meio da rua.

Os rostos escuros e furiosos surgem diante delas e Grace começa a chorar. Ao ouvi-la, Sylvia se desvencilha da multidão, o alívio amolecendo suas pernas até que ela mal consegue andar. Cai na frente do carrinho e se dobra em duas por cima da criança, sussurrando em seu ouvido. As únicas lágrimas são de Grace. Sylvia parece alguém de quem todo pranto já fora consumido.

— Onde ela estava?

Derek está parado diante da sra. Morton, as mãos cruzadas no alto da cabeça. Ela busca uma sombra de desconfiança em sua expressão, mas seus olhos estão tão cheios de alívio que neles não cabe mais nada.

Ela olha para os outros rostos. Seus dedos apertam a barra de direção do carrinho.

— Eu a encontrei — afirma.

Sylvia levanta Grace e a criança se encaixa no colo da mãe, como uma peça de quebra-cabeças. O carrinho parece muito leve agora, quase sem peso. Como se pudesse ser carregado pelo vento e desaparecer, levando com ele a sra. Morton.

— Onde? — pergunta Derek. — Onde você a encontrou?

Ela pode sentir. A grande decisão, tentando passar desapercebida, escondendo-se em meio a todas as pequenas decisões, desejando ser invisível e insignificante. Ela está abrindo caminho para o começo da fila, levando tudo nos bolsos.

— Beatrice, onde ela estava?

É Eric Lamb quem fala agora, mas todos estão atentos. Todos a encaram. Todos esperam por sua resposta.

Ela olha para a casa 11. As cortinas ainda estão firmes atrás das vidraças, mas numa das janelas do andar de cima ela tem a impressão de ver os contornos de um vulto.

— No coreto — ela responde, sem tirar os olhos da janela. — Eu a encontrei no coreto.

— Eu sabia! Que merda!

Brian Magro sai do meio do grupo e atravessa a rua marchando em direção à casa 11. Para em frente à de Dorothy e Harold e apanha uma pedra do jardim.

— Não é assim que se resolve!

Eric Lamb está gritando, mas palavras não têm poder suficiente para fazer Brian recuar. Ele foi lançado do canhão de sua própria raiva e avança para a casa de Walter Bishop, braços erguidos, humor exaltado.

A sra. Morton olha para os rostos à sua volta. Sente uma fome proibida sendo saciada — a da aprovação silenciosa. Ela a percebe na rapidez das respirações e na amplitude dos olhares. Ela a vê na umidade dos lábios de Sheila Dakin, no aperto do punho de Derek, uma faísca que percorre todos eles, intensificando sua carga. Ela sabe que aquela fome sempre existiu, mas agora pode encontrar uma saída. Agora há uma válvula de escape.

A batida da pedra no vidro parece ocupar toda a vila. A janela estilhaça e racha. Permanece imóvel por uma fração de segundo, mas então cai por inteiro, despedaçando-se no cimento. É o tipo de barulho que faz os ouvidos zumbirem e as veias pulsarem no pescoço. Mas o mais chocante não é tanto o barulho, é o silêncio que se segue.

— Pervertido! — grita Brian para os cacos de vidro. — Pervertido de merda!

O vento repuxa a bainha das cortinas. Elas saem pela moldura da janela e o tecido começa a bater de encontro à fachada, como se tentasse fugir.

Todos observam, aplacados pela ideia de que o que acabavam de testemunhar poderia ficar sem resposta.

Eric anda até Brian Magro e para bem perto dele.

— Vamos, rapaz. Deixemos como está. Há outras maneiras.

A sra. Morton puxa o casaquinho para cima dos seus ombros.

Os vestígios do dia começam a desbotar e a luz vai mudando para o suave azul-arroxeado do crepúsculo, deixando-os de pé sob um céu descorado. Derek tira o carrinho de suas mãos. Quando o faz, cumprimenta-a com a cabeça. O gesto se faz acompanhar de um rápido sorriso, mas não deixa de ser um cumprimento.

Suas mãos se sentem muito vazias.

Sylvia ainda está segurando Grace, embalando a cabeça da menina de encontro ao corpo.

— Como poderemos recompensá-la por isso? — ela pergunta.

Ela se agarra àquele cheiro até não poder mais.

— Ela é uma menininha linda — responde a sra. Morton. — Talvez eu possa passar mais algum tempo com ela.

Sylvia se inclina e beija a sra. Morton no rosto. Aí está o cheiro. O cheiro dos incólumes e dos íntegros.

Quando ela se afasta, todos ainda estão reunidos perto da casa 11, observando e esperando. Ela sente novamente, aquela sensação de recomeço, mas esta é receosa e danificada. É um recomeço do qual não deseja fazer parte. Vai para casa pelas calçadas vazias, carregando o peso das compras, deixando para trás as casas cheias de vidas alheias congregadas. São as pequenas decisões, aquelas que se introduzem em nossas vidas sem que se façam notar, que mascaram seu peso em insignificâncias. São essas as decisões que irão nos enterrar.

Pensa no elefante, ainda embaixo dos tomates e do repolho. Grace nunca se lembrará. Ela vai crescer, entrar na escola e fazer amigos. Encontrará sua própria vida e, um dia, talvez, tenha uma criança nos braços, respire aquele mesmo cheiro, sinta o mesmo apelo, e então compreenderá a necessidade de um recomeço. Grace não se lembrará de nada.

Mas um elefante, um elefante nunca esquece.

A calha

21 de agosto de 1976

Jesus não parecia mesmo Jesus, mesmo quando apertei os olhos, fiquei de cócoras e inclinei a cabeça.
 Perguntei-me se algum dia parecera. As garagens voltaram a ser conchas vazias e tanto a poça de óleo quanto o pneu careca estavam silenciosos e eram ignorados. Nem mesmo as folhas conversavam mais pelos cantos.
 Botei o rosto bem em frente à calha.
 — Era mesmo você? — sussurrei.
 Encostei os joelhos no peito e esperei.
 Ouvi, alguns minutos depois do que achei que ouviria, mas ali estavam: as sandálias da Tilly estalando pelo caminho, mais lentas e mais leves do que antes. Mas eu as ouvi.
 Ela apareceu alguns segundos depois, toda sorrisos e carregando o chapelão. Tinha tirado os bobes do cabelo, mas as mechas estavam na mesma posição, como se ainda estivessem enroladas.
 — Mamãe disse que não posso demorar — avisou.
 Mudei de lugar na grama e ela se sentou ao meu lado.
 — Achei que você só fosse levar dez minutos — falei.

Ela pôs a mão no bolso.

— Tive que voltar. Tinha me esquecido de trazê-lo comigo.

Olhei para o lêmure.

— Não acredito que você carrega uma miniatura por aí! — exclamei.

— É claro que carrego. Foi você quem me deu. É importante.

Ela o revirou nas mãos.

— Mas eu achei que você tivesse dito que eles não podiam ser separados. Achei que você tivesse dito que eles eram uma dupla.

— E são — respondi.

E cheguei à conclusão de que, afinal, era mesmo verdade. Realmente, só é preciso que duas pessoas acreditem na mesma coisa para que tenham a sensação de pertencimento.

Sentei-me na grama.

— Eu andei pensando. Não sei se era mesmo Jesus, afinal.

Tilly apertou os olhos e inclinou a cabeça para um lado.

— Talvez não — concordou. — Mas isso não tem muita importância, não é?

— Como assim?

Tilly esticou as pernas ao sol.

— Bem, na verdade não importa muito se era Jesus ou Brian Clough, ou só uma mancha de graxa numa parede de garagem. Por algum tempo, aquilo nos uniu, não foi?

— Por algum tempo — repeti.

— Mas é uma boa demonstração, não é?

— Acho que sim.

— E, afinal de contas, Jesus com certeza está na calha. Sempre esteve.

Sentei-me um pouco mais reta.

— Como é?

— Deus está em toda parte, Grace — ela explicou. — Todo mundo sabe disso.

E ela girou os braços no ar, e eu ri e girei também os meus.

*

Ficamos sentadas, em silêncio. Tudo estava, de alguma maneira, diferente. A princípio, eu não soube direito o que havia, mas parecia que o dia estava pelo avesso, como se alguma coisa na vila tivesse desaparecido. Foi só quando olhei para o céu que compreendi.

— Ah, meu Deus! — exclamei.

Olhamos as duas para cima.

— O sol sumiu — disse Tilly. — Para onde ele foi?

O céu estava cor de grafite, cheio de nuvens e raiva. Foi escurecendo cada vez mais enquanto olhávamos, ancorando-se nos telhados e enterrando no chão a luz do dia.

— Mas ainda está quente — observou Tilly. — Como pode estar tão quente se não há sol nenhum?

— É porque ele ainda está lá.

Apontei para o vazio.

— Ele não desapareceu. Não pode simplesmente desaparecer. É impossível. Nós é que não conseguimos vê-lo mais.

Ainda estávamos pensando a respeito quando me lembrei da hora.

— Depressa, temos que ir Tilly. Está quase chegando.

— O que está quase chegando? — ela perguntou.

— O ônibus. Hoje é o dia.

— O dia de quê?

Ela puxou o chapelão para baixo e espanou as pedrinhas das meias.

— O dia que estávamos todos esperando — respondi. — O dia em que a sra. Creasy vem para casa.

A Vila

21 de agosto de 1976

Quando dobramos a esquina, já estavam todos reunidos no meio da vila.
 O sr. Forbes de shorts, em pé ao lado de Clive. Dorothy Forbes agarrada ao cabo de um espanador e Sheila Dakin observando-a e franzindo as sobrancelhas. Brian Magro em sua jaqueta de plástico, aguardando ao lado da mãe e de um saco de balas de limão. E Eric Lamb perto deles, encostado ao muro. Suas botas de borracha tinham deixado um rastro de lama desde sua porta da frente. Meus pais também estavam lá. Olhei-os para conferir se pareciam preocupados um com o outro, e concluí que sim. Uma das mãos de papai descansava no ombro de mamãe e sua outra mão estava no rosto. Decidi que, na verdade, não tinha importância se fossemos pobres, porque, enquanto todos nós nos preocupássemos uns com os outros, tudo estaria sempre bem. Até a sra. Morton estava lá. Parecia estranha e distante, nem de longe lembrando a sra. Morton, e em suas mãos havia um bichinho de pelúcia. Não tive certeza, mas acho que parecia um elefante. No meio de tudo, estava o sr. Creasy. As lapelas de seu paletó começavam

a se enrolar em cima da camisa e em suas mãos havia um ramo de flores, que ofegavam e murchavam com o calor.

— Está quase na hora — informei, conferindo o meu relógio.

*

A princípio, não percebemos. Foi Brian Magro quem viu primeiro.

— Vejam só aquele gato — disse ele.

Todos nós olhamos para a entrada da vila.

Dorothy Forbes deixou cair o espanador.

— Whiskey?

— Bem, macacos me mordam! — exclamou o sr. Forbes. — Depois de tanto tempo.

O gato vinha pela calçada, cada pata pousando com cuidado no cimento, ultrapassando cercas e muros. Parecia saber exatamente aonde ia.

Chegou até a sra. Forbes e pulou em seu colo.

— Whiskey — ela repetiu, e beijou-lhe o alto da cabeça. — Afinal, você não desapareceu.

— Eu disse — lembrou papai. — Eu disse a você que ele voltaria.

Brian espiou por cima do ombro da mãe.

— Há quanto tempo ele estava perdido, Dot?

— Desde a noite do incêndio — respondeu a sra. Forbes. — Não é, meu benzinho?

O gato ronronou, se enroscou e afundou as patas no casaco da sra. Forbes.

— Táxi feio, assustando você daquele jeito.

A mão da sra. Forbes percorreu o corpo do gato, do rabo à cabeça.

Sheila Dakin franzia as sobrancelhas para ela.

— Que táxi foi esse, Dot?

— O que trouxe Walter e sua mãe de volta para casa.

A sra. Forbes continuou a acariciar e beijar o alto da cabeça de Whiskey.

— Eu disse a Margaret: não admira que ele tenha fugido correndo. Um carrão enorme e assustador como aquele, surgindo na vila no meio da noite.

— Você sabia que ela estava em casa? — perguntou a sra. Dakin.

A sra. Forbes sorriu.

— Achei que os dois estivessem lá — informou.

O queixo da sra. Dakin caiu, mas nenhuma palavra queria sair de seus lábios.

— É impressionante que você tenha reconhecido ele — disse Brian —, depois de tanto tempo.

Quando a sra. Forbes respondeu, não olhou para Brian. Olhou para Sheila Dakin.

— Mas assim são as coisas, não é? Nunca conseguimos nos esquecer do que vimos. Mesmo que as fotografias se percam, podemos simplesmente puxar as coisas da cabeça, sempre que nos possam ser úteis. As lembranças só são esquecidas quando morremos. É uma coisa perigosa. Vale a pena lembrar, isso sim.

E continuou a encarar a sra. Dakin, mesmo depois de as palavras terem evaporado.

Olhei para Tilly e encolhi os ombros, Tilly me olhou e também encolheu os ombros.

*

Podíamos ouvir o ônibus a quilômetros de distância. Podíamos ouvi-lo rodar pelo bairro, parando e partindo de esquinas, chiando os freios, tossindo e espirrando com o calor. O céu parecia ainda mais escuro e o ar ainda mais rarefeito, e vi o sr. Forbes tirar um lenço do bolso e secar a testa.

— Ela está quase chegando — disse o sr. Creasy.

Sheila Dakin acendeu um cigarro, mas não o fumou. Ele só ficou lá entre seus dedos, transformando-se num cone de cinzas enquanto ela olhava fixamente para Dorothy Forbes.

Estávamos todos ali observando a entrada da vila, quando ele dobrou a esquina.

Walter Bishop.

Carregava um guarda-chuva e a capa dobrada em cima do braço, e em vez de arrastar os pés e ter os olhos postos na calçada, olhava diretamente para todos nós ao passar em frente às casas.

— Bem — disse ele, ao alcançar nosso grupinho —, temos aqui um belo comitê de boas-vindas, não é?

— A sra. Creasy está voltando para casa — informei.

— Eu soube.

Ele soltou o guarda-chuva e o casaco e se aproximou para acariciar o alto da cabeça de Whiskey.

— Estamos todos muito animados — comentou Tilly.

— Estou vendo — ele retrucou. — Se bem que, para quem está muito animado, nenhum de vocês parece especialmente feliz.

E riu.

Eu nunca tinha visto Walter Bishop rir. Ele parecia uma pessoa completamente diferente.

Walter parou por um instante e olhou para o céu. Quando desviou os olhos, apanhou o guarda-chuva e a capa e seu olhar passou por todos nós, um de cada vez.

Havia silêncio, o tipo de silêncio com o qual só Walter Bishop se sentia à vontade.

Depois de alguns minutos, ele se virou para a sra. Forbes.

— Eu levaria o gato para dentro de casa, se fosse você — aconselhou. — Parece que vai chover.

Enquanto ele falava, houve um estrondo ao longe. Primeiro pensei que ainda fosse o barulho do ônibus, mas então me dei conta de que não era. Fora um trovão. Rastejando pelo horizonte e cortando o céu enevoado e cor de ardósia. Um ruído baixo e indiferente no início, mas que logo cresceu, somando-se ao som do motor, até que toda a vila começou a roncar e rosnar, e todas as casinhas pareceram estremecer em seus jardins.

Os freios assobiaram, o motor cuspiu e o ônibus surgiu na rua.

Foi quando as primeiras gotas começaram a bater na calçada. Poucas, a princípio, estalando no pavimento como se tivessem sido atiradas em cima de nós, mas depois vieram outras, muitas outras, que correram e se juntaram até que não houvesse mais intervalo entre os sons, só o ruído ininterrupto e inquieto da chuva, arrastando o calor e a poeira e dissolvendo Jesus como se ele nunca tivesse estado ali.

O ônibus ainda esperava. E nós olhávamos.

E vimos os pés da sra. Creasy surgirem na plataforma.

— Ela está aqui — disse o sr. Creasy.

— Meu Jesus Cristo!

Virei-me para ver quem tinha falado. Olhei para todos os rostos. O sr. e a sra. Forbes, e Clive do Clube da Legião. Brian Magro e sua mãe, e Sheila Dakin, que não tirava os olhos de Dorothy Forbes. Eric Lamb e meus pais, e a sra. Morton, que ainda segurava o elefante.

Walter Bishop estava debaixo do guarda-chuva e, como eu, observava a todos.

Eu sabia que tinha ouvido as palavras, mas não conseguia descobrir quem as tinha dito.

Virei-me para esperar a sra. Creasy.

Na verdade, não importava. Poderia ter sido qualquer um.

Continuávamos todos no meio da rua, aguardando.

A chuva escorria de nossos cabelos e narizes, encharcava nossas roupas e empapava nossa pele.

Olhei para Tilly e, por baixo do chapelão, ela sorriu para mim.

E parecia ser o fim do verão.

Agradecimentos

Mencionar todas as pessoas que torceram por *Entre cabras e ovelhas* seria impossível, portanto eu gostaria apenas de fazer um grande agradecimento à comunidade literária como um todo por seu incrível apoio e encorajamento, com um muitíssimo obrigada especial para Kerry Hudson e Tom Bromley. Fica uma enorme dívida de gratidão para com minha fantástica agente Sue Armstrong, toda a equipe da Conville & Walsh e a encantadora e talentosíssima Katie Espiner, além de todos na The Borough Press e na HarperCollins. Obrigada também a todos no The George Bryan Centre, em Tamworth, e ao ECW na Unidade de Radbourne em Derby, por me ensinarem a compreender a importância de uma narrativa e por cuidarem tão bem das cabras quanto das ovelhas.

Por fim, agradeço aos pacientes que tive o privilégio de conhecer. Nossos caminhos podem ter se cruzado apenas por um curto período de tempo, mas sua coragem, sabedoria e humor permanecerão comigo para sempre.

1ª REIMPRESSÃO

Esta obra foi composta pela SGuerra Design em Caslon Pro e
impressa em papel Pólen Natural 70g com capa em Cartão 250g pela
Gráfica Corprint para Editora Morro Branco em fevereiro de 2023